RACHE DES VERGANGENEN

Liebe Hanna ♡
Viel Freude beim Lesen!
Danke, dass du ein
wichtiger Teil unseres
Bloggerteams bist
Liebe Grüsse
Deine Nicole und Laura Clausen

Impressum

redblue clausen
N. Clausen
L. Clausen
Täfernstrasse 22a
5405 Dättwil AG

Erstauflage
Gedruckt bei
WIRmachenDRUCK
Mühlbachstrasse 7
71522 Backnang
Deutschland

ISBN: 978-3-033-09382-9

Lektorat: Jasmin Mrugowski www.wortdetektei.com
Korrektorat: B.B.Scharp www.textundfarbe.de
Umschlagsgestaltung und Buchsatz: Acelya Soylu buchcover-design.online

Alle Rechte liegen bei Nicole Clausen und Laura Clausen. Verstösse dagegen werden rechtlich geahndet.

Widmung

Für unsere Eltern

Kleines Vorwort

«Am Ende wird alles gut. Wenn es nicht gut ist, ist es nicht das Ende.» (Oscar Wilde)

Ob auch für Natalia jemals wieder alles gut wird?

Anmerkungen

Wir sind Schweizerinnen. Das ß findet in der Schweiz keine Anwendung, stattdessen schreiben wir das Doppel-S.

Bitte die Trigger Warnungen lesen.
Lesen auf eigene Verantwortung.

Empfohlenes Lesealter: 16 Jahre

Trigger Warnungen:
Physische und psychische Gewalt, Psychoterror, Gewalt gegen Tiere, Erpressung, Unfall, Beeinträchtigung, Sexszenen – teilweise leicht Richtung BDSM, leichte Andeutung auf Missbrauch und angedeutete Gewalt gegen Minderjährige

Viel Spass beim Lesen!

Prolog

In blinder Panik sprinte ich zum Fenster, reisse es auf und springe aus dem ersten Stock.

Doch in letzter Sekunde erwischt meine Verfolgerin eine Strähne meines Haares. Das zerrende Geräusch geht mit dem brennenden Schmerz auf meiner Kopfhaut einher. Ich schreie, während ich ein Stockwerk tief stürze.

Meine Füsse prallen auf dem Boden auf und ein gnadenloser Stich schiesst mir durch die Beine in den Rücken.

Mit meinen Baumwollsocken finde ich keinen Halt und falle der Länge nach hin. Erst beim zweiten Versuch kann ich mich aufrappeln.

«Bleib stehen! Du entkommst mir nicht!», brüllt sie hinter mir her.

Ich ignoriere die Schmerzen in meinem Rücken und renne so schnell ich kann über den dunklen Hof hinaus in die Nacht. Ein paarmal rutsche ich aus und falle hin, springe wieder auf und schlittere weiter. Meine Gedanken sind wirr und schwer greifbar. Endlich sehe ich meinen treuen Mercedes vor dem Stall stehen. Ich nehme nochmals alle Kräfte für den Endspurt zusammen, bis ich bei meinem Auto ankomme. Noch nie habe ich so eine überwältigende Dankbarkeit verspürt.

Erleichtert greife ich nach dem Türgriff und ziehe. In Panik reisse ich an dem Hebel, doch das Auto bleibt verschlossen. Ich taste in meiner Hoodie Tasche nach dem

Schlüssel. Sie ist leer. Natürlich, die Schlüssel sind in meiner Handtasche im Haus, ebenso wie mein Handy und alles andere.

Verrückt vor Angst und Verzweiflung hämmere ich mit den Fäusten auf die Scheibe ein und versuche immer wieder die Tür zu öffnen. Die Angst schnürt mir die Luft ab. Ich habe das Gefühl, mein Kopf explodiert gleich.

Auf einmal höre ich, wie sich eine Autotür öffnet.

Adrenalin jagt durch meinen Körper und mir wird klar, dass ich mich sofort in Sicherheit bringen muss. Ich renne los. Meine mit Schlamm vollgesogenen Socken fühlen sich wie Betonklötze an meinen Füssen an. Ich höre den keuchenden Atem meines Verfolgers und seine platschenden Schritte hinter mir.

Warum habe ich diese blöden Socken nicht ausgezogen?

Ich bin sportlich. Ich schaffe das, sage ich mir immer wieder in Gedanken – wie ein Mantra. Doch plötzlich rutsche ich aus und falle der Länge nach in den Schlamm. Dann ist er über mir.

1.
Timon (vor vier Monaten)

Ich reibe mir über die Augen und lasse mich auf das abgewetzte Sofa fallen.

Bianca springt mir miauend auf den Schoss. Abwesend streichle ich ihr weisses, glänzendes Fell.

Wieder einmal habe ich die ganze Nacht durchgearbeitet – wie jede Nacht. Doch trotz meines Arbeitspensums kann ich Natalia nicht vergessen. Ich lache verbittert auf. Vor genau zwei Jahren hat sie sich von mir getrennt. Sie meinte, wir hätten verschiedene Lebensziele und dass sie keine Zeit mehr für mich hätte, wenn sie erst mal studiert.

Wirklich gemeint hatte sie, dass ich nicht intelligent genug für sie bin und sie jemanden an ihrer Seite haben will, der gebildeter ist.

Aber sie wird zu mir zurückkommen, da bin ich mir sicher, denn ich verdiene jetzt sehr gut. Ich habe meinen Arsch hochbekommen, meine Werkstatt ausgebaut und arbeite die ganze Zeit durch. Tag und Nacht. In der wenigen freien Zeit, in der ich nicht schufte oder hastig irgendeinen Imbissfrass verschlinge, lerne ich für die Aufnahmeprüfung an der Berufsmaturitätsschule. Mit einem Mittel- und einem Fachhochschulabschluss kann ich Natalia mehr Sicherheit bieten und ihr beweisen, dass ich nicht so dumm bin, wie sie denkt. Vielleicht mache ich sogar noch die Passerelle, den einjährigen Lehrgang, der die prüfungsfreie Zulassung für die Uni ermöglicht.

Ich könnte ebenfalls Medizin studieren und mit Natalia

gemeinsam an einem Heilmittel für diese seltsame Krankheit forschen, an der ihr Bruder gestorben ist. Auch wenn ich eigentlich keinen Bock auf so einen Mist habe – für sie würde ich es tun.

Aber wer weiss? Vielleicht hat sie recht und ich bin nicht intelligent genug? Und woher soll das Geld in dieser Zeit kommen? Ob meine Jungs die Werkstatt auch allein am Laufen halten können? Auf einmal pocht es hinter meinen Schläfen, als würde mein Schädel im nächsten Moment explodieren.

Das spielt alles keine Rolle. Hauptsache, Natalia ist glücklich. Die Frau, die mein Leben ist. Sonst habe ich niemanden, ausser meine Schwester Gina. Unsere Mutter ist früh gestorben. Und meine Stiefmutter ist eine widerliche Hexe. Was sie mir alles angetan hat ...

Mein Vater hält trotzdem zu ihr. Die beiden sind für mich gestorben, so wie meine Mutter.

«Chef?»

Stefans Stimme lässt mich hochschrecken und verstärkt meine Kopfschmerzen.

«Was willst du?», frage ich gereizt.

«Wir gehen zum Bäcker. Sollen wir dir auch – »

«Macht ihr faulen Schweine schon wieder Pause? Gehts noch? Der Merc muss in drei –»

Ich schaue auf die Uhr. «Fuck, in zwei Stunden muss er fertig sein. Gebt Gas, nix Pause. Los, bewegt eure Ärsche!»

Damit ist die Frage wohl beantwortet, ob ich ihnen die Leitung der Werkstatt überlassen kann. Aber vielleicht könnte ich den Jungs in dieser Zeit Gina auf den Hals hetzen. Sie würde ihnen Beine machen.

Stefan, die kleine Pissnelke, verzieht sich eilig. Ich stütze den Kopf in die Hände und seufze. Mir wird das langsam alles zu viel. Ein Mitarbeiter macht auf krank, zwei haben gekündigt. Zu dritt sind Stefan, Lars und ich überfordert. Neue Anwärter gibt es nicht. Gestern erst habe ich gehört, wie Stefan Lars zuflüsterte: «Der Tim hat nur noch uns. Niemand will für den Sklaventreiber buckeln!»

Dabei halte ich nur mein Geschäft am Laufen. Diese faulen Säcke, die sich immer in die Pause und nach Hause verpissen wollen, haben nicht die geringste Ahnung, wie verdammt schwer das ist. Besonders Lars sollte dankbarer sein. Der Junge ist mehrfach vorbestraft.

Vor mir hatte ihm der alte Müller eine Chance gegeben. Doch den hat er bestohlen. Sein Ruf ist ruiniert, er hätte nie wieder einen Job gefunden. Aber ich hatte Mitleid mit ihm, da ich im Leben auch viel Mist gebaut habe. Schliesslich weiss ich, wie es sich anfühlt, wenn man keine zweite Chance bekommt. Ob das ein Fehler war?

Letzte Woche hat sich eine Tussi mit pinken Nägeln vorgestellt, aber das hier ist ein Beruf für echte Männer.

Ein letztes Mal streichle ich Bianca über den Kopf und hebe sie sanft vom Schoss. Sie miaut protestierend und kommt direkt wieder zurück. Mit ihr im Arm stehe ich langsam auf. Mit der rechten Hand halte ich immer noch meinen brummenden Schädel, mit der linken meine Katze.

«Beschäftige dich mal selbst, Süsse. Dem Boss geht es nicht gut», sage ich und setze sie vorsichtig auf dem Boden ab.

«Alter, sei nicht so eine Pussi!», murmle ich. Ich gehe entschlossen auf den Kühlschrank zu und reisse die Tür so heftig auf, dass er ins Wanken gerät. Flaschen, Dosen und Essen fallen mir entgegen.

Es klirrt, als eine Champagnerflasche auf dem Boden zerspringt.

«So eine verdammte Scheisse! Wieso passiert das immer nur mir?», brülle ich.

Die Flüssigkeit verteilt sich schäumend zwischen den

Splittern aus Glas auf dem Boden und läuft unter den Kühlschrank. Ich starre auf die Scherben und mir schiesst der Gedanke durch den Kopf, dass mein Leben genau das ist – ein einziger, beschissener Scherbenhaufen. Krampfhaft verdränge ich den Gedanken. Ich bin der Beste und mein Leben könnte nicht grossartiger sein! *Wer's glaubt*, meldet sich meine innere Stimme.

Mir wird schwarz vor Augen und ich stütze mich ab, die Stirn lehne ich an die Kühlschranktür. Der süsse Geruch des Champagners steigt mir in die Nase.

Ich muss daraufhin so heftig niesen, dass es mich fast zerreisst und in meinem Kopf ein so heftiger Bass wummert, dass ich die Augen krampfhaft zusammenpresse. Jeder Lichtstrahl würde den Schmerz unerträglich werden lassen.

Mit geschlossenen Augen taste ich mich vorwärts. Hoffentlich trete ich nicht auf meine Katze, und hoffentlich macht sie einen Bogen um die Scherben. Ein Tierarztbesuch würde mir gerade noch fehlen.

Im Bad angekommen drehe ich den Wasserhahn auf und lasse das kalte Wasser über meinen Kopf strömen. Ich seufze tief, denn es tut so gut. Das Pochen in meinem Kopf lässt nach. Das eisige Wasser rinnt mir den Hals hinunter auf meine Brust. Ich beginne zu zittern und spüre die Gänsehaut am ganzen Körper. Kalte Tropfen rinnen mir den Rücken hinunter. Hektisch trockne ich mich ab.

Ich erschrecke, als ich meine ausgelaugte Fratze im Spiegel sehe. Logischerweise sehe ich müde aus, aber es ist schlimmer, als ich dachte. Dunkle, tiefe Schatten unter meinen Augen. Mein Bart ist länger als gewohnt. Keine Ahnung, wann ich mich zuletzt rasiert habe. Ich habe das Gefühl, mir glotzt ein Zombie aus dem Spiegel entgegen. Blaue Augen, dumpf und vernebelt, als wäre ich auf Drogen.

«Alter, was ist los mit dir?», zische ich meinem Spiegelbild zu. «Du musst jetzt Gas geben, verdammt!»

Ich öffne den Spiegelschrank und greife nach einer grossen, weissen Packung. Der Karton schneidet mir in die Hände, als ich ihn aufreisse. Ich werfe zwei Pillen ein und stürme hinaus. Gehetzt suche ich nach Bianca, doch sie ist wie vom Erdboden verschluckt.

«Jungs, wie siehts aus?», rufe ich.

Beide werkeln noch am Mercedes rum. Stefans grüne Augen sind weit aufgerissen.

Der arme Junge, er ist noch nicht mal trocken hinter den Ohren. Mit schnellen Schritten gehe ich zu ihm und schau ihm über die Schulter.

Er zieht den Kopf ein. «Ähm, also, wir… wir sind …»

«Ist gut Jungs, ihr habt super gearbeitet. Macht jetzt Pause, ich gebe euch eine Stunde drauf», sage ich und klopfe beiden auf den Rücken.

Lars legt wortlos sein Werkzeug beiseite und verschwindet mit Stefan eilig aus der Werkstatt. Ich nehme mir vor, netter zu den beiden zu sein. Dass sie Angst vor mir haben, wollte ich nie. Obwohl sie selbst schuld daran sind. Aber ich kann auch über meinen Schatten springen.

Dann gehe ich zum Merc rüber. Mit flinken Fingern verrichte ich summend die letzten Handgriffe am Service. Zum Abschluss wasche ich den Wagen gründlich. Kein Staubkorn bleibt zurück, er glänzt in seiner ganzen Pracht. Meine Mundwinkel verziehen sich automatisch zum ersten Lächeln des Tages. Wie ich Autos liebe!

Meine Kopfschmerzen sind jetzt verschwunden und ich fühle mich leicht. Ich schaffe das alles, weil es mein verdammter Traum ist.

Eine schrille Stimme ertönt hinter mir: «Timi!»

«Hm», grummle ich. Das war es dann mit der Ruhe. Meine Stimmung sinkt in den Keller. Ich drehe mich um.

Gina kommt mit zwei grossen Kaffeebechern von Starbucks herein, deren Anblick mich sofort milder stimmt.

«Super, genau das, was ich brauche», sage ich erleichtert und greife nach einem der Becher. Ich nehme einen grossen Schluck und seufze. Geruch und Geschmack des Kaffees wecken in mir das seltene Gefühl von Geborgenheit.

Ich rülpse und lächle meiner Schwester zu. Sie ist die einzige Verbindung zu meiner Vergangenheit. Zu meiner Familie. Und natürlich zu Natalia. Die beiden sind immer noch beste Freundinnen.

«Kannst du mir einen Gefallen tun?», frage ich sie beherrscht höflich. Am liebsten würde ich ihr direkt den Befehl erteilen, ihren Arsch zu bewegen und den Lappen zu schwingen. Aber das würde ich bereuen. Immerhin sind wir aus dem gleichen Holz geschnitzt.

«Was denn?», fragt sie misstrauisch.

«Den Aufenthaltsraum aufräumen. Mir ist dort vorhin eine Flasche heruntergefallen.»

«Eigentlich bin ich hier, um mit dir zu reden.»

«Machen wir anschliessend, versprochen.»

Sie seufzt, nickt schliesslich und verschwindet in Richtung Aufenthaltsraum.

«Und pass bitte auf, dass Bianca sich nicht an den Scherben schneidet», rufe ich ihr nach.

Eilig poliere ich das Auto. Keine würdige Aufgabe für den Big Boss, aber ich liebe es. Gerade als ich fertig bin, betritt Murat die Werkstatt.

«Perfektes Timing, Bro», begrüsst er mich. «Wow, geil Alter, die Karre sieht aus wie neu! Danke Mann!»

«Kein Ding, Alter. Bock, was zu trinken?»

«Immer, Bruder!» Er folgt mir zum Aufenthaltsraum. Zum Glück hat Gina die Sauerei inzwischen beseitigt.

«Wofür war denn dieser Edeltropfen?», fragt sie grinsend.

«Ich habe heute ein Date. Mit so Edelzeugs lassen sich

die Ladys schneller knallen.»

«Läuft bei dir», johlt Murat und schlägt mir auf die Schulter.

«Was willst du trinken?»

«Kaffee. Schwarz.»

«Schwesterherz, du hast es gehört. Zwei Kaffee.»

Gina verdreht die Augen, steht aber auf und gehorcht mir, wie es sich gehört. Murat setzt sich auf den Sessel, ich nehme das Sofa daneben.

«Wo ist eigentlich meine Katze?»

«Keine Ahnung», ruft Gina genervt. «Ich habe das Vieh nicht gesehen.»

Sie versteht die Liebe zwischen Bianca und mir nicht. Manchmal habe ich das Gefühl, sie ist eifersüchtig, weil wir wie Pech und Schwefel zusammenkleben. Was sie natürlich nie zugeben würde.

«Hör mal, Bruder. Ich habe ein heisses Geschäft für dich.»

Murat mustert mich.

«Ich bin ganz Ohr», sage ich neugierig und beuge mich vor. Geschäfte mit Murat haben mir bisher immer viel Kohle eingebracht. Er sieht zu Gina rüber, dann wieder zu mir und zieht die Augenbrauen hoch.

«Du kannst vor ihr frei reden!»

«Es sollte besser keine Mitwisser geben …»

«Sie ist meine Schwester, sie kann es hören!», wiederhole ich nachdrücklich. In der Sekunde, als ich diese Worte ausspreche, frage ich mich nicht zum ersten Mal, ob ich Gina wirklich vertrauen kann. In der Vergangenheit hat sie mich manchmal um Geld erpresst. Doch ich habe ihr verziehen und noch eine Chance gegeben. Ich hoffe, sie verdient das. Für uns beide.

«Wenn du meinst», antwortet Murat zögernd.

Gina bringt uns den Kaffee und setzt sich zu uns. Murat sieht sie mit zusammengekniffenen Augen an. Sie erwidert ungerührt seinen Blick. Beide liefern sich ein tödliches Blickduell.

«Sorry Bruder, aber ich traue ihr nicht!»

Ginas Augen werden schmal.

«Junge, sei keine Memme. Sie ist meine Schwester und tanzt nach meiner Pfeife, kapiert?», fauche ich.

Gina schnaubt empört und fixiert nun mich mit ihrem Todesblick. Ich blinzle ihr zu. Sie soll gefälligst mitspielen, sonst geht mir ein fettes Geschäft durch die Lappen. Sie scheint mich zu verstehen. Mit einem zuckersüssen Lächeln wendet sie sich Murat zu.

«Du kannst mir hundertprozentig vertrauen. Ich würde niemals etwas tun, was meinem Bruder schadet», sagt sie mit sanfter Stimme. So hat sie bereits als Kind geredet, wenn sie etwas wollte.

«Na gut.»

Murat gibt nach, löst seinen Blick von ihr und sieht mich an.

«Es geht um ein paar Autos, die frisiert werden müssen.»

«Also reden wir von gestohlenen Autos?»

Murat sieht sich hektisch um.

«Keine Sorge, da ist niemand.»

Er nickt mir kurz zu.

«Wie stellt ihr euch das vor?», frage ich.

«Du bekommst regelmässig fette Karren geliefert. Dazu suchst du dir einen passenden Unfallwagen, frisierst die Lieferung und verkaufst hier quasi einen Neuwagen und einen Haufen gebrauchter Teile.»

«Moment - ich soll die hier verkaufen? Bei mir? Woher kommen die Karren überhaupt?»

«Bruder, das hat dich nicht zu interessieren. Du stellst keine Fragen und behältst dafür fünfzig Prozent. Wie hört sich das für dich an?»

«Hm», murmle ich. «Ich brauche Verstärkung. Mit meinen Jungs kann ich das nicht machen. Ich kann nicht für sie garantieren. Ausserdem muss das Tagesgeschäft weiterlaufen, sonst fallen wir auf.»

«Kein Problem. Wir schicken dir Hilfe.»

«Aber nur Jungs, die Deutsch sprechen», sage ich entschieden. «So was wie letztes Jahr, mache ich nicht mehr mit.»

«Keine Sorge, die können besser Deutsch als du», witzelt Murat.

«Bestimmt nicht», antworte ich genervt.

Er lehnt sich vor und boxt mir gegen den Arm.

«Nur Spass, Bruder.»

Nachdenklich sehe ich ihn an. Mit seinen nach hinten gegelten Haaren und dem schwarzen Vollbart sieht er aus wie ein Schmierlappen.

Ein Tritt gegen das Schienbein reisst mich aus meinen Gedanken.

«Wie siehts aus?»

Ich denke an die Kohle. Das wird den Bitches gefallen. Vor allem meiner Natalia.

«Logisch machen wir das!», sage ich und schlage in seine ausgestreckte Hand ein.

«Ihr könnt gleich mit Natalias Karre anfangen», sagt Gina spöttisch. «Sie kommt in zwei Monaten wieder.»

«Gehts noch! Wie kommst du auf diese blöde Idee?», fahre ich sie an.

«Niemals!», stimmt Murat mir zu. «Mit ihrem Alten will ich mich nicht noch einmal anlegen. Ausserdem habe ich einen Deal mit dem. Ich muss los, du hörst von mir.»

Wir gehen in die Garage.

«Ich musste noch einiges zusätzlich an der Karre machen, Bruder. Ich habe Öl nachgefüllt und die Zündkerzen gewechselt, das war längst überfällig. Dafür muss ich dir 2000 Franken extra berechnen», lüge ich, ohne mit der

Wimper zu zucken. Murat hat mich oft genug verarscht, da brauche ich kein schlechtes Gewissen zu haben.

«Alles zusammen kostet das dann 5000 Franken, weil du es bist», sage ich gönnerhaft.

Er grinst mich wissend an.

«Du Abzocker!»

Ich zucke mit den Schultern.

«Bei Mercedes ist es teurer und ich arbeite besser.»

Er nickt nur und drückt mir fünf violette Scheine in die Hand. Mühsam quetscht er sich und seine Masse auf den Fahrersitz und fährt viel zu schnell aus dem Tor meiner Werkstatt hinaus. Natürlich nicht, ohne den Motor seines getunten AMGs laut aufheulen zu lassen.

«Angeber», murmle ich leise.

Ich drehe mich um und bemerke erst jetzt, dass Gina uns gefolgt ist. Ich ringe mir ein Lächeln ab.

«So, Schwesterherz, jetzt können wir reden.»

Doch Gina erwidert mein Lächeln nicht. Überhaupt sieht sie übernächtig und traurig aus, sie hat dunkle Ringe unter den Augen und ist sehr blass. Abwesend schaut sie sich in meiner Garage um.

«Läuft bei dir, Bruder», sagt sie anerkennend. Ich nicke nur und lasse den Blick ebenfalls durch den Raum schweifen. In der Werkstatt habe ich aktuell einen Mercedes, zwei sportliche BMWs und sogar einen Ferrari stehen. Weitere Autos warten draussen auf dem Parkplatz, um von mir hergerichtet zu werden. Ich habe durch meine harte Arbeit echt etwas erreicht, und das bereits mit sechsundzwanzig Jahren.

«Wie viel an Wert steht hier eigentlich?», fragt Gina.

«Um die dreihunderttausend werden es sein», antworte ich stolz.

Gina bekommt grosse Augen.

«Mensch Timi, das ist ja der Wahnsinn.» Sie packt mich am Arm. «Stell dir vor, bei dir wütet auf einmal ein Brand und zerstört alles. Dann bekommst du das Cash von der Versicherung zurück!»

«Auf keinen Fall!», weise ich energisch zurück. «Ich habe mir das alles hart erarbeitet und es läuft so gut wie nie zuvor. Ausserdem bekommen die Kunden das Geld für die Autos und ich nur das für die Garage und meine Karren. Und so geht mir ein sehr gutes Geschäft durch die Lappen.»

In diesem Moment schluchzt Gina auf und erste Tränen fliessen ihr über die Wangen.

«Timi, ich weiss nicht, wie es weitergehen soll. Heute stand wieder diese blöde Kuh vom Betreibungsamt da. Zum Glück haben die Alten sie nicht gesehen. Ich konnte sie noch mal hinhalten. Bis nächste Woche muss ich aber einen Teil bezahlen, sonst kommt der Gerichtsvollzieher und pfändet alles von Wert. Dabei bin ich mehr als pleite, ich bin weit im Minus.»

Ich nehme sie in den Arm. Meine Schulter wird von ihren Tränen durchnässt.

«Ich habe eine Idee», beginne ich zögernd. Sie wird alles andere als begeistert sein.

«Ja?», schnieft sie und sieht mich an. In ihren Augen liegt Hoffnung.

«Du könntest bei mir in der Werkstatt arbeiten.»

«Oh. Als Sekretärin und Buchhalterin?»

Ein flaues Gefühl macht sich in meinem Magen breit. Das könnte sie gut. Zu gut. Bestimmt würde sie ein paar Franken auf ihr eigenes Konto verschieben.

«Nein, als Aushilfe.»

«Du meinst wohl als dein Idiot für alles!»

Empörung und Zorn funkeln in ihren Augen.

«Hör mal, ich habe dir so oft mit grösseren Beträgen ausgeholfen. So hätten wir beide was davon.»

«Daran ist nur Natalia schuld, diese Schlampe!», faucht sie.

Ich stosse sie von mir weg.

«Nenn sie nicht so! Ich habe dir letzte Woche 20.000 Kröten gegeben. Wofür zur Hölle hast du das wieder verschleudert? Geld nehmen kannst du, aber um dir in der Werkstatt die Hände schmutzig zu machen, bist du dir zu fein! Geh endlich arbeiten, so wie andere auch!»

«Oder studieren und Geld in den Arsch geschoben bekommen – so wie andere auch», äfft Gina mich nach.

«Immer noch besser als faul rumzugammeln und andere Leute auszunehmen», gebe ich zurück.

«Ach, und so wie du das machst, ist es in Ordnung, ja? Du schuftest dich zu Tode und drehst krumme Dinger für eine Frau, die dich längst vergessen hat! Du bist einfach zu dumm für das Leben!», schiesst Gina zurück.

«Sie hat mich nicht vergessen, du undankbare Tussi! Was würdest du ohne deine Familie und ohne den Staat machen? Du würdest als Hure enden oder verhungern!»

Gina springt auf. Ihre Wangen glühen vor Zorn. Sie stürmt aus der Werkstatt und wirft auf ihrem Weg nach draussen einen Stuhl und ein kleines Regal um. Klirrend fallen einige Werkzeuge zu Boden.

Ich schlurfe müde zurück in den Aufenthaltsraum und lasse mich auf die Couch fallen. Da kommt Gina erneut rein, diesmal mit bedächtigen Schritten, beinahe schon achtsam. Sie hält mir ihr Handy unter die Nase.

Heisse Wut überkommt mich beim Anblick des Fotos. Natalia mit einem anderen Typen. Doch meine Schwester ist noch nicht fertig, sie zeigt mir weitere Bilder von Natalia und anderen Männern.

«Und? Nimmst du Natalia immer noch in Schutz?»

«Das kann nicht sein. Bestimmt sind das nur Kommilitonen. Natalia ist nicht so eine, sie ist anders», verteidige ich meine grosse Liebe. Doch mein Herz rast.

«Ja, anders», höhnt Gina, «anders nuttig und geizig.»

«Ihr seid doch beste Freundinnen, warum redest du so

schlecht über sie?», frage ich.

Wie auf Kommando füllen sich die Augen meiner Schwester wieder mit Tränen, die in Rinnsalen über ihre Wangen laufen und auf ihr Shirt tropfen, wo sie dunkle Flecken hinterlassen.

«Seit sie in Zürich ist, hat sie keine Zeit mehr für mich. Es gibt nur noch ihr blödes Studium und ihre vielen Typen. Sie lässt mich eiskalt hängen! Dabei bin ich ihre beste Freundin, die noch dazu in einer Notsituation steckt.»

Ich verkneife mir gerade noch ein spöttisches Schnauben. Sie ist ständig in einer Notsituation und selbst schuld daran.

«Aber ich habe eine Idee, wie wir ihrem Hochmut ein Ende bereiten.» Ginas Stimme reisst mich aus meinen Gedanken. Von einer Sekunde auf die andere sieht sie hellwach aus, richtet sich auf, zieht die Schultern zurück und strahlt mich erwartungsvoll an.

Etwas hochmütig ist Natalia schon. Und dass sie Umgang mit anderen Kerlen hat, dulde ich nicht. Sie gehört mir!

«Was für eine Idee?», frage ich. Gina ist bekannt für ihre seltsamen Einfälle.

«Wir töten sie», sagt Gina, als hätte sie etwas völlig Alltägliches verkündet.

Ich falle aus allen Wolken. «RAUS!», brülle ich. «Verschwinde und lass dich hier nie wieder blicken!»

2.
Eine Woche später

Eine Woche später sitze ich doch wieder mit Gina auf meiner Couch in der Werkstatt.

«Timi, das mit letzter Woche tut mir von ganzem Herzen leid. Ich wollte die Stimmung heben und habe einen Witz gemacht. Einen sehr dummen, wie mir klar geworden ist. Wenn du mich nicht gleich hochkant rausgeschmissen hättest, dann hätte ich dir das erklären können.»

Bianca springt auf meinen Schoss und schnurrt. Ich streichle sie und sie legt sich auf den Rücken.

«Komm zu mir, Bianca», säuselt Gina. Doch meine Katze ignoriert sie.

Meine Schwester beugt sich rüber und krault sie am Kopf.

«Ich bin froh, dass du sie retten konntest», sagt sie leise.

«Wir haben sie beide gerettet. Ohne dich hätte ich nicht gewusst, was der Alte vorhat.» Ich spiele meine Heldentat herunter. Mein Vater ist ein typischer Bauer. Jedes Maul, das gestopft werden muss, aber keine Gegenleistung erbringt, ist eines zu viel. Bis auf Ginas.

Er hat den Wurf unserer Hof Katze in den Schuppen gesperrt. Am Tag darauf wollte er die Jungen in einen Sack packen und in den Fluss werfen. In der Nacht wollte ich sie alle zu mir in die Werkstatt holen. Doch sie sind mir entwischt, bis auf Bianca, deren Gehbehinderung ihr das Leben gerettet hat.

«Was ist eigentlich mit Biancas Mutter?» Ich habe keine

Ahnung, was auf dem Hof meiner Eltern abgeht, was oft besser für mich ist.

«Egal.»

«Sag es mir!»

Sie fährt sich durch die langen, blonden Haare und seufzt.

«Weisst du noch, als ich mich vor vier Wochen bei dir zum Essen eingeladen habe?», fragt sie.

Und ob ich das weiss. Ich bekomme nie Besuch zu Hause. Schnell musste ich die Fotos von Natalia verstecken, die überall in meiner Wohnung herumlagen. Sonst denken die Leute noch, ich wäre ein kranker Stalker. Was ich nicht bin, ich bin ein liebender Narr.

«Ja klar.»

«Da gab es nämlich einen Eintopf aus besonderem Fleisch.»

Mir wird schlecht. Mein Hass steigt ins Unermessliche. Diese skrupellosen, geizigen Arschlöcher!

Wir schweigen, die Luft ist zum Schneiden dick.

«Es tut mir echt leid …» Ginas Stimme durchbricht irgendwann die Stille.

«Schon gut», lenke ich ein.

Dabei weiss ich genau, dass ihr Vorschlag ernst gemeint war. Aber wer kann es ihr verübeln, bei diesen Zuständen, die zu Hause herrschen? Sie kennt doch nur Geiz, Gier und Rücksichtslosigkeit.

Andererseits – was hätte sie von Natalias Tod?

Sie fühlt sich einsam und im Stich gelassen, aber deshalb gleich jemanden umbringen?

Mich hat Natalia auch verarscht, aber ich kann ihr nie lange böse sein. Ich liebe sie und irgendwann wird sie begreifen, dass ich der Beste für sie bin und wir zusammengehören.

Vielleicht sollte ich sie entführen? Manchmal muss man seinem Glück ein wenig auf die Sprünge helfen. Kürzlich habe ich einen Film gesehen, in dem sich eine Frau unsterblich in ihren Entführer verliebt hat. Frauen stehen doch darauf. Vielleicht ist das der Neuanfang, den wir brauchen.

Müde schaue ich Gina an, die ziemlich mitgenommen aussieht. Mit schlechtem Gewissen nehme ich mir vor, mehr Zeit mit ihr zu verbringen, auch wenn ich nicht weiss, woher ich diese Zeit nehmen soll. Aber irgendwie schaffe ich das schon.

Doch zuerst liegt mir eine andere Frage auf der Zunge.

«Was würde dir Natalias Tod finanziell bringen? Oder geht es dir nur um Rache, Schwesterherz?»

«Was ich, oder besser gesagt, wir finanziell davon hätten? Ich bin Alleinerbin und die einzige Begünstigte ihrer Lebensversicherung», antwortet sie leichthin.

Ihre Worte hängen für einige Sekunden bleischwer zwischen uns, bis ich das Gesagte begreife.

Da stimmt doch etwas nicht. Wer hat schon mit Anfang zwanzig ein Testament und eine Lebensversicherung? Ausserdem kann Natalia nicht so dumm gewesen sein, ausgerechnet Gina als Begünstigte einzusetzen. Das mache nicht mal ich, und ich bin ihr leiblicher Bruder. Gina ist immer in Schwierigkeiten und geht über Leichen, um an Geld zu kommen.

«Ich finde, du solltest das hier sehen.» Sie hält mir ihr Handy unter die Nase, auf dem Natalia in inniger Vertrautheit mit einem anderen Typen zu sehen ist. Schlagartig pulsiert heisse Wut durch meinen Körper. Ich beginne zu schwitzen und mir wird übel. Gina scrollt weiter und zeigt mir andere Fotos von meiner Frau mit anderen Männern, jedes davon intimer und freizügiger als das andere.

«Nein! Das ist nicht wahr! Sie gehört nur mir!», brülle ich ausser mir vor Wut. Ich reisse ihr das Handy aus der Hand und werfe es quer durch den Raum.

«Spinnst du? Wenn es kaputt ist, kaufst du mir ein neues!»

Gina hechtet hinterher.

«Oh Mann, das Display ist kaputt. Das bezahlst du!»

«Halt die Fresse!», knurre ich.

Ich gehe zum grossen Spiegel. Durch die harte Arbeit und mein Training bin ich muskulöser als früher. Trotzdem kann ich nicht mit diesen Typen auf den Fotos mithalten. Niemals. Ein grosses Loch tut sich in mir auf. Ich fühle mich ausgelaugt und von einer inneren, gähnenden Leere erfüllt. Diese Leere, die ich schon mein ganzes Leben spüre.

Bis ich mit Natalia zusammengekommen bin. Sie hat diese Leere ausgefüllt – bis jetzt. Ich habe mir eingeredet, dass wir noch zusammen sind und eine Fernbeziehung haben, in der jeder an seinen Zielen arbeitet, damit wir später ein sorgenfreies Leben haben. Doch dieses Trugbild bröckelt.

Es fühlt sich an, als würde mein Leben wie ein Kartenhaus zusammenfallen. Dabei habe ich alles getan, damit sie zu mir zurückkommt. Zugegeben, einige Aktionen waren etwas übertrieben. Ich habe mich mehr als einmal im Ton vergriffen. Und bei der Sache mit Murat bin ich etwas über das Ziel hinausgeschossen – aber ich war so verzweifelt.

Ich starre mit mahlendem Kiefer aus dem Fenster auf die verregnete Strasse. Sie muss doch begreifen, dass ich das alles nur für sie getan habe, aus Liebe! Wollen Frauen nicht immer, dass der Mann um sie kämpft?

Gina legt mir von hinten die Hand auf die Schulter. Wütend schüttle ich sie ab.

Ich gehe zu einem Regal, krame unter dem Werkzeug eine verbeulte Zigarettenschachtel hervor und gehe hinaus. Mit zitternden Fingern zünde ich mir eine Zigarette an, was mir erst beim zweiten Anlauf gelingt.

Eigentlich habe ich aufgehört, aber jetzt ist sowieso alles egal. Gierig inhaliere ich den Rauch. Gina kommt aus der Tür. Ich hole tief Luft und öffne den Mund, um ihr zuzubrüllen, dass sie mich in Ruhe lassen soll. Doch ich bekomme einen schrecklichen Hustenanfall, der mich in die Knie zwingt. Ich habe das Gefühl, ich huste mir die Seele aus dem Leib. Dabei weiss ich nicht, ob ich überhaupt noch eine Seele besitze oder sie schon längst an den Teufel verkauft habe.

Gina gibt mir eine Wasserflasche und ich trinke in kleinen Schlucken. Mein Hals und meine Lungen schmerzen, aber der Hustenreiz lässt langsam nach.

Gina legt mir wieder ihre Hand auf die Schulter. Dieses Mal lasse ich es zu.

«Daran ist Natalia schuld.»

Ich nicke stumm.

«Komm, wir gehen wieder rein, hier draussen ist es viel zu kalt.»

Jetzt erst spüre ich den eisigen Wind, der mir die Haare zerzaust und meinen Pullover aufbläst. Willenlos trotte ich meiner Schwester hinterher. Gina bugsiert mich aufs Sofa und kommt kurz darauf mit zwei Corona Bieren zurück. Irgendwo hat sie eine Zitrone aufgetrieben und in jedes Bier einen Schnitz hineingesteckt.

Schweigend trinken wir. Gina steht zweimal auf und holt Nachschub. Ich fühle mich leichter und befreiter, als der Raum beginnt, sich zu drehen.

Gina ist verdächtig still.

«Hast du mir noch etwas über Natalia zu sagen?», frage ich matt.

«Vergiss sie einfach.»

«Ich richte mich auf und sehe sie streng an. «Sag es mir!»

«Okay. Sie hat letztens etwas in unseren Gruppenchat geschrieben …»

«Zeig!»

Fordernd strecke ich die Hand nach ihrem Handy aus.

Sie drückt auf dem zersprungenen Display herum, scrollt vermutlich irgendwo hoch und gibt es mir.

Besties forever heisst die Gruppe. Natalias Nachricht sticht mir direkt ins Auge.

Leute, das war eine Nacht! Mein ONS hatte einen riesigen Schwanz und konnte viermal. Absolut andere Liga als Timon, dieser Schlappschwanz.

Mit einem Wutschrei schleudere ich das Handy auf den Betonboden, auf dem es in seine Einzelteile zerspringt.

Ich verberge mein Gesicht in den Händen und sacke zusammen. Als hätte mir ein Vampir meine gesamte Kraft ausgesaugt. Das kann nicht sein. Das ist nicht Natalias Art.

Gina zieht scharf die Luft ein.

«Ich kaufe dir ein neues Handy», murmle ich.

Ich spüre Ginas Hand, die mir über den Rücken streicht.

«Willst du darüber reden?»

Mein Verstand sagt Nein, weil ich ein Mann und kein Weichei bin. Aber meine Zunge löst sich automatisch vom Gaumen.

«Ich habe das alles nur für sie gemacht, um ihr etwas zu bieten. Ich habe mich selbst verarscht und mir eingeredet, wir hätten eine Fernbeziehung. Nun ist nichts mehr, wie es sein sollte.»

Es tut weh, das Offensichtliche auszusprechen, nämlich dass mir die Realität abhandengekommen ist. Aber ich fühle mich etwas besser. Nach meinem Geständnis schweigen wir erneut. Die Stille liegt bleiern über der Werkstatt.

Meine Liebe zu Natalia ist nun endgültig in blanken Hass umgeschlagen. Sie hat mich leiden lassen. Mir brutal das Herz rausgerissen und eine klaffende Wunde hinterlassen. Sie hat mir meine Männlichkeit abgesprochen und sich vor anderen darüber lustig gemacht. Und das vor meiner Schwester! Wahrscheinlich wollte sie sogar, dass Gina mir diese Nachricht zeigt, um mich zu verhöhnen. Sie hat mich eiskalt betrogen und ausgetauscht! Ich denke an die Zeit, die Liebe und das Geld. Alles für diese Bitch verschwendet. Ich will Rache. Blutige Rache. Und eine finanzielle Entschädigung.

Ich nehme mein Handy, scrolle durch meine Kontakte und rufe Murat an. Er nimmt sofort ab.

«Ja?»

«Ich bin es. Ich bin immer noch dabei, aber die Bedingungen haben sich geändert.»

«Das heisst?»

«Ich bin mit 30 Prozent zufrieden. Dafür will ich aber ein paar andere Dienstleistungen von euch in Anspruch nehmen.»

«Lass uns morgen darüber reden. Nicht am Telefon.»

«Verstanden. Bis dann.»

3.
Laurene

Mit tauben Fingern versuche ich, die Stalltür abzuschliessen. Meine Hände zittern wie die eines Alkoholikers. Mit aller Kraft drücke ich die raue Holztür zu. Nach dem dritten Anlauf funktioniert es endlich.

«Wird's bald?», ruft mein Vater ungeduldig.

Ich ignoriere ihn. Mit gesenktem Kopf schleppe ich mich zum Haus. Als ich an dem riesigen Misthaufen vorbeigehe, wird mir übel von dem Gestank.

«Du brauchst gar nicht das Gesicht zu verziehen», schimpft mein Vater von Weitem. «Ställe ausmisten ist das Einzige, was du kannst. Du bist zu dumm für was anderes! Sei lieber etwas dankbarer.»

Dankbar wofür? Ich hebe den Kopf. Mit verschränkten Armen steht er vor mir und seine grauen Augen funkeln mich eiskalt an. Er ist so gross und breit, dass er beinahe die komplette Eingangstür des maroden Hauses ausfüllt.

Ich versuche mich zu beeilen, doch ich kann nicht schneller gehen. Meine Glieder sind steif und bleischwer – nicht nur vor Kälte und Müdigkeit nach einem fünfzehnstündigen Arbeitstag auf dem Bauernhof meiner Eltern. Am schwersten lastet die Traurigkeit auf mir. Ich fühle mich einsam und verlassen.

Früher kam Natalia wenigstens noch vorbei oder lud mich zu sich ein. Die Besuche bei ihr waren meine einzigen Lichtblicke. Natalia schenkte mir Kraft und Freude in meiner hoffnungslosen Situation. Wir haben Filme geschaut, geredet, Beautyabende veranstaltet und vieles mehr. Die

Sehnsucht nach diesen Glücksmomenten schnürt mir die Luft zum Atmen ab. Sie war die Einzige, die mich wirklich verstanden, immer zu mir gehalten und mich wie eine Löwin gegen jede gehässige Bemerkung verteidigt hat.

Jetzt bin ich meinen Peinigern wieder schutzlos ausgeliefert, weshalb ich mich noch mehr zu Hause verkrieche. In jeder freien Minute schaue ich auf mein Handy, aber sie antwortet nicht auf meine Nachrichten. Ich verstehe, dass sie viel zu tun hat, aber das habe ich auch. Wenn ich ihr wichtig wäre, würde sie mir schreiben. Diese paar Sekunden hat man doch für Freunde.

Du sagst es, für Freunde, kichert eine gehässige Stimme in mir.

«Mädchen, wenn du weiter so rumtrödelst, schläfst du draussen bei den Schweinen!»

Mein Vater mustert mich herablassend.

«Ja», flüstere ich.

«Ja was? Ja, du willst heute draussen bleiben?»

«Nein, bitte nicht», sage ich leise.

Sein Grinsen gleicht einer bösartigen Grimasse. Seine gelben Zähne sind gefletscht - wie bei einem Wachhund.

«Ich habe dich nicht gehört!»

Heisse Wut flammt in mir auf. Natürlich hat er mich gehört und zertritt nun meine Würde mit seinen dreckigen Gummistiefeln. Doch ich muss demütig bleiben, sonst lässt er mich wirklich draussen, ohne Essen. Es wäre nicht das erste Mal.

«Ich möchte bitte rein», sage ich mit gesenktem Blick.

«Ich möchte auch vieles», spottet er und macht keine Anstalten, mich vorbeizulassen.

Meine Augen füllen sich mit Tränen der Verzweiflung.

«Darf ich bitte, bitte reinkommen?»

Er schafft es jedes Mal, mir mein letztes Stückchen Stolz zu nehmen.

«Was hast du vergessen?», fragt er streng. Eine tiefe

Falte zeichnet sich zwischen seinen buschigen Augenbrauen ab.

Ich habe einen Kloss im Hals, denn ich kann und will es nicht aussprechen.

«Laurene?» Er stemmt die Hände in die Hüften und zieht die Augenbrauen hoch.

«E … Entschuldigung», stosse ich hervor. Meine Augen brennen, meine Nase läuft und ich bin völlig entkräftet. Endlich höre ich das Knarren der Holztür. Mit gesenktem Kopf gehe ich hinein. Der Boden ist voller Schlamm durch die vielen schmutzigen Stiefel.

«Mach hier sauber, dann gibt es was zu Fressen», befiehlt er und dreht sich von mir weg.

Ein köstlicher Essensgeruch liegt in der Luft. Ich höre von oben das Klimpern von Besteck und das Klappern der Terrinen und Schüsseln, aus denen sich die anderen bereits bedienen.

Mein Magen knurrt und eine eiserne Faust drückt sich in meinen Bauch. Ich stütze mich mit der rechten Hand an der kalten Wand ab und krümme mich zusammen.

«Bist du fertig?», ruft mein Vater von oben.

«Fast.» Ich zwinge mich, aufzustehen. Wo ich mich mit meiner Hand abgestützt habe, ist ein dunkler Fleck auf der weissen Wand zu sehen. Scheisse!

In der Abstellkammer fülle ich Wasser in einen Eimer und giesse es fahrig im Korridor auf den Boden. Mit alten Lumpen wische ich darüber und werfe sie anschliessend weg.

«Bin fertig», rufe ich. Meine Beine fühlen sich unglaublich schwer an, ich brauche all meine Kraft, um nicht zusammenzusacken.

Nach einer gefühlten Ewigkeit höre ich Schritte. Mit letzter Kraft stelle ich mich aufrecht hin, wie beim Militär.

«Na, dann wollen wir mal sehen. Wann du fertig bist, entscheide ich, du kleine Kröte», keift meine Mutter, noch bevor die erste Treppenstufe unter ihrem Gewicht protestierend knarrt.

Sie keucht und schnauft. Ihr runzliges, wüstes Gesicht läuft rot an, als sie zum Eingang blickt und die Schmutzschlieren auf dem Boden sieht.

«Du verfluchtes Balg, das wirst du bereuen!»

Sie humpelt auf mich zu. Ich erstarre vor Schreck. Scheisse, warum habe ich es nicht gründlicher gemacht? In diesem Moment donnert ihre Faust bereits gegen meinen Kopf. Mir wird schwarz vor Augen und ich breche zusammen. Kraftlos bleibe ich auf dem Bauch liegen.

«Du verdienst nichts anderes, du faule Sau!», geifert meine Mutter. Mein Kopf dröhnt vor Schmerz, bei jedem ihrer Worte droht er zu zerplatzen.

Sie zerrt an meinem Pullover.

«Beweg deinen fetten Arsch und steh auf!»

Du hast definitiv den fetteren Arsch, denke ich und muss trotz der schlimmen Situation grinsen. Zum Glück sieht sie es nicht, da mein Gesicht auf dem Boden liegt. Mühsam raffe ich mich auf. Als ich wieder aufrecht stehe, sehe ich sie einfach nur an. Sie hat die gleichen langweiligen grünen Augen wie ich. Sie kommt näher, wobei sie hochschauen muss.

«Jetzt machst du hier sauber, bis auf den letzten Krümel. Wenn ich noch einmal umsonst runterkommen muss, dann erlebst du dein blaues Wunder, verstanden?»

«Ich …»

«Ob du das verstanden hast, du Miststück?», brüllt sie.

Ich ducke mich weg und nicke. Sie dreht sich um und humpelt die Treppe hinauf. Ich sacke wieder zusammen. Tränen laufen über mein Gesicht und vor meinen Augen verschwimmt die Einrichtung dessen, was ich mein Zuhause nennen muss. Es wird von Tag zu Tag schlimmer und ich kann nichts tun. Ich bin völlig machtlos, wie ein kleines Kind. Dabei bin ich 21 Jahre alt. Aber ich kann mich nicht wehren. Es ist hoffnungslos.

Ich kauere in Embryonalstellung auf dem Boden und wiege mich hin und her. Ich weiss nicht, warum ich das mache, es passiert automatisch. Es ist die einzige Möglichkeit, mich zu beruhigen und nicht durchzudrehen.

Seit ich auf der Welt bin, höre ich jeden Tag, dass ich nichts wert bin, sogar Abschaum bin. Ich denke an den Tag vor sechs Jahren zurück, an dem ich es gewagt habe, auszubrechen. Meine besten Freundinnen Natalia und Gina haben mir Mut gemacht, allein hätte ich mich niemals getraut. Eines frühen Morgens packte ich meine Sachen. Ich musste es nicht mal heimlich machen, da sich niemand einen feuchten Dreck um mich scherte. Nach der Schule ging ich zu Natalia. Sie und ihre Familie versicherten mir, ich könne so lange bleiben, wie ich wollte.

Es waren die drei schönsten Tage meines Lebens. Ich hatte ein grosszügiges Gästezimmer mit einem Bad, ganz für mich allein. Ich musste nicht schuften, sondern hatte die Zeit nach der Schule zur freien Verfügung. Ganz für mich allein. Manchmal lag ich nur auf meinem Bett, starrte die Decke an und lauschte meinem Atem und der wohltuenden Stille. Jeden Abend ass ich mit Natalias Familie Abendbrot. Ihre Mutter servierte die köstlichsten Speisen. Seit ich denken kann, esse ich in meiner kleinen Kammer die Reste, die mir meine Familie übriglässt. Wenn sie welche übrig lässt.

Doch nach drei Tagen fand dieses Traumleben ein jähes Ende. An diesen Tag erinnere ich mich, als wäre es gestern gewesen. Es klingelte an der Tür. Kurz darauf betraten zwei stämmige Polizeibeamte das Haus.

«Mädchen, komm besser freiwillig mit uns», sagte der Ältere, der auch noch ein Freund meines Vaters war.

Natalias Eltern riefen ihren Rechtsanwalt an, der kurz darauf dazukam. Doch sogar er – einer der besten und vor allem teuersten Anwälte der Schweiz, konnte nichts ausrichten. Ich musste mit den Beamten mitgehen. An die grausamen Tage danach erinnere ich mich nur verschwommen. Allein bei dem Gedanken daran bekomme ich Panik.

Kurz darauf fand der Gerichtsprozess statt. Der Anwalt von Natalias Familie war dabei, doch ich war zu verängstigt und gebrochen und leugnete alles, was mir meine Familie angetan hatte. Natalias Eltern blieben auf den Prozesskosten sitzen. Mir wird immer noch schlecht bei dem Gedanken an die horrende Summe. Sechzigtausend Franken. Zum Glück wollen Natalias Eltern das Geld nicht zurückhaben. Ich könnte es ohnehin niemals zurückzahlen, da ich kein Geld verdiene.

«Bist du endlich fertig?» Die schrille Stimme meiner Mutter reisst mich aus meinen Gedanken. Panisch springe ich auf. Ich habe mich völlig in meinen Erinnerungen verloren.

«Gleich ...» Meine Stimme überschlägt sich vor Angst.

«Mach vorwärts, du lahme Schnecke!», ruft nun auch mein Bruder herunter. Mir kommen wieder die Tränen. Doch diesmal halte ich sie zurück. Ich muss schnell fertig werden, sonst kriege ich noch mehr Probleme.

«Fertig!», rufe ich zehn Minuten später. Ich keuche und bin verschwitzt nach dieser eiligen Putzaktion. Niemand antwortet, vermutlich hören sie es nicht. Ich seufze verzweifelt. Hochgehen darf ich nicht, durfte ich nie. Mein Platz ist unten. Wie überall im Leben.

«Ich bin fertig», brülle ich.

In jeder Hinsicht.

«Schrei doch nicht so, meine Ohren platzen ja», ruft meine Mutter.

«Jetzt musst du warten, es tanzen nicht immer alle nach deiner Pfeife», gibt mein Vater noch einen drauf. Als ob jemals irgendwer nach meiner Pfeife getanzt hätte. Ich bin hier die Sklavin, die nach ihren Pfeifen tanzen muss.

Verzweifelt kauere ich mich wieder am Boden zusammen. Ich mag nach fünfzehn Stunden Knochenarbeit nicht mehr stehen und mein Magen zieht sich schmerzhaft zusammen. Endlich höre ich die schweren Schritte meiner Mutter. Sie schnauft wie ein asthmakranker Gaul.

«Verdammte Göre! Wegen dir kriege ich noch einen Herzinfarkt, sooft muss ich hier die Treppe rauf – und runterrennen!»

Wäre nicht das Schlechteste, denke ich gehässig. Ich empfinde keine Zuneigung für meine Mutter. Sie ist eine Hexe, die alle unter ihrer Fuchtel hat. Um mich hat sie sich nie gekümmert. Mein Vater und mein zehn Jahre älterer Bruder haben meine Erziehung übernommen. Wenn man das so nennen kann.

Meine Mutter hat sogar ihre Lesebrille mitgenommen und sucht den Boden akribisch nach Dreck ab. Erleichtert atme ich auf, als sie endlich nickt.

«Kannst jetzt essen», erlaubt sie mir gönnerhaft.

Ich hasse mich dafür, aber in diesem Moment empfinde ich Dankbarkeit, so hungrig bin ich.

«Hans, bring das Essen runter», brüllt sie. Ohne ein weiteres Wort wendet sie sich ab und geht keuchend nach oben. Müde gehe ich in mein Zimmer, das einer Abstellkammer gleicht. Ich setze mich an den kleinen Tisch und warte. Nach einer gefühlten Ewigkeit kommt mein Bruder endlich. In der Hand hält er einen Topf. Kein Besteck. Doch das ist mir egal. Gierig schlinge ich alles hinunter, esse mit den Händen und lecke mir die Finger ab. Den leeren Topf stelle ich vor die Tür und knalle sie zu.

Dann verkrieche ich mich mit meinen dreckigen Arbeitskleidern im Bett und ziehe mir meine schwarze Kuscheldecke über den Kopf. Eigentlich achte ich immer sehr auf Sauberkeit, aber heute ist es mir egal. Natalia würde mir einen Vortrag über die Keime halten, die ich in mein Bett schleppe und welche Krankheiten sie verursachen können. Aber sie ist nicht da und somit gibt es niemanden, der sich für mich interessiert und um mich sorgt. Traurig sehe ich auf den Chatverlauf in meinem Handy. Seit drei Tagen hat sie nicht geantwortet. Meine letzte Nachricht hat sie noch nicht einmal gelesen.

«Bitte hilf mir! Ein allerletztes Mal – ich halte es hier nicht aus, aber allein schaffe ich es nicht.»

Heisse Tränen brennen mir in den Augen und laufen über meine Wangen. Ohne Natalia an meiner Seite habe ich keine Kraft und keinen Mut. Sie gab mir die Energie, die ich brauchte, um meinen Alltag zu überstehen. Und nur mit ihr traue ich mich, aktiv zu werden. Ich war auch immer für sie da, wenn sie mich gebraucht hat. Zum Beispiel vor drei Jahren, als es ihr so schlecht ging. Damals hatte sie in ihrem Wahn ihr ganzes Geld an irgendwelche Hilfswerke verschleudert. Sie hätte es lieber mir geben sollen. Und jetzt ignoriert sie mich – eine seltsame Art der Dankbarkeit. Auch Gina hat ewig nichts mehr von sich hören lassen. Ich melde mich aber auch nicht mehr bei ihr. Gina ist eine Freundin für gute Zeiten. Dann ist sie für jeden Blödsinn zu haben. Doch wenn es einem schlecht geht, hat sie so viel Einfühlungsvermögen wie eine Dampfwalze. Natalia dagegen war früher sehr empathisch und hat mich aus jedem Tief geholt. Und jetzt? Vielleicht denkt sie, wie alle anderen auch, dass ich die Mühe nicht wert und dumm und zurückgeblieben bin. Obwohl sie sich für so schlau hält, hat sie nie erkannt, was ich wirklich bin: intelligent, hochintelligent sogar. Mir fiel alles leicht, lernen musste ich nie. Ich hatte immer nur schlechte Noten, um nicht aufzufallen. Zu alldem noch als Streberin zu gelten, wäre mehr gewesen, als ich hätte ertragen können. Nie werde ich diesen einen Moment in der ersten Klasse vergessen. Ich war als Erste mit den Aufgaben fertig und hob die Hand. Meine Lehrerin, Frau Müller, liess mich an der

Tafel vorrechnen, als alle anderen fertig waren. In der Zeit hatte ich aus Langeweile ein wenig mit den Zahlen gespielt und schrieb einen anderen Weg zur Lösung an die Tafel, als Frau Müller uns beigebracht hatte.

«Das gibts ja nicht. Wo hast du das denn gelernt?», fragte sie erstaunt.

«Hier», antwortete ich arglos. Ich sehe ihre weit aufgerissenen Augen noch vor mir. Mit der rechten Hand raufte sie sich die Haare.

«Mensch, das ist ja der Wahnsinn. Kinder, unsere Laurene ist eine Hochbegabte. Von ihr könnt ihr noch was lernen!»

Was gut gemeint war, löste eine regelrechte Lawine aus. Vorher war ich die graue Maus gewesen, unsichtbar, hin und wieder kam ein blöder Spruch, doch sonst liess man mich in Ruhe. Ab diesem Moment wurde ich auf dem Schulhof und hinter dem Rücken meiner Lehrer aufs Übelste gedemütigt.

Ab da stellte ich mich dumm. Mit der Zeit vergassen die anderen diesen Vorfall. Sie sahen nur das, was sie sehen wollten, das dumme, dicke, hässliche Mädchen. Alle, ausser Frau Müller.

Ich beginne, haltlos zu schluchzen. Wie eine Löwin hat sie für mich gekämpft. Sie führte Gespräche mit mir und später auch mit meinen Eltern und leitete einen Intelligenztest in die Wege. Ich glaube, sie wusste warum. Mehrmals versuchte sie, meine Eltern zu überzeugen, mich auf eine andere Schule zu schicken. Nie hat jemand so viel für mich getan. Niemand ausser Natalia.

Natalia hatte Mitleid, weil ich so schlecht in der Schule war und lernte mit mir, damit ich irgendwie durchkam. Ohne ihr Hilfsangebot wären wir nie so gute Freundinnen geworden, als Streberin hätte ich ganz allein dagestanden. Dafür wäre ich jetzt frei gewesen. Ich hätte einen guten Job und wäre weit weg von diesen schlimmen Leuten, die sich meine Familie nennen. Dieses Leben in Freiheit habe ich verschenkt, um mit Natalia zusammen zu sein.

Ich liege in meinem Bett und heule wie ein Schlosshund, als mich mit einem Mal eine Erinnerung wie ein Schlag ins Gesicht trifft. Ich fahre hoch.

Was habe ich getan? Kein Wunder, dass sie mich ignoriert. Sie muss herausgefunden haben, dass unsere Freundschaft auf Lügen und Grausamkeit basiert. Und jetzt fällt alles zusammen. Ich bin selbst schuld. Um Natalias Freundschaft zu erhalten, bin ich über Leichen gegangen, beinahe sogar über ihre eigene.

Von weitem höre ich ein Klopfen, aber ich habe keine Lust und keine Kraft, um zu reagieren. Es knarrt leise und ich höre die Tür quietschen.

«Lauri?», höre ich Gina zögernd fragen. «Ist etwas passiert?»

Erstaunt schaue ich hoch und sehe tatsächlich Gina im Türrahmen stehen.

Leise tritt sie ein, beinahe schon vorsichtig. Nicht wie sonst – stürmisch und rücksichtslos. Gina setzt sich auf meine Bettkante und sieht mich mitleidig an. Sie macht keine abfällige Bemerkung darüber, dass ich ungeduscht in meinen Arbeitskleidern im Bett liege. Vielleicht hat sie sich verändert?

«Lauri?», fragt Gina erneut.

«Was?», antworte ich matt.

«Ich habe dich gefragt, ob etwas passiert ist.»

Müde setze ich mich auf und fühle mich wie eine alte Frau. Ich lehne mich an die Wand und ziehe mir die Kuscheldecke über die Beine.

«Ich bin einfach nur traurig und erschöpft», sage ich. «Ich hasse diese schwere Arbeit hier. Ich habe nur meine Kammer und eine warme Mahlzeit, wenn etwas übrigbleibt. Ich komme immer als Letzte dran.

Und Natalia ignoriert mich. Ich vermisse sie! Sie hat

immer Freude in mein Leben gebracht.»

Gina hört mir aufmerksam zu und legt mir die Hand aufs Bein. Die Erniedrigungen und die Gewalt meiner Familie erwähne ich nicht.

Ich möchte nicht darüber reden. Irgendwie hoffe ich aber, dass sie etwas merkt.

Nach einer kurzen Pause lächelt sie mich an.

«Ich bin immer für dich da.»

Mir wird warm und der Druck in meiner Brust lässt ein wenig nach. Ich verspüre einen Anflug von Hoffnung.

«Ich auch für dich. Wie geht es dir denn?», frage ich.

«Beschissen!»

Ginas wunderschöne Augen schwimmen in Tränen, die ihr die Wangen runterkullern.

«Ich sehe langsam auch keinen Ausweg mehr aus meiner Situation. Das Wasser steht mir bis zum Hals. Gegen mich wurden mehrere Betreibungen eingeleitet. Meine Eltern wissen noch nichts davon, werden es aber zwangsläufig erfahren. Die rasten aus! Sie haben mir schon meine letzte Betreibung bezahlt und ich habe ihnen versprochen, dass es nie mehr vorkommen wird. Sie haben gedroht, mich rauszuschmeissen. Ich hasse es genauso wie du, bei den Eltern zu wohnen und auf einem blöden Bauernhof mitarbeiten zu müssen, aber ich habe keine andere Wahl. Dabei will ich etwas tun, das mir Spass macht! Doch ich habe keine Modelaufträge. Keine Chance, Geld zu verdienen und meine Probleme zu lösen. Und Natalia lässt uns im Stich, obwohl sie uns mühelos helfen könnte.»

Betrübt sitzen wir nebeneinander auf meinem Bett und starren die gegenüberliegende Wand an, die fast komplett von einem Büchergestell verdeckt ist. Ich denke darüber nach, dass Gina im Gegensatz zu mir selbst schuld an ihrer Situation ist, da sie dauernd Sachen bestellt, die sie nicht bezahlen kann. Das sage ich aber nicht, weil sie die einzige Person in meinem Leben ist, die mich wie einen normalen

Menschen behandelt. Ich will nicht auch noch sie verlieren. Gina springt auf, geht zum Regal und betrachtet die Bücher.

«Hast du die etwa alle gelesen?», fragt sie mich ungläubig.

«Natürlich nicht, wieso sollte ich meine Zeit mit Büchern verschwenden?», antworte ich beiläufig. «Die gehören irgendeiner entfernten Verwandten, die auf Weltreise ist. Natürlich ist nur noch im kleinsten Zimmer Platz, um die zu lagern.»

Gina hält den ersten Band der marxistischen Ideologie in der Hand.

«Wie einfach doch alles wäre, wenn wir kommunistisch leben würden», sagt sie nachdenklich. Ich schaue belämmert drein und murmle, dass ich keine Ahnung habe, wovon sie spricht. Dabei denke ich mir, dass Gina keine Ahnung hat, was das wirklich bedeutet und sie dieses Staatsmodell mit Sicherheit nicht wollen würde. Schliesslich will sie reich und erfolgreich werden und glamourös leben.

Der Abend mit Gina tut mir richtig gut. Wir reden, trinken ein paar Biere, die sie mitgebracht hat und lachen viel.

Was mich nervös macht, ist, dass ich ihr mein grösstes Geheimnis anvertraut habe, meine Lebenslüge, was wirklich an dem Tag vor fünfzehn Jahren passiert ist. Wenn sie die jemandem erzählt, bin ich geliefert.

Aber das wird sie nicht, denn sie ist meine beste Freundin. Oder?

Am nächsten Tag wache ich zuversichtlich auf und starte voller Elan in den Tag. Gegen Nachmittag sinkt meine Stimmung aber zusehends. Ich habe keine Lust und keine Kraft mehr, diese schwere und stupide Arbeit zu verrichten. Je mehr ich über meine verpassten Chancen nachdenke, umso wütender werde ich auf mich selbst. Ich habe mir die einzige Möglichkeit verbaut, um aus diesem verdammten Teufelskreis auszubrechen. Ich habe das Potenzial für einen gut bezahlten Job, der mir Spass machen würde, aber ich habe keine andere Perspektive, als bei meinen Eltern zu schuften, um ein Dach über dem Kopf und etwas zu essen zu haben. Ich habe kein Geld und kann deshalb keine Ausbildung beginnen. Ohne Ausbildung verdiene ich kein Geld, ohne Geld komme ich hier nicht weg. Und sobald ich nicht mehr für meine Eltern arbeite, stehe ich auf der Strasse. Meine Zukunft sieht düster aus: Ich werde mein Leben lang ein Knecht dieser Familie sein, jetzt bei den Eltern, später beim Bruder, der alles erben wird. Natürlich kenne ich das Erbrecht und weiss, dass mir mindestens ein Viertel von allem zusteht. Doch dann müsste ich das einklagen, was Monate dauert, weil mein Bruder das Anwesen verkaufen müsste. In der Zeit würde er mich verprügeln, bis ich nachgebe. Oder gar umbringen.

Doch einen kleinen Hoffnungsschimmer gibt es seit gestern Abend. Aber Ginas Idee ist so verrückt, dass ich gar nicht zu träumen wage, dass ihr Plan so aufgeht, wie sie es sich vorstellt. Wenn das auffliegt, ist unsere Zukunft ruiniert, wobei ich aktuell nicht viel zu verlieren habe. Ausserdem habe ich ein schlechtes Gewissen gegenüber Natalia. Auch wenn sie mich jetzt im Stich lässt, hat sie dennoch so viel für mich getan. Und ich will sie nicht verlieren. In zwei Wochen treffe ich mich noch mal mit Gina, bestimmt hat sie bis dahin auch eingesehen, wie absurd ihre Idee ist.

4.
Zwei Wochen später

Nach einem langen Tag mache ich mich müde und hungrig auf den Weg zu Timons Werkstatt. Dort will Gina mit mir und ihrem Bruder ihre Idee besprechen. In letzter Zeit habe ich viel darüber nachgedacht. Ich bin immer noch hin- und hergerissen, aber meine Wut auf Natalia wird jeden Tag grösser. Sie hat sich immer noch nicht gemeldet, obwohl ich sogar versucht habe, sie anzurufen. Vergeblich. Gleichzeitig quält mich das schlechte Gewissen. Die Vergangenheit lastet wie ein schwerer Stein auf mir. Zu Hause wird es jeden Tag schlimmer. Mal gibt es kein Essen für mich, dann wieder drei Portionen auf einmal, die ich bis auf den letzten Bissen aufessen muss. Ich werde oft verprügelt, mittlerweile sogar von meinem Bruder, der bisher noch nie die Hand gegen mich erhoben hat. Zweimal wurde ich wie ein Hund ausgesperrt und musste bei den Schweinen schlafen.

Vorige Woche hatte ich ein letztes Mal versucht, mein Schicksal aus eigener Kraft zu ändern. Bis dahin war ich absolut dagegen, Natalia etwas anzutun. Ich mag sie einfach zu sehr und finde es erbärmlich, jemanden aus Habgier zu töten. Aber mein Leben ist nun mal an Erbärmlichkeit nicht zu übertreffen, und seit diesem grauenhaften Tag wächst der Wunsch nach ihrem Tod stetig in mir.

Es war ein sonniger Dienstagnachmittag. Völlig überraschend durfte ich die Arbeit schon um vierzehn Uhr beenden. So schnell ich konnte, duschte ich und zog meine besten Kleider an. Ich packte meine grosse Tasche mit den nötigsten Sachen. Zuerst ging ich zur ansässigen Polizeiwache. Als ich das Gebäude betrat, kam mir Alexej entgegen.

«Hallo Laurene. Weisst du, wann Natalia mal wieder in die Heimat kommt?»

Seine Frage versetzte mir einen Stich.

«Keine Ahnung», antwortete ich. Daraufhin eilte er weiter, als wäre ich Luft. Seit er vor sechs Jahren hierhergezogen ist, hat er nur Augen für Natalia.

Am Empfang sass derselbe Polizist, der mich vor sieben Jahren bereits befragt hatte. Am liebsten wäre ich direkt umgekehrt, doch ich zwang mich auf ihn zuzugehen.

«Hallo Laurene», begrüsste er mich lächelnd.

«Hallo», antwortete ich zaghaft.

«Was kann ich für dich tun?», fragte er und wies mit der rechten Hand auf den Stuhl vor seinem Tisch. Nervös setzte ich mich.

«Nun, ähm, erinnern Sie sich? Vor sieben Jahren …»

«Als könnte ich diese Aktion jemals vergessen», unterbrach er mich. «Die Sache hat mir eine Menge Arbeit und noch viel mehr Ärger eingebracht.»

Ich nahm meinen ganzen Mut zusammen und sagte: «Es war alles wahr, was ich gesagt habe. Doch ich hatte solche Angst. Nun möchte ich aber, also, jetzt …»

«Du willst deine Eltern noch einmal anzeigen?»

Ich nickte mit gesenktem Kopf.

«Mädchen, es tut mir wirklich leid, aber ich kann dir nicht helfen.»

Seine Worte trafen mich wie ein Schwall eiskalten Wassers. Ich konnte nicht verhindern, dass mir die Tränen in die Augen stiegen.

«Aber warum nicht?»

«Weil mich das Ganze damals beinahe meinen Job gekostet hätte», sagte er leise. Er sah sich um, dann beugte er sich vor.

«Weisst du, wer jetzt mein Vorgesetzter ist? Urs, der beste Freund deines Vaters. Es tut mir unendlich leid, aber ich kann deine Anzeige nicht aufnehmen.»

Nach diesen Worten konnte ich die Tränen nicht mehr länger zurückhalten, sie strömten über meine Wangen und verschmierten meine Mascara.

Eilig sprang ich hoch und rannte hinaus.

«Warte …», rief er mir nach, doch ich drehte mich nicht um.

Heulend lief ich ziellos durch die Strassen. Ein gelber Bus fuhr an mir vorbei. Da kam mir auf einmal ein Gedankenblitz. So schnell ich konnte, rannte ich zur Bushaltestelle um die Ecke. Zum Glück hatte der Bus angehalten. In letzter Sekunde sprang ich hinein und liess mich keuchend auf den ersten freien Sitz fallen. Nach einer Weile gemütlicher Fahrt stiegen zwei Männer ein.

«Fahrkarten, bitte!»

Der Grössere kam direkt auf mich zu.

«Ähm, also, ich, irgendwie finde ich …»

«Schon klar, du hast keine Fahrkarte gelöst.»

«Nein, bitte, so ist das nicht, ich …»

«Mädchen, ich habe keine Zeit für irgendwelche Ausreden», unterbrach er mich.

Für einen Moment blickte ich stumm nach draussen, nickte schliesslich und nannte ihm meine Personalien. An der nächsten Haltestelle stieg ich aus. Meine Beine trugen mich wie von selbst zu meinem Ziel. Doch als ich vor dem grossen Gebäude der Kantonspolizei stand, zögerte ich. Tausend Gedanken schossen mir durch den Kopf: Was, wenn es wieder nicht klappt? Wenn sie mir nicht glauben? Oder sie mich zurückschicken zur Polizeistation in meinem Dorf?

Aber der Gedanke an mein schreckliches Leben zu Hause machte mir schliesslich Beine. Nervös stiess ich die schwere Holztür auf. Das Gebäude war trist und trostlos, genau wie mein Leben. Alles war grau, vom Teppichboden bis zur Decke. An beiden Seiten der Wände standen Stühle, auf denen Leute sassen. Ich ging zum Empfangsbereich.

«Ja bitte?», fragte die Frau unfreundlich.

«Guten Tag. Ich möchte eine Anzeige …»

«Zuerst brauche ich Ihre Personalien», unterbrach sie mich und schob ein Formular über den Tresen. Als ich es ausgefüllt hatte, riss sie es mir aus der Hand und las es mit zusammengekniffenen Augen durch.

«Sie sind falsch bei uns. In Ihrem Kaff gibt es eine Dienststelle, die für Sie zuständig ist. Der Nächste!»

«Aber dort kann ich nicht hin!»

«Natürlich, dort können Sie die Anzeige aufgeben. Wir haben hier schon mehr als genug zu tun», antwortete sie und begann das Aufnahmeverfahren mit einem Mann mittleren Alters. Tiefe Verzweiflung überkam mich. Doch ich nahm noch einmal all meinen Mut zusammen: «Bitte, ich war schon da, die nehmen meine Anzeige nicht an, weil …»

«Sie müssen Ihre Anzeige aufnehmen, dazu sind die dem Gesetz nach verpflichtet», sagte sie, ohne mich anzusehen. Das klang endgültig. Mit schleppenden Schritten und hängendem Kopf verliess ich die Dienststelle. Diese blöde Bürokratie in der noch blöderen Schweiz. Wozu haben wir tausend Gesetze, wenn sie nicht befolgt, geschweige denn durchgesetzt werden können, verdammt noch mal?

Traurig stand ich vor dem Gebäude. Die Passanten eilten an mir vorbei. Einige rempelten mich an und bedachten mich mit genervten Blicken. Ich fühlte mich wie ein altes, abgenutztes Paket, das bestellt wurde, nun aber rumstand und nicht abgeholt wurde. Die Verzweiflung lastete bleischwer auf mir. War ich dazu verdammt, mein Leben lang die Sklavin meiner Familie zu sein? Hatte ich nicht ein

Leben verdient, das mehr zu bieten hatte?

«Weisst du eigentlich, wie es Franka nach dem Tod ihres Mannes geht?», schnappte ich den Gesprächsfetzen einer jungen Frau auf, die mit ihrer Freundin an mir vorbeischlenderte.

«Schlecht – sehr schlecht. Zum Glück kommt das Sozialamt für sie und die Kinder auf», erwiderte die andere.

Sozialhilfe! Das war es! Auf Google suchte ich die Adresse raus und stellte auf Google Maps die Route ein. Es war in meiner Nähe und zu Fuss erreichbar.

Zuverlässig brachte mich die App ans Ziel. Das Gebäude war in einem dezenten Gelb gestrichen. Es sah viel freundlicher aus als das der Polizei.

Ich trat ein. Als ich die Frau am Empfang sitzen sah, hatte ich ein Déjà-vu. Mit ihrem unfreundlichen Gesicht hätte sie mit der Empfangsdame der Polizei verwandt - wenn nicht gar ihre Zwillingsschwester sein können.

«Haben Sie einen Termin?», fragte sie, ohne von ihrer Tastatur aufzusehen, während sie mit dem Zeigefinger tippte. Ob sie wohl schon mal vom Zehnfingersystem gehört hatte?

«Nein, ich ...»

«Machen Sie bitte erst telefonisch einen Termin aus. Oder am besten online.»

«Das geht nicht», hauchte ich.

Zum ersten Mal hob sie den Kopf und sah mich an.

«Warum nicht? Haben Sie kein Telefon?»

«Doch, aber ich arbeite jeden Tag fünfzehn Stunden, heute ist die einzige Möglichkeit.»

«Was brauchen Sie dann vom Sozialamt? Wenn Sie so viel arbeiten, sollten Sie doch genug Geld haben?», antwortete sie und zog die dünnen, schwarzen Brauen hoch.

«Ich verdiene nichts», flüstere ich.

Sie schüttelte den Kopf.

«Wo arbeiten Sie denn?»

«Bei meinen Eltern.»

Sie schob ihre Brille hoch.

«Na, aber dafür bekommen Sie bestimmt Kost und Logis, oder?»

«Schon, aber ich möchte ausziehen und einen Job finden, bei dem ich Geld verdiene.»

«Dann viel Erfolg. Niemand hält sie auf.»

Die Frau wandte sich wieder dem Bildschirm zu.

«Doch. Aus diesem Grund bin ich hier», sagte ich betont ruhig. Allmählich machte mich ihre gespielt naive Art wütend.

«Ich brauche nur vorübergehend Sozialhilfe, bis ich einen Job gefunden habe.»

Ihre Stirn legte sich in Falten.

«Na hören Sie mal, da kann doch nicht jeder einfach hier hineinspazieren und Sozialhilfe verlangen. Suchen Sie sich eben erst einen Job und ziehen dann aus!»

Meine Hände wurden feucht.

«Hören Sie, das geht nicht. Ich kann mir keinen Job suchen, wenn ich jeden Tag fünfzehn Stunden arbeite.»

«Das müssen Sie mit Ihrer Familie regeln. Was haben wir damit zu schaffen?»

Ich atmete tief ein. Damit diese dumme Nuss begriff, was Sache war, musste ich wohl deutlicher werden. Mein Körper zitterte und ich konnte nur noch mit Mühe die Tränen zurückhalten.

«Ich werde mit Gewalt zur Arbeit gezwungen. Wenn ich sie verweigere, stehe ich auf der Strasse. Um da herauszukommen, brauche ich zuerst eine eigene Wohnung. Ein kleines Zimmer würde mir schon reichen, damit ich mir eine menschenwürdige Arbeit suchen kann.»

Die Falten auf ihrer Stirn glätteten sich. In ihren grünen Augen meinte ich, einen Hauch Mitleid zu erkennen.

«Das tut mir leid für Sie», sagte sie etwas weicher. «Aber

da sind wir die falsche Anlaufstelle. Erstatten Sie Anzeige bei der Polizei.»

Ich seufzte tief. «Da komme ich gerade her. Sie nehmen meine Anzeige nicht auf.»

«Warum nicht?»

«Die Polizisten in meinem Dorf sind mit meinem Vater befreundet. Und die Kantonspolizei nimmt meine Anzeige nicht an, weil ich sie an meinem Wohnort erstatten muss.»

Die Frau legte wieder ihre Stirn in Falten.

«Nach dem Gesetz sind sie dazu verpflichtet, jede Anzeige aufzunehmen und den Sachverhalt zu klären.»

«Ja, das habe ich heute schon einmal gehört», flüsterte ich.

«Na sehen Sie!»

Meine Augen brannten und in der Kehle spürte ich einen dicken Kloss.

«Ich kann meine Eltern im Moment nicht anzeigen. Ich möchte einfach gerne ausziehen und nicht mehr gequält werden.»

«Also gut. Kommen Sie in zwei Wochen wieder. Dann ist der nächste freie Termin bei Frau Schneider. Sie wird sich für Sie einsetzen. Bringen Sie bitte Ihre Kontoauszüge und Ihre Zeugnisse mit. Und ein Dokument, das belegt, wie viel Ihre Eltern verdienen, zum Beispiel die Lohnabrechnung oder die Steuererklärung. Frau Schneider macht einen hervorragenden Job und wird das Beste für Sie rausholen, versprochen.»

Wider Erwarten stand sie auf und legte mir kurz die Hand auf die Schulter.

«Ich habe keine Ahnung, wie viel meine Eltern verdienen und keinen Zugang zu solchen Dokumenten, können wir die nicht weglassen?», fragte ich hoffnungsvoll. Sie schüttelte den Kopf, sodass ihr langer Pferdeschwanz von einer Schulter zur anderen wippte, wenige Zentimeter an meinem Gesicht vorbei.

«Davon hängt ab, ob Ihnen überhaupt Sozialhilfe zusteht. Sonst müssen Ihre Eltern für Sie aufkommen. Wenn Ihre Eltern ihre Vermögensverhältnisse nicht freiwillig offenlegen, können wir sie auch amtlich dazu auffordern.»

Ich nickte nur und lief wortlos hinaus.

Innerlich weinte ich, doch ich hatte an diesem Tag so viel geweint, dass keine Tränen mehr fliessen wollten.

Es war hoffnungslos.

Als ob nicht alles schon schlimm genug wäre, rutsche ich aus und fiel mit dem Hintern in den Schnee.

«Verdammte Scheisse!», schimpfte ich.

Mühsam rappelte ich mich auf. Die eisige Nässe brannte an meinem Hintern. Die Krönung dieses Tages war es, auf der Heimfahrt von denselben Kontrolleuren erneut beim Schwarzfahren erwischt zu werden. Bei dem Gedanken an die Bussgeldforderungen, die bald bei uns mit der Post reinflattern werden, schmerzte mein Magen und zu Hause gab es mal wieder nicht genug zu essen für mich.

Es ist schon verrückt. Die Schweiz ist eines der reichsten Länder. Und eines der Sichersten. Warum um alles in der Welt lässt man zu, dass ich gequält werde, ohne mich aus meiner Lage befreien zu können? Ob es noch mehr Menschen wie mich gibt? Dem Gesetz zu Folge nicht, aber ich habe am eigenen Leib erfahren, dass Theorie und Praxis zwei verschiedene Welten sind.

Nun gehe ich durch die Strassen zu diesem Treffen, das ich am liebsten absagen würde. Aber ich habe keine Wahl. Gina ist die Einzige, die mir noch helfen kann. Obwohl Natalia mich ignoriert, liebe ich sie als Mensch und will das Beste für sie. Aber was soll ich tun? Ich muss mich zuerst um mich kümmern. Ausserdem hätte Ginas Plan einen Vorteil. Natalia würde unwissentlich mein Geheimnis mit ins Grab nehmen. Seit fünfzehn Jahren liegt diese Last schwer auf meinen Schultern.

Ich schaue mich in der Gegend um, durch die ich gerade laufe. All die makellosen Häuser mit den gemütlichen Innenbeleuchtungen und den perfekt zugeschnittenen Bäumen und Büschen in den Vorgärten kommen mir wie eine Farce vor.

Ein Haus sticht besonders hervor. Es ist ein grosses, helles Holzhaus. Der Schnee auf dem Dach gleicht feinem Puderzucker. Um das ganze Haus hängen helle, bunte Lichterketten, obwohl Weihnachten schon lange vorbei ist. Im Garten sind Zwerge aufgestellt und auf einem kitschigen Schild steht: Lisa, 28.12.2014. Es ist so verdammt ungerecht. Ich möchte nicht viel – nur ein Quäntchen Glück. Ein klein wenig würde mir schon reichen.

Nun stehe ich vor der schwarzen Tür der Werkstatt. Nervös trete ich von einem Bein aufs andere. Hoffentlich ist Gina schon da. Timon und seine Freunde machen mich nervös. Ich bin den Umgang mit attraktiven Männern nicht gewohnt.

Mit zittrigen Händen nehme ich mein Handy aus der Jackentasche und schreibe Gina: «Bist du schon da?»

Ich vertippe mich dabei ständig, was hauptsächlich an der Kälte liegt. Hoffentlich ist Timon nicht da. Doch der Gedanke, ihn nicht zu sehen, versetzt mir einen schmerzhaften Stich mitten ins Herz. Meine Knie werden weich und mein Herz rast. Trotz der stechenden Kälte fange ich an zu schwitzen und ich schnappe nach Luft, als wäre ich den Weg zur Werkstatt gerannt.

Plötzlich schwingt die Tür auf und knallt mir gegen den Kopf.

«Mensch Lauri, entschuldige!», ruft Gina und fällt mir stürmisch um den Hals. Ich knicke ein, da meine Beine so schwach sind.

«Schon gut», nuschle ich.

Sie packt mich am Arm und stützt mich.

«Was ist denn los? Bist du krank?», fragt sie und zieht besorgt ihre perfekt gezupften und nachgezeichneten Brauen zusammen.

«Nein, nein, nur müde», antworte ich.

«Und ziemlich überarbeitet», ergänzt sie.

Ich nicke nur.

«Wir haben leckeres Essen bestellt. Komm schnell, bevor Timon alles wegisst.»

«Ich habe aber gar keinen »

«Keine Widerrede, du bist eingeladen», unterbricht sie mich.

Gina stürmt voraus und ich trotte hinterher. Ich habe das Gefühl, als würde ich zur Schlachtbank geführt werden. Nach Monaten sehe ich Timon das erste Mal wieder. Schnell biege ich vor der Werkstatttür ins Bad ab und ziehe die Tür hinter mir zu.

«Wo bleibst du?», ruft Gina.

«Komme gleich, muss nur kurz aufs Klo», antworte ich.

Oh nein, warum habe ich Klo gesagt? Für wie ordinär muss Timon mich halten? Schnell schliesse ich die Tür hinter mir. Es stinkt widerlich. Hoffentlich denkt er nachher nicht, es stinkt meinetwegen so.

Ich drücke den Lichtschalter und erschrecke, als ich mein blasses Gesicht im Spiegel sehe. Immerhin sind meine Wangen von der Kälte hübsch gerötet. Leider auch meine Nase. Mit dem roten Zinken sehe ich aus wie Rudolf das Rentier. Verzweifelt fahre ich mit den Händen durch mein mattes, dünnes Haar. Doch da hilft alles Zupfen nicht – es hängt bloss langweilig und leblos runter. Ich drehe den Wasserhahn auf und halte die Haare drunter. Dann drehe ich sie mir um den Finger. Doch es bleiben nur strähnige Wellen statt schöner Engelslöckchen.

«Lauri, was ist los, bist du im Klo ertrunken?», ruft Gina.

Ich höre Timon lachen.

Mein Gott, wie peinlich. Er denkt jetzt bestimmt, ich bin am Scheissen. Ich fahre mir noch ein paarmal durch die Haare. Sie sehen jetzt verstrubbelt aus. Immerhin hängen sie nicht mehr so langweilig herunter. Ich habe mal irgendwo gelesen, dass Männer wilde Mähnen attraktiv finden. Schnell öffne ich die Tür und gehe in die Werkstatt, bevor ich es mir wieder anders überlege.

Mein Herz hämmert und das Blut rauscht in meinen Ohren, als ich mit gesenktem Blick den Aufenthaltsraum betrete. Mein Gesicht beginnt zu kribbeln. Auch ohne einen Spiegel weiss ich, dass es tomatenrot anläuft.

«Hallo Laurene, wie schön dich mal wiederzusehen», sagt Timon.

Kurz hebe ich den Blick und sehe schnell wieder zu Boden. Mist! Warum schaffe ich es nicht, ihn anzusehen? Er denkt bestimmt, ich spinne.

5.

«Hallo Timon», sage ich beherrscht.

Auf einmal steht er vor mir und umarmt mich. Ich spüre, wie sich sein warmer Körper an meinen presst. Mein Bauch kribbelt. Noch stärker als vor Jahren im Europapark auf der Silverstar. Wie schön das ist, am liebsten würde ich diesen Moment einfrieren. Als wir uns aus der Umarmung lösen, habe ich ein idiotisches Grinsen im Gesicht. Mein vorheriger Wunsch nach einem Quäntchen Glück hat sich mehr als erfüllt. Ich sprudle beinahe über vor lauter Glück. Wie benebelt setze ich mich neben Gina auf die Couch. Timon reicht mir eine Pizzaschachtel.

«Mit Salami und Peperoni. Ist das in Ordnung?»

Ich nicke.

Gina stochert in ihrem grünen Salat herum.

«Hast du keinen Hunger?», frage ich.

«Doch schon, aber nicht auf Salat», antwortet sie mürrisch.

«Einmal kannst du doch sündigen», sage ich.

«Einmal?», kreischt sie auf.

Erschrocken zucke ich zusammen.

«Wenn es bloss einmal wäre. Ständig habe ich diese Heisshungerattacken. Was ich schon zugenommen habe! Ich hatte heute endlich mal wieder einen Termin für ein Casting. Sie haben mich abgelehnt, weil ich zu fett bin. Natürlich habe ich keinen Rappen dafür bekommen».

«Das ist ja fies, tut mir leid», sage ich betreten. Ich weiss nur zu gut, wie es ist, wegen seiner Figur diskriminiert zu werden. Unauffällig schaue ich an mir hinunter. Zum

Glück bedeckt mein grauer, loser Pullover meine Rettungsringe. Nur meine riesigen Brüste wölben sich überdeutlich hervor, was Timon aber bestimmt gefällt. Mir schiesst das Blut ins Gesicht.

«Lass es dir schmecken.» Seine Stimme reisst mich aus meinen Gedanken.

«Danke ... danke, du auch», stammle ich. Obwohl ich heute wenig gegessen habe, fühlt sich mein Magen wie zugeschnürt an. Doch ich zwinge mich, die Pizza zu essen, um unangenehme Fragen zu vermeiden.

Timon und Gina bereden irgendetwas über ihre Familie. Erleichtert darüber, unbeachtet zu sein, schlinge ich die Pizza mit einem neu erwachten Heisshunger in mich hinein und lasse keinen Krümel übrig.

Gesättigt lehne ich mich zurück und fühle mich so zufrieden und geborgen wie schon lange nicht mehr.

«Laurene, möchtest du Champagner?», fragt Timon und lächelt mich an.

Ein Riesenschwarm Schmetterlinge wirbelt durch meinen Bauch, so heftig, dass mir ein wenig übel wird.

«Ja ... ja, gerne», stammle ich schon wieder überrumpelt.

«Und ich?», fragt Gina und runzelt die Stirn.

«Liebste Schwester, möchtest du auch ein Glas Champagner?», fragt Timon und strahlt sie an. Zum Glück sitze ich, sonst wäre ich auf der Stelle umgekippt. Das sähe vielleicht ähnlich aus wie in den Harry Potter Filmen, wenn der Ganzkörperklammerspruch angewendet wird.

Timons Charme ist wortwörtlich umwerfend.

«Danke, ich nehme gerne einen deiner Ladyknaller», schnaubt Gina.

Was will sie denn damit sagen? Dass er viele Frauen hat? Oder ist das ein Spassname für den Champagner?

Timon holt eine Flasche Dom Perignon aus dem Kühlschrank und drei edle Gläser, die er auf den Couchtisch stellt. Wahnsinn, es ist ein Vintage Magnum. Natalias Lieblingsgetränk. Woher kann er sich so einen teuren Champagner leisten? Er öffnet die Flasche und der Korken knallt gegen die Decke und fällt mir natürlich auf den Kopf. Ich zucke zusammen und quietsche auf. Die beiden kugeln sich vor Lachen. Na super, jetzt lacht er mich auch noch aus. Wahrscheinlich gucke ich so dämlich, dass er mich jetzt für total bescheuert hält.

Immer noch lachend reicht er mir ein randvolles Glas. Mein Arm zittert, als ich danach greife. Natürlich schütte ich einen Teil davon über seine Hand.

«Macht nichts», sagt er, bevor ich den Mund für eine Entschuldigung aufmachen kann.

Geschickt füllt er zwei weitere Gläser. Timon und Gina sehen sich lange an, dann wandert ihr Blick zu mir. Für einen Wimpernschlag habe ich das Gefühl, von zwei Raubkatzen fixiert zu werden, kurz bevor sie angreifen. Doch das ist absurd. Die beiden sind die einzigen Menschen in meinem Leben, denen ich etwas bedeute.

«Auf uns», sagt Timon und hebt sein Glas.

«Auf uns», wiederholen wir und stossen an.

Timon sieht mir tief in die Augen, als sich unsere Gläser einander klirrend nähern, sodass die Schmetterlinge wieder erwachen. Ich stelle mir vor, dass Gina nicht da ist. Nur Timon und ich stossen bei Kerzenlicht an und er sagt mit seiner tiefen, angenehmen Stimme: «Auf uns!», während er mir dabei tief in die Augen blickt.

«Lauri, drückst du dich?» Ginas Stimme reisst mich aus meinen Gedanken.

«Was meinst du?», frage ich verwirrt.

Die Seifenblase des schönen Traumes ist schlagartig zerplatzt, ich bin wieder in der Garage bei grellem Neonlicht statt Kerzenschein.

«Wenn man anstösst, trinkt man für gewöhnlich auch, sonst meint man es nicht ehrlich», antwortet Timon und sieht mich mit hochgezogener Augenbraue an.

«Oh, klar», sage ich und nehme einen grossen Schluck.

Eine Weile reden wir über die guten alten Zeiten. Timon ist sehr galant, sobald mein Glas leer ist, schenkt er mir nach. Bald wird mir schwummrig und ich lache ununterbrochen, weil alles so lustig und leicht ist.

Mit der Zeit verstummen Gina und Timon mehr und mehr.

«Welche Laus ist euch denn über die Leber gelaufen?», frage ich kichernd.

Der Raum beginnt sich zu drehen.

Timon sieht lange zu Boden und sagt nichts. Es versetzt mir einen Stich, ihn so bedrückt zu sehen. Ich blicke nach rechts zu Gina. Sie sitzt mit hängenden Schultern auf der Couch und starrt ins Leere.

«Hallo?», frage ich nochmals in die Stille.

«Sorry, war in Gedanken», antwortet Timon.

«Same», sagt nun auch Gina.

«An was habt ihr denn gedacht?», frage ich. Auf einmal fühle ich mich schwer und spüre einen Druck in der Magengegend, der mir Übelkeit bereitet. Ich ahne, dass ich die Antwort nicht hören will.

«Weisst du noch, unser Gespräch bei dir?», fragt Gina.

Jetzt wird mir schlecht. Mein Gefühl hat mich nicht getäuscht.

Sie sieht mir in die Augen.

«Hast du darüber nachgedacht?»

Ich fühle mich wie ein Kaninchen, das von einer Schlange hypnotisiert wird. In meiner Kehle bildet sich ein dicker Kloss.

«Ich … ich, schon. Irgendwie. Aber …»

«Ich habe Tag und Nacht darüber nachgedacht», unterbricht Timon mein Gestammel. Sein Blick schweift unbeständig umher.

«Ich sehe keine andere Lösung. Natalia trampelt auf

unseren Gefühlen herum und lebt dabei in Saus und Braus, während wir drei wortwörtlich vor die Hunde gehen, in jeder Hinsicht.»

Ich starre auf meine blauen Jeans. Meine Augen brennen, doch ich halte die Tränen zurück.

Auf einmal spüre ich, wie die Couch neben mir nachgibt und ich zur Seite rutsche. Vorsichtig schiele ich neben mich, direkt auf Timons grünes Shirt. Sein Geruch steigt mir in die Nase, eine Mischung von herbem Parfüm, Schweiss und Öl. Ich könnte ihn jeden Tag riechen. Ich spüre seine warme Hand auf meinem Rücken. Ich mustere angestrengt meine Beine und zupfe an einem losen Faden des Jeansstoffes herum. Mir wird flau im Magen und Hitze schiesst durch meinen Körper. Ich fühle mich gleichzeitig geborgen und unwohl. Auf einmal reisst der Faden und ich weiss nicht mehr, wohin mit meinen Händen. Ich beginne, meine Fingerhäutchen abzureissen.

«Ich mag dich total, Lauri», flüstert Timon und greift nach meiner verschwitzten Hand. Wie eklig, hoffentlich ändert er seine Meinung deswegen nicht.

«Wirklich?», krächze ich.

Die Trauer und der Schmerz fallen von mir ab, als würden sie wie Schnee in der Sonne schmelzen.

«Ja, schon länger. Doch ich Idiot habe immer nur Natalia hinterhergetrauert. Da ihr bis vor Kurzem noch beste Freundinnen gewesen seid, war das natürlich besonders schwierig.»

Ich mustere immer noch konzentriert meine Jeans. Meine freie Hand hat einen anderen Faden gefunden, an dem sie zupfen kann.

Bis eben schwebte ich auf Wolke sieben, doch Natalias Name lässt mich abstürzen. Ich bin eifersüchtig auf sie, weil er sie so lange geliebt hat. Gleichzeitig bricht es mir das Herz, dass sie sich nicht bei mir meldet. Sie war so lange der wichtigste Mensch in meinem Leben.

«Irgendwie ist sie es immer noch», sage ich leise.

Hoffentlich wird er jetzt nicht wütend.

«Echt? Nach allem, was sie sich geleistet hat?», fragt er ungläubig.

Ich zucke mit den Schultern.

«So schlimm ist es ja nicht, sie hat immerhin viel für mich – »

«Du bist einfach zu gut für diese Welt», unterbricht er mich.

«Jetzt übertreibst du.»

Doch mein Herz schmilzt. Noch nie hat jemand so etwas Schönes zu mir gesagt. Vielleicht bin ich doch kein Abschaum?

Er fasst sanft unter mein Kinn und dreht meinen Kopf zu sich.

«Schau mich mal an. Oder bin ich dir zu hässlich?»

«Nein! Natürlich nicht.»

Das Blut schiesst mir ins Gesicht, als mich seine blauen Augen intensiv ansehen. Er kommt mir immer näher. Unsere Lippen berühren sich. Der Schmetterlingsschwarm in meinem Bauch explodiert. Die Zeit bleibt stehen und ich vergesse alles um mich herum. Seine Hand hinterlässt ein Brennen auf meiner Wange und meinem Hals. Als wir uns nach einer Ewigkeit voneinander lösen, strahlen wir uns an.

«Das hätte ich schon viel früher tun sollen», sagt er leise.

«Besser spät als nie», antworte ich.

Wortlos streicht er mir eine Strähne aus dem Gesicht.

Mein Blick schweift durch den Raum.

«Wo ist Gina?»

«Sie hat uns allein gelassen», grinst er.

«Ich sollte dann auch langsam gehen.»

«Nichts solltest du, ausser hier bei mir bleiben», unterbricht er mich und küsst mich wieder. Diesmal drückt er seine Lippen fest auf meine und gleichzeitig mit seiner Zunge gegen meine Lippen. Oje, soll das jetzt ein Zungenkuss werden, wie in den Büchern? Ich habe das doch noch nie gemacht, und ich habe vorher noch Pizza gegessen – das muss er doch eklig finden.

«Was ist?», fragt er.

Nervös mustere ich den Raum, den hölzernen Couchtisch, die abgewetzte schwarze Ledercouch dahinter, die weisse Wand mit …

«Laurene?»

Ich blicke Timon an, der mich traurig ansieht.

«Ja?», frage ich.

«Willst du es nicht?»

«Doch, aber ich habe nicht damit gerechnet.»

«Kein Problem», sagt er und lächelt mich an. «Wir gehen es langsam an, okay?»

Beim Lächeln hat er süsse Grübchen.

«Ja», hauche ich und betrachte verlegen das grosse Foto von einem roten Sportwagen an der Wand. Timon folgt meinem Blick.

«Gefällt dir das Auto?»

«Ja, klar», schwindle ich.

Mit Autos hatte ich noch nie was am Hut. Mir reicht der riesige Traktor, den ich manchmal fahren muss. Oder der überdimensionale SUV, mit dem ich den Viehanhänger zum Schlachthof ziehen muss. Ich hasse das.

«Willst du eins haben?», fragt er.

«Nein … nein», antworte ich. Ich hätte ohnehin kein Geld fürs Benzin oder den Diesel.

«So ein schönes Auto kann ich dir sowieso noch nicht bieten, aber du kannst eins von meinen haben. Wenn wir das hier durchziehen, kannst du dir deinen grössten Traum erfüllen. Was wäre das?»

«Eine eigene Wohnung», antworte ich wie aus der Pistole geschossen.

«Bei dir zu Hause ist es echt beschissen, oder?», fragt er mitfühlend.

«Mm», murmle ich und blinzle. Trotzdem läuft mir eine Träne davon.

Er streicht mit seinem Daumen über meine Wange.

«So schlimm?»

«Passt schon.»

Ich setze ein Lächeln auf, das meine Augen nicht erreicht.

«Ich würde dir echt gerne eine Wohnung besorgen.»

Wie süss, dass er so viel für mich tun will. Vielleicht ist er ja mein Retter?

«Leider kann ich es zurzeit nicht», unterbricht er meine euphorischen Gedanken. Das holt mich auf den Boden der Tatsachen zurück.

«Das verstehe ich», antworte ich. «Aber das ist auch nicht deine Aufgabe, sondern meine.»

Timon schaut zu Boden.

«Wenn ich könnte, würde ich dir da raushelfen. Aber ich stecke bis über beide Ohren in Schulden.»

«Warum das denn?», frage ich und setze mich aufrecht hin.

«Ich musste für die Werkstatt einen Kredit aufnehmen. Den habe ich aber nicht von der Bank bekommen, da meine Bonität und meine Geschäftsidee sie nicht überzeugt haben. Ich war also gezwungen, das Angebot von einem Kredithai anzunehmen, der jetzt immer mehr Zinsen verlangt. Dabei wollte mir Natalias Vater einen Kredit geben. Doch dann hat diese blöde Kuh Schluss gemacht und mich bei ihrem Daddy schlechtgeredet. Deshalb stehe ich jetzt mit leeren Händen da.»

«Das gibt es doch nicht.»

«Doch, allerdings. Dabei war schon alles geregelt. Also bin ich zu so´nem schmierigen Typen gegangen. Mir war klar, dass der Dreck am Stecken hat, aber ich hatte keine Wahl. Jetzt verlangt er zwei Millionen auf einmal, also die gesamte Summe, die er mir geliehen hat, sonst nimmt er mir meine Werkstatt und somit meine ganze Existenz.»

Timon seufzt tief und birgt sein Gesicht in den Händen. Vorsichtig lege ich ihm meine Hand auf die Schulter.

«Es gibt nur diese eine Lösung», sagt er.

Mein Magen verkrampft sich und ein bitterer Geschmack macht sich in meinem Mund breit.

«Es muss doch einen anderen Weg geben», wende ich mit zittriger Stimme ein.

«Glaub mir, Süsse, ich habe alles durchdacht. Ich sehe keine Möglichkeit, wie ich sonst auf die Schnelle zwei Millionen zusammenkratzen soll. Wenn du eine bessere Idee hast, dann immer her damit.»

Das Einzige, das mir einfällt, ist Glücksspiel. Doch die Chance auf einen Gewinn ist vernichtend gering. Oder ein Überfall. Doch für bewaffnete Raubüberfälle geht man teilweise länger ins Gefängnis als für einen simplen Mord, wenn man es geschickt anstellt. Oder gar nicht, weil viele Tötungen als natürlicher Tod oder Unfall abgestempelt werden.

Er greift nach meiner Hand und streicht zärtlich über meinen Handrücken.

«Aber Natalia hat doch auch nicht viel Geld», sage ich leise.

«Hast du eine Ahnung. Ihre Wohnung ist weit über eine Million wert – ohne Hypothek. Ausserdem hat sie ein randvolles Konto und noch so einige Wertgegenstände.»

Mir verschlägt es die Sprache. Ich wusste immer, dass

sie Geld im Überfluss hat, aber nichts von solchen Summen. Und ich bräuchte davon nur ein paar läppische Tausender, um endlich in Ruhe leben zu können.

«Stell dir vor: Wir könnten zusammenziehen in ein schönes Haus, glücklich sein und eine Familie gründen», schwärmt Timon.

Ich zucke zusammen.

«Eine Familie?»

Timon lacht.

«Natürlich erst in ein paar Jahren. Aber ich denke nun mal zukunftsorientiert. Ich sehe es deutlich vor mir. In fünf Jahren haben wir ein Haus mit einem riesigen Garten, in dem ein Junge und ein Mädchen sorgenfrei spielen.

Ist doch viel schöner, als in einer kleinen Dreckbude zu hocken und jeden Franken zweimal umdrehen zu müssen.»

Meine Gefühle fahren Achterbahn. Mir wird schwindlig. Ich schliesse die Augen, doch der Raum dreht sich immer noch.

«Hey, was ist los?», höre ich Timons Stimme und spüre, wie er mir über den Kopf streicht.

«Ich … ich komme gleich wieder», murmle ich und versuche aufzustehen, was mir erst nach dem zweiten Anlauf gelingt. Schwankend laufe ich zum Bad.

«Bist du etwa schon betrunken?», ruft er mir hinterher.

«Ja», lüge ich.

Ich kann ihm schliesslich schlecht antworten, dass mir wegen seiner Worte die Galle hochkommt. Im Bad drehe ich den Schlüssel im Schloss um, lasse kaltes Wasser über meine Hände laufen und benetze mein Gesicht damit, bis der Schwindel nachlässt. Dann setze ich mich aufs Klo und stütze das Gesicht auf den Händen ab. Seit Jahren wünsche ich mir nichts sehnlicher, als endlich von Timon gesehen zu werden. Und dass meine Gefühle erwidert werden.

Nun ist er tatsächlich in mich verliebt und will sogar eine Familie mit mir gründen – doch der Preis dafür ist der Tod meiner besten Freundin. Obwohl sie mich mit ihrer wochenlangen Ignoranz verletzt hat, hat sie das nicht verdient. Ausserdem habe ich ein komisches Gefühl dabei. Timon kann Frauen haben, die äusserlich in Natalias oder sogar Ginas Liga spielen. Was will er also von mir? Irgendwie kommt das alles sehr plötzlich. Ob er mich nur für seine Zwecke ausnutzt?

Die Puzzleteile passen nicht zusammen. Er hat hohe Schulden, aber mehrere Autos und kauft völlig überteuerten Champagner …

«Laurene?», höre ich Timon von draussen.

«Ich komme gleich!»

Ich werde in diesem miefigen Werkstattbadezimmer keine Lösung finden. Aber vielleicht kann ich ihn mit meiner Antwort auf ein anderes Mal vertrösten. Ich muss in Ruhe nachdenken.

Mit hängenden Schultern schlurfe ich aus dem Bad. Ich fühle mich wie ein Häufchen Elend. Sollte ich mich nicht wunderbar leicht fühlen, weil der Mann, den ich seit Jahren liebe, mich nun endlich auch liebt?

Ich setze mich neben ihn, obwohl ich am liebsten gehen würde. Doch als ich den Kopf hebe und in sein strahlendes Gesicht sehe, vergesse ich alle Sorgen und Zweifel und schwebe wieder empor bis zu Wolke sieben. Als seine weichen Lippen meinen Mund berühren, fühlt sich mein Gehirn an wie in Watte gepackt und ich möchte für immer die Zeit anhalten. Viel zu schnell löst er sich wieder von mir und sieht mich ernst an.

«Ich habe dich vorhin ein wenig überfallen, entschuldige bitte.»

«Macht doch nichts», lüge ich.

«Ich würde es nicht für mich tun, sondern für uns – wozu du auch gehörst. Ich will mit dir zusammen sein. Du müsstest nie wieder auf dem Hof deiner Eltern buckeln. Ist das nicht ein wunderschöner Traum?»

Eine traumhafte Vorstellung. Ich sehe mich in der Hängematte im Garten eines weissen Hauses liegen und lesen.

«Doch dafür brauchen wir Geld», fährt er fort. Ich stürze wieder in den dunklen Keller der Realität.

«Könnten wir nicht erst mal in eine Wohnung ziehen?», frage ich verlegen.

Auch das wäre für mich der Himmel auf Erden.

«Unmöglich. Wenn ich nicht bald zahlen kann, stehe ich auf der Strasse und muss zu meinen Eltern zurück», antwortet er.

Dann wäre er in der gleichen Situation wie ich jetzt. Wir würden alle drei in diesem Kaff auf den Höfen unserer Eltern festhängen.

«Und in meine kleine Bude kannst du nicht einziehen, so gerne ich dich heute noch mitnehmen würde», sagt Timon. «Aber das kann ich dir nicht zumuten.»

Ich runzle die Stirn. Hatte Gina nicht erzählt, dass er eine Vierzimmerwohnung hat? Wobei sie viel erzählt, wenn der Tag lang ist und ich mich nicht mehr hundertprozentig erinnere, ob sie das so gesagt hat. Doch das spielt für mich auch keine Rolle.

«Alles ist besser als meine Kammer zu Hause», flüstere ich.

«Wenn ich nur bei dir bleiben kann. Du kannst mir alles zumuten. Wirklich!»

Timon sieht mich mit grossen Augen an.

«Süsse, das geht wirklich nicht.»

«Wieso nicht?», meine Stimme wird zunehmend schriller. «Ich könnte auch hier in deiner Werkstatt – »

«Nein!»

Er fährt zurück und funkelt mich an.

«Hörst du nicht zu? Ich habe doch gesagt, dass es nicht geht!»

Ich zucke zusammen und blinzle die aufkommenden Tränen weg. Für eine Sekunde sehe ich wieder das Raubtier vor mir.

Ich presse die Lippen aufeinander und starre auf den Boden. Am liebsten würde ich aufstehen und gehen, doch ich kann mich nicht bewegen. Und ich will nicht weg von ihm.

Nach einem Augenblick, der mir wie eine Ewigkeit vorkommt, legt sich eine Hand auf meine Wange und streicht mein Haar zurück.

«Geduld, meine Süsse. Halte noch ein wenig durch. Bald werden wir zusammen sein. Für immer – in alle Ewigkeit, bis der Tod uns scheidet. Ich verspreche es dir. Aber dafür brauche ich deine Hilfe.»

Mit seiner warmen Hand an meiner Wange und seiner Aufmerksamkeit mir gegenüber gleite ich in ein Traumland, in dem mir nur noch Gutes widerfährt.

«Bist du dabei?», wispert er.

Ich schlucke und spüre wieder diesen Kloss im Hals. Ich will Nein sagen. Aber dann verliere ich ihn. Mein Glück oder das Leben eines Menschen? Noch dazu des wichtigsten Menschen in meinem Leben, auch wenn er mich tief enttäuscht hat. In diesem Moment vibriert es in meiner Jeans. Ich ziehe mein Handy heraus und mein Herz setzt einen Schlag aus.

Erzeuger: «Wenn du in 20 Minuten nicht hier bist, ist die Tür abgeschlossen!»

Ich springe auf. Wo eben noch Timons Hand lag, breitet sich eisige Kälte aus.

«Ich muss sofort los», stammle ich.

«Bleib heute bei mir, wir können ausnahmsweise hier schlafen», fordert er und hält mich am Arm fest.

«Ich würde so gerne, aber ich kann nicht.»

«Oder du willst nicht», seine Stimme ist deutlich kühler geworden.

«Doch und wie ich will …»

Bestimmend zieht er mich auf seinen Schoss und küsst mich. Wie in einem Drogenrausch vergesse ich alles um mich herum.

«Gib mir eine Antwort, bevor wir weitermachen», befiehlt er und hält mich am Arm fest.

«Ja», sage ich.

Noch nie ist es mir so schwergefallen, ein Wort auszusprechen.

Er küsst mich leidenschaftlich und fordernder. Ich schliesse meine Augen. Ach, scheiss drauf! Ich werde nicht nach Hause gehen. Ich hoffe nur, Timon findet mich nicht hässlich, immerhin hatte er schon mit Natalia Sex und mit wem weiss Gott noch alles …

Ich greife nach seinen Haaren und streiche darüber. Sie fühlen sich so geschmeidig und weich an. Er beisst auf meine Unterlippe. Für einige Sekunden starren wir uns in die Augen, als er seufzt. Hoffentlich habe ich nichts falsch gemacht. Vielleicht bin ich zu empfindlich. Ich sollte ihn einfach machen lassen – er weiss schon, was er da tut. Ich dagegen weiss gar nichts.

«Machen wir doch das Licht aus», haucht Timon mir ins Ohr. «Dann können wir es beide besser geniessen und fühlen.»

«Okay», murmle ich, während es um mich herum dunkel wird.

Welcher Mann macht beim ersten Mal das Licht aus, wenn er die Frau vor sich nicht hässlich findet? Mir kullert eine Träne die Wange hinab, doch ich wische sie schnell weg, als ich wieder Timons Lippen auf meinen spüre.

6.
Timon

Endlich ist das Licht aus. Vor meinem inneren Auge erscheint Natalia. Wir küssen uns leidenschaftlich und ich spüre Natalias königliche Lippen auf meinen. Ich streiche durch ihr wunderschönes Haar. Mein Penis wird hart. Ich küsse ihren Nacken und sie stöhnt süss und verlockend. Doch stattdessen steigt mir Laurenes absonderlicher Geruch in die Nase. Eine Mischung aus Schweiss, Stall und billigem Haarspray. Ich küsse sie noch einige Sekunden weiter. Plötzlich habe ich eine Idee. Ich greife neben mich und spüre die kleine Flasche mit Natalias Lieblingsparfüm. Ich reiche es ihr und sage: «Dies ist ein Geschenk von mir, probiere es doch gleich aus.»

Ich höre sie unter mir schwer atmen, ziele in der Dunkelheit auf sie und sprühe. Sie quietscht wie ein kleines Schweinchen. Ich muss dafür sorgen, dass sie die Klappe hält.

Der süsse, herbe Duft weckt Erinnerungen in mir. Genau so ist Natalia. Süss, verführerisch und noch so viel mehr. Ich küsse sie wieder am Nacken und bekomme nicht genug von Natalias Geruch - sie ist einfach eine Göttin. Ich sehe ihre goldbraunen Augen vor mir, die mich ansehen und ich beginne zu stöhnen, sobald ich ihre weichen Hände unter meinem T-Shirt spüre. Ich reisse mir das T-Shirt wortwörtlich vom Leib. Die Hose folgt kurz darauf.

Ich drehe sie um. Sie wird mit ihrem Bauch gegen die Wand gequetscht. Ich zerre ihr das T-Shirt über den Kopf und knete ihre riesigen Brüste durch ihren BH hindurch.

Wie geil, dass ihre Titten gewachsen sind. Aber das reicht mir nicht und ich ziehe ihr den BH so schnell wie möglich aus. Ich fahre mit der Hand nach unten und finde Laurenes widerliches Bauchfett. Schnell taste ich mich weiter zu ihrer Hose, ziehe sie ihr samt Unterhose aus und werfe sie achtlos zu Boden.

Hastig entledige ich mich meiner Boxershorts.

«Stell dich da rauf!» Ich schiebe sie zu einer grossen Kiste. Sobald sie draufsteht, reibe ich meinen Penis an ihrer Scheide und rieche wieder an ihrem Nacken. Mit einer schnellen Bewegung bin ich in ihr und stosse zu. Ich höre sie in der Dunkelheit keuchen. Ich küsse sie und sauge an ihrem Nacken. Sie zuckt zusammen.

Jeder soll wissen, dass Natalia mir allein gehört und jeder, der versucht, sie mir wegzunehmen stirbt! Ich ficke sie so hart ich kann und mit jeder Bewegung knallt ihr Kopf gegen die Wand, aber sie liebt es, hart gefickt zu werden.

«Timon?», keucht Laurene.

Was will die Alte denn jetzt wieder?

«Es ist mein erstes Mal. Kannst du bitte weniger grob sein?»

Nein, kann ich nicht, weil mein Penis sonst direkt wieder schlaff wird.

«Klar», sage ich stattdessen.

Ich versuche sie liebevoller zu ficken, aber meine Bewegungen werden wieder härter. Natalia und ich haben nie so einen Vanillescheiss gemacht. Ich ziehe mich aus Laurene zurück.

«Muss aufs Klo», grummle ich.

Im Bad verschliesse ich die Tür und öffne den Spiegelschrank. Ich nehme die kleine weisse Box heraus und starre sie für einen Moment an. Schliesslich verwerfe ich meine Bedenken und nehme eine blaue Tablette aus der Verpackung. Hätte mir jemand vor einem Jahr gesagt, dass ich oft nur noch mit Viagra hochkomme, hätte ich ihn windelweich geprügelt.

Es klopft an der Tür und ich höre Laurenes dumpfe Stimme: «Ist alles gut bei dir?»

«Ja, ich habe nur Nasenbluten bekommen.»

Wieder eine Lüge. Aber im Krieg und in der Liebe ist schliesslich alles erlaubt. Und ich bin im Krieg.

«Okay, sag Bescheid, wenn du meine Hilfe brauchst.»

Ich antworte nicht und höre, wie sie weggeht. Oh ja, du wirst mir noch helfen, kleine dumme Laurene. Aber anders als du es dir jetzt vorstellst. Ich schlucke die Pille und denke dabei an Natalia. Vielleicht wirkt das Zeug dann schneller. Ich streiche mir einige Male sanft über meinen Penis und sehe das Blut. Ich habe vergessen, ein Kondom überzuziehen. Angeekelt wasche ich mich sauber. Doch als ich mir vorstelle, es wäre Natalias Blut, geht es mir besser. Als ich mit Natalia zusammenkam, war sie keine Jungfrau mehr. Vor mir hatte sie schon zwei andere Kerle. Sie ist und war schon immer eine Schlampe. Ich balle meine Hände zu Fäusten und atme keuchend aus. Ich betrachte mich im Spiegel und sehe, dass mein Gesicht rot angelaufen ist. Ich denke wieder an Natalia und mein Penis wird hart. Als ich mich noch mal gewaschen habe, ziehe ich mir ein Kondom über und öffne die Tür.

«Laurene!»

Sie tapst auf mich zu und ich lösche das Licht. Dann zerre ich sie ins Bad. Sie keucht erschrocken, aber sagt nichts. Ich drehe sie wieder um und drücke sie gegen die kalten Fliesen. Von selbst spreizt sie ihre Beine und ich grinse, denn ich weiss, dass ich alles mit ihr machen könnte, denn sie ist nun mal besessen von mir. Mit Besessenheit kenne ich mich aus. Mit einer einzigen Bewegung bin ich wieder in ihr drin und meine Gedanken fliehen wieder zu Natalia.

Ich ficke mit der ganzen Aggression und Wut, die ich

wegen Natalia habe. Laurene ist mir dabei völlig egal. Sie stöhnt und ich weiss, dass es nicht von der Lust kommt. Doch sie beschwert sich nicht. Zwei Minuten später stöhnen wir beide wie verrückt. Ich komme in ihr und ziehe meinen Penis aus ihr heraus, streife das Kondom ab und werfe es zu Boden.

Sie dreht sich um und will mich küssen, aber ich stosse sie weg.

«Ist alles gut?», fragt sie kleinlaut.

«Ja klar.»

Ich habe keine Lust, mit ihr zu reden. Als ich aus dem Badezimmer laufe, geht das Licht im Vorraum der Werkstatt an. Sie taumelt nach mir aus dem Bad und ich zucke bei ihrem Anblick zusammen.

«Timon, wollen wir zusammen auf der Couch schlafen?»

Ich merke, dass sie kurz vorm Heulen ist, also nehme ich mich zusammen und gehe auf sie zu.

«Süsse, ich würde wirklich gerne mit dir auf der Couch schlafen, aber da ist nicht genug Platz.»

Das ist auch gelogen – wir hätten ohne Probleme Platz, aber ich will Natalia gegenüber loyal bleiben, solange sie noch lebt. Ficken geht, wenn mir ein Loch vorgehalten wird, aber nicht mehr Liebeleien als notwendig.

Laurene fragt mich, wo ich denn schlafen werde, und ich antworte, dass sie sich darüber keine Sorgen machen soll. Darauf nickt sie nur und verschwindet in Richtung Aufenthaltsraum. Ich laufe in den Werkzeugraum, schliesse mich ein und sinke zu Boden. Ich denke an die schöne Göttin und schlafe auf dem Boden sitzend ein. Ich träume davon, wie ich mit Natalia unter einem Kirschbaum stehe und ich ihr einen Antrag mache.

Tränen laufen ihr über die Wangen.

«Ja», seufzt sie glücklich.

Ich ziehe sie an mich und küsse sie leidenschaftlich.

Doch ich werde aus meinem wunderschönen Traum gerissen, als mir durch das kleine vergitterte Fenster die ersten Sonnenstrahlen ins Gesicht leuchten.

7.
Natalia

Ich liege unter einer kuschligen Decke und strecke mich aus. Der flauschige Stoff schmiegt sich an meine Arme und den Hals. In der Luft hängt der Geruch des Currys, das wir bestellt haben. Ich fühle mich zufrieden und geborgen. Gina, Laurene und ich haben einen schönen Tag miteinander verbracht. Früher waren wir oft zusammen, doch nun sind wir erwachsen und führen verschiedene Leben. Ich studiere in Zürich, während meine besten Freundinnen auf dem Land geblieben sind und auf den Höfen ihrer Eltern arbeiten. Zumindest Laurene. Gina drückt sich, wo sie kann, und träumt von einer Karriere als Model. Es war so schön, die beiden wiederzusehen, nach der ewig langen Funkstille.

Morgen Abend werde ich wieder nach Zürich zurückfahren. Ich döse auf dem Sofa vor mich hin, während im Hintergrund Musik läuft und meine Freundinnen reden. Ich bekomme zwar noch mit, was um mich herum geschieht, werde aber immer tiefer in einen Strudel aus Müdigkeit und Träumen hineingezogen.

Plötzlich reisst mich Laurenes Stimme aus meinem Dämmerschlaf.

«Natalia, es gibt Prosecco!»

«Pst, du Idiotin, lass sie schlafen!», zischt Gina.

Der Ton in ihrer Stimme lässt mich schaudern. Irgendetwas stimmt nicht, denn Gina ist normalerweise keine besonders rücksichtsvolle Person. Sie hat mich auch schon mit einem Eimer kalten Wassers geweckt, wenn es darum ging, weiter zu trinken. Warum also heute nicht? Die Schritte der beiden entfernen sich aus meiner Hörweite.

Schlagartig öffne ich meine Augen und starre die verschmutzte Wand an. Die Decke fühlt sich nicht mehr warm und kuschlig, sondern schwer und klebrig an. Erst jetzt bemerke ich, dass ich geschwitzt haben muss. Ein bitterer Geschmack macht sich in meinem Mund breit und mein Magen verkrampft sich. Dieser verdammte Imbissfrass. Ich hätte mich durchsetzen sollen bei der Essensauswahl.

Ich quäle mich hoch. Meine Beine zittern wie Espenlaub. Ich glaube, ich muss mich übergeben. Ich schleiche zum Badezimmer. Als ich an der Küchentür vorbeikomme, die einen Spalt geöffnet ist, bleibe ich stehen. Innerlich schüttle ich den Kopf über mich. Man belauscht keine anderen Leute, vor allem nicht seine Freunde. Vielleicht wollte Gina nur nett und rücksichtsvoll sein und ich sehe Gespenster. Doch das Gefühl einer bösen Vorahnung hält sich hartnäckig und zwingt mich stehenzubleiben. Vor dem Kücheneingang steht ein alter Holzschrank, der mir gleichzeitig Deckung und Halt bietet.

«Jetzt komm mal wieder runter, sie schläft wie ein Stein», höre ich Laurene sagen.

Merkwürdig, dass sie deswegen streiten.

«Sie hätte aber auch wach werden können. Dann hättest du unseren genialen Plan ruiniert», faucht Gina.

Was für einen Plan? Wollen sie mich überraschen? Mein Geburtstag ist doch längst vorbei.

Gina atmet schwer, keucht und sagt: «Da hat es diese verwöhnte Göre doch tatsächlich geschafft, ihren Hintern in unser Kaff zu bewegen. In Zürich führt sie ihr wunderbares Luxusleben und bekommt von ihren Eltern alles in den Arsch geschoben, während wir hier versauern.»

Ihre Stimme trieft vor Neid und Hass. Purem Hass. Mich durchfährt es eiskalt. Noch nie hat eine meiner Freundinnen auf irgendeine Weise ihren Neid gezeigt. Im Gegenteil, sie freuten sich für mich, als ich mein Auto, meine Wohnung und den Platz an der Uni bekam.

Gleich wird Laurene etwas sagen, um mich in Schutz zu nehmen. Sie wird Gina ins Gewissen reden und Gina wird begreifen, wie falsch sie liegt und dass Freundschaft über jeglichen Materialismus hinausgeht.

«Sie hat den Kuchen und wir keinen einzigen Krümel», sagt Laurene in diesem Moment.

«Diese gierige Hure!»

Der Schmerz durchfährt mich wie ein glühendes, scharfes Messer. Nur mit grösster Mühe kann ich die Tränen zurückhalten. Meine Augen brennen und mein Hals wird trocken. In diesem Moment wird mir einiges klar. Unsere Freundschaft existiert nicht mehr. Die beiden haben mich nur ausgenutzt.

Naiv wie ich bin, habe ich Gina mehrmals mein Auto ausgeliehen, die darauffolgenden Bussgelder bezahlt, sie immer wieder zu mir eingeladen und ihr vom Brunch über ausgedehnte Shoppingtouren und Clubpartys alles spendiert. Und Laurene habe ich zweimal Geld für den Zahnarzt geliehen, welches ich nie wiedergesehen habe. Doch das scheint ihnen nicht zu reichen. Nicht ich bin hier diejenige, die gierig ist.

Wie eine Salzsäule stehe ich hinter dem Schrank. Die Tränen fliessen mir in Strömen über das Gesicht und meine Nase tropft wie ein kaputter Wasserhahn. Ich sollte mit erhobenem Haupt in die Küche rauschen und die beiden zur Rede stellen. Aber im Moment fühle ich mich nicht stark genug, mich diesem ungeheuren Verrat zustellen, darum verharre ich an Ort und Stelle. Gerade als ich denke, dass ich am absoluten Tiefpunkt angelangt bin und es nicht mehr schlimmer kommen kann, belehrt mich Ginas Stimme eines Besseren:

«Wir müssen uns beeilen, bevor sie wach wird», sagt Gina. «Öffne den Prosecco, während ich das Zeug vorbereite. Es wird schnell gehen.»

«Meinst du nicht, sie schmeckt das? Sie kennt sich doch aus als …»

«Als Frau Doktor? Na klar! Darum gibt es einen kräftigen Spritz Aperol, der ist von Haus aus bitter.»

Mein Herz rast und mir bricht der kalte Angstschweiss aus. Es ist tausendmal schlimmer, als ich angenommen habe. Die beiden wollen mich umbringen! Ich verstehe die Welt nicht mehr. Wie erstarrt stehe ich hinter dem Flurschrank, ganz nah bei meinen Mörderinnen. Warum nur habe ich mich vor einigen Minuten nicht einfach weggeschlichen und die Wohnung verlassen? Dann wäre ich jetzt schon in Sicherheit!

«Timon hält sich bereit, ja?», fragt Laurene in diesem Moment.

Mich trifft fast der Schlag. Ginas Bruder, meine Jugendliebe steckt da auch mit drin?

Wir sind zwar nicht im Guten auseinandergegangen, aber trotzdem haben wir uns einst geliebt.

«Er ist in der Nähe und wartet auf unsere Nachricht», höre ich Gina mit genervter Stimme antworten. Wenn sie diese Tonlage hat, verdreht sie für gewöhnlich ihre eisblauen Kulleraugen.

«Ich will den Goldring mit dem fetten Diamanten, den sie immer am Finger trägt, damit das klar ist!», fährt sie fort.

«In Ordnung, ich bekomme dafür ihre goldene Halskette und ihren Burberrymantel!»

«Abgemacht!»

Mein Herz pocht laut, genauso wie das Blut, das durch meine Adern rauscht. Vielleicht können sie das hören? Der Boden unter meinen Füssen schwankt und ich lehne mich gegen die Wand. Vor meinen Augen tanzen bunte Punkte und mein Blickfeld verschwimmt. Noch nie hat sich meine Goldkette so eiskalt und schwer angefühlt, dass ich das Gefühl hatte, erwürgt und zu Boden gerungen zu werden. Irrsinnigerweise frage ich mich, was die dicke Laurene mit meinem Mantel will, in den sie niemals reinpassen wird. Ich muss meine ganze Beherrschung aufbringen, um nicht hysterisch loszuschreien.

«Lass uns auf unseren neuen Luxus anstossen», kichert Gina übermütig.

«Zu dritt?», fragt Laurene begriffsstutzig.

«Ja, ein letztes Mal.»

Beide kichern.

Der Knall des Sektkorkens löst meine Starre. Ich zucke zusammen. Leise eile ich zurück ins Wohnzimmer. Doch ich trete ausgerechnet auf das einzige knarrende Dielenbrett.

Scheisse! Auf einmal ist es totenstill.

«Natalia?», höre ich Gina wispern. Es läuft mir eiskalt den Rücken hinunter.

Ich sitze in der Falle.

Auf Zehenspitzen trete ich den Rückzug an. Wie ein gehetztes Reh suche ich einen Ausweg. Das Poltern ihrer Schritte kommt näher. Ich muss weg von hier, doch ich bin unfähig, mich zu bewegen – erstarrt vor Angst.

«Natalia!»

Ich drehe mich um.

Die beiden stehen nur wenige Meter vor mir. Ginas Augen glitzern wie Eiskristalle und ihr Gesicht verzieht sich zu einer hasserfüllten Grimasse.

Plötzlich hechtet sie auf mich zu. Meine Starre löst sich.

In blinder Panik sprinte ich zum Fenster, reisse es auf und springe aus dem ersten Stock.

Doch in letzter Sekunde erwischt meine Verfolgerin eine Strähne meines Haares. Das zerrende Geräusch geht mit dem brennenden Schmerz auf meiner Kopfhaut einher. Ich schreie, während ich ein Stockwerk tief stürze.

Meine Füsse prallen auf den Boden und ein gnadenloser Stich schiesst mir durch die Beine und in den Rücken.

Mit meinen Baumwollsocken finde ich keinen Halt und falle der Länge nach hin. Erst nach dem zweiten Versuch kann ich mich aufrappeln.

«Bleib stehen! Du entkommst mir nicht!», brüllt sie hinter mir her.

Ich ignoriere die Schmerzen in meinem Rücken und renne so schnell ich kann über den dunklen Hof hinaus in die Nacht. Ein paarmal rutsche ich aus und falle hin, springe wieder auf und schlittere weiter. Meine Gedanken sind wirr und schwer greifbar. Endlich sehe ich meinen treuen Mercedes vor dem Stall stehen. Ich nehme nochmals alle Kräfte für den Endspurt zusammen, bis ich bei meinem Auto ankomme. Noch nie habe ich so eine überwältigende Dankbarkeit verspürt.

Erleichtert greife ich nach dem Türgriff und ziehe. In Panik reisse ich am Türhebel, doch das Auto bleibt verschlossen. Ich taste in meiner Hoodie Tasche nach dem Schlüssel. Sie ist leer. Natürlich, die Schlüssel sind in meiner Tasche im Haus, ebenso wie mein Handy und alles andere.

Verrückt vor Angst und Verzweiflung hämmere ich mit den Fäusten auf die Scheibe ein und versuche immer wieder die Tür zu öffnen. Die Angst schnürt mir die Luft ab. Ich habe das Gefühl, dass mein Kopf gleich explodiert.

Auf einmal höre ich, wie sich eine Autotür öffnet.

Adrenalin jagt durch meinen Körper und mir wird klar, dass ich mich in Sicherheit bringen muss. Ich renne los. Meine mit Schlamm vollgesogenen Socken fühlen sich wie Betonklötze an meinen Füssen an. Ich höre den keuchenden Atem meines Verfolgers und seine platschenden Schritte hinter mir. Warum habe ich diese blöden Socken nicht ausgezogen?

Ich bin sportlich. Ich schaffe das, sage ich mir immer wieder in Gedanken – wie ein Mantra. Doch plötzlich rutsche ich aus und falle der Länge nach in den Schlamm. Dann ist er über mir.

Blitzschnell winde ich mich unter ihm hervor und springe auf. Doch er zieht mich runter zu sich. Ich schlage mit der Faust auf seinen Kopf ein. Er zuckt stöhnend zusammen. Blitzschnell reisse ich mich los. Einem spontanen Impuls folgend bleibe ich vor ihm stehen, anstatt um mein Leben zu rennen.

Verdattert blickt er zu mir hoch.

Während er versucht, sich aufzurappeln, trete ich mit aller Kraft gegen seinen Unterkiefer. Meine Zehen schmerzen, doch das ist es wert! Mein Tritt war kräftig genug, sodass sein Kiefer auf die Barorezeptoren der dahinterliegenden Arterien drückt – ein perfektes K. O.! Er stöhnt auf und sein Kopf sackt zur Seite.

Leg dich nicht mit einer Medizinstudentin an, denke ich schadenfroh und unterdrücke ein hysterisches Lachen. Ich werfe mich herum und renne weiter in den dunklen Wald hinein, der auf mich immer furchterregend und bedrohlich wirkte. Doch jetzt ist er meine rettende Zuflucht. Ich kenne die beiden Mörderinnen gut genug. Niemals würden sie sich in den dunklen Wald hineinwagen. Und Timon wird so schnell nicht wieder auf die Beine kommen. Wenn er überhaupt wieder auf die Beine kommt. Doch darüber kann ich mir jetzt nicht den Kopf zerbrechen, ich muss mich zuerst aus diesem wahr gewordenen Horrorszenario befreien. Mit ausgestreckten Armen taste ich mich vorwärts.

Nach einigen Minuten haben sich meine Augen an die Dunkelheit gewöhnt und der Vollmond schiebt sich hinter den Wolken hervor, sodass ich mich sicherer und schneller vorwärtsbewegen kann.

Zielstrebig eile ich durch den Wald. Als Kinder haben wir hier oft gespielt und ich war mit meinen Eltern hier spazieren.

Nach einer gefühlten Ewigkeit sehe ich von Weitem endlich das hell erleuchtete Haus meiner Eltern. Erleichterung durchströmt mich und ich renne los.

Doch in diesem Moment schiesst ein Auto mit hellen Scheinwerfern um die Kurve und bremst vor unserem Haus. Es ist mein Mercedes! Ich lasse mich auf den Boden fallen und krieche in der Deckung des hohen Grases und der Büsche in Richtung Strasse.

Im Schein der Innenbeleuchtung meines Wagens erkenne ich Gina und Laurene. Langsam bewege ich mich zurück zum Wald. Ein Rascheln und gedämpfte Schritte lassen mich zusammenzucken, ich werfe mich so flach wie möglich auf den Boden und halte die Luft an. Ängstlich hebe ich den Kopf. Mein Herz setzt einen Schlag aus. Wenige Meter neben mir steht Timon und blickt sich um. Im Licht des Mondes glitzern seine Augen bedrohlich.

Plötzlich geht in meinem Auto der Alarm an. Er flucht und rennt davon. Das Panoramafenster des Wohnzimmers gleitet auf.

«Natalia, bist du das?», höre ich meine Mutter durch den Vorgarten rufen.

Ich will antworten, aus meinem Mund kommt aber nur ein unverständliches Keuchen. «Natalia!», ruft meine Mutter erneut.

«Nein, hier sind Laurene und Gina», ertönt Laurenes

zögerliche Stimme, während Gina hektisch auf dem Bordcomputer herumdrückt, bis der Alarm verstummt. Wäre die Situation nicht so schrecklich, würde ich einen Lachanfall bekommen.

«Laurene, Gina, wo ist Natalia? Was macht ihr mit ihrem Auto?»

Meine Mutter tritt aus der Tür hinaus in die Kälte und eilt durch den Vorgarten zu unserem Tor, das sie hektisch öffnet.

Gina ist aus dem Wagen ausgestiegen und wischt sich schluchzend über die Augen. Sie schauspielert schon immer gerne, wenn auch ziemlich mies. Die beiden erzählen meiner Mutter eine wild zusammengereimte Geschichte darüber, dass ich durchgedreht und weggerannt sei und sie nach mir suchen würden, weil sie sich solche Sorgen machen.

Ich höre ein Schnaufen neben mir. Wie in Zeitlupe hebe ich den Kopf. Timon steht vor mir und starrt mich an, das Gesicht zu einer hasserfüllten Fratze verzogen. In seiner linken Hand hält er eine Eisenstange. In diesem Moment drehe ich durch und finde endlich meine Stimme wieder. Gellend rufe ich um Hilfe. In den Nachbarhäusern gehen die Lichter an und auf einmal bin ich von Menschen umgeben.

Alle reden wild durcheinander, doch ich vernehme nur einzelne Wortfetzen. Dann wird mir schwarz vor Augen.

8.
Natalia

Ich ziehe mir die Decke über den Kopf und drehe mich um. Ich will nicht wach werden, nur noch schlafen und an nichts denken. Ich bin gerade wieder am Wegdämmern, da öffnet sich meine Zimmertür.

«Natalia, steh endlich auf und komm zu uns ins Wohnzimmer», sagt meine Mutter mit rauer Stimme. «Wir müssen reden.»

Ich öffne die Augen. Angespannt und übernächtigt sieht sie mich an.

«Ist etwas passiert?», frage ich sie besorgt.

Sie sieht mich nur an – mit diesem Blick, der mir signalisiert, dass sie es ernst meint.

«Du hast fünf Minuten.»

Mit diesen Worten schliesst sie die Tür hinter sich.

Noch während ich ihr hinterherblicke, fällt es mir wie Schuppen von den Augen. Gestern hat sich mein Leben unwiderruflich verändert.

Das war kein Horrorfilm und auch kein Albtraum. Ich sollte umgebracht werden. Nicht zum ersten Mal. Wobei ich bis heute nicht weiss, ob das Auto damals in Zürich auch dann explodiert wäre, wenn ich drinnen gesessen hätte. Ein letzter Funke Zuneigung zu Timon wollte mich glauben lassen, er hätte das niemals zugelassen. Doch nach der gestrigen Nacht ist er erloschen.

Mühsam stehe ich auf. Ich trage gefühlt die Last der ganzen Welt auf meinen Schultern. Am liebsten würde ich im Bett bleiben. Trotz meines langen Schlafes fühle ich mich übermüdet.

Zögernd gehe ich ins Wohnzimmer. Ich trage keine Schuld an dem, was gestern vorgefallen ist. Dennoch fühle ich mich schuldig. Und ich schäme mich. Wie konnte ich das all die Jahre nicht bemerken? Meine Eltern sitzen auf der Couch, Oma auf ihrem roten Plüschsessel. Ich setze mich auf das gegenüberliegende Sofa. Eine unbehagliche Stille breitet sich aus. Unter meiner rechten Hand spüre ich das feine Leder.

Nach einer gefühlten Ewigkeit bricht mein Vater das Schweigen: «Natalia, warum hast du uns nicht früher gesagt, dass es dir schlecht geht? Wir hätten dir geholfen und es wäre nie zu so einer furchtbaren Szene wie gestern gekommen.»

Ich schlucke und habe auf einmal einen trockenen Mund. Mein Magen zieht sich zusammen und ich spüre kalten Schweiss auf meiner Haut. Meine Eltern glauben tatsächlich diese an den Haaren herbeigezogenen Erklärungen meiner Freundinnen.

Stockend erzähle ich, was wirklich am Abend zuvor passiert ist. Ein paarmal versagt meine Stimme und ich muss mich räuspern. Meine Familie hört mir zu, lässt mich reden. Als ich aber an dem Punkt ankomme, an dem ich die Verfolgungsjagd durch den Wald schildere, unterbricht mich meine Mutter.

«Aber Natalia, Timon kann doch im Moment gar nicht richtig laufen, geschweige denn rennen. Er hast das Bein gebrochen.»

Entsetzt schnappe ich nach Luft.

«Gestern Abend konnte er sehr schnell rennen!»

Ich sehe, wie meine Eltern einen langen Blick austauschen. Grossmutter schaut betreten auf ihre Füsse. Meine Mutter steht auf, setzt sich neben mich und legt ihren Arm um mich.

«Im Gegensatz zu anderen Leuten bin ich psychisch völlig gesund!», verteidige ich mich.

Wieder berichte ich von dem Gespräch und dem Mordkomplott meiner ehemaligen Freundinnen. Dabei wird meine Stimme immer schriller und schwankt bedrohlich. Ich kann meinen Eltern ansehen, dass sie mir kein Wort glauben und breche laut weinend zusammen. Tiefste Verzweiflung übermannt mich. Höchstwahrscheinlich ist mein Leben in Gefahr und niemand glaubt mir.

Ich fliehe in mein Zimmer. Aus dem offenen Fenster weht eine eiskalte Brise herein. Langsam lasse ich meinen Blick durch den Raum schweifen, als ob ich in irgendeiner Ecke die Lösung für mein Problem finden könnte. Ich halte inne und gehe zu meinem Schreibtisch, auf dem ein Kuvert liegt. Auf der Rückseite steht mein Name. Verwirrt öffne ich den Umschlag und ziehe einen Zettel hervor. Die Nachricht trifft mich wie ein Schlag:

Gib uns fünf Millionen, dann lassen wir dich für immer in Ruhe. Wenn du auspackst, bist du dran! Wir kennen die Leiche in deinem Keller. Und hab besser ein Auge auf deine Grossmutter. Nicht, dass sie sich eines Tages auf einem ihrer Spaziergänge verläuft ...

Wie zur Salzsäule erstarrt, stehe ich da.

Oh mein Gott. Ich weiss, auf was sie anspielen. Das darf niemals rauskommen. Es würde mein Leben zerstören. Noch nicht mal meine Eltern wissen davon. Mein Medizinstudium wäre damit Geschichte. Mein Traum, meine Leidenschaft – mein Versprechen! Und nicht nur das, mein Leben wäre ruiniert. Für immer! Ich muss diese fünf Millionen auftreiben.

Meine Zimmertür geht auf und meine Grossmutter kommt herein. Sie setzt sich auf mein Bett. Langsam drehe ich mich zu ihr um und sehe sie eindringlich an.

«Oma», sage ich verzweifelt. «Bitte glaub mir, auch wenn es völlig verrückt klingt.»

Ich gehe auf sie zu. Den Zettel knülle ich in meiner Hand zusammen.

«Natürlich glaube ich dir!»

Erleichtert umarme ich sie.

«Diese beiden Familien waren schon immer hinterhältig und geldgierig. Der Apfel fällt nicht weit vom Stamm.»

Erstaunt sehe ich sie an. Mir kommen die Tränen.

«Mein Kind, warum weinst du denn?»

Ich seufze nur.

Sie zieht mich an sich. Ich lehne mich an ihrer Schulter und atme den vertrauten Geruch ein, der mir immer Geborgenheit vermittelt hat. Doch ich spüre diesen Halt nicht mehr, den ich immer hatte. Oma war wie eine Mutter für mich, sie hat mich aufgezogen, während meine Eltern Karriere gemacht haben.

Ich fühle mich wie das kleine Mädchen, das oft Trost und Schutz bei ihr gesucht hat. Trost finde ich – aber das Gefühl, dass sie mich beschützen kann, ist weg.

Im Gegenteil. Nun ist es meine Aufgabe, sie zu beschützen.

«Natalia? Wie bin ich hierhergekommen? Warum weinst du?», fragt sie plötzlich verwirrt.

Ich zwinge mich zu einem Lächeln.

«Ich weine nicht, das ist meine Allergie. Es ist alles gut, mach dir keine Sorgen.»

Ich habe keine Allergie, aber das weiss sie nicht. Sie weiss so gut wie nichts mehr.

Die letzten Tage habe ich im Haus verbracht, meistens in meinem Zimmer, lesend oder am Computer. An der Uni habe ich mich krankgemeldet und nehme dafür online an den Vorlesungen teil. Zum Glück ist das neuerdings möglich, vermutlich aber nur für beschränkte Zeit. Und ich muss noch ein Arztzeugnis nachreichen. Seit dem Brief lasse ich kaum noch frische Luft in mein Zimmer. Meine einzigen Gesellschafter sind mein Bengal-Kater Goethe und mein Schäferhund Einstein. Goethe habe ich vor fünf Jahren als kleines Kätzchen von meinen Eltern geschenkt bekommen und Einstein habe ich vor drei Jahren aus dem Tierheim gerettet. Sogar wenn ich ins Bad gehe, kommt mindestens einer der beiden mit. Ich leide seelisch und körperlich bei dem Gedanken an mein verpasstes Studium, das mir alles bedeutet. Ich liebe es, jeden Tag Neues über den menschlichen Körper zu lernen. Nur dann fühle ich mich weniger schuldig und meinem Bruder Maxim nahe. Für ihn mache ich das alles. Ich halte mein Versprechen ihm gegenüber. Das Letzte, was ich noch für ihn tun kann. Doch ich wage mich nicht zurück nach Zürich. Vermutlich bin ich nur hier im Kreis meiner Familie sicher.

Und im Gefängnis, flüstert eine boshafte innere Stimme.

Meine Wohnung in Zürich hat nur eine billige, dünne Tür. Für einen Profi wäre es kein Problem, dort einzubrechen. Und Timon kennt genug solcher Profis, wie ich schon vor zwei Jahren zu spüren bekommen habe.

Das Haus meiner Eltern dagegen, ist mit einem hohen Gartenzaun, einer Alarmanlage und dreifach verglasten Fenstern ausgestattet. Ich muss schnellstmöglich den Code für die Tür und die Alarmanlage ändern.

Ich frage mich, ob ich jemals wieder in meine eigene Wohnung zurückkehren kann. Ich könnte sie notfalls vermieten. Dann würden meine Eltern irgendwann das Geld zurückbekommen, das sie sinnlos in mein Studium investiert haben.

Mein Handy vibriert.

Als hätte er meine Gedanken gelesen, ruft mein Mentor von der Uni an.

«Ja?», melde ich mich nervös.

«Hallo Natalia. Wie geht es dir?», fragt er.

«Schlecht. Ich habe noch hohes Fieber.»

Wie ich es hasse zu lügen.

«Weisst du, wann du wieder in die Uni kommen kannst?»

«Mein Arzt hat gesagt, es wird wohl noch eine Weile dauern …»

«Nun, ich will dich nicht stressen, wenn du krank bist. Aber Frau Professor Lang hat mich gerade auf deine Abwesenheit angesprochen. Ich habe mich für dich eingesetzt, konnte aber nicht viel für dich rausholen.»

So ein Mist. Warum musste ich zu Beginn des Studiums auch meine Klappe aufreissen und die Lang vor dem ganzen Kurs blossstellen, weil ich besser über die psychosozialen Risikofaktoren der Schmerz Chronifizierung Bescheid wusste als sie? Und als ich sie nach dem Kurs vor meinen Kommilitonen als inkompetent bezeichnet habe, stand sie direkt hinter mir. Das habe ich nun davon – jetzt ist sie die stellvertretende Leiterin des Studiengangs und hasst mich wie die Pest.

«Bist du noch dran?»

«Was genau meinen Sie damit?»

Eigentlich kenne ich die Antwort schon.

Ein tiefes Seufzen erklingt.

«Sie entzieht dir die Berechtigung der Online-Teilnahme an den Seminaren. Am Dienstag beginnen wir mit dem Sezieren. Wenn du daran nicht teilnimmst, musst du das Semester wiederholen.»

«Aber … aber ich dachte, dann kann man das ein paar Wochen später in einer anderen Gruppe nachholen.»

«Das liegt im Ermessen der Leitung.»

Verzweifelt boxe ich auf mein Kissen ein. Das darf doch alles nicht wahr sein.

«Und, da lässt sich nichts machen?»

«Leider nicht, ich habe mein Bestes versucht.»

Ich wage einen letzten Versuch.

«Was meinen Sie, wenn ich mich bei ihr entschuldige …?»

Er lacht.

«Unter uns gesagt Natalia, es gibt niemanden, der Nachtragender ist als unsere verehrte Professorin Lang. Angeblich ist sie seit vierzig Jahren mit ihrer Schwester zerstritten, weil die als Kind eines ihrer Spielzeuge kaputtgemacht hat.»

«Vielen Dank. Ich …»

«Wenn es dir irgendwie möglich ist, dann komm hierher. Du bist die talentierteste Studentin, die ich je unterrichten durfte. Wäre schade, wenn du ein Jahr verpasst.»

«Verstanden. Vielen Dank und einen schönen Tag.»

«Dir auch einen wunderschönen Tag und gute Besserung.»

Einen wunderschönen Tag? Was bitte soll an diesem grausamen Leben auch nur ansatzweise schön sein?

Wie ein Häufchen Elend liege ich auf meinem Bett. Mein Leben ist ein noch grösserer Scherbenhaufen als noch vor einigen Minuten. Die Splitter der Hoffnungslosigkeit bohren sich immer tiefer in meine Seele, ich spüre den Schmerz bereits körperlich – mir tut alles weh.

Vor ein paar Tagen gab es nichts Schlimmeres, als ein Semester zu wiederholen. Doch jetzt wäre es das kleinste Übel.

Ich habe nie ein Spitalpraktikum absolviert, wie es für diesen Studiengang Pflicht gewesen wäre. Mein Arbeitszeugnis und der Bericht sind gefälscht – ein Freund des Vaters eines Ex-Freundes von mir, der eine hochrangige Position in einer Privatklinik hat, konnte mir diese Unterlagen beschaffen.

Wenn das rauskommt, waren die letzten zweieinhalb Jahre Medizinstudium umsonst und ich bekomme rechtliche Probleme wegen Urkundenfälschung, genauso wie der gutmütige Bekannte.

Doch darum geht es ihnen nicht. Es geht um die andere, weitaus schlimmere Sache oder *die Leiche*, wie sie mein Geheimnis in dem Drohbrief so passend bezeichnen.

Wie ich es auch drehe und wende, ich brauche die fünf Millionen, und zwar sofort.

Der einzige legale Weg ist der, meine Eltern zu fragen. Doch die werden mir niemals so viel Geld geben. Ich muss es trotzdem versuchen, mein Leben hängt davon ab.

Ich raffe mich auf und gehe langsam hinaus auf den Flur und die Treppe hinunter. Jeder Schritt fühlt sich schwerer an als der vorherige. Wie erwartet treffe ich meine Eltern im Wohnzimmer an, wo sie Kaffee trinken, während ihre Angestellten in ihren Firmen für sie buckeln. Das Geld, das ich brauche, könnten sie mir aus ihrer Portokasse zahlen. Oder ich könnte es mir nehmen, doch sofort verbiete ich mir diesen Gedanken.

«Hallo», murmle ich und setze mich so weit wie möglich von ihnen weg.

«Wie geht es dir?», fragt meine Mutter.

«Besser. Ich will zurück an die Uni.»

Meine Eltern beginnen zu strahlen.

«Da spricht doch wieder ganz die alte Natalia aus dir», sagt mein Vater.

Nervös knete ich meine Hände.

«Aber ich, ähm, ich brauche dafür etwas.»

«Was denn?», fragen beide im Chor.

Mein Hals wird trocken.

«Geld.»

Mein Vater zieht die Augenbrauen hoch.

«Ist meine letzte Überweisung nicht bei dir angekommen?»

«Doch. Aber ich brauche mehr.»

Ich sehe verlegen auf meine Beine.

«Aha, die Dame braucht mehr. Hast du schon einmal im Leben daran gedacht, arbeiten zu gehen?», fragt mein

Vater. «Es gibt schliesslich viele Studenten, die arbeiten, wie deine Mutter damals.»

«Wofür brauchst du das Geld denn?», fragt meine Mutter freundlich.

«Ich möchte mal wieder einen richtigen Urlaub machen. Und es ist mir zu eng in meiner kleinen Wohnung in Zürich. Ich brauche mehr Raum. Ich hätte gerne ein Haus am See mit Garten …»

«Sag mal, hörst du dich überhaupt reden?», poltert mein Vater und knallt die Kaffeetasse auf den Tisch. «Du unverschämte Göre! In deinem Alter habe ich in einer Wohngemeinschaft gelebt und hatte nur ein kleines Zimmer für mich. Ich konnte mir noch nicht mal ein Fahrrad leisten!»

Meine Augen brennen. So hat er noch nie mit mir gesprochen.

«Sei nicht so gemein. Du hast ja nicht studiert, für höheres Denken braucht man Raum», setzt sich meine Mutter für mich ein.

Mein Vater schnaubt.

Ich seufze.

«Buch dir eine schöne Reise und gib uns als Rechnungsadresse an. Und wegen des Hauses – wir haben erst vor Kurzem ein paar Häuser am Rand von Zürich gekauft. Eins steht noch leer. Dort kannst du von mir aus einziehen, wenn du dich um die Vermietung deiner Wohnung kümmerst», sagt meine Mutter und lächelt mich an.

In meinem Herz spüre ich ein schmerzhaftes Ziehen. Sie tut alles für mich und ich kann nicht ehrlich zu ihr sein. Die Wahrheit würde ihr das Herz brechen.

«Sag mal, das sind schliesslich unsere Häuser! Da habe ich auch noch ein Wörtchen mitzureden!»

Mein Vater hat jetzt einen krebsroten Kopf.

«Du hast drei der Häuser einfach weiterverkauft, ohne mit mir zu sprechen! Also entscheide ich jetzt über dieses eine Haus!»

«So lernt sie nie den Wert von eigener Arbeit schätzen! Wie soll ihre Zukunft aussehen? Als einfache Ärztin kann sie sich nicht mal ihren jetzigen Lebensstandard leisten, geschweige denn ein Haus am Zürichsee! Sollen wir sie das ganze Leben lang finanzieren?»

Mir wird schlecht. Den Gedanken an meinen zukünftigen Verdienst habe ich immer verdrängt, da ich aus anderen Motiven studiere. Aber das spielt nun auch keine Rolle mehr.

«Mama, können wir allein reden?»

«Auf keinen Fall, du ziehst uns sonst ab!», mischt sich mein Vater ein.

Dieser Giftpfeil trifft genau in mein Herz, ich kann die Tränen nicht mehr zurückhalten. Bis zum heutigen Tag habe ich meine Eltern nie um Geld gefragt, sie haben es mir immer ungefragt gegeben. Klar habe ich mich daran gewöhnt, aber niemals würde ich sie ausnehmen wollen. Allerdings habe ich gerade keine Wahl …oder?

«Ich werde eine weltbekannte Forscherin und zahle euch alles zurück! Mit Zins und Zinseszins!», beteuere ich.

Mein Vater beginnt zu lachen.

Meine Mutter stösst ihm den Ellenbogen in die Seite.

«Ich brauche eure Hilfe. Nur dieses eine Mal! Bitte!»

«Die hat dir deine Mutter ja schon zugesagt.»

Mein Vater kneift die Augen zusammen und sieht seine Frau an.

«Ich brauche keine Reise und kein Haus. Ich brauche das Geld!»

«Dann hast du uns gerade angelogen? Wie viel wünscht die Dame denn?», fragt mein Vater ironisch und beugt sich mit erwartungsvollem Blick über den Couchtisch.

Meine Mutter zieht die Brauen hoch.

Ich atme tief ein und fahre mir nervös mit den Fingern durch die Haare.

«Fünf Millionen.»

Meinen Worten folgt eine ohrenbetäubende Stille.
Meine Eltern sehen sich fassungslos an.
Ich schweige betreten.

9.

Mein Handy zeigt 02:00 Uhr an. An Schlaf ist nicht zu denken, zu nahe geht mir der Streit mit meinen Eltern. Ich verfluche mich für die ausweglose Situation, in die ich mich durch meine eigene Dummheit gebracht habe. In Embryonalstellung, das Gesicht in den Händen vergraben, denke ich an den verhängnisvollen Tag vor anderthalb Jahren zurück. Ich erinnere mich daran, als wäre es gestern gewesen. Es war ein sonniger Sommermorgen, eine kühle Brise wehte durch mein Haar, als ich das Haus in Zürich verliess. Draussen roch es angenehm blumig. Ich lief barfuss über den warmen Asphalt und betrachtete zufrieden die grünen Bäume und Hecken.

«Natalia», hörte ich eine vertraute Stimme hinter mir.

Ich drehte mich um und sah Gina auf mich zukommen. Ihre sonst so perfekte Frisur war völlig zerzaust und unter den geröteten Augen hatte sie dunkle Ringe.

«Gina, was ist passiert?»

«Hast du Zeit?», flüsterte sie kaum verständlich.

«Natürlich.» Ich dachte mit Wehmut an meine Pläne für diesen Tag. Ich umarmte sie und bald war meine linke Schulter von ihren Tränen so nass wie nach einer Dusche. Doch es machte mir nichts aus. Tränen sind bestimmt gut für die Haut, was wissenschaftlich nur noch nicht erwiesen ist.

«Komm mit zu mir», sagte ich und zog sie zu meiner Wohnung. Ich bugsierte sie auf das grosse Canapé und bereitete ihr eine heisse Schokolade mit veganer Milch zu.

Gina sass zusammengekrümmt auf meinem roten Ledersofa. Die Tränen flossen in Strömen über ihr Gesicht und ihr laute Schluchzer schüttelten ihren Körper. Dabei verschüttete sie die dunkle Schokolade über dem edlen Sofa. Die Flecken würden mich für immer an diesen Moment erinnern.

«Weisst du, du bist … bist die Einzige, die immer für mich da ist und zu mir hält», begann sie stockend. «Mein Leben geht gerade total den Bach runter. Ich habe totalversagt! Ich bin mit meiner Modelkarriere gescheitert, nachdem alles so gut angefangen hat … »

Ich nickte und dachte an den Abend zurück, an dem alles anfing. Wir waren in einer noblen, langweiligen Bar, als plötzlich ein älterer Mann auf uns zukam. Wir lächelten und ich überlegte gerade, wie ich ihn höflich abwimmeln könnte, als er sich ungefragt zu uns setzte. Mich beachtete er nicht weiter, er hatte nur Augen für Gina.

«Hörst du überhaupt noch zu?» Ihre Stimme riss mich aus meinen Gedanken.

«Klar.»

«Deswegen steht mir das Wasser höher als bis zum Hals, mindestens bis zu den Ohren! Und die Schulden steigen wegen der Mahngebühren immer weiter und ich habe einfach kein Geld, um sie zu bezahlen. Mein Konto wurde gestern gesperrt. Du bist die Einzige, die mir deswegen nie Vorwürfe macht. Dafür liebe ich dich», sagte sie und lächelte mich zaghaft an, wobei ihre weissen Zähne aufblitzten und die tiefblauen Augen funkelten. Ich lächelte zurück und mir wurde wohlig warm.

«Ich liebe dich auch, du bist einfach die Beste», antwortete ich.

«Ohne dich wäre ich völlig verloren», flüsterte Gina.

«Blödsinn!», sagte ich.

«Doch echt.»

«Ausserdem sind wir best friends forever», sagte ich grinsend.

Sie nickte, erwiderte mein Grinsen aber nicht.

«Ich mache mir ausserdem Sorgen um dich», antwortete sie.

Ich lachte.

«Süss von dir. Brauchst du aber nicht, die sind völlig unberechtigt!»

«Sind sie nicht.»

Nach einer längeren Diskussion bestand sie darauf, den schönen Sommertag zu geniessen und bereitete mein Lieblingsgetränk zu, Hugo mit viel Zitronensaft und Aperol Spritz. Wir genossen unsere Drinks auf der Terrasse in der prallen Sonne. Dabei lagen wir in gemütlichen, bunten Liegestühlen und lauschten dem Trubel der Grossstadt unter uns. Erst jetzt fällt mir auf, dass Gina damals nur an ihrem Glas nippte, während sie mir ein paarmal nachgoss.

Als ich schliesslich aufstand, drehte sich alles um mich herum und ich fiel lachend hin.

«Alles in Ordnung?», fragte Gina.

«Ja», kicherte ich und blieb auf dem Boden sitzen.

«Du hast es echt gut», sagte sie und betrachtete ihr Glas.

«Das habe ich», antwortete ich und unterdrückte ein Hicksen. «Und darum helfe ich dir. Hilf mir hoch. Wir gehen zur Bank!»

«So habe ich das doch nicht gemeint», sagte sie, eilte jedoch zu mir und half mir aufzustehen.

Ich brauchte zwei Anläufe, um hochzukommen, da der Boden unter mir schwankte und sich alles wie in einem Karussell drehte. An den Weg zur Bank erinnere ich mich kaum, weiss aber noch, wie ich mich neben dem Bankautomaten auf den Boden sinken liess und die Hand vor die

Augen hielt, weil die Sonne mich blendete. Dann kramte ich nach meinem Portemonnaie, konnte es aber nicht finden und gab schliesslich Gina meine Tasche.

«Nimm, was du brauchst. Den Code findest du heraus, wenn du mich gut kennst», kicherte ich.

Gina stürzte sich auf mich, umarmte mich und küsste mein Gesicht. Ich lachte und versuchte, sie wegzustossen, da ihr Gewicht mir das Atmen schwer machte und mein Gesicht von ihrem süssen Lipgloss völlig verklebt war.

«Danke, danke, danke! Du bist meine Retterin!», rief sie überglücklich. «Ich verspreche dir, ich zahle alles zurück, sobald ich meinen Durchbruch als Model geschafft habe!»

«Was du auch schaffen wirst», lallte ich.

Ich zweifelte keinen Augenblick daran, dass es bald so weit sein würde. Gina ist eine atemberaubende Schönheit. Ihre langen blonden Haare sind immer perfekt gestylt und trotz oder vielleicht gerade wegen ihrer Grösse, erscheint sie anmutig und gleichzeitig unnahbar. Sie hat grosse blaue Augen, ein feines Gesicht und reine, glatte Haut, die immer leicht gebräunt ist.

Sie zog mich auf die Beine und wir liefen untergehakt weiter.

«Danke. Ich bin dir unglaublich dankbar. Es ist ein furchtbares Gefühl, nicht auf eigenen Beinen stehen zu können. Ich hoffe, das hat bald ein Ende.»

«Keine Sorge, ich bin immer für dich da. Ich lasse dich nicht im Stich», versicherte ich.

Auf einmal schwammen ihre himmelblauen Augen wieder in Tränen.

«Aber was, wenn dir etwas zustösst?», fragte sie mit erstickter Stimme.

Ich lachte.

«Für diesen unwahrscheinlichen Fall könnte ich dir ja

alles vererben, was meinst du dazu?»

Bei dieser Erinnerung muss ich beinahe würgen. Sie hatte das alles geplant, schon vor eineinhalb Jahren! Ich sehe ihr erleichtertes Gesicht so deutlich vor mir, als wäre es gestern gewesen. Sie strahlte, als ob die Sonne aus ihr heraus scheinen würde. Dabei war es wohl eher das Feuer der Hölle. Ich weiss noch, wie sehr ich mich freute, jemandem eine solche Freude zu machen. Ich ahnte damals nicht einmal ansatzweise, wie sehr ich diese Worte eines Tages bereuen würde.

Mittlerweile konnte ich wieder geradeaus laufen und wir schlenderten scheinbar ziellos durch Zürich, als Gina zufällig ein Notariatsbüro auffiel. Auch an diesem Zufall habe ich mittlerweile so meine Zweifel. Gina war schon immer taktisch vorgegangen. Doch an diesem Tag alberten wir eigentlich nur herum und standen doch plötzlich in dieser kleinen Kanzlei. Ich erinnere mich, wie ich die Nase rümpfte. Die Räume waren sehr klein und die Möbel wild zusammengewürfelt. Ein massiver Holztisch stand im starken Kontrast zu dem billigen Plastikstuhl, auf dem eine hübsche Frau mittleren Alters, vermutlich die Sekretärin, sass.

Ich begann mit ihr zu reden, keine Ahnung mehr, worüber. Sobald ich Alkohol trinke, werde ich redselig. Ein älterer Herr betrat den kleinen Raum. Seine halblangen, grauen Haare hatte er mit Unmengen von Gel nach hinten gekämmt, sodass sie fettig aussahen. Sein kleines Gesicht ging hinter der riesigen Brille beinahe unter.

«Guten Tag, ich bin der Herr Lindenberger. Was kann ich für Sie tun?», fragte er und schüttelte zuerst Gina, dann mir die Hand.

«Gut, dass Sie da sind! Ich möchte ein Testament aufsetzen lassen und meine Freundin als Erbin einsetzen, nur für den Fall der Fälle», sagte ich. Damals begriff ich den

Ernst der Lage nicht. Er hingegen schon.

«Vorbildlich, die Damen. Man ist nie zu früh dran mit solchen Sachen. Auch wenn Ihnen bestimmt ein langes, glückliches Leben beschieden ist», antwortet er.

Ob er den letzten Satz ernst gemeint hatte? Oder wusste er Bescheid und verspottete mich?

Die Sekretärin führte uns in ein düsteres Büro. Darin stand ein billiger Plastiktisch, der einen Holztisch imitierte, umringt von fünf schwarzen Plastikstühlen derselben Sorte. Wir setzten uns auf diese unbequemen Dinger. Kurz darauf kam der Notar rein. Die Blondine brachte uns Wasser und setzte sich dazu.

«Unsere Zeugin», erklärte der Notar und nahm ebenfalls Platz.

Er klappte seinen Laptop auf.

«Was wollen Sie Ihrer Freundin vererben?», fragte er.

«Alles», antwortete ich, ohne zu überlegen.

Er nickte und tippte etwas.

«Ich brauche Ihre Personalien und Ausweise»

Wir nannten ihm die Daten und legten unsere Ausweise neben seinen Laptop, in den er alles eintippte.

«Ich werde es ausdrucken und dann schauen wir, ob es so für Sie stimmt», sagte er und stand in der Absicht auf, die Kammer zu verlassen. In dem engen Raum kam er jedoch nicht an seiner Sekretärin vorbei, die vor der Tür sass. Nach einigen erfolglosen Versuchen, sich durchzuquetschen, musste sie schliesslich aufstehen und zuerst rausgehen. Als er zurückkam, gab er mir ein Dokument.

«Lesen Sie es in Ruhe durch und fragen sie ungeniert.» Ich las es durch, doch die klein gedruckten Zeilen verschwammen vor meinen Augen und so nickte ich nur stumm, als hätte ich jedes Wort verstanden. Wir unterschrieben beide Exemplare des Testaments, ich stopfte meine Kopie achtlos in meine Tasche und schon war die

Angelegenheit erledigt.

Bei der Erinnerung an den letzten Händedruck dieses schmierigen Herrn Lindenberg wird mir wieder übel. Seine Hand war so nass.

Angestrengt denke ich nach. Dann fällt es mir wie Schuppen von den Augen. Ich war betrunken, als ich unterschrieb. Das Testament ist demnach ungültig. Doch dann erinnere ich mich an die Worte meines Rechtslehrers:

«Paragrafen sind schön und gut. Doch im echten Leben gilt es, die jeweiligen Umstände zu beweisen, nur dann kommen diese zum Tragen.»

Scheisse, wie soll ich denn beweisen, dass ich vor eineinhalb Jahren betrunken war? Warum, verdammt noch mal, musste ich auch so viel trinken? Nüchtern hätte ich zuerst mit meinem Anwalt gesprochen. Wütend denke ich daran zurück, wie wir grinsend aus der Kanzlei liefen.

«Lass und zur Feier des Tages ins Hiltl gehen», sagte ich.

«Tolle Idee», antwortete Gina.

Wir liessen den Abend auf der Hiltl Dachterrasse mit köstlichem Essen und weiteren bunten Drinks ausklingen.

Am nächsten Tag konnte ich meinen Starbucks-Kaffee nicht bezahlen, da mein Konto bis zum Limit überzogen war. Doch das kümmerte mich nicht, ich benutzte einfach meine Kreditkarte bis zur nächsten Überweisung meiner Eltern.

Damals war ich sehr glücklich, eine so gute Freundin zu haben und ihr helfen zu können. Doch jetzt fühle ich nur noch Bitterkeit, während ich mich in den Schlaf weine.

Nach wenigen Stunden unruhigen Schlafs wache ich

früh auf. Meine Augen sind geschwollen und meine Schläfen pochen. Ich denke darüber nach, einfach ein One Way-Ticket zu kaufen und an einem schönen, sonnigen Ort unterzutauchen. Ich schliesse die Augen und denke an einen weissen Strand, dessen warmer Sand mir sanft durch die Hände rinnt. An das Rauschen des azurblauen Meeres. Ich rieche bereits das Salz. Auf der Haut spüre ich die Sonnenstrahlen, deren Wärme bis in das Innerste meiner Seele dringt. Ich male mir aus, wie ich am Strand auf dem warmen Sand liege, in der Hand einen frischen, fruchtigen Cocktail. Neben mir ein Teller mit Ananas, Mango und Kokosnussschnitten.

Einsteins Bellen im Erdgeschoss reisst mich zurück in die Realität. Mein Herz setzt einen Schlag aus und ich lausche auf das freudige Winseln meines Hundes, als die Haustür aufgeht.

«Hallo, ich bin wieder da», höre ich meinen Vater rufen.

Erleichtert atme ich auf und entspanne mich.

Draussen ist es grau und eiskalt. Das pure Gegenteil meines Tagtraumes. Aber was sind die Alternativen? Ich könnte alles, was ich besitze, verkaufen und darauf hoffen, dass sie sich damit zufriedengeben und mich in Ruhe lassen. Ich stelle mir vor, wie ich mit meinen Kommilitonen in einer einfachen WG oder einem Studentenwohnheim leben würde. Meine Kleider würde ich in Secondhandläden oder im Brockenhaus kaufen, Essen immer eine Stunde vor Ladenschluss oder wir würden als Food-Saver leben und weggeworfenes Essen aus Supermarktcontainern klauben.

Ich würde nebenbei irgendwo arbeiten, vielleicht in einem Spital oder Altersheim als Pflegehelferin. Und ich würde mit den öffentlichen Verkehrsmitteln oder gar mit dem Velo unterwegs sein, anstatt mit meinem Benz. Ein beschauliches Bild, bei dem mir warm wird. Mit einfachen Menschen als einfacher Mensch zusammenzuleben, am Rande des Existenzminimums, in einer Gemeinschaft, in der alle zusammenhalten und sich unterstützen und mich niemand wegen meines nicht mehr vorhandenen Geldes ausnutzt oder gar bedroht! Und irgendwann würde ich meinen Eltern das in ihren Augen sinnlos verprasste Geld zurückzahlen. Es würde dauern, aber ich werde meine Ziele erreichen. Leider weiss ich auch, ich werde mich trotz allem niemals sicher fühlen. Vielleicht würden Laurene und Timon mich in Ruhe lassen, aber Gina? Sie war schon als Kind bekannt für ihren Perfektionismus und ihr zielstrebiges, beinahe schon krankhaftes Verbeissen beim Erledigen von Aufgaben jeder Art. Niemals würde sie das Risiko eingehen, irgendwann aufzufliegen. Das heisst, ich wäre niemals sicher. Vermutlich wär ich es nicht mal dann, wenn ich ihnen tatsächlich die fünf Millionen zahlen würde. Ächzend setze ich mich auf. Mir tut alles weh, ich fühle mich wie eine alte Frau. Ich stehe auf und verspüre den enormen Drang, das Haus zu verlassen. Mir fällt erst jetzt auf, dass ich seit Tagen nur in meinem Zimmer bin. Der Sportjunkie in mir ist unzufrieden, weil die Muskeln wegen der geringen Aktivität und des wenigen Essens dabei sind, sich zurückzubilden. Ich ziehe einen grauen Trainingsanzug an. Als wüsste er genau, dass ich mit ihm rausgehe, scharwenzelt Einstein um mich herum, was mich zum Lächeln bringt. Schön, wie er sich freut. Wenigstens einer von uns. Er rennt schwanzwedelnd voraus zur Tür und ich schlurfe dem Energiebündel hinterher.

10.

Ich ziehe graue Nikes an und öffne die Tür. Nach tagelanger Isolation in meinem Zimmer fühlt sich der eisige Wind auf meiner Haut an wie tausend schmerzhafte Nadelstiche. Die eisige Luft bringt meine Lunge zum Brennen. Doch bald fühle ich, wie meine Vitalität zurückkommt. Gedankenverloren laufe ich am Rand des Dorfes entlang in Richtung Wald. Als ich um die Kurve am Ende der Strasse laufe, stehe ich plötzlich Laurene gegenüber. Ich zucke zusammen und mein Herz überschlägt sich. Auch ihr steht der Schrecken ins Gesicht geschrieben. Mit einem ungeschickten Sprung zur Seite weicht sie mir aus.

Einstein bellt und springt auf sie zu, wobei seine Rute wie verrückt wedelt. Doch ich halte ihn zurück und nehme die Leine kürzer.

«Laurene, warum?», krächze ich und mache einen Schritt rückwärts.

Sie weicht meinem Blick aus.

«Es tut mir leid.»

Mein Hund jault und versucht auf Laurene zuzuspringen, sodass ich mich mit aller Kraft in die Leine hängen muss.

«Einstein! Schluss jetzt!»

Laurene sieht grauenhaft aus. Ihr Gesicht ist aschfahl, die Augen sind geschwollen und gerötet und werden von tiefen, dunklen Schatten untermalt. Ihre Haare hängen fettig herab. Sie ist unförmiger denn je und lässt die Schultern nach vorne hängen. Ich habe sie noch nie in einem erbärmlicheren Zustand gesehen. Ich will etwas sagen, aber da ist sie bereits an mir vorbeigeeilt. Seufzend lehne ich mich an die Mauer hinter mir. In mir breitet sich eine grosse Leere und tiefe Traurigkeit aus. Wie konnte ich mich so sehr in einem Menschen täuschen. Vor allem in dieser Person. Fünfzehn Jahre lang waren wir beste Freundinnen und dann will sie mich eiskalt umbringen.

Natürlich war Gina die treibende Kraft und hat Laurenes unerträgliche Situation ausgenutzt, um sie zu manipulieren. Darin war sie schon immer eine Meisterin – und Laurene das perfekte Opfer. Aber ich hätte nie gedacht, dass Gina so weit gehen würde, um an mein Geld zu kommen. Wobei sie Laurene mit Sicherheit leere Versprechungen gemacht hat und sie schlussendlich mit einem Trostpreis abspeisen oder mit leeren Händen zurücklassen wird.

Geht ihr Plan schief, hat sie vermutlich alles so eingefädelt, dass der Löwenanteil der Schuld an Laurene hängen bleibt. Oder sie plant, sie ebenso wie mich zu beseitigen. So gesehen sind wir beide Opfer.

Aber dazu wird es nicht kommen, denn sie werden mich nicht umbringen!

Ich habe in meinem Leben noch so vieles vor – dafür werde ich kämpfen, mit allem, was in meiner Macht steht und darüber hinaus.

Ich laufe ein Stück weiter und lasse mich auf einer Holzbank nieder. Ich muss für einen Moment zur Ruhe kommen und meine Ideen bündeln, die mit Lichtgeschwindigkeit durch meinen Kopf schiessen. Einstein setzt sich vor mich und sieht mich erwartungsvoll an.

«Wir gehen gleich weiter. Einen Moment.»

Von rechts sehe ich Alexej auf mich zukommen. Nervös zupft er seine Polizeiuniform zurecht.

«Hallo Natalia», ruft er und strahlt mich an. Mir wird warm. Vermutlich von der Sonne, die sich hinter einer Wolke hervorschiebt. Oder doch wegen ihm?

Er setzt sich neben mich und gibt mir einen Kuss auf die Wange.

«Lang nicht gesehen. Wie gehts dir?», fragt er und sieht mich mit seinen grünen Augen intensiv an.

«Geht so. Und dir?» Neugierig spiele ich den Ball zurück.

«Bei mir ist alles gut. Was war denn los am Samstagabend?»

Ich seufze.

«Das glaubst du mir sowieso nicht.»

«Versuch es.»

«Wie du willst. Ich war am Samstagabend mit Laurene bei Gina. Sie dachten, ich schlafe. Aber ich habe sie in der Küche belauscht. Sie haben mir einen Giftcocktail zubereitet und sich ausgemalt, was sie alles mit meinem Geld anstellen würden! Sie hatten bereits damit begonnen, die Sachen unter sich aufzuteilen, die ich an diesem Abend am Leibe trug.»

«Moment », unterbricht er mich. «Was erzählst du da? Sie wollten dich ermorden? Das macht doch überhaupt keinen Sinn. Ihr seid beste Freundinnen! Und selbst wenn du stirbst – wie sollten sie an dein Geld herankommen?»

Ich seufze wieder und verberge mein Gesicht in den Händen.

Einstein winselt und stupst mich mit seiner feuchten Nase an.

«Ich dumme Nuss habe Gina als Alleinerbin in meinem Testament eintragen lassen. Meine Eltern würden nur den Pflichtteil bekommen.»

Bei dem Gedanken kann ich meine Tränen nicht mehr zurückhalten. Wie konnte ich so ignorant gegenüber meinen Eltern sein, die so hart für dieses Geld gearbeitet haben.

«Du bist nicht dumm. Jeder macht Fehler, daraus lernt

man», sagt er.

Ich sehe ihn erstaunt an.

«Heisst das, du glaubst mir?»

«Ich habe in meinem Leben schon verrücktere Dinge erlebt. Und warum solltest du lügen?»

Endlich glaubt mir jemand. Erleichterung durchflutet meinen Körper.

Er zieht mich an sich und ich lege meinen Kopf an seine muskulöse Schulter. Ich schliesse die Augen. Er riecht gut, frisch und herb. In seinen starken Armen fühle ich mich sicher und geborgen. Trotz der eisigen Kälte ist mir wohlig warm.

«Mach dir keine Sorgen, ich bin für dich da. Es gibt für jedes Problem mehrere Lösungen und wir finden die bestmögliche für deins», sagt er.

«Und die wären?»

Er grinst.

«Lass mich nachdenken. Ich gebe dir Bescheid, sobald ich mehr weiss.»

Ich habe auf einmal einen riesigen Druck auf der Brust. Ich will so schnell wie möglich zurück in mein Zimmer, bevor ich vor Alexej einen Weinkrampf bekomme.

«Ich muss gehen», sage ich. Zum Abschied küsse ich ihn auf die Wange. Bevor ich mein Gesicht zurückziehen kann, nimmt er mein Gesicht zwischen seine Hände und küsst mich auf den Mund. Seine Lippen sind weich. Er schmeckt unglaublich gut. Die Schmetterlinge in meinem Bauch erwachen wie nach einem langen Winterschlaf und schlagen mit den Flügeln. Seit Timon hatte ich nie wieder wirklich romantische Gefühle für jemanden.

Aber es geht nicht. Nicht mit Alexej! Seit er hierhergezogen ist, bemüht er sich um mich, doch ich habe ihn immer abblitzen lassen. Ich schüttle den Kopf. Nur Freundschaft.

Auf dem Weg nach Hause denke ich über Alexejs Worte nach. *Es gibt für jedes Problem mehrere Lösungen.*

Alexej glaubt mir und will mir helfen. Als Polizist weiss er mit Sicherheit, was zu tun ist, auch ohne die Polizei selbst einzuschalten.

Zu Hause angekommen tippe ich den Code für das Gartentor ein, aber es bleibt verschlossen. Ich versuche es noch einige Male, dann gebe ich auf und drücke die Klingel. Vermutlich habe ich den neuen Code falsch auswendiggelernt.

Mein Vater öffnet mir das Tor.

«Ich habe die neue Kombination vergessen», sage ich.

Er geht mit mir den Kiesweg zum Haus entlang und sieht mich kurz von der Seite an.

«Brauchst du nicht, es reicht, wenn du dich wieder an den Alten erinnerst», versucht er schwach zu scherzen. Sein Humor ist schlechter als je zuvor.

«Wieso?», frage ich.

«Weil wir deine Wahnvorstellungen nicht unterstützen. Es gibt keinen Grund, nicht mehr den alten Code zu benutzen», antwortet er bestimmt und schaut angestrengt auf die Kieselsteine. Mir verschlägt es die Sprache. Nun ist wirklich der absolute Tiefpunkt erreicht, nicht nur, dass mir meine eigenen Eltern nicht glauben. Nun gefährden sie auch noch ernsthaft mein Leben.

Ich eile in mein Zimmer, weil ich nach dieser Hiobsbotschaft niemanden sehen will. Ich habe bereits die Türklinke in der Hand, als meine Mutter nach mir ruft.

Langsam schlurfe ich die Treppe wieder hinab und setze mich meinen Eltern gegenüber auf das Sofa.

«Geht es dir gut?», fragt sie und sieht mich intensiv an.

«Ja, prima», lüge ich.

«Sicher? Fühlst du dich nicht bedroht?», fragt mein Vater.

Mein linkes Augenlid beginnt zu zucken. Es ist mir unangenehm, wie sie mich beide fixieren.

«Doch!»

«Warum hast du dir selbst einen Drohbrief geschrieben?», fragt mein Vater mit ernster Miene.

«Wie bitte?»

Meine Mutter nimmt ein Blatt vom Couchtisch, das vorher so unscheinbar dalag, dass ich es nicht bemerkt habe. Doch jetzt gefriert mir das Blut in den Adern.

«Gehts noch? Ihr habt in meinem Zimmer rumgeschnüffelt?»

Meine Mutter bekommt rote Flecken im Gesicht und am Hals.

«Ich habe nur gelüftet, sonst verschimmelst du dort noch!»

Heisse Wut pulsiert in mir, doch nach aussen bleibe ich ruhig. Ich weiss, dass die beiden nur darauf warten, mich explodieren zu sehen. Vor allem mein Vater behält lieber recht, als das Leben seiner Tochter durch eine einfache Überweisung zu schützen.

«Danke», sage ich trocken.

Erstaunt sehen meine Eltern sich an.

Mein Vater räuspert sich.

«Uns ist einiges klar geworden. Du wolltest vortäuschen, dass du bedroht wirst, um von uns fünf Millionen zu bekommen und damit irgendwelche verrückten Sachen anstellen, habe ich recht?»

Eine tiefe Stirnfalte gräbt sich in die Stirn meines Vaters.

Meiner Mutter laufen ein paar stumme Tränen die Wangen hinab.

Bei ihrem Anblick spüre ich einen bohrenden Schmerz in meiner Brust. Nie wollte ich ihnen solchen Kummer bereiten. Nun denken sie, dass ich sie eiskalt ausnehmen will.

«Nein, so ist das nicht.»

«Und ob! Das ist deine Sauklaue, die du Arztschrift nennst, die erkennen wir als deine Eltern sofort!»

Er wirft mir das Blatt zu.

Mir steigen jetzt ebenfalls Tränen in die Augen.

Die Schrift sieht aus wie meine.

«Ich …», ich räuspere mich. «Ich kann das erklären. Es ist – »

«Ganz anders? Wolltest du das Geld diesmal dem fliegenden Vermicellesmonster spenden?»

Ich schüttle den Kopf, sodass meine langen Haare um meinen Kopf peitschen.

«Ich habe das nicht geschrieben, ich schwöre es euch!»

Die Tränen fliessen in Strömen.

«Mal angenommen du sagst die Wahrheit. Wer hat es dann geschrieben? Und vor allem, warum hast du uns nicht von Anfang an davon erzählt, als du uns nach fünf Millionen gefragt hast?»

Der Blick meines Vaters gleicht einem hypnotischen Schlangenblick.

Am liebsten würde ich ihnen alles sagen. Wie als kleines Kind, als ich ihnen alle meine Probleme anvertraut hatte und danach alles gut war. Aber ich bin schon lange kein Kind mehr, und meine Geheimnisse wiegen zu schwer und sind zu grausam. Das kann ich ihnen nicht antun.

«Ich löse meine Probleme selbst, darum habe ich nichts gesagt.»

Mein Vater schnaubt.

«Aber wenn es um Geld geht, sind wir gut genug, ja?»

Ich öffne den Mund und schliesse ihn wieder. Jetzt muss ich aufpassen, um mich nicht in meinem Lügennetz zu verfangen.

«Das mit dem Geld konnte ich nicht allein lösen, den Rest schon. Ich will euch nicht unnötig belasten.»

Immerhin nicht gelogen.

«Du hast ein ganz anderes Problem, das du nicht lösen

kannst.»

Er sieht mich an.

Mich durchfährt es eiskalt. Weiss er doch etwas?

«Was meinst du?»

Nervös zupfe ich an meinen Haaren.

«Eines im Kopf, um mal Klartext zu reden.»

Ich stöhne auf. Vor Erleichterung, dass er nichts weiss, aber auch vor Verzweiflung.

«Ich bin völlig gesund ...»

«Es ist okay, Schatz», sagt meine Mutter mit sanfter Stimme.

«Die Uni ist sehr stressig, und du hast viele Altlasten aus der Vergangenheit. Dein Körper wehrt sich dagegen wie damals in der Schule.»

«Nein. Es ist nicht wie früher. Mir geht es gut», beteuere ich. Ich höre selbst, wie meine Stimme kippt. Meine Augen werden feucht.

«Nimm dir Zeit für dich und deine Genesung. Dein Studium läuft nicht davon», fährt sie fort.

Ich schluchze auf.

Sie hat meinen wunden Punkt getroffen. Ich brauche mein Studium wie die Luft zum Atmen. Es ist die einzige Möglichkeit für mich, das Gefühl zu haben, ein normales Leben zu leben und nicht mehr an Maxime zu denken. Und an das, was ich gemacht habe. Ich will es gewissermassen wieder gut machen und nicht mehr jede Nacht davon träumen.

Meine Eltern sehen sich an. Meine Mutter knetet ihre Hände, mein Vater kratzt sich am Kinn.

«Wir sehen keine andere Möglichkeit, als dich vorübergehend entmündigen zu lassen. Um dich vor dir selbst zu schützen», eröffnet mein Vater bedrückt.

Mein Herz setzt einen Schlag aus.

«Bitte tut das nicht. Ich ...»

«Nur, bis du wieder gesund und zurechnungsfähig

bist», verspricht meine Mutter.

«Ich bin zurechnungsfähig, verdammt noch mal!», schreie ich verzweifelt und springe auf.

Da haben sie den Ausbruch, auf den die beiden so sehnsüchtig gewartet haben.

«Zu deinem Besten», antworten beide gleichzeitig.

Ich nehme den Brief und renne aus dem Wohnzimmer, die Treppe hoch, stürme in mein Zimmer, knalle die Tür zu und springe ins Bett, das bedenklich ächzt. Ich kann nicht glauben, was gerade passiert ist. Immer wenn ich denke, es kann nicht mehr schlimmer werden, kommt es schlimmer, als ich es mir je hätte träumen lassen!

11.
Miriam

«Ich denke, wir sind etwas zu hart gewesen. Vermutlich ist sie nur überlastet.»

«Überlastet? Ich denke, es ist mehr als nur Überlastung!»

Einzig in Peters blauen Augen sehe ich Gefühle aufblitzen, sonst ist er ganz der beherrschte Geschäftsmann, der Kosten und Erträge kalkuliert. Obwohl ihn in den letzten drei Jahren diverse Fettpölsterchen und Falten haben altern lassen, ist er immer noch ein attraktiver Mann. Doch die Ereignisse der letzten Zeit haben uns beide mitgenommen.

«Ist sonst noch was? Wir müssen noch unsere Taktik für das heutige Meeting durchsprechen und – »

«Ja!», unterbreche ich ihn.

Peter runzelt die Stirn.

«Was denn?»

«Das fragst du ernsthaft?»

Ich funkle ihn an.

«Jetzt können wir sowieso nichts ausrichten! Ruf morgen Dr. Zwirn an. Der wird ihr helfen.»

«Helfen? Ernsthaft? Der hat ihr noch nie gutgetan und mir war der nie sympathisch! Nur Medikamente hat er verschrieben, in grossen Dosen und die teuersten, damit er gut an uns verdient!»

«Dann nimm halt einen anderen! Wir müssen das delegieren, dafür gibt es Fachpersonen! Lass uns das morgen besprechen, jetzt müssen wir uns vorbereiten und – »

«Die eigene Tochter ist nichts, was man delegieren kann, so wie einen unliebsamen Geschäftsprozess!», schreie ich wutentbrannt.

«Es geht nicht anders. Wir müssen auf Zack sein. Unsere Leute sind nicht gut genug eingearbeitet und lassen sich wahrscheinlich ohne uns übers Ohr hauen! Komm jetzt.»

Er greift nach meiner Hand und zieht mich mit sich, doch ich reisse mich los.

«Das ist mir egal, ich komme nicht mit!»

Ich stürme in mein Büro und verriegle die Tür hinter mir. Kurz darauf poltert Peter gegen das Holz.

«Miriam! Verdammt, du kannst mich nicht hängenlassen! Das ist ein wichtiger Deal und eine riesige Chance für uns! Danach können wir von mir aus in den Urlaub fahren, alles was du willst, nur komm bitte mit!».

«Erfolg und Geld haben wir im Überfluss! Aber nur eine Tochter, nur noch ein Kind!», antworte ich wütend.

«An ihrer Situation ändert sich nichts, ob wir den Termin sausenlassen oder nicht! Wir müssen dahin …», er knirscht mit den Zähnen.

«Ich muss gar nichts, ausser irgendwann sterben und jährlich Steuern zahlen. Was du musst oder meinst zu müssen, ist deine Sache. Schönen Abend!»

«Verdammte Scheisse!», flucht Peter und poltert davon.

Ich lege mich auf die Wildledercouch in der Ecke und vergrabe den Kopf in den Armen. Ich will nichts mehr sehen. Ich fühle mich leer und ausgebrannt. Mein ganzes Leben musste ich Leistung abliefern, schon als Kind musste ich immer einen reinen Sechserschnitt haben, genau wie in der Uni.

Dann habe ich als Assistenzärztin ohne Pause geackert. Aber wenigstens bin ich meiner Leidenschaft nachgegangen, bis ich fristlos entlassen und mir meine Approbation genommen wurde. Kurz darauf lernte ich Peter kennen. Er war gerade dabei, aus dem nichts eine Firma aufzubauen. Da ich als Assistenzärztin nie Zeit gehabt hatte, mein Geld für etwas anderes als die Miete meines WG - Zimmers auszugeben, stieg ich mit ein und investierte einen Teil meines ersparten Geldes. *Und das ist jetzt aus dir geworden*, denke ich frustriert. Ich konnte nie für meine Kinder da sein, geschweige denn mir mal eine Minute für mich nehmen. Ich hatte nie Mutterschaftsurlaub oder Elternzeit. Wir waren bei einem Meeting in Singapur, als ich Wehen bekam und Maxime zur Welt brachte. Bei Natalias Geburt waren wir auf einer Gala, wo sie in der Limousine geboren wurde.

Wären wir vielleicht glücklicher geworden, wenn wir arm geblieben wären?

Vielleicht hätte statt drei globaler Weltkonzerne einer gereicht? Und statt der dreissig einzelnen Firmen eine Handvoll? Dann hätten wir mehr Zeit für die Familie gehabt.

Ob Maximes hypoplastisches Linksherzsyndrom von meinem riesigen Stress während der Schwangerschaft entstanden war? Oder von der fehlenden Mutterliebe? Das Herz steht sinnbildlich für die Liebe, die linke Seite für die Emotionen.

Darüber habe ich nie wirklich nachgedacht, sondern mich mit meinem Mann in die Arbeit gestürzt. Nie haben wir mehr erreicht als in den letzten drei Jahren.

Ich erinnere mich an seltene Momente, in denen wir als Familie gemeinsam etwas unternommen hatten und wie wir zu fünft wandern waren. Wie unbeschwert fühlte sich das an. Wie fit die Mutter meines Mannes war – von meiner eigenen, habe ich seit meinem Approbationsverlust nur dreimal etwas gehört, auch nur, weil sie mich um Geld angebettelt hat. Maximes Tod hat uns alle schwer mitgenommen, auch wenn wir nicht darüber reden. Es ist ein unausgesprochenes Tabuthema, nicht mal bei Natalias Zusammenbruch brachten wir es zur Sprache.

Eine Beerdigung gab es nicht, nur eine kleine Gedenkfeier.

Vor drei Jahren fuhr Maxime noch mit Natalia und Timon in den Urlaub, obwohl es ihm nicht so gut ging. Nach ein paar Tagen rief uns Timon an und überbrachte die Nachricht. Ich mochte ihn noch nie, aber seit diesem Tag habe ich eine regelrechte Abneigung gegen ihn.

Lange vor seinem Tod verfügte Maxime, dass niemand von uns seinen Leichnam sehen darf.

Wir sahen dann nur noch seine Asche in einer Urne. Auf seinen letzten Wunsch hin haben wir seine Überreste über dem Meer verstreut.

Traurig denke ich daran zurück, wie Peter Natalia ein halbes Jahr nach dieser Tragödie von der Schule abgeholt hat. Völlig geschwächt und abwesend war sie gewesen.

Der Gedanke versetzt mir einen schmerzhaften Stich. Hätten wir das verhindern können? Wenn wir uns doch mehr um sie gekümmert hätten, die Arbeit mehr hintenangestellt hätten. Warum arbeiten wir immer noch so viel? Wir haben längst ausgesorgt …

Und Peter hat sich so verändert. Er war schon immer sehr verbissen und engagiert, aber nicht in diesen Ausmassen. Für die Familie verzichtete er früher auf jeden Termin, egal wie viel Geld ihm durch die Lappen ging.

Doch vielleicht hat er recht. Was können wir schon für Natalia tun? Sie redet kaum mit uns. Ich erkenne meine eigene Tochter nicht mehr. Vielleicht war es ein Fehler, sie nach allem, was passiert ist, allein nach Zürich zum Studium zu lassen.

Erst sehen wir sie monatelang nicht, dann nur kurz nach ihrer Ankunft aus Zürich. Sie wirkte etwas müde vom Lernstress, aber sonst war alles wie immer. Und wenige

Stunden später finden wir sie schreiend am Waldrand, völlig unterkühlt und verwirrt. Ich verstehe das alles nicht. Was war der Auslöser für diesen Nervenzusammenbruch? Und dann diese Geschichte, dass die anderen sie umbringen wollen, die sie kurz darauf wieder abstreitet. Irgendetwas ist hier faul. Der Brief, den ich bei ihr gefunden habe, spricht für die erste Version ihrer Geschichte, aber ich kann das einfach nicht glauben. Wird sie tatsächlich bedroht? Oder wollte sie einfach nur fünf Millionen und sich damit ein schönes Leben machen? Ich würde ihr mein letztes Hemd geben, von mir aus 100 Millionen oder mehr, wenn es sie glücklich macht. Doch auf meinem Konto sind maximal 25 000 Franken, nur so viel bekomme ich vom Staat zurück, wenn die Bank bankrottgehen sollte. Natürlich habe ich viele Konten, doch überall ist nur dieser kleine Betrag drauf. Unser Vermögen ist überall in Firmen, unzähligen Immobilien, Edelmetallen, Wertschriften und anderen Anlagen in der Weltgeschichte verteilt. Um ja keine Steuern zu zahlen oder zu riskieren, dass eine Bank, die pleite ist, unser Geld mitnimmt. Wir hätten das viel unkomplizierter lösen können. Auch wenn die Steuerbeträge exorbitant für uns wären, wir würden es nicht mal bemerken. Von unseren Gemeinschaftskonten kann ich ohne Peters Unterschrift nicht mehr als hunderttausend am Stück abheben.

Ich weiss nicht, wie es mit uns beiden weitergeht. Wenn es um Geld geht, traue ich ihm im Augenblick so ziemlich alles zu. Ich sollte mich auf das schlimmste Szenario vorbereiten, damit ich nicht ohne alles dastehe, wenn es zur Trennung kommt. Auch wenn wir alles gemeinsam erarbeitet haben. Unsere Anlagen sind festgelegt, die können wir nicht ohne Weiteres auflösen, ebenso die Firmen. Auch wenn ich auf einigen Dokumenten als Geschäftsführerin fungiere, würde Peter nicht eher ruhen, bis er mich überall hinausgedrängt hat. Vor so einer Schlammschlacht graut es mir.

Ich werde mir selbst nach und nach Geld auf mein Konto überweisen und für mich vorsorgen. Dabei kam das Startkapital für unsere erste erfolgreiche Immobilienfirma von mir! Ich hätte das vertraglich absichern sollen ...

Nein! Geld ist nicht alles. Ich habe alles erreicht und doch nichts. Sollte Peter wirklich über Leichen gehen und mir alles nehmen, habe ich so viel Know-how und einflussreiche Beziehungen, dass ich schnell wieder Fuss fassen würde.

Es reicht schon, dass Peter vom Geld besessen ist.

Er wuchs bettelarm in Russland auf. Er hatte schon immer die Einstellung, dass seine Kinder für ihr Geld selbst arbeiten müssen, um seinen Wert schätzen zu lernen. Ich hingegen wollte ihnen all das im Überfluss bieten, was ich nicht hatte. Wir haben uns oft deswegen gestritten.

Mir gefällt es nicht, wie verbissen Natalia ihr Studium und die Forschung an der Uni verfolgt. Ich war genauso, aber nur weil ich dazu gezwungen war. Sie hingegen will als Forscherin alle Menschen heilen, die dasselbe Syndrom wie ihr Bruder haben. Sie rennt mit dem Kopf gegen eine Betonwand, ohne es zu merken. Und ich kann nur tatenlos zuschauen, da sie taub für meine Ratschläge ist. Entweder sie brennt noch während des Studiums aus, oder sie verliert wie ich die Approbation. Ich kenne diese Welt mit ihren dunklen Seiten nur zu gut und weiss, dass sie darin nicht bestehen kann, da sie niemals die Spielregeln akzeptieren wird.

Ich habe mich so sehr in meinen Gedanken verloren, dass ich nicht bemerkt habe, wie schnell die Zeit heute vergangen ist. Ich habe sonst wenig Zeit, um über unsere Vergangenheit nachzudenken, aber ich vermute, dass hier der Schlüssel zur Lösung liegt.

Natalia, meine einzige Tochter, mein einziges Kind! Ich kann sie nicht auch noch verlieren! Das lasse ich nicht zu!

Ich muss diesen Brief finden. Hoffentlich hat sie ihn nicht vernichtet. Vielleicht kann ein Graphologe die Schrift zuordnen. Wenn es nicht ihre Schrift ist, ist sie wirklich in Gefahr! Dann muss ich handeln. Doch warum geht sie nicht zur Polizei? Wegen der Drohung? Oder wegen ihres gefälschten Praktikumsberichts? Ich schüttle den Kopf. Für dieses blöde Studium würde sie alles tun. Sie hätte das niemandem erzählen dürfen! Sie muss noch lernen, dass man niemandem vertrauen darf, wenn man so reich ist wie wir. Solche Dinge haben in der Familie zu bleiben. Sie hat nur uns zu vertrauen. Ich stutze. Haben wir uns ihr Vertrauen in den letzten Jahren überhaupt verdient? Ich sollte mich nicht wundern, dass sie ihren Freundinnen alles erzählt hat und uns nichts.

Ich setze mich ruckartig auf und starre durch das Fenster in die Dunkelheit des Gartens. Für einen Moment glaube ich eine Bewegung bei den Büschen an der Mauer auszumachen. Wahrscheinlich ist es nur Goethe, der nach Mäusen jagt. Trotzdem beschleicht mich ein ungutes Gefühl.

Sobald Natalia das nächste Mal aus dem Haus ist, suche ich diesen Brief. Ich muss Klarheit darüber haben, was hier los ist und ob meine Tochter in Gefahr schwebt.

12.
Natalia

Durch das Gespräch mit meinen Eltern kommen die Erinnerungen hoch. Erinnerungen daran, wie alles begann: Zuerst zitterte ich immer öfter am ganzen Körper, obwohl mir nicht kalt war. Ich konnte dieses Zittern nicht kontrollieren.

Einige Wochen später litt ich an Schweissausbrüchen, die wie das Zittern unvorhersehbar kamen und gingen. Ich weiss noch, wie ich mich die zwei Stockwerke zum Matheunterricht hochkämpfen musste. Ich brauchte eine Ewigkeit. Oben angekommen war ich patschnass, als hätte ich samt Kleidung geduscht.

Herr Kunz, mein Mathematiklehrer, musterte mich eindringlich.

«Natalia, du siehst krank aus. Geh nach Hause und ruh dich aus!»

«Auf keinen Fall, ich darf den Unterricht nicht verpassen, sonst komme ich nicht mehr mit!», antwortete ich verzweifelt.

Es war der Herbst des letzten Jahres am Gymnasium. Ich stand extrem unter Druck, da wir jede Woche vier Prüfungen schrieben, ich mit meiner Abschlussarbeit in Verzug war und mich die Vorbereitung für den Numerus clausus überforderte. Es war die Zeit, in der ich mit Timon ein Beziehungsdrama nach dem anderen hatte. Herr Kunz kam auf mich zu.

«Komm Natalia, ich begleite dich raus», sagte er leise.

«Nein!», schrie ich und boxte ihn von mir weg.

Alle starrten mich an, doch das war mir egal. Ich bekam einen Weinkrampf und sackte zusammen. An das, was danach passierte, erinnere ich mich nur verschwommen. Ich weiss noch, dass ein paar Mitschülerinnen mich umarmten. Dann fand ich mich in den Armen meines Vaters wieder, der mich ins Auto trug. Zu Hause riss ich mir vor Verzweiflung Haare aus und kratzte meine Haut blutig.

Meine Eltern liessen mich ins Krankenhaus einliefern und die Ärzte waren entsetzt über meine Werte. Doch bereits nach wenigen Tagen klangen die Symptome ab und ich wurde entlassen. Im Spital konnte sich niemand meine gestörten Vitalwerte erklären. Ich stürzte mich direkt wieder in den Lernstress und bekam bald den nächsten Wein- und Schreikrampf, dieses Mal zum Glück zu Hause.

Meine Mutter verstand langsam, dass nicht mein Körper das Problem war, und bestellte einen Psychiater. Nach einem kurzen Gespräch, das mich wieder hysterisch werden liess, wies er mich direkt in die Psychiatrie ein. Dort fiel ich in ein tiefes, dunkles Loch. Ich sah keinen Sinn mehr im Leben. Ich begann mich mit allen möglichen Glaubensrichtungen auseinanderzusetzen, da mir der Tod Angst machte und ich mich auf mein Ende vorbereiten wollte. Weil in fast jeder Religion gilt, dass gute Taten belohnt werden, überwies ich kurzerhand das gesamte Geld meiner Konten an verschiedene Hilfswerke.

Die Krönung war die Spende an die Glaubensgemeinschaft der Pastafaris. Insgesamt waren es etwa vierhunderttausend Franken. Mein Vater tobte, als er davon erfuhr. Obwohl er unsere Anwälte und das Gericht einschaltete, zahlten die meisten Hilfswerke die Spende nicht zurück.

Und nun denken meine Eltern, dass ich wieder an diesem Punkt sei. Diesmal wollen sie vorsorgen, damit sich das nicht wiederholt. Und ich bin machtlos. Dabei habe ich sogar einen Beweis für das Erlebte. Doch er verrät zu viel über mich. Obwohl, wenn die drei drankommen, packen sie sowieso über mich aus.

In meinem Kopf beginnt es zu hämmern. Ich stecke in der Klemme.

Bevor meine Eltern die Entmündigung veranlassen, muss ich unbedingt mein Testament ändern! Zum Glück wird man nicht von heute auf morgen entmündigt. Allerdings regiert Geld die Welt und meine Eltern haben hervorragende Beziehungen. Zu lange darf ich nicht warten.

Dabei bin ich gerade dabei, mein Leben wieder unter Kontrolle zu bringen. Nun wird alles noch einmal durcheinandergewirbelt.

Ich will diesen Albtraum nur noch hinter mich bringen und nach Zürich an die Uni zurückkehren.

Für mich bedeutet das Medizinstudium mehr, als es sich die meisten Menschen um mich herum vorstellen können. Jeder Tag, an dem ich etwas über Gesundheit und Krankheit lerne, bedeutet einen weiteren Schritt in Richtung Ziel – endlich denen zu helfen, die an der gleichen, grausamen und bis jetzt unheilbaren Krankheit leiden, an der mein Bruder gestorben ist.

Als ich plötzlich an Alexej denken muss, wird mir flau im Magen. Ich mag ihn und finde ihn attraktiv, aber eine Beziehung mit ihm? Wir sind einfach zu unterschiedlich. Alexej ist ein ehrlicher, netter Mensch. Aber er gibt sich mit dem einfachen Leben als Dorfpolizist zufrieden. Ich bin dagegen ehrgeizig und will beruflich Grosses erreichen.

Trotzdem geht er mir nicht mehr aus dem Kopf. Sein Kuss hat bei mir ein Kribbeln ausgelöst und ein Feuer entflammt, das nicht mehr zu löschen ist.

Kurzerhand schreibe ich Alexej eine WhatsApp: «Ich danke dir für unser Gespräch heute. Ich möchte aber klarstellen, dass zwischen uns nie mehr als Freundschaft sein kann.»

Zu all dem Chaos kann ich nicht auch noch ein Liebesdrama gebrauchen. Ausserdem muss ich mich schnellstmöglich um das Testament kümmern. Wenn er mir hilft, findet er irgendwann die Wahrheit über mich heraus. Ich tapse leise aus meinem Zimmer und gehe zum Medikamentenschrank. Rechts oben in der Ecke befindet sich ein Tresor.

Ich gebe die Zahlenkombination ein und nehme eine Temesta raus, die ich sofort ohne Wasser schlucke. Dieses starke Medikament hat meine Grossmutter erhalten, nachdem sie vor einem Jahr eine Krise hatte. Natürlich weiss ich als Medizinstudentin über das Suchtpotenzial und die irreparablen Schäden Bescheid, die diese Wirkstoffe hervorrufen können. Aber weitere schlaflose Nächte wären schlimmer.

Am nächsten Tag stehe ich nach zehn Stunden Schlaf und einer langen Dusche vor meinem Badezimmerspiegel und blicke der Realität ins Auge.

Ich habe tiefe, dunkle Augenringe und auch erste Fältchen, wie ich mit Schrecken feststelle. Meine Haut ist fettig und unrein und die Haare hängen fad und schwunglos herab.

Auch mein Körper weist noch Spuren der letzten Tage auf, ich habe einige blaue Flecken, die ich mir vermutlich auf der Flucht zugezogen habe. Meine Rippen stehen etwas hervor.

Meine Finger krallen sich um den Rand des Waschbeckens und ich blicke mein Spiegelbild entschlossen an. Erst werde ich mich wieder auf Vordermann bringen und dann den Rest des Tages in Angriff nehmen.

Zum ersten Mal seit Tagen mache ich wieder die aufwendige Körperpflege, die ich früher täglich betrieben habe.

Meine Haare reibe ich mit einem Serum ein, dann behandle ich das Gesicht mit einer feinen Creme von Dior und den Körper mit einer Chanel Bodylotion, anschliessend besprühe ich mich von oben bis unten mit Rosenwasser und ziehe das erste Mal seit Tagen wieder eine Jeans an. Dazu kombiniere ich einen schwarzen Pulli und trage am Schluss einen Hauch Parfüm auf.

Zufrieden stehe ich vor dem Spiegel und fühle mich um Welten besser. So fühle ich mich bereit für die Herausforderungen des Lebens.

In der Küche bereite ich einen doppelten Espresso zu und mache es mir auf der Sitzbank in der Ecke bequem. Mit angezogenen Beinen und dem tröstlichen Kaffeegeruch in der Nase fühle ich mich zum ersten Mal seit Tagen geborgen. Meine Grossmutter kommt herein, lächelt mich an und stellt eine kleine, weisse Kiste vor mich hin.

«Hat dir jemand ein Geschenk geschickt?», frage ich.

«Ich glaube nicht. Hier steht dein Name.»

Sie runzelt die Stirn.

«Du bekommst doch oft Pakete, oder?»

Ich lächle. Es ist ein gutes Zeichen, wenn sie sich erinnert, was vor wenigen Jahren war.

«Ja.»

Neugierig öffne ich das Paket und finde einen grossen Schokoladen Muffin mit glänzender, dunkler Glasur vor, auf dem kleine rote Zuckerherzen verstreut sind. Ich nehme ihn raus und finde darunter eine kleine Karte, auf der steht: «Der Kuss gestern war der Schönste meines Lebens.»

Mein Gesicht kribbelt und das Blut pulsiert in meinem

Kopf. Ohne in den Spiegel zu schauen, weiss ich, das ich knallrot angelaufen bin. Ich muss dringend mit Alexej reden. Nicht, dass er sich Hoffnungen auf etwas macht, dass ich gar nicht will. Ich seufze. Etwas, das mein Verstand nicht will. Mein Herz schlägt längst für ihn. Doch in der Vergangenheit hat mein Herz einige Fehlentscheidungen getroffen, darum entscheidet jetzt mein Verstand!

Ich seufze und beisse in den Muffin. Kauend gehe ich zurück in mein Zimmer, nehme mein Handy und schreibe:

Hey Alexej. Danke für den Muffin, das ist echt lieb. Wir müssen demnächst mal reden. Liebe Grüsse, Natalia.

Ich lege das Handy weg und will zurück in die Küche, um den Kaffee zu holen, als das Telefon klingelt. Ich nehme den Anruf an und halte mir immer noch kauend den Hörer ans Ohr.

«Von was für einem Muffin redest du?» Alexej fällt direkt mit der Tür ins Haus.

«Von dem, den du in den Briefkasten gelegt hast. Beigelegt ist eine Karte, auf der steht, dass unser Kuss der schönste deines Lebens war.»

Ich runzle die Stirn. Spielt er jetzt Spielchen mit mir?

«Der ist nicht von mir.»

«Von wem dann?»

«Wen hast du sonst noch so geküsst?», versucht Alexej zu scherzen, doch mir ist nicht nach Lachen zumute.

Mir ist mit einem Schlag klar, von wem der Muffin ist. Woher hätte Alexej auch wissen können, dass ich am liebsten Schokoladen Muffins mit Glasur esse? Doch woher wussten sie von dem Kuss?

Ich beginne zu zittern.

Grossmutter beobachtet mich.

«Du hast den Muffin doch nicht gegessen?» Alexejs Stimme reisst mich aus meinen Gedanken.

«Nein ... nein. Ich muss jetzt auflegen, bis dann.»

«Warte! Bewahre den Muffin sicher auf! Das ist ein Beweisstück und … »

«Okay, tschüss», sage ich und drücke Alexej weg.

Dann renne ich ins Bad, stecke mir den Finger in den Hals und übergebe mich.

Erschöpft hebe ich den Kopf und sehe meine Mutter im Türrahmen stehen. Ihr Blick spricht Bände.

«Ich mache dir einen Tee.»

«Ich … mir geht es gut. Ich habe nur etwas Verdorbenes gegessen.»

Sie lächelt mich an, doch ihr Lächeln erreicht ihre Augen nicht.

«Es wird alles gut, Natalia. Wir sind für dich da. Und es gibt auch auf Essstörungen spezialisierte Psychologen.»

So eine Scheisse! Wieso schaffen sie es, dass alles immer so wirkt, als wäre ich die Gestörte?

«Mama, ich habe keine Essstörung.»

«Ruh dich aus und denk nicht zu viel nach. Alles wird gut.»

Ich wünschte, es wäre so. Doch es wird nie wieder gut. Alles an dieser verzwickten Scheisse hat einen verdammt hohen Preis, egal wie es ausgeht.

Ich schlurfe in die Küche zurück. Die Lust auf den Espresso ist mir vergangen, aber ich muss den Muffin an mich bringen.

Doch was ich in der Küche sehe, lässt mein Blut in den Adern gefrieren. Meine Mutter steht am Tisch, auf dem der Muffin liegt, und hat ein grosses Stück abgebrochen. Ihre kirschroten Lippen nähern sich der Hand mit dem Muffin Stück.

«Stopp!», schreie ich und renne auf sie zu.

Sie zuckt zusammen, lässt das Stück fallen und schaut mich vorwurfsvoll an.

«Eines Tages bekomme ich wegen dir noch einen Herzinfarkt!»

«Entschuldige.»

Mein Herz rast und mir ist etwas schwindlig.

«Hast du schon etwas von dem Muffin gegessen?», frage ich atemlos.

«Nein. Was ist denn nur los mit dir?»

«Der Muffin ist abgelaufen.»

Kopfschüttelnd greift meine Mutter nach dem Muffin und dem Stück, das auf dem Boden liegt, und öffnet den Deckel des edlen Abfalleimers.

«Warte!», rufe ich.

«Was ist denn jetzt schon wieder?»

«Ich … ich möchte den Muffin haben.»

Meine Mutter zieht eine Augenbraue hoch. «Was willst du mit einem abgelaufenen Muffin?»

«Ich will ihn mikroskopieren! Es ist spannend, wie die molekularen Bindungen sich ändern, zerfallen, neue entstehen und …»

Seufzend gibt sie ihn mir.

Ich eile mit meiner Beute in den Flur, in dem mir mein Vater entgegenkommt, natürlich perfekt geschniegelt und sogar mit Krawatte.

«Guten Morgen.»

«Morgen.»

Aus einem Gefühl heraus gehe ich zurück und bleibe neben der Küchentür stehen. Noch nie habe ich so viele Leute belauscht, wie in den letzten Tagen.

«Und, was meinst du? Sollen wir die Entmündigung in Angriff nehmen?», fragt mein Vater.

«Bis eben war ich noch anderer Meinung», erwidert meine Mutter. «Aber sie hat sich heute Morgen schon wieder so seltsam verhalten. Macht einen Affentanz um einen abgelaufenen Muffin. Und ich fürchte, sie hat irgendeine Essstörung …»

Nein! Das darf nicht wahr sein. Warum habe ich den verdammten Muffin nicht direkt mit hochgenommen?

Und warum habe ich nicht die Badezimmertür abgeschlossen?

Was bin ich bloss für ein Pechvogel!

Pechvogel? Eine hämische Stimme meldet sich in meinem Kopf. Was du anderen tust, kommt nun mal um ein Vielfaches zu dir zurück.

Ich schleiche in mein Zimmer zurück und kämpfe gegen die aufkommende Verzweiflung an.

Ja, ich habe Fehler gemacht, aber mit einer guten Intention.

Gut? Egoistisch auf ganzer Linie! Meine innere Stimme kennt keine Gnade. Und sie hat recht.

«Wiedersehen!» Die Stimme meiner Grossmutter lässt mich zusammenzucken.

In ihrem Pelzmantel und mit ihrem Hut läuft sie zum Ausgang. Jeden Tag um elf Uhr geht sie aus dem Haus und läuft genau dieselbe Strecke. Ihre einzige Freiheit, weil sie sich nur noch daran erinnert.

Mir fällt die Drohung aus dem Brief ein: «Pass auf deine Grossmutter auf!»

Mir wird übel. Jeder im Dorf kennt ihren Spazierweg.

«Warte!», rufe ich, da ist sie schon halb zur Tür raus.

Ich hechte hinterher.

«Du darfst nicht gehen!»

Sie dreht sich um und kneift die Augen zusammen.

«Ich bin eine erwachsene Dame und kann sehr wohl gehen!»

Ich seufze und trete näher an sie ran.

«Bitte. Du bist in Gefahr», flüstere ich ihr ins Ohr.

«Wie bitte? Ich habe dich nicht verstanden!», ruft sie aus.

Nervös schaue ich zur Tür. Wenn meine Eltern merken, was los ist, haben sie einen weiteren Beweis für meinen vermeintlich labilen Zustand. Wenn das so weitergeht, lassen sie mich tatsächlich noch in eine Klinik einweisen.

Der Schweiss bricht mir aus und ich zittere.

«Bitte, geh nicht», flehe ich.

«Ich komme ja gleich wieder.»

Sie wendet sich ab und geht.

Tränen der Verzweiflung steigen mit in die Augen. Ihre täglichen Rituale und Muster sind so verankert, dass ich sie einsperren müsste, damit sie bleibt. Und dann würde sie um sich schlagen und toben.

Es zerreisst mich. Das will ich dem Menschen, den ich am meisten liebe, nicht antun. Aber ich muss sie irgendwie schützen.

Da kommt mir die zündende Idee.

Ich pfeife laut und werde kurz darauf beinahe von Einstein umgerannt. Eilig greife ich nach der Leine, leine ihn an und renne Grossmutter nach, die schon beim Tor angekommen ist. Körperlich ist sie unglaublich fit für ihr Alter.

«Nimm ihn bitte mit, er braucht Auslauf.»

Sie lächelt mich an, nimmt die Leine und läuft weiter.

Erleichtert will ich zurückgehen, doch ein Auto auf der anderen Strassenseite weckt meine Aufmerksamkeit. Es ist ein älterer, dunkelblauer BMW M5. Ich kenne dieses Auto. Doch es ist nicht Timons. Soweit ich weiss, hat er keinen BMW, ausser er fährt den Wagen einer seiner Kunden spazieren. Mein Herz pocht schneller, als ob es seine Lebzeit noch möglichst produktiv nutzen möchte.

Ich gehe ein paar Schritte weiter und es trifft mich wie ein Schlag. In dem Auto auf dem Beifahrersitz sitzt Murat, Timons skrupelloser Verbrecherfreund. Also ist es schlimmer als gedacht. Dieser Typ und seine Anhänger sind brandgefährlich.

Ich renne zurück und knalle das Tor zu.

«Papa!»

Mein Vater stürmt aus dem Haus.

«Was ist passiert?»

«Murat ist draussen!»

Sein Blick verdunkelt sich. Mit grossen Schritten eilt er hinaus.

Ich schleppe mich in mein Zimmer und sacke auf meinem Bett zusammen. Den Muffin lege ich achtlos neben mich.

Als ich mich damals endlich dazu durchgerungen hatte, die Beziehung zu Timon zu beenden, flehte und beschimpfte er mich.

Als er realisierte, dass ich mich nicht umstimmen lassen würde, drohte er mir schliesslich. Doch ich nahm es nicht ernst. Ich konnte damals nicht wissen, dass er bereits Murat und seine Gang eingeschaltet hatte. Als ich in der Stadt shoppen und kurz davor war, in mein Auto einzusteigen, flog es in die Luft. Mitten in Zürich und niemand wollte etwas gesehen haben.

Da begriff ich den Ernst der Lage und erzählte meinen Eltern davon, die sofort die Polizei und ihre Anwälte einschalteten. Doch ich wurde weiter bedroht und die Polizei konnte nichts ausrichten. Schliesslich machte mein Vater auf eigene Faust einen Deal mit Timon und Murat. Er zahlte ihnen eine hübsche Geldsumme, im Gegenzug dafür liessen sie mich in Ruhe. Bis heute zumindest. Mein Mund wird trocken. Ich stehe auf und mache mich auf den Weg nach unten.

13.

Auf der Treppe höre ich die Haustür aufgehen. Meine Grossmutter kommt rein, sie ist ziemlich schmutzig. Und hinter ihr ... mir wird schlecht. Ich wende alle Kraft auf, um nicht an Ort und Stelle zusammenbrechen. Gina betritt unser Haus, mit spitzen Fingern hält sie die blaue Leine, an der Einstein hinter ihr her trottet. Er hat den Schwanz eingezogen und sieht mich verängstigt an. Mir rutscht das Herz in die Hose. Gina hasst Hunde und ich will nicht wissen, was sie mit Einstein angestellt hat.

Meine Mutter kommt herbeigeeilt, während mein Vater eben wieder das Haus betritt.

«Mutter, was ist passiert?»

Ich bin zu einer Statue erstarrt, während Gina mich anlächelt, gleichzeitig aber mit ihrem Todesblick fixiert.

«Ich ... ich hatte da auf einmal diesen Hund an der Leine», stammelt meine Grossmutter. «Der Hund hat gezogen wie ein Verrückter und mich umgeworfen.»

Meine Grossmutter wirkt verwirrt und mitgenommen.

Gina lächelt meine Mutter an und drückt ihr Einsteins Leine in die Hand.

«Ich war zufällig da und habe geholfen.»

Das Wort zufällig betont sie und lässt ihren Blick zu mir schweifen. Nur ich erkenne darin eine Andeutung.

«Vielen Dank, Gina. Möchtest du etwas trinken?»

Doch mein Vater baut sich vor ihr auf.

«Richte deinem Bruder und seinen verrückten Freunden aus, sie sollen Natalia endlich in Ruhe lassen, sonst wird es sehr unangenehm für alle, verstanden?»

Sie nickt und wirkt tatsächlich für einen Moment eingeschüchtert.

«Mache ich. Auf Wiedersehen.»

Auf Nimmerwiedersehen würde ich ihr am liebsten hinterherbrüllen.

Die Tür fällt hinter ihr geräuschvoll ins Schloss und lässt mich zusammenzucken.

«Was war das für eine schreckliche Person?», fragt meine Grossmutter.

Mein Herz sackt in die Hose. Hat sie ihr etwas angetan? Ich eile die letzten Stufen hinunter und auf sie zu.

«Wie meinst du das?», fragt mein Vater.

«Was?», fragt sie verwirrt.

Ich seufze. Natürlich lässt ihr Gedächtnis sie genau jetzt wieder im Stich.

Meine Grossmutter humpelt in die Richtung ihrer Einliegerwohnung.

Das, was ich jetzt tue, fällt mir unglaublich schwer und bricht mir das Herz. Aber ich muss es tun, für ihre Sicherheit und zu ihrem Besten.

So wie deine Eltern dich zu deinem Besten entmündigen lassen wollen? Fragt meine innere Stimme. Das hier ist etwas anderes. Hier geht es um Leben und Tod.

Ich hole tief Luft.

«Ich finde es gefährlich, wenn sie allein spazieren geht. Sie wirkt immer verwirrter. Da kann sonst was passieren.»

Das Letzte, was ich will, ist meiner Grossmutter das letzte Stück Freiheit zu nehmen.

Mein Vater seufzt müde.

«Darüber haben wir auch schon geredet. Der heutige Vorfall zeigt es eindeutig, sie darf nicht mehr allein gehen.»

Mein Herz blutet. Ich habe gerade die Frau verraten, die immer für mich da war und mich grossgezogen hat.

«Aber wie halten wir sie davon ab?», fragt meine Mutter.

«Wir organisieren eine Betreuung, mit der sie weiterhin ihren Spaziergang machen kann.»

Ich atme auf. Ein bisschen Gesellschaft beim Spaziergang macht ihn für sie vielleicht noch schöner. Hoffentlich.

Bereits am nächsten Tag erhalte ich amtliche Post der Kindes- und Erwachsenenschutzbehörde. Die Anhörung beim Richter ist in einer Woche. Als Zeuge ist Dr. Zwirn vorgeladen, ausgerechnet der! Das lasse ich mir nicht gefallen, ich habe auch Rechte!

Doch die Krönung folgt erst noch. Weitere Zeugen sind bestellt: Gina, Laurene und Timon! Mir wird schlecht und alles beginnt sich zu drehen. Ich lege mich wieder in mein Bett. Ich fühle mich kraftlos und völlig ohnmächtig. Was mich zur Verzweiflung bringt, denn ich muss so schnell wie möglich handeln! Doch sobald ich mich aufrichte, überwältigt mich wieder dieser Schwindel. Es ist zum Mäusemelken. Zum ersten Mal in meinem Leben bin ich vollkommen auf mich allein gestellt. Sonst hatte ich immer meine Eltern und meine besten Freundinnen an meiner Seite, doch nun muss ich sogar gegen sie kämpfen! Meine geliebte Grossmutter kann nicht für mich da sein. Und was viel schlimmer ist, ich habe sie verraten. Die Einsamkeit ist überwältigend.

Ich habe noch Geld auf meinem Konto, aber weiss nicht, wie teuer ein Anwalt ist und falls ich umziehe, wie viel mich das wohl kosten würde. Ich habe absolut keine Ahnung vom wahren Leben.

Für einen kleinen Augenblick verstehe ich meine beiden ehemaligen Freundinnen, die um jeden Preis an Geld kommen wollen. Ich habe mir nie Sorgen um Geld machen müssen, es war einfach immer da. Zum ersten Mal in meinem Leben habe ich Existenzangst. Ich habe keine abgeschlossene Ausbildung und noch nie in meinem Leben gearbeitet. Auch habe ich noch nie in meinem Leben eine Rechnung bezahlt. Ich habe keine Ahnung, wie so etwas geht, denn meine Eltern haben immer alles erledigt.

Langsam erkenne ich, dass ich in einem goldenen Käfig lebe, den meine Eltern um mich errichtet haben. Denn das gibt ihnen natürlich Kontrolle und Macht über mich, was ich jetzt zu spüren bekomme.

Ob das ihre Art ist, mit dem Tod von Maxime fertig zu werden? Ihre einzige Tochter von sich abhängig zu machen?

Ich weine bitterlich. Die Hindernisse türmen sich vor mir auf wie ein grosser, unbezwingbarer Berg. Die Depression hat mich wieder eingeholt, ich habe keinen Antrieb mehr und sehe schwarz für mein Leben.

Jemand klopft an der Tür und öffnet sie, ohne meine Antwort abzuwarten. Meine Mutter steckt ihren Kopf ins Zimmer.

«Geh weg, du bist an allem schuld», murmle ich schwach.

«Ich weiss nicht, wovon du jetzt schon wieder redest. Alexej ist hier. Kann er zu dir kommen?»

Ich drehe mich weg und ignoriere sie. Mir ist alles egal. Es klopft nochmals und Alexej sagt etwas. Die Türe geht zu und ich höre Schritte auf mich zukommen.

«Natalia», sagt er leise. Er setzt sich neben mich aufs Bett und streichelt sanft meinen Rücken. Dort, wo seine Hand mich berührt, beginnt meine Haut zu prickeln. Nun wird mir die Situation bewusst und ich schäme mich, in welchem Zustand er mich sieht.

«Geh bitte», sage ich leise.

«Auf keinen Fall. Ich bleibe bei dir und helfe dir, so wie

ich es versprochen habe», antwortet er in ruhigem Tonfall.

Anstatt zu antworten, vergrabe ich das Gesicht in einem weichen, flauschigen Kissen.

Ich muss ihn loswerden. Dorfpolizist hin oder her – Alexej ist clever. Wenn er ernsthafte Nachforschungen anstellt, findet er alles heraus.

«Was ist passiert?», fragt er und streicht über meine Haare.

«Meine Eltern lassen mich entmündigen», antworte ich ergeben.

«Damit müssen sie erst einmal durchkommen, vor Gericht meine ich. Und vielleicht haben sie es ja auch gar nicht ernst gemeint.»,

«Die meinen das sehr ernst. Mit meiner Vorgeschichte und ihrem Einfluss stehen ihre Chancen verdammt gut.»

«Dafür braucht es gute Gründe und Beweise.»

«Die gibt es. Ich weiss nicht, was du gehört hast, aber ich hatte vor ein paar Jahren einen Nervenzusammenbruch anschliessend eine Depression.»

«Im Dorf hört man viel, aber ich denke, das meiste davon stimmt nicht», antwortet Alexej.

«Das mit dem Geld und dem Spaghetti Verein stimmt», hauche ich.

Er lacht.

«Vielleicht nicht sinnvoll, aber du hättest weitaus Schlimmeres machen können. Das mit den drei Millionen ist also die Wahrheit?»

«Der Betrag ist übertrieben …»

Oje, ich will gar nicht daran denken, was er noch für absurde Gerüchte über mich gehört hat. «Mach dir nichts draus, mir ist egal, was vorher war», sagt er.

Ich sage nichts.

«Wo drückt der Schuh sonst noch?», fragt er leise.

Wow, er hat eine gute Menschenkenntnis, ich hoffe nur, er kann keine Gedanken lesen.

Was solls, ich kann ihm wenigstens einen kleinen Teil meines Herzens ausschütten, bevor ich wieder in den Einzelkämpfermodus wechsle.

«Mir ist klar geworden, dass ich mich im Leben allein nicht zurechtfinde, weil mir so vieles abgenommen wurde und ich keine Ahnung von alltäglichen Sachen habe, wie Rechnungen zahlen und so.»

Es tut gut, jemandem von meinen Problemen erzählen zu können. Doch gleichzeitig schäme ich mich für meine Schwäche und Unfähigkeit. Soweit ich weiss, ist Alexej mit fünfzehn von zu Hause ausgezogen und seitdem immer selbst für sich aufgekommen.

«Du bist schon sehr früh bei deinen Eltern ausgezogen, stimmt das?», frage ich.

Er schüttelt abwehrend den Kopf.

«Das kann man überhaupt nicht vergleichen, wir beide haben unterschiedliche Voraussetzungen.»

Er streicht mir über die Wange, beugt sich vor und küsst mich. Das fühlt sich so gut an, dass ich meine Arme um ihn schlinge und ihn zu mir ins Bett ziehen will. Doch zu meiner Enttäuschung löst er sich aus meiner Umarmung und steht auf.

«Nix da, wir haben viel zu erledigen. Auf geht's!»

«Was denn?», frage ich irritiert.

«Einen Anwalt organisieren und nach Zürich zu diesem Notar fahren, der das Testament für dich aufgesetzt hat. Noch bist du mündig. Am besten hebst du Bargeld von deinem Konto ab. Für alle Fälle», antwortet er.

«Oh mein Gott, mein Konto!»

Vergessen ist vorerst der Plan, ihn abzuwimmeln und alles selbst zu machen.

Meine Eltern haben eine Vollmacht für mein Konto, weil sie alle administrativen Dinge für mich regeln. Vielleicht haben sie bereits vorgesorgt, damit ich mein Geld nicht wieder aus dem Fenster werfe.

Mein Herz schlägt schnell und das Blut rauscht in den Ohren. Als ich mich aufsetze, wird mir schwindlig. Ich schliesse die Augen und versuche, die Atemübungen zu machen, die mir vor Jahren schon geholfen haben. Tatsächlich beruhigt sich mein Herz und der Schwindel geht vorüber.

Langsam stehe ich auf. Alexej stützt mich mit seinen muskulösen Armen, was bei mir wieder ein warmes Kribbeln verursacht. Ich gehe langsam zur Tür, während er mich skeptisch von der Seite ansieht.

«Was ist?», frage ich.

«Willst du dich nicht umziehen?»

«Nein. Wir dürfen keine Zeit verlieren.»

Ich taste nach meiner Gucci Tasche, die immer auf der Kommode liegt, doch ich greife ins Leere. Mich durchfährt der Schreck wie ein Stromschlag.

«Scheisse! Das darf nicht wahr sein!»

«Was ist denn?», fragt Alexej.

«Meine Tasche! Die ist noch bei Gina!»

«Ganz ruhig. Ich hole sie dir zurück. Versprochen.»

Ich nehme meinen Reisepass aus der Schublade, damit ich beim Bankschalter trotzdem Geld abheben kann. Hand in Hand eilen wir durch den Flur und die Treppe hinunter. Ich bin froh, dass wir niemandem begegnen, da ich so schnell wie möglich Gewissheit haben will. Ich ziehe wieder die grauen Nikes an, nehme meine schwarze Winterjacke und öffne die Tür. Mit gesenktem Kopf gehe ich durch den Garten. Alexej öffnet das Tor und hält es mir auf. Vor dem Haus steht ein Audi R 8.

«Wow! Ist das deiner? Hätte ich so einem braven

Polizisten gar nicht zugetraut.»

Alexej grinst nur und hält mir die Beifahrertür auf.

«Wer hat behauptet, ich sei brav?»

Ich steige ein und staune, wie neu und hochglanzpoliert alles ist.

«Timon hat ihn mir für einen super Preis hergerichtet und ... ach, verdammt. Entschuldige bitte ...»

Ich zucke nur mit den Schultern und sage nichts weiter. Er startet den Motor und missachtet auf dem Weg alle Verkehrsregeln. Mir ist es nur recht. Hauptsache, wir sind so schnell wie möglich da. Er hält direkt vor der Raiffeisenbank. In der Bank eile ich zum ersten freien Schalter und lege meinen Pass auf den Tresen.

«Guten Tag. Ich möchte gerne Geld abheben.»

Die elegante Dame nimmt meinen Ausweis und tippt etwas in ihren Computer.

Sie runzelt die Stirn und tippt schneller.

«Haben Sie nur ein Konto bei uns?», fragt sie.

«Ja.»

Nervös trommle ich mit den Fingern auf den Tresen.

Wortlos steht sie auf und geht zu einer Kollegin. Beide reden wild gestikulierend und werfen mir immer wieder misstrauische Blicke zu. Dann kommt sie auf uns zu und sieht mich ernst an.

«Vor vier Tagen haben Sie das gesamte Geld abgehoben. Noch weiter überziehen können Sie nicht.»

Ich schnappe nach Luft und muss mich am Tresen festhalten.

Wir rasen zurück zum Haus meiner Eltern. Alexej wartet draussen. Ich will nicht, dass er das mitbekommt, denn das, was nun folgen wird, ist eine Familienangelegenheit.

Ich renne durch den Garten und reisse die Haustür auf, die hinter mir zuknallt.

Ich eile ins Wohnzimmer, in dem meine Eltern und

Grossmutter auf dem grossen 3-D-Bildschirm den Film *Eiskalte Engel* schauen.

Mutter schaltet auf Pause und alle schieben die Brillen hoch.

Mit vor Tränen erstickter Stimme sage ich:

«Warum habt ihr das gemacht?»

«Was gemacht?», fragen meine Eltern wie aus einem Mund.

Ihre gespielte Unwissenheit macht mich rasend und ich verliere die Kontrolle.

«Warum habt ihr mein Konto leergeräumt?», schreie ich. «Wieso gebt ihr mir erst alles und lasst mich dann mit nichts zurück?»

Meine Eltern sehen sich irritiert an.

«Natalia, wir würden dich niemals mit nichts zurücklassen. Und schon gar nicht würden wir dir etwas wegnehmen», sagt meine Mutter mit sanfter Stimme.

Mir wird schwer ums Herz.

Mein Vater sieht mich scharf an.

«Hast du etwa dein Konto geplündert? Ich habe dir erst letzte Woche vierzigtausend Franken überwiesen!»

«Nein, nein», stottere ich. «Ich dachte … »

«Was dachtest du?»

«Ich dachte, ihr habt mein Konto geplündert.»

«Das hätten wir wohl besser tun sollen», sagt er grimmig. «Auch bei uns fällt das Geld nicht einfach vom Himmel, weisst du?»

Mein sonst so grosser starker Vater sackt auf der teuren Ledercouch in sich zusammen und sieht plötzlich sehr müde und alt aus. Ich habe ihn bisher nur einmal so gesehen, und das war, nachdem mein Bruder starb. Doch diesmal ist es meinetwegen. Ich habe meine Eltern zu Unrecht beschuldigt. Aber meine Tasche ist immer noch bei Gina. Klar hat sie die Gelegenheit genutzt. Ich erkenne plötzlich die grosse Chance, dass meine Eltern mir endlich glauben. Leider kann ich sie nicht nutzen.

«Ich habe etwas verwechselt. Daran ist die Bankangestellte schuld …»

«Hör auf uns zu belügen und anderen die Schuld zu geben! Du allein bist für dein Konto verantwortlich!», sagt mein Vater.

«Das hat sie von dir!», sagt meine Grossmutter.

Ihre Augen funkeln meinen Vater mit einer überraschenden Klarheit an.

«Wie bitte?», fragt mein Vater.

«Du warst so ein sturer, egoistischer Junge. Nie warst du an etwas Schuld, immer hast du einen Schuldigen gefunden.»

Manchmal wird sie aus dem Nichts gemein und biestig. Zum Glück nicht aggressiv, wie es viele Demenzkranke werden.

«Mutter, das tut jetzt nichts zur Sache, es geht um etwas anderes!»

«Um was denn?», fragt sie und sieht ihn mit kindlicher Neugier an. Jegliche Bosheit ist verschwunden.

Er seufzt und rauft sich durch sein volles Haar.

«Wir besprechen etwas. Ich erkläre es dir später. Natalia, du bist mir noch eine Antwort schuldig.»

«Ich habe meine Tasche mit meiner Karte verloren.»

«Die hat Gina am Sonntag zurückgebracht», fällt mir meine Mutter ins Wort. «Sie liegt in der Diele im Schrank.»

Mein Vater kneift die Augen zusammen.

«Vielleicht war das Timon. Wusste er deine PIN?»

Mein Herz beginnt zu rasen.

«Nein. Es ist alles ein Missverständnis.»

Natürlich weiss er die PIN. Die ist einfach zu erraten, wenn man mich gut kennt.

Meine Eltern schütteln die Köpfe. Sie glauben mir

nicht. Immerhin habe ich meine Tasche zurück. Ich springe auf und eile zum Schrank, in dem tatsächlich meine Tasche liegt. Ich werfe einen Blick hinein. In meinem Portemonnaie sind alle Karten vorhanden, ausser meinem Ausweis. Allerdings sind die zwei blauen Noten weg. Doch das ist das kleinere Übel. Ohne einen weiteren Abschiedsgruss verlasse ich das Haus, gehe auf Alexejs Auto zu und steige ein.

Alexej lässt den Motor an.

«Alles gut?»

«Meine Eltern halten mich für verrückt und glauben, Gina und Laurene sind zwei unschuldige Engel. Und mein Konto ist leer – ich bin bankrott. Abgesehen davon ist alles wunderbar.»

«Es wird sich alles aufklären. Ich setze alles daran. Es lässt sich nachverfolgen, wo das Geld abgehoben wurde, und es gibt Überwachungskameras.»

Mein Magen zieht sich zusammen. Alles aufklären? Genau das darf er nicht.

«Hast du nicht etwas von einem Drohbrief erzählt? Den musst du der Polizei übergeben. Darum müssen wir uns später unbedingt kümmern!»

Mir wird abwechselnd heiss und kalt. Warum ist mir das mit dem blöden Brief rausgerutscht? Den kann ich ihm nicht zeigen und noch weniger der Polizei geben.

Alexej fährt schneller als erlaubt die Dorfstrasse Richtung Ortsausgangsschild entlang.

«Wohin fahren wir?»

«Ich habe nach zig Telefonaten einen Anwalt gefunden, der kurzfristig Zeit für dich hat.»

«Bestimmt ein Spitzenanwalt, wenn der so gefragt ist.»

«In der Not frisst der Teufel Fliegen.»

Ich sage nichts und schaue aus dem Fenster.

Als Alexej in einer Gegend, in der sich Fuchs und Hase

Gute Nacht sagen, vor einem kleinen Holzhäuschen anhält, denken wir beide, wir haben uns verfahren. Er ruft den Anwalt an. Kurz darauf kommt jemand aus dem Haus und durch den verwilderten Garten auf uns zu.

«Hallo! Herr Kolesnikow und Frau Kowalczyk, richtig?», fragt der schlaksige junge Mann und lächelt uns an.

Skeptisch schaue ich zu Alexej hinüber. Der runzelt die Stirn.

Der Anwalt schüttelt uns die Hände und stellt sich als Nathan Jung vor. Der Name ist Programm, denke ich. Er sieht aus wie ein Teenager. Sein Aussehen steht jedoch im Kontrast zu seinem souveränen und selbstbewussten Auftreten. Das Büro in dem kleinen Holzhäuschen ist so winzig, dass wir drei kaum Platz darin haben. Um eintreten zu können, müssen er und Alexej den Kopf einziehen. Für einen Moment habe ich ein Déjà-vu und fühle mich an die Kammer erinnert, in der ich eingezwängt mit dem Notar, Gina und der blonden Sekretärin sass. Ich reibe mir die Augen und atme tief durch.

«So, Frau Kowalczyk, ich habe gehört, Ihnen wird nach dem Leben getrachtet und Sie wollen Ihr Testament ändern, bevor Ihre Eltern sie entmündigen?» Er fällt direkt mit der Tür ins Haus.

Ich schnappe nach Luft. «Ähm, also das mit dem Testament und der Entmündigung stimmt», bestätige ich.

«Das mit dem geplanten Mord an dir auch!», ergänzt Alexej.

Mir bricht der Schweiss aus.

«Jetzt geht es erst einmal nur um die zwei letzteren Sachen!», antworte ich energisch.

Herr Jung nickt.

«Keine Sorge, ich nehme es Ihnen nicht übel. Viele dramatisieren ihren Fall, wenn sie schnell einen Termin brauchen.»

Erleichtert seufze ich leise.

Während sich Alexejs Blick wie ein Brenneisen in meine Haut bohrt, zwinkert Herr Jung mir zu: «Also das Testament können Sie hier sofort für ungültig erklären lassen oder ein neues in Auftrag geben …»

«Echt? Ich dachte, dafür muss ich zum Notar …»

«Das können Sie bei jedem Notar oder Anwalt machen.»

Das ist doch schon mal eine gute Nachricht.

«Dann würde ich das mit dem Testament gerne direkt widerrufen und eine neues aufsetzen lassen.»

«Gut, dann starte ich den Computer und wir können loslegen.»

Der Rechner ist ein riesiger Kasten, der aus dem vorherigen Jahrzehnt zu stammen scheint.

«Alt, aber zuverlässig», sagt Herr Jung, der meinen skeptischen Blick bemerkt hat.

«In der Zwischenzeit können Sie mir von Ihrem anderen Problem erzählen.»

Ich erzähle ihm von der anstehenden Anhörung, zu der mein ehemaliger und verhasster Psychiater vorgeladen wurde und von der drohenden Entmündigung durch meine Eltern.

Mein neuer Anwalt erklärt mir, dass in diesem Bereich ein regelrechter Paragrafendschungel existiert, den man unterschiedlich auslegen kann und alles auf den richtigen Anwalt, in meinem Fall also ihn ankommt.

Meine Eltern haben die besten Anwälte an ihrer Seite und ich hoffe, Herr Jung ist ihnen gewachsen …

Währen der alte Rechner laut summt, kontrolliert der Anwalt unsere Ausweise.

«Wir können loslegen», verkündet er nach einer gefühlten Ewigkeit.

«Wem wollen Sie Ihr Vermögen denn vererben? Ihrem

Lebensgefährten?»

Ein Schauder läuft mir über den Rücken. Na klar! Ich werde Alexej in mein neues Testament einsetzen, damit er der Nächste ist, der mich um die Ecke bringen will. Wahrscheinlich tue ich ihm Unrecht, aber ein gebranntes Kind scheut das Feuer.

«Meinen Eltern», antworte ich knapp.

Erstaunt sieht er mich an.

«Die Sie entmündigen lassen wollen?»

«Ja.»

«Okay.»

Das Testament ist schnell geschrieben, ausgedruckt, vorgelesen, durchgelesen und unterschrieben. Ein riesiger Stein fällt mir vom Herzen. Jetzt haben sie einen Grund weniger, mich umzubringen.

Allerdings haben sie Druckmittel, die genauso schwerwiegend sind.

«Haben Sie noch Fragen?» Jungs Stimme reisst mich aus meinen Gedanken.

«Ja, ich will Einspruch dagegen erheben, dass Herr Zwirn, mein ehemaliger Psychiater, dabei ist. Wissen Sie, wie man so was macht?»

«Klar, soll ich den Einspruch gleich aufsetzen?»

«Gerne.»

Ein paar schnelle Tastenschläge später druckt er das Schreiben aus und ich unterschreibe.

«Kann ich sonst noch etwas für Sie tun?»

«Nein.»

«Gut, dann schicke ich Ihnen die Rechnung und wir sehen uns bei der Anhörung. Melden Sie sich bei Fragen oder Anliegen bei mir.»

Scheisse, die Rechnung, schiesst es mir siedend heiss durch den Kopf, als ich seine Hand schüttle. Ich muss wohl oder übel meine Eltern um Geld bitten, was mir nach den letzten Ereignissen zutiefst widerstrebt.

Trotzdem verlasse ich das Büro erleichtert. Der erste Schritt ist getan, ich schaffe auch alle weiteren.

Alexej ist als Nächstes dran. Ich muss den Kontakt zu ihm abbrechen. Meine Energie ist zurück und ich bin bereit, für meine Freiheit und mein Leben zu kämpfen.

Er fährt allerdings nicht zu mir nach Hause, sondern in eine andere Richtung.

«Wohin fährst du?», frage ich.

«Wir gehen noch etwas essen», antwortet er.

«Ich habe aber keinen Hunger», sage ich, worauf mein Magen laut zu knurren beginnt.

«Sehr überzeugend», sagt er, und wir lachen, doch so leicht gebe ich mich nicht geschlagen.

«Ich kann das nicht, es tut mir leid», sage ich. «Lass mich bitte aussteigen.»

«Warum? Hast du Agoraphobie?»

Verblüfft sehe ich ihn an. Mit einer solch intellektuellen Schlagfertigkeit hätte ich nicht gerechnet.

«Nein.»

«Ich lade dich ein.»

«Das ist es nicht, also vielleicht doch, aber …»

«Aber was?»

«Ich danke dir für alles, was du für mich getan hast. Aber jetzt müssen sich unsere Wege trennen, tut mir leid.»

Ich fühle mich schrecklich. Bestimmt denkt er, ich habe ihn ausgenutzt.

«Sind dir meine Fragen etwa unangenehm?»

Er fixiert mich.

Mir wird heiss.

Ich lache gezwungen.

«Nein, aber ich …»

«Ich weiss alles.»

Das Entsetzen steht mir ins Gesicht geschrieben. In meinem Kopf rattert es. Das kann doch nicht sein, bestimmt ist das nur ein billiger Trick.

«Weisst du noch, als ich dir sagte, dass Timon mein Auto hergerichtet hat?»

Ich nicke und meine Kehle schnürt sich zu. Ich will nur noch weg von hier, ganz weit weg.

«Das habe ich aus einem bestimmten Grund getan. Der Wagen war verwanzt. Ich bin Timon und dieser schmierigen Bande schon lange auf den Fersen. So habe ich mich damals in dich verliebt.»

Die einzelnen Teile eines Puzzles schwirren durch meinen Kopf, doch ich bekomme es nicht zusammengesetzt. Doch vielleicht blufft Alexej.

«Was meinst du mit alles?», frage ich.

«Dein grausames Geheimnis, das dich alles kosten wird, wenn es auffliegt. Soll ich deutlicher werden?»

Ich schliesse die Augen, doch die Tränen quillen bereits unter meinen Augenlidern hervor. Ich spüre eine sanfte Berührung an meiner Wange. Ich öffne die Augen und sehe ihn an.

«Okay, und was willst du von mir?»

«Ich will dir helfen.»

«Rede keinen Blödsinn. Du bist Polizist. Du willst doch keiner Kriminellen helfen.»

Er grinst.

«Will ich tatsächlich, weil ich dich mag und Mitleid mit dir habe.»

Ich muss an den Spruch denken, Mitleid gibt es gratis, Neid muss man sich erkämpfen. Aber ich muss wohl froh sein, dass er in mir kein eiskaltes, abgebrühtes Monster sieht.

«Mitleid? Wieso das?», krächze ich.

Er lächelt mich an.

«Ich kann dich verstehen. Du warst verzweifelt und wusstest dir nicht anders zu helfen.»

Mittlerweile hat er vor einem Restaurant geparkt.

«Ich habe kein Geld», sage ich bockig.

«Das hatten wir schon», antwortet er ungerührt und steigt aus. Ich bleibe sitzen, doch er hält mir die Tür auf und zieht mich sanft, aber bestimmt aus dem Auto.

«Wie geht es jetzt weiter?», flüstere ich. Ich muss einfach Gewissheit haben.

«Wir gehen jetzt essen.»

Er grinst schelmisch und geniesst es sichtlich, mich auf die Folter zu spannen.

«Wirst du ...», ich kann es einfach nicht aussprechen, denn die Vorstellung ist zu schlimm.

«Ich schweige wie ein Grab, darauf gebe ich dir mein Wort.»

Ich atme erleichtert auf. Hoffentlich ist sein Wort mehr wert als das meiner ehemaligen Freundinnen.

«Ich bin bekannt dafür, dass mein Wort ein Vertrag ist», fügt er hinzu, als ob er meine Gedanken gelesen hätte.

Ich hoffe, dass er es ernst meint. Es ist ein schreckliches Gefühl, ihm ausgeliefert zu sein. Obwohl er nicht der Einzige ist.

Ich folge ihm ins Restaurant. Es ist ein nobler Italiener, in dem ich mich fehl am Platz fühle. Der weisse Marmorboden glänzt kalt und die riesigen, edlen Kronleuchter blenden mich.

Der junge Kellner bringt uns die Karten und fragt: «Kann ich Ihnen schon etwas zu trinken bringen?»

«Für mich gerne einen Roten. Was können Sie empfehlen?», antwortet Alexej. «Und für dich Champagner? Oder einen Hugo?», fragt er mich.

«Nein danke, für mich nur Wasser, bitte.»

Alexej sieht mich wissend an, sagt aber nichts.

«Wir haben einen höchstexklusiven Rotwein, den Chateau Gazin Pomerol – den kann ich sehr empfehlen.»

«Hört sich gut an. Bringen Sie ihn mir gerne zum Degustieren.»

Ich öffne die Karte und suche krampfhaft nach dem

günstigsten Essen. Muss hier alles so verdammt teuer sein? Das Günstigste, was ich finde, ist ein Gemüseteller für fünfunddreissig Franken! Aber ich hasse Gemüse. Als ich weiterblättere, stelle ich erleichtert fest, dass die kleine Pizza Margherita nur zwanzig Franken kostet.

«Eine kleine Pizza mit nichts drauf reicht dir?», fragt Alexej irritiert, nachdem wir bestellt haben.

«Ich habe keinen grossen Hunger», antworte ich. Ich sage ihm nicht, dass er mir den Appetit verdorben hat.

Er nimmt meine Hand und seine grünen Augen mustern mich liebevoll.

«Es wird alles gut. Wenn es nicht gut ist, ist es nicht das Ende», sagt er.

«Ich wusste gar nicht, dass du so poetisch bist.»

Er überrascht mich immer wieder. Ich bin keine Pessimistin, aber ich glaube nicht, dass für mich jemals wieder alles gut werden wird.

«Du weisst vieles nicht von mir.»

Er zwinkert mir zu. Nie hätte ich mir träumen lassen, dass ich es jemals erregend finden könnte, wenn mir ein Mann zuzwinkert. In meinem ganzen Körper kribbelt es. Je besser ich ihn kennenlerne, umso interessanter wird er – mal abgesehen von der Tatsache, dass er mich nun ebenfalls in der Hand hat, ein Umstand, der beängstigend ist.

Ich muss an die Gerüchte über seine Vergangenheit denken, die in unserem Dorf kursieren. Am liebsten würde ich ihn darüber ausfragen, doch ich verschiebe es auf ein anderes Mal.

Während des Essens reden wir über Gott und die Welt und sind dabei total auf einer Wellenlänge. Wir haben viele ähnliche Weltanschauungen. Wo unsere Meinungen auseinandergehen, haben wir anregende und ja, tatsächlich intellektuelle Diskussionen.

Bei der Erinnerung, wie er den Wein degustiert hat und dabei mit dem Kellner fachsimpelte, muss ich grinsen. Es kommt mir vor, als würde das Bild, das ich von ihm habe, wie eine alte Tapete, Stück für Stück abgezogen werden und darunter eine neue, wunderschöne Tapete hervorkommen.

«Können wir zahlen?», ruft er dem Kellner zu.

«Sì», antwortet dieser.

Als der Kellner Alexej die Rechnung präsentiert und mir dabei den Rücken zudreht, könnte ich platzen vor Wut.

Der ignoriert mich bestimmt, weil ich eine Frau bin! Und das im einundzwanzigsten Jahrhundert!

Oder ist es mir etwa an der Nasenspitze anzusehen, dass ich mein Essen nicht bezahlen kann?

An der Nase nicht, aber vielleicht an deinem Aufzug, meldet sich meine innere Stimme zu Wort. Ich sehe an mir hinunter und erschrecke. Ich habe immer noch meinen rosafarbenen Trainingsanzug an. Wie peinlich.

Doch was, wenn der Kellner mir wie selbstverständlich die Rechnung überreicht hätte?

Dann hättest du passen müssen, weil du nichts weiter als eine verwöhnte Göre bist, die von ihren Freundinnen ausgenommen wurde und deren Eltern ihr den Geldhahn zugedreht haben, spottet meine innere Stimme.

Halt die Klappe! Ich bin nicht verwöhnt, ich bin eine fleissige Studentin, die einfach nur jedem helfen möchte.

Allerdings. Deshalb steckst du in dieser ausweglosen Lage. Und was hat es dir gebracht? Dein Bruder ist tot, deine Freunde wollen dich umbringen, deine Eltern lassen dich entmündigen und du kannst nicht mal eine Pizza bezahlen. Du hast es weit gebracht!

Ich stöhne auf und verberge das Gesicht in den Händen.

«Natalia, was ist los?», fragt Alexej und legt mir seine Hand auf die Schulter.

«Nichts! Alles bestens», lüge ich und lächle gezwungen.

«Ich merke doch, dass dich etwas bedrückt», sagt er und runzelt die Stirn.

«Nur Geldsorgen und ein paar mörderische Freunde», sage ich und lache.

«Mach dir keine Sorgen übers Geld und das andere werde ich klären, versprochen», sagt er und küsst mich sanft.

Heirate ihn und werde seine Hausfrau, dann bist du in Sicherheit, meldet sich die teuflische Stimme wieder. *Niemals* knurre ich zurück. *Aber vielleicht ist das dein Platz*, setzt sie noch eins obendrauf. *Hinter dem Herd bei den Kindern, während der Mann das Geld verdient und dich alle paar Wochen grosszügig zum Pizzaessen ausführt*. Nein, verdammt!

«Habe ich etwas falsch gemacht?», fragt Alexej.

Erst jetzt bemerke ich, dass ich ihn wütend anstarre. Scheisse, und das alles nur wegen meines blöden Gedankenkarussells.

«Nein, alles gut», antworte ich.

«Wirklich? Wenn Blicke töten könnten, würde ich nicht mehr aufrecht sitzen.»

«Sorry, ich war in Gedanken», sage ich und küsse ihn auf die Wange.

Hand in Hand gehen wir hinaus in die Kälte. Nachdem ich in seinen Wagen eingestiegen bin, ziehe ich meine Winterjacke enger um mich und reibe mir die Hände.

«Gleich wird dir warm», er streicht mir über die Wange.

Meine Haut prickelt nach seiner Berührung und mir ist bereits viel wärmer.

Am frühen Abend halten wir vor dem Haus meiner Eltern.

«Morgen gehts auf nach Zürich», sagt er bestimmt.

«Warum das denn?»

«Wir müssen den Notar suchen.»

«Aber ich habe doch ein neues Testament.»

Ich runzle die Stirn.

«Trotzdem müssen wir versuchen, ihn ausfindig zu machen. Er weiss vielleicht etwas, das uns weiterhelfen kann.»

«Aber ich …»

«Jetzt wirf die Flinte nicht ins Korn. Vielleicht können wir die drei Erpresser kleinkriegen, ohne dass sie vorher alles ausplaudern.»

Das wäre ein Traum.

«Okay, einen Versuch ist es wert.»

«Also, bis morgen! Fünf Uhr?»

«Acht Uhr!»

Ich küsse ihn zum Abschied auf den Mund. Doch bevor ich mich von ihm lösen kann, packt er plötzlich meinen Kopf mit seinen kräftigen Händen und zieht mich grob an sich.

14.

Unsere Lippen sind so fest aufeinandergepresst, dass es wehtut. Mein Herzschlag beschleunigt sich und meine Lippen fühlen sich taub an. In meinem Unterleib zieht es verräterisch. Ich stöhne leise auf und vergrabe meine Finger in seinen Haaren.

Er beisst mir in die Unterlippe. Ich kralle meine Hände in seine Schultern und will mich auf seinen Schoss setzen, doch der Sicherheitsgurt hält mich auf meinem Sitz. Ich drücke Alexej von mir weg und löse den Gurt.

Dann springe ich auf seinen Schoss und lasse meine Lippen über seine Wange gleiten. Gleichzeitig fahre ich mit meinen langen Nägeln an seinem Hals entlang. Er keucht und zittert. Dann knabbere ich an seinem Ohr, woraufhin er laut aufstöhnt.

In diesem Moment klingelt sein Handy.

«Warte kurz, Süsse», flüstert er und kramt umständlich sein Handy aus der Hosentasche. Ich erhasche einen Blick auf das Foto einer unglaublich schönen Blondine. Der Name der Anruferin verschwimmt vor meinen Augen.

«Wer ist das?», fauche ich.

«Das ist Marianne», sagt er nur und drückt den Anruf weg.

«Marianne wer?»

Er lächelt und streicht mir die Haare aus dem Gesicht.

«Eifersüchtig?»

«Nein», antworte ich schnell.

«Wir sind nicht zusammen. Also können wir beide tun

und lassen, was und mit wem wir wollen», ergänze ich sarkastisch.

«Da hast du recht. Marianne ist nur eine Arbeitskollegin, mit ihr mache ich also nur meinen Job.»

Es gefällt mir nicht, wie er den letzten Teil seines Satzes betont. Noch weniger gefällt mir, dass mich der Gedanke an eine unbekannte Frau in seinem Umfeld rasend macht.

«Und du?», fragt er.

«Was ich?», frage ich dümmlich. Ich kann keinen klaren Gedanken mehr fassen.

«Was machst du so ... und mit wem?», fragt er.

«Das geht dich überhaupt nichts an!», antworte ich heftiger als beabsichtigt.

«Ist auch egal. Ich habe kein Problem mit Konkurrenz!»

Er küsst mich auf die Wange und schiebt mich von seinem Schoss.

«Bis morgen!»

«Tschüss», antworte ich überrumpelt, klettere ungelenk aus dem Wagen und knalle die Tür mit voller Wucht hinter mir zu. Im gleichen Moment zucke ich zusammen und werfe einen ängstlichen Blick zurück. Timon wäre ausgerastet und hätte mir eine Szene gemacht, wenn ich so mit einem seiner Autos umgegangen wäre.

Doch Alexej lässt bereits den Motor aufheulen und rast mit quietschenden Reifen davon.

Ratlos schaue ich ihm nach, bis er nicht mehr zu sehen ist. Warum verwirrt er mich so dermassen? Und warum bin ich eifersüchtig? Ich will schliesslich keine Beziehung mit ihm! Oder etwa doch? Irgendwie fühle ich mich zu ihm hingezogen. Fühle ich so, weil ich ihm ausgeliefert bin? Weil ich ihn bei Laune halten muss, damit er mich nicht auffliegen lässt?

Nein, da ist noch etwas anderes – da war schon immer

etwas anderes zwischen uns, auch wenn er meinen Vorstellungen von einem Traummann nicht entspricht. Ich wollte immer einen Akademiker an meiner Seite, am besten einen Arzt, oder …

Ein Knacken im Gebüsch lässt mich zusammenzucken. Ich eile zum Tor und gebe den Tür Code ein. Dabei schaue ich mehrmals zurück und brauche drei Anläufe, bis sich das blöde Tor endlich öffnet.

Sobald ich in unserem Garten bin, knalle ich die Pforte hinter mir zu und atme erleichtert auf. Hier bin ich in Sicherheit. Die meterhohen Mauern mit dem Stacheldraht und die Alarmanlage bieten Schutz, auch wenn ich mich hier oft wie im Gefängnis fühle.

Verärgert stampfe ich den Weg zum Haus entlang. Warum hängen meine Eltern immer noch an diesem blöden, veralteten Sicherheitssystem. Es gibt doch schon welche mit Fingerabdruck oder Gesichtserkennung. Wenn sie wenigstens ein paar Kameras installiert hätten, würde man auf den Aufzeichnungen sehen, dass mindestens einer meiner drei Todfeinde oder ein Handlanger Murats hier eingebrochen ist, um mir den Zettel auf den Tisch zu legen. Doch es ist wohl besser so. Meine Eltern würden sonst die Polizei einschalten.

Kurz bevor ich das Haus erreiche, springt eine maskierte Gestalt vor mir auf den Weg.

Ich mache ein paar Schritte rückwärts und stolpere, während sie näherkommt. Ich will schreien, doch meine Stimmbänder versagen.

Ich rapple mich auf, werde aber von hinten gepackt. Eine Hand legt sich auf meinen Mund.

Ich lasse mich fallen und drehe mich dabei blitzschnell, sodass sich der Griff lockert. Mit aller Kraft trete ich der Gestalt gegen das Schienbein und höre ein Stöhnen unter der Maskierung.

Ich werde erneut von hinten gepackt und jemand presst mir eine behandschuhte und stinkende Hand auf den Mund. Diesmal funktioniert mein Trick mit dem Drehen und Fallenlassen nicht mehr. Doch der Griff um meinen Mund lockert sich automatisch.

Ich nutze die Chance und beisse mit aller Kraft in die behandschuhte Hand. Ich höre ein Fluchen und es gelingt mir, mich aus dem Griff zu befreien.

Sekunden später trete ich dem Angreifer zwischen die Beine und ich renne los, wie bei einem Hundertmetersprint. Ich höre Schritte hinter mir und gebe alles. Nur weg von hier. Einstein bellt im Haus wie verrückt. Er weiss, dass ich in Gefahr bin.

In diesem Moment geht die Tür auf und mein Hund schiesst mir entgegen. Laut bellend rennt er durch den Garten zum Eingangstor, das man von hier aus nicht sehen kann. Hoffentlich tun sie ihm nichts an. Ich pfeife und rufe ihn, doch er kommt nicht zurück.

«Natalia!», meine Mutter kommt heraus. «Was ist denn passiert?»

Erst jetzt bemerke ich, dass mein Gesicht tränenüberströmt ist und ich immer noch laut keuche.

«Ich habe nur spontan einen Sprint hingelegt, um wieder in Form zu kommen», lüge ich. Die Wahrheit zu sagen ist keine Option. Wenn sie mir glauben, schalten sie die Polizei ein, wenn nicht, weisen sie mich direkt in eine Klinik ein.

Sie zieht eine Augenbraue hoch. Sie glaubt mir kein Wort.

Ich pfeife noch mal und endlich kommt mein Grosser angerannt. Er ist sehr aufgeregt, läuft eilig hin und her und fährt sich unablässig mit der Zunge über die Schnauze. Begleitet von meiner Mutter und Einstein betrete ich das Haus.

Vor dem Display im Eingangsbereich bleibe ich stehen,

lasse alle Rollläden herunter und aktiviere die Alarmanlage. Ins Haus kommt heute Nacht niemand mehr. Dafür aber in den Garten. Natürlich, denn Gina, Laurene und Timon kennen den Code der Gartentür. Dieser ist schon lange unverändert geblieben.

Nach einer unruhigen Nacht reisst mich das Läuten des Weckers erbarmungslos aus dem Schlaf. Ich aktiviere die Schlummerfunktion meines Handys, drehe mich um und dämmere wieder weg. Ich bin schon lange nicht mehr um sieben Uhr aufgestanden. Jedenfalls nicht, seit ich hier bin. Widerwillig öffne ich die Augen und schaue auf mein Handy. Nicht mal eine Woche ist vergangen, seit das Ganze angefangen hat. Wäre ich doch nur in Zürich geblieben. Doch Gina hätte dann einen anderen Weg gefunden, um an mich heranzukommen, und ich hätte es vielleicht nicht rechtzeitig bemerkt.

Mich schaudert bei dem Gedanken, dass sie sonst zu mir nach Zürich gekommen wären. Von dort aus habe ich nur sporadischen Kontakt zu meinen Eltern, die Nachbarn grüssen mich nicht einmal.

Bis da jemand bemerkt hätte, dass … ich schüttle den Kopf und die Schreckensbilder verflüchtigen sich.

Ich tapse ins Bad und stelle mich unter meine Regenwalddusche. Doch heute kann ich diesen Luxus nicht geniessen. Die seltsame Situation mit Alexej und der Angriff in meinem Garten liegen mir ebenso schwer im Magen, wie der restliche Mist in meinem Leben.

Als ich meine Hand auf die Klinke unserer Haustür lege, denke ich daran, was mich am vorigen Abend im Garten erwartet hat.

Nervös überlege ich, Einstein mitzunehmen. Aber was, wenn sie ihm was antun?

Alexej … er muss gleich hier sein.

Dein Hund ist dir wichtig, aber was mit Alexej passiert ist dir völlig egal, oder was? Mein Handy vibriert.

«Ja?»

«Wo bist du?», fragt Alexej.

«Ich bin schon an der Haustür.»

«Okay, ich warte vor dem Tor.»

«Warte ... kannst du mir ein Stück entgegenkommen?»

«Klar, wenn du öffnest?»

Ich betätige den Türsummer. Dann öffne ich die Tür und sprinte ihm entgegen.

Er grinst. «Du kannst es ja kaum erwarten, mich zu sehen.»

«Komm schnell.» Ich ziehe ihn gehetzt am Ärmel zum Ausgang.

«Was ist denn los?»

«Komm schnell, bitte», meine Stimme klingt hysterisch.

Bevor er mir die Tür öffnen kann, dränge ich mich an ihm vorbei und steige ins Auto. Kopfschüttelnd umrundet er den Wagen und steigt auf der Fahrerseite ein.

«Hast du etwa die Autotür offengelassen?»

«Ja, ich war ja nur ein paar Schritte weg.»

Ich drehe mich um und erstarre. Das Blut gefriert mir in den Adern. Ich schaue direkt in die Mündung einer Pistole. Das Gesicht von dem blinden Passagier ist von einer Sturmmaske bedeckt und er legt einen behandschuhten Finger an die Lippen.

Ich drehe mich wieder um und starre nach vorne auf die Strasse.

«Was ist los? Du bist auf einmal so blass?», fragt Alexej und streicht mir über die Wange.

Mein Herz beginnt zu rasen. Am liebsten würde ich ihn anbrüllen, doch ich beherrsche mich, denn es geht um unser Leben.

«Ich bin nur müde. Fahr bitte los.»

«Zu Befehl!»

Er startet den Motor, ohne die Gefahr zu bemerken, die mit uns mitfährt. Wie ist der Angreifer ins Auto gelangt?

Er muss die wenigen Sekunden genutzt haben, in denen Alexej mir entgegengekommen ist. Ich habe ihm durch meine Feigheit die Gelegenheit verschafft, sich im Auto zu verstecken. Verdammt! Ich muss Alexej einen Hinweis geben. Aber wie?

Ob der Typ auf der Rückbank Französisch oder Englisch spricht? Ich kann es nicht riskieren.

Alexej ist Pole. Ich bin halbe Russin. Trotz einiger Wörter, die sich ähneln, sind diese Sprachen grundverschieden. Sonst kann ich nur noch Latein. Ich werde es einfach versuchen!

«Kannst du Latein?»

Alexej lacht. «Ein wenig. Warum?»

Im gleichen Moment spüre ich etwas Hartes an meinem rechten Oberarm. Schweiss beginnt in Strömen aus meinen Poren zu strömen. Ich verstehe die stumme Warnung. «Nur so, ich will dich besser kennenlernen.»

Er runzelt die Stirn.

«Was ist los, Natalia?»

Die Pistole drückt sich schmerzhaft gegen meinen Arm.

«Nichts, wieso?»

«Du benimmst dich sehr seltsam. Erst sprintest du durch den Garten, als ob der Teufel hinter dir her wäre, dann stellst du mir seltsame Fragen und nun läuft dir der Schweiss nur so die Stirn runter. Bist du krank?» Er legt seine Hand an meine Wange. Als er kurz den Blick von der Strasse nimmt und sich mir zuwendet, blinzle ich ihm zu.

Er kneift die Augen zusammen und sagt nichts. Hoffentlich hat er mich verstanden.

Er setzt den Blinker, doch etwas oder jemand kneift

mir schmerzhaft in den Arm.

«Fahr weiter!» Meine Stimme überschlägt sich förmlich.

Doch er ist bereits in die Kurve eingebogen. Plötzlich reisst er ruckartig das Steuer herum, wodurch der Wagen ins Schlingern kommt.

Der Druck an meinem Arm lässt nach und ich höre, wie der blinde Passagier gegen die Tür geschleudert wird.

«Du verfluchter Wichser. Noch so eine Aktion und ich puste ihr den Kopf weg!», brüllt die Stimme.

Ich erstarre, denn ich spüre die Pistole nun an meinem Kopf. Ich beginne wie Espenlaub zu zittern.

Alexej verzieht keine Miene.

«Kommt nicht wieder vor.»

«Rechts abbiegen!»

Alexej gehorcht. Mein Herz sackt mir in die Hose. Wir fahren auf einen verlassenen Feldweg. Ob hier mein Leben enden wird? Durch einen Schuss in den Kopf?

«Es gibt ein neues Testament», hauche ich. Es ist nur ein Versuch.

Ein dreckiges Lachen erklingt.

«Halts Maul. Du bist auch ohne Testament ein verdammter Goldesel, habe ich recht?»

Ich öffne den Mund.

«Sag nichts, Natalia», befiehlt Alexej, bevor ich etwas sagen kann.

«Hier anhalten!»

Alexej fährt auf den verlassenen Grillplatz, auf dem der gleiche Mercedes steht, den ich auch habe – nur in Schwarz. Murats Auto. Mir wird schlecht.

Da klopft es auch schon an der Scheibe und der Maskierte reisst die Tür auf. Ich schreie, als Timon mich packt und aus dem Wagen zerrt.

«Fresse!», zischt er und ich verstumme. Zwei weitere Pistolen sind auf mich gerichtet und alle ausser Timon sind vermummt.

«So sieht man sich wieder, meine Süsse!»

Er küsst mich auf die Wange. Wellen des Ekels lassen meinen Körper erschaudern.

Timons Augen strahlen wie Eiskristalle – genau wie Ginas.

«Du Schlampe bevorzugst wohl neuerdings Bullen?»

Er ist verrückt. Um Alexej und mich da lebend rauszubringen, muss ich Timon irgendwie besänftigen.

«Nein, natürlich nicht. Du bist eher mein Typ. Ich habe nur Angst!»

«Halt die Klappe, du Lügnerin. Das glaubst du doch selbst nicht!»

In seinen Augen steht der blanke Wahnsinn.

Alexej steht nur da und sagt nichts.

Murat öffnet den Kofferraum seines Mercedes. Timon packt mich und schleift mich zu dem Auto.

«Bitte nicht, ich habe Platzangst», flehe ich panisch.

Er lacht höhnisch.

«Das wird bald dein geringstes Problem sein, du Schlampe!»

Ich stemme meine Füsse in den Boden und versuche Timon wegzustossen. Auch wenn drei Pistolen auf mich gerichtet sind, bin ich nun ziemlich sicher, dass sie mich nicht umbringen. Noch nicht.

«Alexej!», kreische ich.

«Wage es nicht, ihn anzusehen, sonst töten wir euch beide auf der Stelle», knurrt Timon. «Ich sehe dich lieber tot als bei einem anderen!»

Ein eiskalter Schauer durchläuft mich. Es ist viel schlimmer als gedacht. Ich bin davon ausgegangen, dass sie nur mein Geld wollen. Doch Timon ist regelrecht besessen von mir. Er wirft mich über die Schulter, als ob ich nichts weiter als ein Getreidesack wäre.

Panisch kneife und kratze ich ihn, doch er lacht nur

dreckig.

«Weiter so. Ich mag es wild.»

Mir wird schlecht.

«Hört ihr das auch?», fragt Murat.

Mein Herz macht einen Sprung. Stimmen ... und sie kommen näher.

«Glotzt nicht so blöd, schaut nach!», befiehlt Timon.

«Von dir lassen wir uns gar nichts sagen!»

Murat läuft trotzdem den Weg entlang, kommt aber schnell zurück.

«Masken runter und lass sie los. Da kommt eine Seniorengruppe!»

Ich kann mein Glück kaum fassen.

«Ihr rührt euch nicht vom Fleck!», befiehlt Timon.

Doch ich gebe nicht kampflos auf.

Auf einmal kommt mir eine Idee. Jetzt geht es um alles oder nichts.

Ruckartig reisse ich mich von Timon los, sprinte zu Alexejs Auto, reisse die Tür auf, springe rein und schliesse sie. Dann lasse ich den Motor an. Ich sitze vorne auf der Kante des Sitzes, da ich sonst nicht an die Pedale komme. Die Beifahrertür öffnet sich und Alexej hechtet neben mir auf den Beifahrersitz.

Panisch trete ich aufs Gaspedal, rutsche nach hinten und verliere die Kontrolle über das Auto.

Alexej hat das Steuer ergriffen und rumgerissen, sodass wir den Feldweg zurückfahren.

«Stell den Sitz nach vorne!»

«Wie denn?», brülle ich und taste panisch nach dem seitlichen Hebel.

Ich ertaste ihn und der Sitz gleitet nach vorne. Sobald ich mehr schlecht als recht sitze, gebe ich wieder Gas, aber etwas besonnener als vorher.

«Du brauchst nicht so zu rasen, die sind erst mal mit der Wandergruppe beschäftigt», sagt Alexej und bringt tatsächlich ein Grinsen zustande.

Ich schaue in den Rückspiegel, sehe die Gruppe weit hinter uns kleiner werden und lache hysterisch auf. «HA! Und wohin jetzt?»

«Wie geplant.»

«Aber …»

«Jetzt gibt es nur noch zwei Möglichkeiten. Wir sammeln Beweise und zeigen die Idioten an, mit allen Folgen, die sich für dich daraus ergeben. Oder du fliehst. Und zwar sofort! Pack deine Sachen und setzt dich ab, weit weg von hier.»

In meinem Kopf rattert es. Ich kann keinen klaren Gedanken fassen. Fliehen? Ohne Geld? Und wenn sie mich finden?

Mein Herz blutet bei dem Gedanken, dass ich keine Chance mehr haben werde, mein Medizinstudium zu beenden; egal, wie ich mich entscheide. Denn sie werden reden, meine Geheimnisse ausplaudern und den Triumph bis aufs Letzte auskosten.

«Hast du dich entschieden?» Alexejs Stimme reisst mich aus meinen Gedanken.

«Ich bleibe hier und stelle mich alldem!»

«Gute Entscheidung. Vielleicht kommt dein Geheimnis trotzdem nicht ans Licht.»

Ich schnaube.

«Wie soll das gehen?»

«Gibt es Beweise?»

«Natürlich gibt es die», fauche ich heftiger als beabsichtigt. «Mehrere Chatverläufe. Ich habe ihnen schliesslich vertraut.»

Als wir uns sicher sind, nicht verfolgt zu werden, fahre ich an einer Strassenausbuchtung rechts ran und wir wechseln rasch die Plätze. Mit geübten Griffen stellt Alexej seinen Sitz ein und wir fahren weiter.

Ich hätte es auch nicht mehr viel weiter geschafft. Ich

zittere wie Espenlaub und habe beim Fahren mehr in den Rückspiegel als nach vorne geschaut.

Auf dem Weg nach Zürich reden wir nicht viel, jeder hängt seinen Gedanken nach. Ich weiss nicht, wie es Alexej geht, aber ich muss die Erlebnisse erst mal sacken lassen. Ein eigentümliches Gefühl erfasst mich, eine düstere Vorahnung, dass etwas Schlimmes passieren wird.

Ich versuche mich abzulenken, indem ich das Radio aufdrehe und aus dem Fenster schaue, doch die Vorahnung hat sich längst in meinem Hirn eingenistet und feiert dort mit meiner inneren Stimme eine Weltuntergangsparty.

Irgendwann wird mir der Kopf zu schwer. Ich lehne mich müde an die kühle Fensterscheibe und schliesse die Augen.

«Natalia?» Alexejs Stimme reisst mich aus dem Schlaf.

Ich öffne mühsam die Augen. Ich hatte einen schrecklichen Traum … oh nein, das war kein Traum!

«Komm, wir sind spät dran.»

«Spät für was?»

«Na, der hat ja nicht ewig Zeit.»

«Der Notar? Hast du ihn etwa gefunden?»

Ich schaue mich um und erkenne die Bahnhofsstrasse. Der Typ muss seit der Geschichte damals recht erfolgreich sein, wenn er sich jetzt in dieser Gegend ein Büro leisten kann.

«Es ist nicht der Notar. Ich kenne einen Spitzendetektiv und der nimmt sich kurzfristig Zeit für uns. Ich habe das arrangiert, während du geschlafen hast.»

«Was soll denn ein Detektiv ausrichten können?»

«Vieles. Er kann Beweismittel beschaffen und auch vernichten.» Alexej wirft mir einen vielsagenden Blick zu.

Auf einmal sehe ich Licht am Ende des Tunnels. Das wäre so wunderbar, wenn ich doch noch mit einem blauen

Auge davonkäme. «Aber dann müssen wir ihn einweihen, oder?», entgegne ich.

«Er ist äusserst verschwiegen, ich vertraue ihm.»

«Okay.»

Wir stehen vor der Tür des Detektives und Alexej drückt eine Klingel. Daraufhin summt der Türöffner.

Im Flur riecht es intensiv nach einem zitronigen Putzmittel. Eklig. Ich liebe Zitronen, doch künstlicher Zitronengeruch ist einfach nur grausig.

Der Flur ist extravagant und edel. Mit dem Lift, der innen komplett verspiegelt ist, fahren wir in die vierte Etage.

«Nach dir», sagt Alexej.

Ich gehe voran und verdrehe die Augen. Manchmal ist er auf eine süsse Weise sehr altmodisch.

Als wir am Ziel sind, überholt er mich und klopft an eine schwarze Tür.

Eine junge Asiatin öffnet und strahlt uns an.

«Willkommen!»

Wir folgen ihr und sie führt uns in ein Büro. Dort sitzt ein Mann, den ich auf Mitte vierzig schätze. Er und Alexej begrüssen sich wie alte Freunde.

«Mein Name ist Rowen. Freut mich dich kennenzulernen.»

«Ebenfalls.» Wir schütteln uns die Hände. «Ich bin Natalia.»

«Weiss ich doch, habe schon von dir gehört.» Er grinst selbstgefällig und fügt an Alexej gewandt hinzu: «Da hast du ja was Hübsches aufgelesen.»

Wütend funkle ich Rowen an. Was bildet der sich ein? Wäre er nicht meine letzte Hoffnung, würde ich ihm jetzt ordentlich die Leviten lesen und gehen.

«Sorry. Ich bin nur überrascht, dass Alexej mal jemanden kennengelernt hat. Und dann gleich so eine Schönheit.»

Als ob Alexej noch nie jemanden kennengelernt hätte, aber immerhin entschuldigt er sich und schmiert mir Honig ums Maul.

«Alles gut, mach dir nichts draus.»

«Setzt euch.»

Rowen deutet auf die zwei Stühle vor seinem imposanten Schreibtisch.

«Wollt ihr was trinken?»

Wir schütteln unisono den Kopf.

Ich bin total hibbelig und will endlich zur Sache kommen, doch gleichzeitig habe ich grosse Angst davor. Hoffentlich muss ich nun nicht alles auspacken.

«Was kann ich für euch tun?»

Ich schiele zu Alexej rüber.

«Sie wird von ihren ehemaligen Freunden und einer Mafiabande bedroht und erpresst. Ich bin diesen Gangstern schon länger auf der Spur. Die sind unberechenbar, wie wir vor zwei Stunden am eigenen Leib erfahren haben. Um ein Haar hätten wir es nicht bis zu dir geschafft. Aber bevor ich die Typen dingfest machen kann, muss alles, was sie gegen Natalia in der Hand haben, beseitigt werden.»

Ich höre das erste Mal in Zusammenhang mit Murat den Begriff Mafia. Ein eiskalter Schauer läuft mir über den Rücken. In was bin ich da bloss reingeraten?

Rowen lächelt nicht mehr, sondern mustert mich mit einem besorgten Blick, der meine Angst noch weiter steigert.

«Gut. Ich brauche Namen.»

Alexej beugt sich vor und diktiert: «Laurene Schneider, Gina und Timon Rossi, Murat Demir, Isa, Aslan, Ünal, Salih, Nachnamen bisher unbekannt – bei einigen könnte es sich auch um Decknamen handeln.»

Rowen winkt ihn zu sich rüber. «Komm her und tipp die Namen selbst ein.»

Alexej wendet sich konzentriert dem Monitor zu, während Rowen mich ins Visier nimmt.

«Was genau hast du denn ausgefressen, Mäuschen?»

Ich zucke zusammen und mich durchfährt es eiskalt.

Alexej wirft ihm einen eindeutigen Blick zu.

«Das besprechen wir besser ohne Zuhörer.»

Rowen sieht mich ernst an.

«Hier sind keine Zuhörer.» Er grinst Alexej an.

«Du weisst genau, was ich meine.»

«Hab dich nicht so, wollte nur die Stimmung auflokkern. Also dann, auf in den Secret Room. Kommst du mit?»

Seine Augen durchbohren mich förmlich.

Ich winde mich unbehaglich auf meinem Stuhl. «Ich …»

«Nein, nur wir beide. Ich habe auch noch was anderes mit dir zu besprechen.»

Alexej küsst mich auf die Wange.

«Wir sind gleich wieder da.»

Ich bin unglaublich erleichtert, dass ich nicht selbst auspacken muss. Doch es macht mich nervös, eine völlig fremde Person einzuweihen.

Im letzten Moment halte ich Alexej am Arm fest, der sich mit hochgezogenen Augenbrauen zu mir umdreht.

«Denkst du wirklich, dass das eine gute Idee ist?», flüstere ich ihm zu.

«Keine Sorge, du kannst auf meine Diskretion zählen», antwortet Rowen.

«Aus diesem Grund sind wir zu dir gekommen», sagt Alexej.

«Mach dir keine Sorgen, es wird alles gut.»

Er wirft mir einen letzten, liebevollen Blick zu und folgt Rowen aus dem Büro.

Nach einer gefühlten Ewigkeit kommen sie zurück. Rowen sieht mich ernst an.

«Alle Achtung, Lady. So jung und schon so viel auf dem Kerbholz. Ich habe schon viel gehört und erlebt, aber so was ist mir noch nicht untergekommen.»

Ich schaue betreten auf meine Beine. Alexej wendet sich mir zu und legt seine Arme um mich. Er gibt mir Halt und Geborgenheit.

Er dreht sich um und sieht seinen Freund besorgt an.

«Es darf nichts mehr zu finden sein. Alles von jedem Server, Computer, Handy und aus jedem Safe muss verschwinden.»

Bei dem Wort Handy suche ich nach meiner Tasche, doch sie ist nirgends zu sehen.

«Alles klar, ihr könnt auf uns zählen.»

«Uns?» Nervös sehe ich Alexej an.

«Mein Team und mich», antwortet Rowen. «Fürs Einsteigen in Häuser habe ich einen Polen, der jedes Schloss knacken kann.» Frech grinst er Alexej an, der ihn böse anfunkelt.

«Um die Server zu hacken, habe ich zwei Asiaten. Die Süsse, die ihr gesehen habt und ihren Mann.»

Wow, die Frau ist eine Hackerin. Das hätte ich ihr nicht zugetraut. Irgendwie ist meine Menschenkenntnis echt miserabel.

«Ich schicke dir die Rechnung, 30 Prozent Freundschaftsrabatt, wie vereinbart», beendet er das Gespräch unvermittelt.

«Wie teuer wird das dann noch?», frage ich nervös.

«Braucht dich nicht zu kümmern, Mäuschen. Dein Esel hier erledigt das für dich.»

«Alter!», Alexej boxt ihm gegen die Schulter, sodass er fast vom Stuhl rutscht.

Rowen hebt grinsend die Hände.

«War nur Spass, Leute.»

Wir verlassen das Büro und steigen ins Auto.

Erleichtert stelle ich fest, dass meine Tasche auf dem Rücksitz liegt.

«Irgendwie ist er komisch.»

Alexej lacht. «Wenn man ihn nicht kennt, kommt er tatsächlich so rüber. Er hält sich sehr bedeckt. Muss er auch bei solchen Fällen, da macht er sich nicht viele Freunde.»

«Danke für alles, echt. Es wäre zu schön, um wahr zu sein, wenn das alles so funktioniert.»

«Es wird funktionieren!»

Er besiegelt seine Worte mit einem Kuss.

«Erinnerst du dich wieder an den Notar?»

«Der Name war irgendetwas mit Lind.»

«Das ist doch schon mal was. Und weisst du noch ungefähr, wo sein Büro war?»

Seufzend schüttle ich den Kopf.

«Also, dann fahren wir zu dir. Google du schon mal Notare mit dem Namen Lind. Du würdest ihn aber erkennen, oder?»

«Sofort.»

«Dann gehe auch gleich die Bildersuche durch.»

Ich vertiefe mich in mein Handy, während Alexej weiterfährt.

Ich finde nichts und nach ein paar Minuten wird mir schwindlig. Ich sperre das Display und schaue hinaus. Wir fahren gerade beim Central durch. Trams, Busse und Autos kommen und gehen, Passanten eilen geschäftig umher. Ich blicke der 6er Tram nach, die zu meiner Uni fährt. Es versetzt mir einen Stich ins Herz. Zwei Jahre lebte ich hier in Zürich. Die Stadt ist zu meiner Heimat geworden. Ich liebe den Trubel und die Anonymität. Alexej fährt die Limmat entlang, immer geradeaus. Sehnsüchtig denke ich an die Sommer, an denen ich mit Freunden von der Uni in der Limmat oder im Zürichsee gebadet habe.

«Bist du fündig geworden?» Alexejs Stimme reisst mich

aus meinen Erinnerungen.
«Nein.»
Ich schliesse die Augen und konzentriere mich auf meinen Atem. Der Schwindel lässt langsam nach.
«Dann fahren wir zu dir.»
«Okay.»

15.

Kurz darauf stellt Alexej seinen Wagen auf dem Parkplatz vor dem alabasterweissen Wohnblock ab, in dem ich seit zwei Jahren wohne.

«Woher kennst du meine Adresse?», frage ich argwöhnisch.

Alexej wirft mir einen herablassenden Seitenblick zu.

«Das fällt dir erst jetzt auf?»

«Lenk nicht ab. Woher kennst du sie?»

«Du warst immerhin Timons Freundin. Glaubst du im Ernst, ich hätte nur ihn beschattet?»

Ich schnappe nach Luft.

Ohne meine Antwort abzuwarten, steigt er aus. Ich warte diesmal nicht, bis er wieder den Gentleman spielen kann und drücke die Tür so schwungvoll auf, dass ich fast einen Radfahrer umhaue.

Zum Glück hat Alexej nichts davon mitbekommen. Mit verschränkten Armen steht er vor dem Haus und mustert die Eingangstür.

«Wir rekonstruieren den genauen Tathergang. Zuerst gehen wir in deine Wohnung. Was habt ihr da gemacht?»

«Getrunken.»

Verlegen kratze ich mich an der Nase.

«Dann machen wir das jetzt auch.»

Er zwinkert mir zu.

«Auf keinen Fall!», sage ich bestimmt.

«Aber es ist wissenschaftlich erwiesen, dass das Erinnerungsvermögen aktiviert wird, wenn man in derselben räumlichen Umgebung ist und den gleichen Tätigkeiten wie in der ursprünglichen Situation nachgeht», belehrt er mich.

Hinter seiner Fassade steckt mehr als nur ein Dorfpolizist. Vielleicht hätte er sogar das Zeug, um zu studieren. Hochgestochen reden kann er jedenfalls, wenn er will.

«Also? Es wird nicht wärmer, im Gegenteil», drängelt Alexej.

«Ich werde am frühen Morgen bestimmt keinen Alkohol trinken, so tief bin ich noch nicht gesunken. Und ich möchte auch nicht in meine Wohnung.»

«Wieso nicht?»

«Ich will nicht darüber reden.»

«Also gut. Dann fangen wir hier an.»

Wahrscheinlich denkt er, ich spinne. Aber ich kann und will ihm nicht erklären, dass ich es gerade nicht verkrafte, meine Wohnung zu betreten. Es war so schön, allein dort zu wohnen mit den harmlosen, süssen Sorgen einer freien Studentin, die im Überfluss lebte. Im Nachhinein zu schön, um wahr zu sein.

Vielleicht ist das jetzt die Strafe dafür, dass es mir die letzten einundzwanzig Jahre so gut ging.

«Auf welcher Strassenseite seid ihr gelaufen?»

«Auf der anderen Seite.»

Mit dem Zeigefinger zeige ich rüber.

Er zieht mich mit sich auf die andere Strassenseite.

«Und wie?», fragt er.

«Was meinst du mit *wie*?»

«Wie seid ihr gelaufen?»

«Ist das dein Ernst?», frage ich. «Einen Fuss vor den anderen, wie man das so macht.»

Ich drehe den Kopf, blicke zurück auf die Eingangstür und verdrehe die Augen.

«Das ist mein voller Ernst», antwortet er nüchtern und kneift mich leicht in die Wange. «Und das eben habe ich gesehen».

Ich seufze und hake mich bei ihm unter, so wie ich es damals mit Gina gemacht habe. Arm in Arm schlendern wir durch die Strassen. Ich versuche krampfhaft, mich an den Weg zu erinnern, den wir damals gegangen sind. Es fällt mir wegen meines furchtbaren Orientierungssinns unheimlich schwer. Zum Glück brauche ich den nicht als Ärztin. Ausserdem sind wir damals ziellos umhergeschlendert. Zumindest ich. Gina kannte den Weg sehr genau.

Wir laufen also mehrere Stunden herum und gehen in jede Kanzlei, die wir unterwegs finden. Doch in keiner kennt jemand einen Notar, dessen Nachnamen das Wort *Lind* beinhaltet und auf den meine Beschreibung passt. Von meinem Testament weiss auch niemand was. Wenn die Situation nicht so ernst wäre, hätte ich mich geschämt. Die Reaktionen der Angestellten zeigen mir, dass sie mich für schwachsinnig halten.

Irgendwann beginnt es zu nieseln.

«Lass uns etwas essen», schlägt Alexej vor.

«Das passt schon, ich bin nicht aus Zucker», antworte ich.

«Ich will aber nicht, dass du nass wirst», sagt er und zieht mich zu einem Restaurant. Es ist klein und schlicht gehalten, mit gelben Wänden, Holzmöbeln und einem riesigen Steinofen.

Durch den intensiven Geruch verkrampft sich mein Magen. Alexej führt mich an einen der Tische am Fenster und hilft mir aus der Jacke. Ich bin mir nicht sicher, ob ich sein Verhalten süss oder übertrieben finde. Ob ich will oder nicht – ich vergleiche ihn andauernd mit Timon. Mit Schaudern denke ich an einen regnerischen, stürmischen Tag zurück, an dem wir mit seinem Mustang unterwegs waren. Der Tag begann gut. Doch eine kleine, harmlose Nachricht von einem Schulfreund zerstörte alles.

Nati, alles klar? Wollen wir uns morgen treffen und zusammen Chemie lernen?

Es folgte der neckischen Emoji mit der Zunge.

Natürlich sah Timon die Nachricht und rastete völlig aus. Mitten im Wald hielt er mit quietschenden Reifen an und riss mich am Arm aus dem Auto.

«Du billige Schlampe, ich hasse dich!», rief er mit hasserfüllter Stimme, liess mich mitten im Gehölz stehen und raste davon. Regen und Wind peitschten schonungslos auf mich ein. Ich sah kaum mehr eine Hand vor Augen und lief auf gut Glück einfach los. Nach Stunden kam ich durchgefroren und nass bis auf die Knochen zu Hause an. Ich musste danach mit einer Lungenentzündung das Bett hüten und zu allem Überfluss war mein Arm verstaucht. Meinen Eltern erzählte ich, dass ich unterwegs gestürzt sei.

«Prego, Signorina.»

Ich zucke zusammen und greife nach der Karte, die mir der Kellner reicht.

«An was hast du eben gedacht?», fragt Alexej und mustert mich mit seinem Röntgenblick. Unbehaglich rutsche ich auf dem Stuhl rum.

«Ich habe mich nur gefragt, warum wir diesen verdammten Notar nicht gefunden haben», lüge ich.

Er verzieht keine Miene, doch ich habe das komische Gefühl, dass er viel mehr weiss, als er wissen sollte.

Er greift über den Tisch nach meiner Hand und sieht mich an. «Mach dir nicht so viele Sorgen, ich bin bei dir und alles wird gut.»

Er streichelt mir sanft über den Handrücken. Mir wird heiss und ich habe das Gefühl, mein Herz schmilzt dahin. Doch gleichzeitig rinnt mir ein kalter Schauer, der nichts mit Romantik zu tun hat, über den Rücken. Kommt es ihm gerade gelegen, dass ich in dieser schlimmen Situation bin?

«Ist sonst was?»

«Nein, nichts», beteuere ich und lächle ihn an.

Ich kann Alexej schliesslich nicht sagen, dass ich selbst ihm nicht über den Weg traue. Und eigentlich möchte ich darüber auch nicht weiter nachdenken. Denn wenn meine Zweifel berechtigt sind, bin ich endgültig verloren.

«Bist du sicher?», fragt er.

«Essen wir jetzt oder willst du mich verhören?»

«Entschuldige. Berufskrankheit.»

Im Gegensatz zu ihm kann ich nicht deuten, was er denkt und ob er mir glaubt. Er wäre bestimmt ein ausgezeichneter Pokerspieler.

«Weisst du schon, was du nimmst?», fragt er und studiert angestrengt die Karte.

«Ich habe keinen Hunger, ich denke, ich trinke einfach etwas».

«Du musst etwas essen, sonst klappst du noch zusammen. Wir können auch woanders hin, wenn du willst.»

In seiner Stimme liegt ein Unterton, der keinen Widerspruch duldet.

Ich finde seine dominante Art zwar heiss, allerdings lasse ich mich nicht gerne bevormunden. Doch jetzt ist nicht der Moment, um das auszudiskutieren, darum gebe ich nach.

«Ich schaue mal, was sie so haben.»

Ich bestelle eine Pizza Margherita und er nimmt ein Steak mit Pommes. Ich zwinge Bissen für Bissen hinunter, bis ich nach der Hälfte aufgebe. Ich bin deprimiert und das Wetter verstärkt meine trübe Stimmung.

Ich gehe auf die Toilette und lasse mir minutenlang warmes Wasser über die Hände laufen und schliesse dabei die Augen. Ich versuche jeden anderen Gedanken beiseitezuschieben und mich nur auf den warmen Wasserstrahl zu konzentrieren.

Als ich zum Tisch zurückkehre, grinst mich Alexej triumphierend an.

«Was?», frage ich alarmiert.

«Ich habe gerade noch ein wenig telefoniert und einen Volltreffer gelandet. Ich habe einen Notar gefunden, der den komischen Kauz kennt.»

«Das sind grossartige Neuigkeiten. Worauf warten wir noch?»

Ich brenne darauf, ihm meine Fragen zu stellen. Und ich würde das ursprüngliche Testament gerne beseitigen, dieses Zeugnis meiner Dummheit und Naivität.

«Der Notar wollte nicht am Telefon über seinen Kollegen sprechen. Wir haben nachher einen Termin bei ihm.»

Zum Nachtisch teilen wir uns ein Schokoladenfondue. Mein Appetit ist zurückgekehrt. Er setzt sich neben mich und wir füttern uns gegenseitig mit den Früchten, die wir vorher in die warme Schokolade tunken. Dann beobachten wir eng aneinander gekuschelt den Regen draussen. Ich fühle mich bei Alexej sicher und geborgen. Ich kann und will mir nicht vorstellen, dass er mir etwas Böses will. Zum ersten Mal am heutigen Tag fühle ich mich wohl.

Der Klingelton seines Handys lässt mich zusammenfahren. «Ja?» Sein Pokerface entgleist kurz, darunter kommen tiefe Gefühle hervor. Trauer, Anteilnahme, Verzweiflung, Wut, Schuld.

«Wie schrecklich – das tut mir sehr leid», sagt er leise.

Mein Magen verkrampft sich.

«Dann richten Sie ihm bitte gute Besserung aus und melden Sie sich, wenn ich etwas für Sie tun kann oder es Neuigkeiten gibt. Wiederhören.»

Alexej beendet den Anruf und wirft mir einen ernsten Blick zu.

«Was?», frage ich ungeduldig.

«Der Termin für heute Nachmittag ist abgesagt. Der Notar ist angefahren worden und der Fahrer oder die Fahrerin haben Fahrerflucht begangen.»

Mir wird übel. Es fühlt sich an, als hätte mir jemand

einen heftigen Stoss in meinen vollen Magen versetzt. Ich spüre die Gänsehaut, die meinen gesamten Körper überzieht.

Das kann kein Zufall sein, doch woher sollten sie wissen, dass ich mit diesem Notar einen Termin hatte? Und vor allem, dass er den anderen Schmierlappen kennt?

Alexej und ich sehen uns schweigend an. Ich spüre, dass er dasselbe denkt.

Ich kann die Tränen nicht zurückhalten und verberge mein Gesicht in den Händen. Alexej legt mir seine warme Hand auf den Rücken. Etwas an seiner Berührung lässt mich aus meiner Starre erwachen. Ich krame in meiner Tasche.

«Was machst du?»

Ich ziehe mein Handy heraus und wische mir entschlossen die Tränen von der Wange.

«Ich gebe nicht auf. Ich höre nicht auf zu telefonieren, bis ich einen anderen Notar erreicht habe, der diesen Lind kennt.»

Alexej sieht mich mitleidig an.

«Süsse, es war schon eine Challenge, diesen Termin zu bekommen.»

«Und? Du hast es trotzdem geschafft!»

Ich suche bei Google eine Auflistung aller Zürcher Notare und drücke beim ersten bereits auf das Telefonsymbol, als Alexej nach meiner Hand greift, sie festhält und mir in die Augen sieht.

«Keine Alleingänge, nur Teamwork.»

Seine Augen blitzen neckisch.

«Und wie stellst du dir das vor?»

Wir teilen uns auf, ich telefoniere die Liste von oben ab, du von unten. Ich setze mich an den Tisch gegenüber zum Telefonieren, okay?»

«Okay.»

Ich küsse ihn auf die Wange, die rau von seinem Dreitagebart ist.

Wir telefonieren eine Stunde, bis ich tatsächlich einen Notar erreiche, der jemanden mit dem Namen Lind kennt und mir einen Termin für den frühen Abend verspricht.

Bis dahin haben wir noch ein paar Stunden Zeit, die wir überbrücken müssen.

«Lass uns in die Bibliothek der Uni gehen.» Der Gedanke an die Uni lässt mein Herz höherschlagen.

«Dein Ernst? Bist du so ein Streber?»

Ich boxe ihm gegen die Schulter.

«Lass uns ins Glatt gehen.»

Ich ziehe einen Schmollmund. «Ich will bei der Uni vorbei.»

Kaum habe ich die Worte ausgesprochen, beschleichen mich Zweifel. Will ich das wirklich? Ich werde bestimmt Leuten begegnen, die mich kennen und Fragen stellen werden.

«Auf keinen Fall. Am Schluss zwingst du mich noch, mich zum Medizinstudium einzuschreiben.»

Ich verdrehe die Augen. «Als ob man sich da so einfach einschreiben könnte, dafür muss man …»

«Keine Widerrede, auf zum Hotel, du bist eingeladen!»

Er steht auf und zieht mich hoch.

Ich folge ihm schmollend und spüre etwas Schweres an meinem Hals. Meine Goldkette, die ich bald verpfänden muss, um meine Ausgaben für den Anwalt und andere Dinge zu bezahlen. Mit der linken Hand taste ich nach dem Goldring mit dem grossen Diamanten an meinem rechten Ringfinger. Er ist sehr wertvoll, aber der immaterielle Wert ist für mich viel grösser, weshalb ich ihn nie hergeben würde. Obwohl … sag niemals nie. Nur wenn es gar nicht mehr anders geht.

Wir verlassen das Restaurant.

«Warte kurz», sagt er und öffnet den Regenschirm.

«Ich habe doch gesagt, ich bin nicht aus Zucker. Ich laufe immer durch den Regen. Ausserdem habe ich mal gehört, dass Regenwasser schön macht», protestiere ich.

Grinsend sieht er mich an.

«Sind das die neusten medizinischen Erkenntnisse oder hast du das aus einer dieser dämlichen Frauenzeitschriften? Aber wenn das so ist, läufst du wohl ständig durch den Regen, was?»

Er sieht mich intensiv an. Meine Wangen kribbeln und ich weiss, dass mein Gesicht in diesem Moment die Farbe einer Tomate annimmt.

«Nein, ausserordentlich selten», antworte ich von oben herab.

Er lacht.

«In dem Fall bist du wohl eine Naturschönheit.»

«Schleimer.»

Er legt den Arm um mich und küsst mich auf den Scheitel. Draussen winkt er ein Taxi zu uns und nennt dem Fahrer meine Adresse.

«Ich dachte ...»

«Wir holen mein Auto und fahren dann weiter.»

«Okay», sage ich gedankenverloren.

Ich erinnere mich an den Tag, an dem mein Auto vor meinen Augen explodiert ist. Das hatte ich völlig vergessen, oder besser gesagt, verdrängt. Wäre ich ein paar Sekunden eher da gewesen, würde ich jetzt nicht hier sitzen. Mich durchzuckt ein Blitz, eine Erkenntnis. Wir dürfen auf keinen Fall mit seinem Auto fahren.

16.

«Lass uns bitte direkt zum Hotel fahren.»
Irritiert sieht er mich an.
«Wieso das? Ich brauche mein Auto.»
Nervös schiele ich zum Fahrer.
Mir bricht der Schweiss aus. Wegen mir darf nicht noch ein unschuldiger Mensch sterben.
Ich spüre seine raue Hand an meiner Wange.
«Hey, was ist denn los?»
«Ich … wir …»
Ich schaue gehetzt zum Fahrer und wieder zu Alexej.
«Weisst du zufällig, was hier in Zürich mit meinem Auto passiert ist?»
Alexej sieht mich ernst an.
«Jetzt verstehe ich. Darüber musst du dir keine Sorgen machen. Rowen und seine Leute haben ein Auge auf uns, sonst wäre ich bestimmt nicht mit dir durch die Stadt spaziert.»
Erleichtert atme ich auf.
Als wir ankommen, drückt mir Alexej sein Portemonnaie in die Hand, damit ich den Fahrer bezahlen kann. Er nutzt die Zeit, um sich wachsam in der Gegend umzusehen.
Trotz Alexejs Worte bin ich nervös, als wir uns seinem Auto nähern. Doch als wir unbeschadet einsteigen und er den Motor anlässt, ohne dass etwas passiert, entspanne ich mich.
«Wohin fahren wir?»
«Ins La Reserve Eden Au Lac.»

Ich mache grosse Augen.

«Für ein paar Stunden? Das ist doch Verschwendung.»

Er wirft mir einen kurzen Seitenblick zu.

«Für dich ist nichts verschwendet.»

Mir wird heiss. Noch nie hat jemand so etwas zu mir gesagt.

Ich bin sprachlos und sehe bereits den Zürichsee, auf den wir zufahren.

Kurz bevor wir die Seepromenade erreichen, biegt Alexej auf den Parkplatz des prächtigen Luxushotels ein, dass mit seinen Säulen, Bögen und Steinfiguren herrschaftlich vor uns thront.

Alexej steigt aus, umrundet den Wagen und öffnet mir dir Tür. Als ich aussteige und verwirrt auf die prunkvolle Eingangshalle blicke, beugt er sich zu mir, sodass er mit seinem Mund fast mein Ohr berührt.

«Ich habe die Turmsuite gebucht, mit allen Extras», flüstert er.

Meine Knie werden bei diesen Worten weich und ich gleite fast zu Boden, weil seine Stimme so tief, anziehend und so unheimlich attraktiv tönt.

«Cool», sage ich nur und kratze mich am Kopf.

Alexej lacht und umarmt mich. Wie reagieren Menschen den normalerweise auf so ein wundervolles Geschenk? Als Alexej mich wieder aus der Umarmung freigibt, sage ich: «Alexej, vielen Dank dafür, aber das ist wirklich nicht …»

Ich spüre einen Finger an meinen Lippen.

«Schh, geniess einfach den heutigen Tag und vergiss die Welt um dich herum für ein paar Stunden. Ausser mich natürlich.»

Ich will noch etwas sagen, als Alexej meinen Arm ergreift und mich zum Eingang zieht. Den ganzen Weg zum Hotel kann ich nicht aufhören zu grinsen. Ich weiss zwar noch nicht, wohin uns diese Beziehung führt, aber im Augenblick macht er mich glücklich.

Beim Eingang angekommen, sagt Alexej streng: «Warte hier, ich komme gleich wieder. Rühr dich nicht vom Fleck!»

Ich will eigentlich noch antworten, doch da ist er schon weg. Ich schaue ihm hinterher, bis er die Rezeption erreicht und dort mit einer sehr attraktiven Frau spricht, die vermutlich denkt, sie hätte eine Chance bei ihm. Sie händigt ihm einen Schlüssel aus, aber die beiden unterhalten sich weiter, wobei er fast sekündlich zu mir herüberschaut. Als sie nach fünf Minuten immer noch nicht fertig sind und sich die Frau von einer aufreizenden Pose in die nächste wirft, reicht es mir schliesslich. Ich richte meine Haare und rausche mit hocherhobenem Kopf durch die Eingangstür auf die Rezeption zu. Alexej dreht sich zu mir und runzelt die Stirn. Ich erwidere seinen Blick nicht, sondern fixiere nur die Rezeptionisten wie eine Raubkatze.

Als ich neben Alexej zum Stehen komme, lege ich meinen rechten Arm locker um ihn und kuschle mich an. Die linke Hand mit meinem Goldring am Ringfinger lege ich beiläufig auf den Tresen. Die beiden verstummen und ich sehe die junge Frau mit einem zuckersüssen Lächeln an.

«Gibt es irgendwelche Probleme?»

Ich spüre Alexejs Blick auf mir ruhen, vermeide aber weiterhin den Blickkontakt zu ihm. Die Empfangsdame, die kaum älter ist als ich, schaut von dem Ring zu mir, dann zu Alexej und räuspert sich.

«Sie sind verheiratet? Herzlichen Glückwunsch. Ich wünsche Ihnen einen angenehmen Aufenthalt in unserem Haus.»

Mit diesen Worten greift Sie nach einem Klemmbrett und eilt, in die Formulare vertieft, davon.

Ich muss grinsen, bis ich Alexejs säuerlichen Blick sehe.

«Alles gut bei dir, Ehemann?», scherze ich.

Er schaut mich weiterhin mit diesem einschüchternden Blick eines Polizisten an.

«Natalia …», setzt er an, ringt sich dann aber ein Lächeln ab.

«Dafür, dass du keine Beziehung mit mir willst, bist du ganz schön eifersüchtig.»

«Das meinst aber auch nur du. Mir hat das nur zu lange gedauert.»

Sein Lächeln weicht wieder einem ernsten Blick. «Hör zu, wenn ich dir einen Befehl gebe, dann führst du den gefälligst aus!»

Ich zucke zusammen. Der letzte Mann, der so mit mir geredet hat, versucht mich gerade umzubringen. Mein Atem beschleunigt sich und ich merke, dass ich aggressiv werde.

«Alexej, du bist nicht in der Position, um mir Befehle zu erteilen!» Ich spiele mit meinem Ring, denn ich habe Angst vor der Reaktion.

Am Tresen steht eine ältere Dame, ihr Blick ist auf Alexej gerichtet. Sie schüttelt den Kopf und ich lächle sie an. Sie ist auf meiner Seite. Sie lächelt nach einer Weile zurück und ich winke ihr hinter Alexejs Rücken zu und bedanke mich.

Ich ziehe Alexej mit mir, als er mich aufhält und mir zuflüstert: «Es tut mir leid, ich meinte es nur gut, denn ich will dich beschützen.»

«Rede in Zukunft nicht mehr so mit mir.»

Er nickt. Wir gehen in Richtung Lift und warten, bis er kommt. Im Lift habe ich den Eindruck, dass er mich küssen will, doch er drückt nur den obersten Knopf und die Lifttüren schliessen sich.

Auf unserer Etage angekommen, laufen wir den Flur hinab zu unserer Suite. Bevor Alexej die Tür öffnet, sagt er: «Bitte warte hier.»

Wir schauen uns kurz an, dann nicke ich.

Er zieht seine Pistole und betritt die Suite. Ich bin froh, dass er für meine Sicherheit sorgt, aber das ist ein bisschen übertrieben, denn vorhin hat er mich ja auch einfach vor dem Hotel stehen lassen. Wahrscheinlich will er mich beeindrucken. Doch ich sage nichts, ich habe keine Lust auf Streitereien.

Kurz darauf kommt er zurück, steckt seine Pistole wieder in den Hosenbund und zieht seinen Hoodie darüber, sodass man die Pistole nicht mehr sieht.

«Alles in Ordnung, du kannst reinkommen.»

Ich trete ein und höre, wie er die Türe leise hinter uns schliesst. Ich gehe direkt auf die Treppe zu und steige sie empor. Alexej folgt mir wie ein Bodyguard auf Schritt und Tritt.

Oben angekommen entdecke ich ein Bett und eine luxuriöse Dachterrasse. Wir geniessen kurz die Aussicht, als Alexej mich um eine Ecke der Dachterrasse führt. Ich entdecke einen kleinen Tisch, auf dem ein paar Snacks, gekühlter Champagner und eine hellblaue Box mit meinem Namen stehen. Ich schaue Alexej an, der mir lächelnd zunickt. Ich öffne die Box und finde einen zusammengefalteten Zettel.

Gutschein für eine Massage, die du hoffentlich geniesst.
PS. Keine Widerworte! Zeit, um etwas zu entspannen.
Lächelnd umarme ich Alexej.

Zuerst essen wir eine Kleinigkeit, trinken Champagner und geniessen die Aussicht und die Ruhe. Ich versuche es zumindest, Alexej ist ein wenig unruhig und sieht immer wieder hinab auf das Hotelgelände. Wir unterhalten uns über Belanglosigkeiten, die ausnahmsweise nichts mit der tödlichen Gefahr zu tun haben, in der wir schweben.

Dann führt Alexej mich zu dem luxuriösen Doppelbett.

«Mach dich bereit für deine Massage. Ich mache nur

noch schnell meine Finger warm.»

«Du massierst mich?», frage ich kichernd. «Ich dachte, du hast jemanden bestellt!»

«Viel zu gefährlich», erwidert er und bedeutet mir, mich auf den Bauch zu legen. Dann dreht er sich um und gibt mir Zeit, mich auszuziehen und hinzulegen.

Ich schliesse die Augen. Kurze Zeit später fühle ich, wie mein BH aufgemacht wird und ich würde lügen, wenn ich behaupte, dass es mich nicht heissmacht. Doch ich versuche mich zu entspannen, höre das Aufschnappen eines Deckels und kurz darauf spüre ich eine ölige Flüssigkeit auf meinem Rücken, die nach Kokosnuss duftet. Ich fühle seine starken, grossen Hände auf meinem Rücken, die das Öl erst behutsam verteilen und dann meine Rückenmuskeln mit steigender Intensität massieren. Ich entspanne mich mehr und mehr, bis ich schliesslich einschlafe.

Als ich aufwache, bin ich zugedeckt. Alexej liegt neben mir und sieht mich aufmerksam an.

«Wie lange habe ich geschlafen?», murmle ich.

«Zwei Stunden. Aber das hast du auch gebraucht. Trotzdem sollten wir uns langsam auf den Weg machen.»

Er geht ins Bad und lässt mich allein, damit ich mich anziehen kann. Nur Minuten später fahren wir mit dem Lift in die Hotellobby. Alexej fährt sich nervös durch die Haare und zupft an den Ärmeln seines Hoodies. Er konnte sich offensichtlich nicht entspannen.

Wie verabredet treffen wir um neunzehn Uhr im edlen Büro des Notars ein.

«Herr Kolesnikow? Haben Sie meine Mail nicht erhalten? Wir können den Termin nicht wahrnehmen!», fährt uns eine ältere Sekretärin an, die wie von der Tarantel gestochen von ihrem Bürostuhl hochschiesst, worauf dieser nach hinten rollt. Hastig packt sie ihre Tasche zusammen und blickt immer wieder zur Eingangstür.

Alexej runzelt die Stirn und zückt sein Handy: «Ist wohl im Spam untergangen, sorry. Aber warum die kurzfristige Absage?»

Die Sekretärin ist kreidebleich und Schweissperlen bilden sich auf ihrer Stirn.

Ich gehe auf sie zu. «Vielleicht sollten Sie sich besser hinsetzen.»

Doch sie sieht mich mit weit aufgerissenen Augen an und stösst mich weg. «Verschwindet! Sofort!»

«Behandeln Sie Ihre Klienten immer so?», fragt Alexej mit lauter Stimme.

«Wir brauchen Ihre Hilfe. Bitte!», flüstere ich und atme tief ein, um mich zu beruhigen. Wut steigt in mir hoch.

Sie schüttelt nur den Kopf und sieht mit einem Mal sehr verzweifelt und verletzlich aus.

Alexej reagiert sofort und geht auf sie zu.

«Werden Sie bedroht?»

«Bitte gehen Sie!», wimmert sie und sackt wie ein Häufchen Elend auf ihrem Stuhl zusammen.

«Der Termin ist sehr wichtig für mich, vielleicht sogar überlebenswichtig», sage ich und merke, wie meine Stimme zu brechen droht.

Bei meinen Worten zuckt die Frau zusammen.

«BERND!», ruft sie laut.

Hinter ihr öffnet sich eine Tür und ein hochgewachsener älterer Mann betritt das Vorzimmer. Eilig kommt er auf uns zu. Seine Lackschuhe klackern auf dem Parkettboden.

Er stellt sich zwischen uns und die Frau, funkelt uns an und sagt mit herrischer Stimme: «Verlassen Sie sofort mein Büro, sonst rufe ich die Polizei!»

Alexej erwidert seinen Blick ungerührt. «Ich bin die Polizei!»

Der Mann sieht Alexej mit hochgezogenen Augenbrauen an und leckt sich die Lippen. Schwer atmend sackt er zusammen und sieht mit einem Mal nicht mehr so souverän aus wie zuvor.

«Es tut mir wirklich sehr leid, aber ich bitte Sie höflichst zu gehen. Wir können Ihnen nicht helfen.»

«Vor wem haben Sie solche Angst, verdammt noch mal? Reden Sie mit uns! Sagen Sie uns nur, wo wir Herrn Lind finden. Wenn Sie Anzeige erstatten und eine Aussage machen, wird Ihnen nichts passieren, und Sie schützen vielleicht das Leben dieser jungen Frau!»

Betroffen sehen die beiden mich an und der Frau kommen die Tränen.

Ein Kloss bildet sich in meinem Hals. Noch mehr Menschen, denen ich Leid zufüge. Und was, wenn sie wirklich aussagen? Können wir so schnell alle Beweise gegen mich vernichten?

Der Mann schüttelt den Kopf.

„Unsere Familie und unsere Freunde können Sie wohl kaum bis in alle Ewigkeit beschützen.»

«Nein, das können wir nicht», antwortet Alexej mit rauer Stimme.

«Sehen Sie! Mein bester Freund, Albert, liegt auf der Intensivstation. Sein Zustand ist kritisch. Niemand weiss, ob er die Nacht überlebt, geschweige denn ob er jemals wieder so weiterleben kann wie vorher. Und das alles nur, weil er die Drohung nicht ernst genommen hat und Ihnen helfen wollte.»

Er sieht mich anklagend an.

Mein schlechtes Gewissen erdrückt mich.

Alexej fixiert den Mann, als ob er eine Chance wittern würde, meine Feinde endlich zu überführen.

«Er wurde also bedroht? Wie, wann und von wem?»

«Alexej», setze ich an, doch er ignoriert mich und sieht

die beiden herausfordernd an.

«Wir können Ihnen wirklich nicht helfen, so leid es uns tut», sagt die Frau mit zittriger Stimme.

Alexej will etwas erwidern, doch ich bin schneller.

«Es tut mir unglaublich leid, was Ihrem Freund passiert ist. Wenn ich es rückgängig machen könnte, würde ich es tun. Ich wusste nicht, dass er meinetwegen bedroht wurde. Wir gehen jetzt. Lassen Sie es uns wissen, wenn wir Ihnen helfen können oder Sie es sich mit der Aussage anders überlegen.»

Der Mann sieht mich nur schweigend an.

Da Alexej keine Anstalten macht, das Büro zu verlassen, stosse ich ihn unauffällig mit dem Fuss an. «Komm, lass uns gehen!»

«Wir gehen. Aber denken Sie an Ihre Verpflichtung gegenüber der Allgemeinheit. Diese Menschen sind brandgefährlich und gehören hinter Gitter. Passiert dieser jungen Frau etwas, haben Sie sich durch Ihr Schweigen mitschuldig gemacht.»

Mit diesen Worten knallt Alexej eine Visitenkarte auf den Tresen und zieht mich mit sich nach draussen.

Schweigend verlassen wir das Gebäude. Der Besuch in Zürich hat nichts gebracht – ausser der Gewissheit, dass meine Gegner zu allem bereit sind, um mich zu vernichten.

Ich verdränge das Gefühl, dass das alles nur die Spitze des Eisberges sein könnte.

Obwohl Alexej auf der Rückfahrt nichts sagt, spüre ich, dass ihn das alles genauso mitnimmt wie mich.

Ich lege meine Hand auf seinen rechten Arm.

«Es tut mir leid. Ich wollte dich nicht in diese Scheisse reinziehen.»

«Rede keinen Blödsinn. Ich bin froh, dass ich dich von mir überzeugen konnte.»

Ich lache auf.

«Bild dir bloss nicht zu viel ein.»

«Ich bilde mir nichts ein, das ist eine Tatsache», kontert er.

Er hat Recht, er hat mich wirklich von sich überzeugt. Ich kann mir nichts vormachen, ich habe mich in ihn verliebt. Auch wenn ich ihm immer noch nicht hundertprozentig vertraue, was den Reiz grösser macht.

Ich bin zu müde für ein Wortgefecht und starre auf die leere Autobahn vor uns. Plötzlich fällt mir auf, dass Alexej immer schneller fährt und in den Rückspiegel sieht. Als ich nach hinten schaue, bleibt mir die Luft weg. Dicht hinter uns fährt ein schwarzer Range Rover.

In dieser Sekunde knallt es und ein gewaltiger Stoss katapultiert unser Auto vorwärts. Der Ruck schleudert mich nach vorne und der Sicherheitsgurt schneidet mir schmerzhaft in die Haut.

Alexej kann die Spur gerade noch halten, flucht und gibt Gas, sodass der Motor aufheult und ich wieder in den Sitz gedrückt werde. Ich erlebe ein regelrechtes Gefühlsbad, bodenlose Panik und Euphorie, die der Adrenalinkick der Beschleunigung in mir auslöst. Ich kneife die Augenlider zu und kralle mich mit beiden Händen an den Armstützen fest. Als ich es wage, die Augen wieder zu öffnen, schiele ich als Erstes auf die Tachoanzeige, die 270 km/h anzeigt. Und das in der Dunkelheit.

Ich schaue nach hinten und sehe nur noch eine leere Strasse. Auf einmal bremst Alexej ab.

«Was ist?», frage ich nervös.

«Eine Radarkontrolle.»

Noch gerade rechtzeitig bremst er auf die erlaubten 120 km/h runter, als wir auch schon an dem riesigen grauen Kasten vorbeifahren.

Alexej nimmt die nächste Ausfahrt.

«Hier müssen wir noch nicht raus», sage ich.

«Doch, müssen wir. Der Rover wird uns bald eingeholt haben, und ich kann nicht noch einmal so schnell fahren, das Risiko in eine Radarkontrolle zu fahren ist zu gross.»

Oder irgendwo gegenzufahren und zerquetscht zu werden, füge ich in Gedanken hinzu. Doch ich sage nichts, denn ich erinnere mich an den Moment, als ich Timon mal etwas in dieser Art sagte. Wir waren auf dem Weg nach Stuttgart und er hat die tempofreie Zone ohne Rücksicht auf Verluste ausgereizt. Nachdem ich ihn bat, langsamer zu fahren, trat er bei über 300 Stundenkilometer wie ein Verrückter auf die Bremse und das Auto schlitterte quer über drei Fahrspuren, bevor es auf dem Pannenstreifen zum Stehen kam. Sein Gesicht war rot angelaufen und seine blauen Augen glitzerten kalt wie Eis.

«Wenn du denkst, ich kann nicht fahren, dann verpiss dich», hatte er gebrüllt.

«Spinnst du? Wir sind mitten auf der Autobahn!»

«Das hättest du dir vor deinem dummen Spruch überlegen müssen!»

«Ich wollte nur …»

«Raus!» Er hatte drohend die Hand gehoben. Schnell griff ich nach meiner Pradatasche und hechtete aus dem Auto. Mit quietschenden Reifen raste Timon davon. Ich setzte mich weinend auf die Leitplanke der Autobahn. Nachdem ich mich beruhigt hatte, wollte ich mit dem Handy ein Taxi rufen, doch der Akku war leer. Ich bekam Panik.

Ich hatte keine Ahnung, wo ich war, irgendwo im Nirgendwo auf der Autobahn. Ich hatte nicht mal eine Wasserflasche dabei. Der graue Kombi, der neben mir anhielt, schien mir in diesem Moment die Rettung zu sein. Der geschniegelte Typ hinter dem Steuer liess das Fenster der Beifahrertür hinunter und fragte: «Kann ich dir helfen?»

Ich verdrängte das ungute Gefühl, das mich bei seinem

Anblick beschlich.

«Können Sie mir ein Taxi rufen?»

«Ohne genaue Adresse kommt kein Taxi. Steig ein, ich nehme dich mit», antwortete er.

Verzweifelt sah ich mich um, doch ich sah nur Autobahn und Wald.

«Danke», sagte ich und stieg ein.

«Gerne. Ich bringe dich zum Bahnhof.» Doch dahin fuhr er mich nicht und das, was folgte, hielt ich in den untersten Schubladen meines Gedächtnisses verschlossen. Bis heute. «Alles okay?», fragt Alexej.

«Klar, ist nur alles etwas viel», antworte ich.

«Alles wird gut, mach dir keine Sorgen», sagt er und legt die Hand auf meinen Oberschenkel. Genauso wie dieser Schmierlappen damals. Mein Magen rebelliert und mir bricht der Schweiss aus. Ich fühle eine unangenehme Enge in meinem Brustkorb. Schnell schiebe ich seine Hand weg und fühle mich augenblicklich wieder um Welten besser. Seufzend atme ich auf.

«Magst du das nicht?», fragt Alexej.

Mit schlechtem Gewissen sehe ich ihn an. Das hat er nicht verdient. Er hat eine normale Frau verdient, ohne diese Komplikationen.

«Ich bin nur kitzelig», sage ich heiser.

«Gut zu wissen», antwortet er breit grinsend. Hoffentlich habe ich ihn damit nicht auf dumme Gedanken gebracht. Ich muss erst diese unangenehme Erinnerung wieder dort einsperren, wo sie hingehört.

Er fährt rechts ran und kramt ein Funkgerät hervor.

«Was machst du damit?», frage ich misstrauisch.

«Ich lasse die Kollegen nach dem Rover fahnden.»

«Spinnst du? Du weisst doch, was die gegen mich in der Hand haben!»

«Das war schon wieder ein versuchter Mordanschlag.

Ich verstehe, dass du die ganze Sache vertuschen willst, aber zu welchem Preis? Im Grab bringt dir die weisse Weste nichts und Medizin studieren kannst du dann auch nicht mehr.»

«Alexej, bitte!»

Er sieht mich unschlüssig an.

«Du bringst mich in eine Scheisssituation. Dienstlich bin ich verpflichtet, jedem Verbrechen nachzugehen, woran ich mich bei dir schon nicht halte. Doch die zwei Ereignisse heute müsste ich eigentlich unbedingt melden. Ausserdem fühle ich mich verpflichtet, dich zu beschützen, worin ich scheinbar versagt habe. Ich habe die Situation unterschätzt. Und später kann ich diesen Vorfall nicht mehr melden. Natalia, wir hätten endlich etwas Konkretes in der Hand, wenn wir jemanden von dieser Gang packen!»

«Aber ich würde auch ins Gefängnis wandern, verstehst du das nicht?»

Tränen brennen mir in den Augen. «Und ich werde nie wieder irgendwo Medizin studieren können, geschweige denn als Ärztin arbeiten. Mein Lebenstraum wäre ausradiert, ohne den ich wenig Sinn im Leben sehe.»

Alexej schliesst die Augen. Seine Brust hebt und senkt sich.

«Also gut. Wir warten, bis die Beweise ausreichend sind, keine Sekunde länger. Wenn die aber wieder so etwas versuchen, muss ich handeln, klar?»

Ich nicke schnell. «Verstanden!»

Er schüttelt den Kopf und startet den Motor.

Als wir auf mein Elternhaus zufahren, geht Alexej vom Gas und beobachtet angespannt die Umgebung. Doch nichts rührt sich an diesem windstillen Abend. Das Dorf ist wie ausgestorben. Bei diesem Gedanken läuft es mir kalt den Rücken hinunter. Zum Abschied küssen wir uns. Viel zu schnell löst sich Alexej von mir und beobachtet stattdessen die Umgebung.

Er öffnet seine Tür, doch ich halte ihn fest.

«Willst du mit zu mir kommen?».

Er lächelt mich traurig an.

«Es gibt nichts, was ich lieber tun würde. Aber leider muss ich arbeiten.»

«Du hast heute Nachtschicht?»

«Es braucht zu jeder Zeit Polizisten. Und irgendwoher muss ich mir neben meinem Job ja die Zeit für dich nehmen», sagt er grinsend.

«Warum hast du nichts davon gesagt, dass du noch wegmusst?»

«Weil du mir unglaublich viel bedeutest und ich alles unternehmen werde, um dich zu retten und glücklich zu machen.»

Er sieht mir intensiv in die Augen und ich schmelze dahin. So etwas hat noch nie jemand zu mir gesagt. Ganz zu schweigen davon, dass seine Taten diesen Worten vorausgeeilt sind.

«Danke, Alexej. Ich weiss nicht, was ich in den letzten Tagen ohne dich gemacht hätte. Ich stehe auf ewig in deiner Schuld.»

«So ein Blödsinn, du schuldest mir nichts», sagt er und küsst mich sanft auf den Mund. «Ich schaue mich draussen kurz um. Dann kannst du kommen.»

Ich warte im verriegelten Auto, bis er zurückkommt und mir zuwinkt.

Schweigend stapfen wir durch den Garten und den Weg bis zur Villa hoch, wo ich die Tür aufschliesse.

«Wir sehen uns.» Er verabschiedet sich knapp und drückt mir einen flüchtigen Kuss auf die Wange.

Enttäuscht schliesse ich die Tür hinter mir, ohne

zurückzuschauen. Warum ist er immer wieder so distanziert? Ich werde nicht schlau aus diesem Mann.

Ich schleiche mich in mein Zimmer und werfe mich aufs Bett. Nach einigen Minuten lösche ich das Licht und versuche zu schlafen, obwohl meine Probleme und Verstrickungen mir Kopfschmerzen bereiten. Mir will einfach keine Lösung einfallen, durch die ich heil aus dieser Sache herauskommen kann.

17.

Meine Bettwäsche und mein Pyjama sind aus Seide, doch ich bin komplett verschwitzt, als ich wach werde. Ich hasse mich dafür, dass ich in den letzten Tagen nur im Bett lag und in Selbstmitleid versunken bin, anstatt mich mental auf das vorzubereiten, was nun folgen wird. Alexej wollte eigentlich zu der Anhörung mitkommen, doch ich habe nichts mehr von ihm gehört.

Was sollte ich dem Richter erzählen? Vielleicht die Wahrheit? Sollte ich die Bedrohung schildern? Doch dann würde die Frage aufkommen, weshalb ich nicht zur Polizei gegangen bin. Es ist zum Mäusemelken!

Ich zwinge mich, aufzustehen. Ich werde die Zeit bis zum Gerichtstermin sinnvoll nutzen. Ich erstelle einen engen Zeitplan, in dem ich zuerst lerne und mich dann inhaltlich und mental auf die Anhörung vorbereite.

Ich setze mich an meinen Schreibtisch, fahre den Laptop hoch und beginne, für die Uni zu lernen. In der kurzen Zeit habe ich schon so viel verpasst. Doch das lässt mich nur noch verbissener arbeiten.

Plötzlich fällt mir siedend heiss etwas ein: Diese blöde Säule 3A habe ich komplett vergessen! Scheisse …

Ich drifte gedanklich in die Vergangenheit ab, bis zu dem Tag, an dem ich mich mit dem Versicherungsberater traf, den Gina mir aufgeschwatzt hatte. Natürlich war sie dabei gewesen. Er schwatzte mir viele verschiedene Versicherungen auf, die meine Eltern später wieder kündigten. Alle, bis auf eine, von der ich ihnen nie erzählt hatte. Diese blöde Versicherung, die ich nur abschliessen konnte, weil meine Eltern mich offiziell in der Firma eingestellt hatten, damit die Hypothek meiner Wohnung und meine Kreditkarte auf mich laufen konnten. Warum eigentlich diese Mühe, wenn alles auf sie hätte laufen können?

«Zusätzlich zu diesen Produkten gibt es eine Lebensversicherung», höre ich den jungen Mann herunterleiern, als sei es gestern gewesen.

Ich lachte. «Ich brauche doch keine Lebensversicherung.»

«Vorsorge kann nie schaden, vor allem nicht für seine Nächsten», belehrte er mich.

«Stimmt schon. Aber meine Eltern sind gut abgesichert.»

«Man kann aber auch andere Nahestehende als Begünstigte einsetzen, zum Beispiel den Freund, die beste Freundin …»

Ich sah zu Gina. Unsere Blicke trafen sich.

Mein Handy vibriert und holt mich zurück in die Gegenwart.

Es ist eine Nachricht von Alexej.

«Ich fahre jetzt los.»

Gehetzt schaue ich auf meine Rolex. Ich bin spät dran. Trotzdem habe ich noch etwas Wichtiges zu erledigen. Ich krame die Versicherungsunterlagen hervor und tippe hektisch die Nummer in mein Handy.

Nach einer ewig langen Warteschleife meldet sich endlich jemand.

«Guten Tag, Natalia Kowalczyk hier. Es geht um die Lebensversicherung, die ich bei Ihnen vor zwei Jahren abgeschlossen habe.»

«Ich brauche zunächst Ihre Kundennummer.»

Ich fluche leise und krame einen alten Ordner hervor. Zum Glück finde ich nach schnellem Durchblättern einen Infobrief der Versicherung, die im Kopf der Zeile meine Kundennummer enthält, und gebe sie durch.

«Geburtsdatum?», fragt die Kundenberaterin ungeduldig.

«Sechster Dezember 1993.»

«In Ordnung. Ich habe Ihre Police gefunden. Was können wir für Sie tun?»

«Ich muss sofort den Begünstigten ändern!»

«So schnell geht das nicht, da müssen Sie einen neuen Vertrag unterschreiben.»

«Geht das auch online?»

«Nein. Da muss entweder ein Berater von uns vorbeikommen oder wir schicken Ihnen den Vertrag zu.»

Meine Augen beginnen zu brennen.

«Okay, schicken Sie mir den bitte zu. Auf Wiederhören.»

Ich lege auf.

Warum hast du nicht schon vorher daran gedacht, meldet sich meine innere Stimme.

Mein Handy klingelt. Es ist Alexej.

«Hey, Süsse. Ich bin gerade an der Tankstelle, soll ich dir etwas mitbringen?»

«Nein danke.»

«Gut, ich bin gleich bei dir, bis dann.»

«Bis gleich.»

Ich springe auf und eile unter die Dusche. Ich entscheide mich für ein seriöses Outfit, eine elegante Seidenhose, eine weisse Bluse mit Kragen und einen schwarzen Blaser mit leicht gepolsterten Schultern. Ich föhne meine Haare und stecke sie hoch. Dann decke ich meine dunklen Augenringe mit hellem Abdeckstift ab, trage Rouge auf und tupfe mit meinem Spezialstift ein paar Sommersprossen auf die Nase und Wangen. *Frisch und fröhlich, als wäre ich gerade erst aus dem Urlaub zurückgekehrt*, denke ich sarkastisch.

Dann nehme ich meine Vuitton Tasche an mich und gehe hinunter. Meine Eltern warten bereits an der Tür. Sie sehen aus, als ob sie zu der Beerdigung eines Prominenten gehen würden und ihre starren, maskenhaften Gesichter unterstreichen diesen Eindruck. Ich gehe wortlos an ihnen vorbei, öffne die schwere Eingangstür und laufe durch den Garten.

Für die duftenden Sträucher, ersten Frühlingsblumen und stilvollen Figuren zu beiden Seiten des kleinen Weges habe ich heute nichts übrig. Ich spüre die Blicke meiner Eltern, die mir folgen, bis ich aus ihrem Blickfeld verschwinde. Alexej wartet bereits auf mich.

Ich muss unweigerlich lächeln. Er drückt mich fest an sich und ich lege meinen Kopf an seine muskulöse Brust. Er riecht gut, frisch geduscht und männlich. Er strahlt so eine Sicherheit und Geborgenheit aus. Am liebsten würde ich mich nicht mehr von ihm lösen. Als ich mich schweren Herzens aus der Umarmung befreie, stelle ich erschrocken fest, dass ich einen Makeup-Fleck auf seinem weissen Hemd hinterlassen habe.

«Oh, das tut mir leid. Ich zahle dir die Reinigung.»

«Sicher nicht», antwortet er und küsst mich auf den Scheitel. Dann öffnet er mir die Beifahrertür, steigt ein und lässt den Motor an. Heute finde ich den ledernen Sportsitz seines Autos unbequem, er ist hart und engt mich ein. Das Dröhnen des Motors löst einen stechenden Schmerz in meinem Kopf aus. Jede Bodenwelle verstärkt den Schmerz, der mir gnadenlos in den Rücken zieht.

«Weisst du schon, wie weit Rowen mit seiner Arbeit ist?»

«Er ist dran und konnte schon etwas ausrichten, doch da ist noch viel Arbeit zu tun.»

Mein Magen krampft sich zusammen.

«Was bedeutet das für heute?»

«Wir bleiben dabei. Alles ist ein Missverständnis.»

«Und was sage ich, warum ich an diesem schrecklichen Abend davongerannt bin und geschrien habe?»

Er fährt sich durch die Haare.

«Sag, dass du etwas Wichtiges für die Uni machen musstest. Darum bist du überstürzt aufgebrochen. Da du so in Eile warst, hast du deine Tasche vergessen. Du hattest schon etwas getrunken und hast deshalb den Wagen stehen gelassen und dich zu Fuss auf den Weg gemacht.»

«Ähm, okay, und warum bin ich durch den Wald gelaufen?»

Er schlägt mit der Faust auf das Armaturenbrett.

«Das hätten wir vorher besprechen sollen! Du sagst, dass du auf einmal von einem schmierigen Typen belästigt wurdest. Du bist zur Strasse gelaufen, aber er wollte dich mit sich ziehen. Darum bist du blind drauflos gerannt, und er hinter dir her, bis vor dein Haus.»

Am liebsten hätte ich alles aufgeschrieben, um es bei der Anhörung vorzulesen, da ich gerade keinen klaren Gedanken fassen kann.

Warum hast du dir nicht schon vorher darüber Gedanken gemacht, stichelt die böse Stimme.

«Sie haben Ihr Ziel erreicht», verkündet das Navigationsgerät.

Ich starre auf das Gebäude vor mir, das genauso grau und trist aussieht wie meine Stimmung. Die Fenster sind winzig. Ich habe gar nicht bemerkt, dass Alexej bereits ausgestiegen ist. Da steht er auch schon vor mir und öffnet die Türe. Doch ich bleibe sitzen. Plötzlich erfasst mich die ungute Vorahnung, dass ich diesen Prozess verlieren werde.

Alexej zieht mich sanft aus dem Auto und drückt meine Hand. Wir sehen eine Fahrzeugkolonne auf den Parkplatz fahren, angeführt von meinen Eltern in ihrem schwarzen Bentley, gefolgt von zwei Mercedes Limousinen E63 und einem roten Maserati. Das Schlusslicht bildet ein 8er BMW. Sie parken nebeneinander. Alle steigen aus und formieren sich zu einer Gruppe von insgesamt sieben Personen. Mit dabei ist auch mein ehemaliger Psychiater, mit dem ich nicht gerade friedlich auseinandergegangen bin. Der wird mit Sicherheit kein gutes Haar an mir lassen!

Kurz darauf kommt noch ein Auto an, ein älterer Renault Clio. Erst als der Fahrer aussteigt, erkenne ich in ihm Herrn Jung, meinen Anwalt. Er kommt zu uns und schüttelt uns die Hände.

«Hallo Natalia, hallo Alexej. Wie geht es euch?», begrüsst er uns mit zittriger Stimme. Die Anwälte meiner Eltern schauen ihn und sein Auto abschätzig an. Mir wird mulmig zu Mute, als ich diese Machtungleichheit sehe. Der junge Anwalt, der in seinem Büro noch so selbstsicher wirkte und beteuert hat, ich solle mir keine Sorgen machen, wirkt jetzt völlig überfordert.

«Den Umständen entsprechend. Und Ihnen?», antwortet Alexej.

Herr Jung nickt nur und lächelt uns gequält an.

Danach schweigen wir.

Alexej und Herr Jung nehmen mich in die Mitte. Erhobenen Hauptes, ohne einen Blick nach rechts oder links zu werfen, betreten wir das Gebäude. Doch innerlich fühle ich mich, als würde man mich zur Schlachtbank schleifen. Der Gedanke, in wenigen Minuten in Gegenwart von Timon, Gina und Laurene die Wahrheit abstreiten zu müssen und vor allen als komplette Idiotin dazustehen, löst in mir eine unglaubliche Wut aus, die hell auflodert und mich zu verbrennen droht. Ich atme tief ein und rede mir ein, dass sich alles klären wird.

Der Raum ist gross und schlicht. Die Tische stehen in einer quadratischen Insel zusammen, sodass sich alle gegenübersitzen und ansehen können.

Mir wird ein Platz neben meinem Anwalt zugewiesen.

Alexej muss sich in den Zuschauerbereich setzen. Sehnsüchtig sehe ich zu ihm rüber, ich wäre gerne in seiner schützenden Nähe.

Kurz darauf betreten meine Eltern und ihre Anwaltsschar den Raum. Ich liefere mir mit meinem Vater ein Blickduell, bis mich ein glockenhelles Lachen herumfahren lässt, das ich nur zu gut kenne. Gina betritt den Raum, gefolgt von Timon, der ihr mit einem Verband um den Kopf und auf Krücken hinterher humpelt. Gina fixiert mich für einige Sekunden. Mir wird eiskalt, doch ich bleibe aufrecht sitzen und erwidere ihren Blick ungerührt. Wie konnte ich nur all die Jahre mit solch einer rücksichtslosen Person befreundet sein, ohne ihren wahren Charakter zu durchschauen?

Hinter Gina und Timon schleicht Laurene mit hängenden Schultern in den Gerichtssaal. Sie schaut konzentriert auf den Boden. Durch ihre geduckte Haltung wirkt sie eher wie ein Kind. Sie prallt gegen Timons Rücken, der in dem Moment stehen geblieben ist, als sich unsere Blicke trafen.

«Pass doch auf!», faucht er sie an, ohne den Blick von mir abzuwenden.

«E - Entschuldigung», stammelt sie.

Die drei nehmen Platz und Gina und Timon tuscheln miteinander, während niemand Laurene beachtet. Wie bestellt und nicht abgeholt sitzt sie da. *Selbst schuld, du hast dich für SIE entschieden*, denke ich wütend.

Daran bist du nicht ganz unschuldig, raunt mir meine innere Stimme zu. Ich stöhne leise.

Beschämt muss ich mir eingestehen, dass ich mich in den letzten Jahren nicht bei ihr gemeldet habe. Vielleicht wäre sie heute auf meiner Seite, wenn ich unsere Freundschaft gepflegt hätte. Vielleicht ist es noch nicht zu spät.

«Laurene!»

Sie zuckt zusammen. Hebt kurz den Kopf, sieht mich einen Augenblick an und senkt ihn wieder.

«Kannst du kurz herkommen?»

Ich zwinge mich zu einem Lächeln.

Zögerlich schiebt sie ihren Stuhl zurück. In diesem Moment zischt Gina ihr etwas zu und Timon erdolcht sie fast mit seinem Blick. Eingeschüchtert rutscht sie zurück auf ihren Platz und starrt auf den Tisch.

Gerade als ich mich dazu entschliesse, mich zu ihr zu wagen, betritt der Richter den Saal und setzt sich an das Pult, das direkt vor den Tischen steht. Er begrüsst uns, stellt sich als Herr Dr. Schulz vor und bittet um die Erläuterung des Antrags.

Andreas, der Anwalt meiner Eltern, den ich noch vor einigen Tagen selbst um Hilfe gebeten habe, ergreift das Wort: «Ich kenne die Familie Kowalczyk schon sehr lange. Natalia Kowalczyk hat in den letzten Jahren viel durchgemacht und war bereits in der Vergangenheit aus völlig verständlichen Gründen labil und unberechenbar. Die ärztlichen Gutachten finden Sie in den Unterlagen.»

Ich öffne den Mund, um etwas zu sagen, halte mich dann aber zurück.

«Sie hatte vor ein paar Jahren einen Nervenzusammenbruch», fährt Andreas fort. «Das war kurz nach dem Tod ihres Bruders. Dabei zeigte sie ähnliche Verhaltensweisen wie in den letzten Tagen. Beim letzten Mal erwog Frau Kowalczyk offensichtlich mehrmals, sich das Leben zu nehmen. Einmal hätte es fast geklappt, wenn ihr Vater nicht im letzten Moment eingegriffen hätte.»

Ich atme stockend ein. Die Erinnerungen an diese schreckliche Zeit habe ich verdrängt. Damals wollte ich mein Auto gegen den nächsten Baum setzen. Doch im letzten Moment verliess mich der Mut. Allerdings wurde ich bei diesem Versuch geblitzt und wäre als Raserin verurteilt worden, wenn der Richter mich wegen der psychischen Erkrankung nicht verurteilungsunfähig gesprochen hätte. Da waren meine Eltern noch auf meiner Seite und unternahmen alles, damit ich nicht entmündigt werde. Doch ich war verzweifelt und wollte weiterhin meinem Leben ein Ende setzen. Also dröhnte ich mich mit Tabletten zu, stieg in mein Auto, das in der Garage stand und liess den Motor laufen. Ich schlief ein und wäre nicht mehr am Leben, hätte mein Vater nicht seinen Laptop in einem seiner Autos in der Garage vergessen.

Andreas kennt keine Gnade. Aufrecht und perfekt geschniegelt sitzt er da und redet erbarmungslos weiter. «In kürzester Zeit spendete sie ihr gesamtes Vermögen an zwielichtige Vereine. Beispielsweise ging ein beträchtlicher Anteil an den Pastafariverein – also an Menschen, die an den einen Spaghetti-Gott glauben. Mehr muss man dazu wohl nicht sagen.»

«Unterlassen Sie bitte die Diskriminierung anderer Glaubensgemeinschaften in meinem Gerichtssaal!», weist ihn der Richter zurecht. «Ihre persönliche Meinung hat hier nichts zu suchen.»

«Das ist doch nicht ihr Ernst ...»

«Herr Berger, während einer Anhörung mache ich selten Scherze. Also Schluss damit. Sonst müssen wir diese Diskussion an einer anderen Stelle fortführen und sie werden lernen, wann ich in meinem Gerichtssaal etwas ernst meine und wann nicht.»

Mit Genugtuung sehe ich, wie Andreas erblasst und um Worte zu ringen scheint. In diesem kurzen Moment der Schwäche springt ein anderer Bluthund meiner Eltern für ihn ein.

«Selbstverständlich darf jeder seinen Glauben haben»,

sagt ein mir unbekannter junger Anwalt mit zurückgegelten Haaren und Hornbrille. «Doch Frau Kowalczyk hat ihr Geld, das sie von ihren unfassbar grosszügigen Eltern für ihren hohen Lebensstandard bekam, völlig beliebig an verschiedene Glaubensvereine verschleudert, zu denen sie zuvor keinerlei Bezug hatte. Beinahe hätte sie sich noch verschuldet, wäre sie nicht in letzter Sekunde davon abgehalten worden.»

Der Blick des Richters wandert zu mir und er mustert mich.

«Sofern Herr und Frau Kowalczyk ihrer Tochter dieses Geld geschenkt haben, steht ihr der Zweck der Verwendung grundsätzlich frei, solange er nicht illegal ist.

Dazu möchte ich anmerken, dass die meisten jungen Leute in ihrem Alter ihr Geld für Luxusartikel ausgeben, während sie alles gespendet hat.»

Er sieht mich wohlwollend an.

«Danke», antworte ich lächelnd.

«Sie hat ihr Geld nur deshalb nicht für Luxusartikel ausgegeben, weil sie schon alles hat!», meldet sich Andreas zu Wort, der sich offensichtlich von der Zurechtweisung des Richters erholt hat.

«Ich bitte Sie! Das können Sie den Eltern vorwerfen, aber doch nicht der jungen Frau Kowalczyk! Welcher junge Mensch würde es denn ablehnen, wenn er alles bekommt? Hätten Sie das etwa getan?»

Andreas läuft rot an. Ich blicke zu Alexej, der mich anlächelt. Nicht in meinen kühnsten Träumen hätte ich gedacht, dass es so gut laufen wird.

«Mit Verlaub», schaltet sich ein weiterer Anwalt meiner Eltern ein, der mit seiner kräftigen Statur und dem feisten Gesicht eher wie ein Schlachter aussieht, der in einen Anzug gequetscht wurde. «Von dem Geld hätte sie ihr Studium beenden können, doch sie hat es vergeudet, weshalb erneut ihre Eltern für sie aufkommen müssen! Des Weiteren ist sie im Moment nicht fähig, sich selbst zu versorgen.

Sie isst kaum etwas und schafft es noch nicht einmal für sich einzukaufen. Es ist fragwürdig, ob sie wieder allein wohnen und ihre Angelegenheiten erledigen kann. Sie sollte – zumindest vorübergehend – unter Vormundschaft gestellt werden, um sich selbst und anderen keinen grösseren Schaden zuzufügen.»

«Während ihres letzten Zusammenbruchs war sie im Begriff, einen hohen Kredit aufzunehmen, bevor sie sich umbringen wollte», ergänzt Andreas. «Wir müssen davon ausgehen, dass sie wieder auf diese Weise handelt und meine Mandanten die dabei entstehenden Kosten tragen müssen. Bedauerlicherweise hat Frau Kowalczyk nie gearbeitet, sondern lediglich einige Semester Medizin studiert.»

Mit hochgezogener Braue sieht er mich an.

Mich durchfährt es eiskalt. Weiss Andreas von meinem gefälschten Praktikumsbericht? Wenn das rauskommt, ist es aus mit meinem Medizinstudium. Als ich den Blick zur Seite schweifen lasse, trifft mich das eisige Funkeln von Ginas Augen wie ein Blitz. Sie weiss genau, was ich gerade denke.

«Nun ja. Das bedeutet nicht per se, dass die junge Dame nicht für sich selbst sorgen kann», sagt der Richter. «Zurück zu Ihrer Vermutung, dass sich Frau Kowalczyk in einer desolaten psychischen Verfassung befinden soll. Zunächst möchte ich dazu Frau Rossi und Frau Schneider befragen. Bitte schildern Sie mir die Ereignisse des besagten Abends.»

Gina und Laurene wechseln einen kurzen Blick miteinander, dann ergreift Gina das Wort.

«Es ging alles ganz schnell. Wir hatten einen schönen

Frauenabend. Na, Sie wissen schon. Wir hatten uns schliesslich lange nicht gesehen. Wir haben auch einiges getrunken, zur Feier des Tages. Im Nachhinein habe ich mich oft gefragt, ob das ein Fehler war, weil es Natalias Zustand vielleicht erst ausgelöst hat. Aber ich bin ja kein Arzt. Wir sassen also nett beisammen und redeten über alte Zeiten, da fing Natalia wie aus dem Nichts laut zu weinen an. Sie schrie, dass ihr alles zu viel an der Uni und mit ihrem Forschungsprojekt würde. Sie sagte, sie würde nicht mehr können und wollen. Dann fuhr sie hoch und sprang einfach aus dem Fenster. Wir hätten niemals damit gerechnet und konnten sie auch nicht aufhalten. Zum Glück war es nur der erste Stock. Wir rannten sofort hinunter, doch sie war bereits weg. Wir haben uns riesige Sorgen gemacht. Sie hat ihre Tasche liegengelassen, also sind wir mit ihrem Auto losgefahren, um sie zu suchen ...»

«Warum haben Sie nicht die Polizei verständigt? Oder wenigstens Frau Kowalczyks Eltern?», unterbricht sie der Richter.

Gina beisst sich auf ihre Lippe und zupft an ihren Haarspitzen. «Ähm, naja, weil wir ... wir wollten nicht, dass Natalia Probleme bekommt. Wir sagten uns, lieber finden wir sie und kümmern uns um sie, als dass sie direkt in die Psychiatrie eingewiesen wird oder so, vielleicht wäre ja alles wieder in Ordnung gekommen.»

Mir wird schlecht bei dem Gedanken daran, was Gina mit *sich kümmern* wirklich meint.

Gina zerrt fahrig an ihrer Bluse. Zum ersten Mal wird mir bewusst, dass auch für sie alles auf dem Spiel steht. Sie kennt zwar mein Geheimnis, doch sie hängt mit drin. Sie kann es nicht ansprechen, ohne als mitschuldig verurteilt zu werden. Und dann würde sich die Frage stellen, warum sie erst jetzt davon berichtet.

Alexejs und mein Blick treffen sich. Wir lächeln uns

zaghaft an. Ich kann seine Worte – *Es wird alles gut!* – förmlich in meinem Kopf hören. Ich beginne immer mehr daran zu glauben.

«Können Sie die Schilderung von Frau Rossi so bestätigen, Frau Schneider?», fragt der Richter Laurene.

«Ja», sagt sie leise und schaut auf die Tischplatte.

Der Richter sieht mich an.

«Frau Kowalczyk, nun würde ich gerne Ihre Version des Abends hören.»

Ich schaue zu Alexej, der mir aufmunternd zunickt. Noch nie war ich so froh, ihn an meiner Seite zu wissen. Er gibt mir die Kraft wieder, die mir abhandengekommen ist.

«Frau Kowalczyk?»

«Entschuldigung», sage ich. «Ich musste mich kurz sammeln.»

«Nehmen Sie sich die Zeit, die sie brauchen.»

«Wir haben einen gemütlichen Frauenabend verbracht. Plötzlich fiel mir ein, dass ich eine wichtige Arbeit für die Uni fertigmachen muss. Da bin ich dann ziemlich überstürzt aufgebrochen …»

«Wo befanden sich ihre Freundinnen zu diesem Zeitpunkt?»

«In der Küche.»

«Haben Sie sie darüber informiert, dass Sie gehen?»

«Nein, ich hatte nur noch die Uni im Kopf.»

«Haben Ihre Freundinnen nichts gesagt, als Sie im Begriff waren aufzubrechen?», fragt er.

«Sie haben mir etwas nachgerufen, doch ich habe es nicht genau verstanden.»

Mit Schaudern denke ich an Ginas Worte, die hinter mir über den Hof hallten. Du entkommst mir nicht! Jedes einzelne hat sich unwiderruflich in mein Gedächtnis eingebrannt.

«Wie haben Sie das Haus verlassen?»

«Na durch die Tür»

«Nicht durch das Fenster?»

Ich kann seinem Blick nicht mehr standhalten und schaue auf den Tisch.

«Nein.»

«Und die Schuhe haben Sie angezogen?», fragt er.

«Ich, ähm, nein.» Verdammt, auf solche detaillierten Fragen habe ich mich nicht vorbereitet.

«Warum nicht?»

«Ich habe es vergessen.»

«Sind Sie sicher, dass Sie die Wahrheit sagen? Ich habe noch nie gehört, dass jemand seine Schuhe vergisst, ausser er befindet sich in einem sehr verwirrten Zustand.»

«Ich laufe oft barfuss, deshalb ist mir das in diesem Moment nicht aufgefallen.»

Er runzelt die Stirn und wendet sich an meine Eltern.

«Stimmt das?»

Mein Vater nickt, während mir meine Mutter nur einen mitleidigen Blick zuwirft.

Der Richter sieht Gina, Lauren und Timon mit hochgezogenen Augenbrauen an.

«Sorry, das ist mir neu», antwortet Gina und die anderen beiden nicken.

«Wie oft haben Sie und Ihre Freundin sich in der letzten Zeit gesehen?»

«Eher sporadisch. Das letzte Mal vor einem halben Jahr», antwortet Gina. «Sie studiert in Zürich und hat dort ein neues Leben angefangen.»

Ich höre den Neid aus jedem ihrer Worte triefen.

«Frau Kowalczyk, sind Sie sicher, dass Ihre Aussage der Wahrheit entspricht?»

«Ja.»

Er wendet sich an meine Eltern.

«Wie haben Sie den besagten Abend erlebt?»

«Gina und Laurene kamen mit Natalias Auto zu uns und erzählten, was passiert ist», sagt meine Mutter. «Kurz darauf hörten wir Natalia schreien. Sie lag zitternd auf der Wiese am Waldrand und war desorientiert. Am nächsten Morgen erzählte sie uns eine wilde Geschichte, der zufolge Gina, Timon und Laurene versucht hätten, sie umzubringen. Kurz darauf leugnete sie es jedoch wieder.»

Trotz der angespannten Situation fällt mir auf, dass meine Mutter und der Richter sich intensiv in die Augen blicken. Es knistert förmlich in der Luft. Mein Vater blitzt beide wütend an und flüstert meiner Mutter etwas zu, die daraufhin den Kopf schüttelt.

«Frau Kowalczyk, was sagen Sie zu der Schilderung ihrer Mutter?», fragt der Richter.

«Sie hat mich falsch verstanden. Ich hatte in der Nacht einen Albtraum und wollte ihr davon erzählen. Das war alles ein Missverständnis.»

«Und warum lagen sie schreiend am Boden? War das auch ein Missverständnis?»

«Nein. Ich hatte ein Wildschwein gesehen. Das hat mir grosse Angst gemacht.»

Wenigstens diese Antwort habe ich mir zurechtlegen können.

«Ich bitte Sie! Das ist doch von hinten bis vorne gelogen», ruft Andreas dazwischen.

Ich werfe ihm einen wütenden Blick zu, doch er würdigt mich keines Blickes.

«Frau Kowalczyk, Sie bleiben bei Ihrer Aussage?», fragt der Richter noch einmal.

«Ja», bestätige ich. Meine Beine zittern.

Er wendet sich an meinen ehemaligen Psychiater.

«Was sagen Sie dazu, Herr Zwirn?»

Mein ehemaliger Psychiater ergreift das Wort.

«Frau Kowalczyk befindet sich seit dem Tod ihres Bruders in einer sehr schlechten psychischen Verfassung. Sie benötigt dringend eine medikamentöse und therapeutische Behandlung in einer entsprechenden stationären Einrichtung.»

«Aus welchem Grund würde eine ambulante Therapie nicht ausreichen?»

«Meiner Meinung nach ist sie stark selbstgefährdet und gegebenenfalls eine Fremdgefährdung. Zudem ist es wichtig, dass die Einnahme ihrer Medikamente überwacht wird.»

Fassungslos sehe ich Dr. Zwirn an. Wann habe ich je jemanden durch mein Verhalten gefährdet? Natürlich würde ich die Medikamente nicht nehmen, weil sie meine Gedanken vernebeln.

«Und wenn diese Medikamenteneinnahme, sofern sie notwendig ist, von Frau Kowalczyks Eltern überwacht würde?»

«Bei allem Respekt – ich fürchte, dass auch dann nicht von einer zuverlässigen Einnahme ausgegangen werden kann. Frau Miriam Kowalczyk verlor bereits vor Jahren ihre Approbation, weil sie wider besseres Wissen handelte und Patientenleben gefährdete, weil sie ihnen die notwendige Medizin nicht verschrieb.»

«Gerettet, nicht gefährdet!», platzt es aus meiner Mutter heraus. Alle Augen richten sich auf sie und sie läuft rot an.

«Nun, in diesem Fall hätten Sie Ihre Approbation ja noch», giftet Dr. Zwirn sie an. «Sie haben entgegen der – »

«Ruhe!», donnert der Richter. «Diese Geschichte hat mit dem Inhalt der heutigen Anhörung nichts zu tun!»

Dr. Zwirn sinkt mit zusammengepressten Lippen in seinen Stuhl zurück und verschränkt die Arme vor der

Brust.

Stirnrunzelnd sieht der Richter zunächst auf seine Notizen, dann blickt er mich an.

«Frau Kowalczyk, haben Sie noch etwas zu sagen?»

Mein Herz schlägt schneller und meine Augen füllen sich mit Tränen.

«Es handelt sich hier um ein grosses Missverständnis. Ich bin nicht verrückt. Ich war einige Zeit krank vor Trauer um meinen Bruder, aber das macht einen doch nicht gleich zu einer Wahnsinnigen, oder?»

Der Blick des Richters ruht einen Moment lang auf mir, so wie die aller anderen Zuschauer.

Dann nickt der Richter.

«Vielen Dank. Die Anhörung ist abgeschlossen, Sie erhalten den postalischen Bescheid in den nächsten Tagen.»

18.

Ich stehe auf und gehe mit hoch erhobenem Kopf hinaus, ohne jemanden eines Blickes zu würdigen. Dann stolpere ich über die Türschwelle, fange mich aber in letzter Sekunde. Hinter mir höre ich Gelächter, schaue aber nicht zurück.

«Natalia, warte», ruft jemand.

Ich drehe mich um und sehe Andreas auf mich zueilen, den Mann, der seitdem ich denken kann, meine Familie vertritt und den ich einst sogar Onkel nannte.

Hastig eile ich weiter.

«Warte doch», ruft er. «Ich kann verstehen, dass du gekränkt bist.»

Ruckartig bleibe ich stehen, sodass er in mich hineinläuft und mich fast zu Fall bringt. Geistesgegenwärtig hält er meinen Arm fest. Aufgebracht schlage ich seine Hand weg.

«Gekränkt? Im Ernst? Ich könnte dich umbringen vor Wut!», schreie ich.

Er sieht mich schuldbewusst an. «Es tut mir echt leid. Ich hätte mich am liebsten aus diesem Fall rausgehalten, aber … ich bin deinem Vater noch etwas schuldig. Sonst hätte ich diesen Fall nicht angenommen, wirklich nicht.»

«Was schuldig, ja? Und für mich hattest du keine Zeit, du Heuchler!», fauche ich.

«Ich kann nun mal nicht zwei Parteien gleichzeitig vertreten und das weisst du», erwidert er.

«Dann hättest du dir wenigstens nicht so viel Mühe geben sollen, mich vor dem Richter als Verrückte darzustellen!»

«Das ist mein Job, Nata.»

«Vielleicht solltest du dir über die Ethik deines Jobs bei Gelegenheit ein paar Gedanken machen.»

Schweigend sieht Andreas zu Boden.

«Ich bin zutiefst enttäuscht von dir», füge ich mit erstickter Stimme hinzu, drehe mich um und eile weiter.

Ich trete mit voller Wucht die schwere Holztür auf. Die kalte Luft trifft mich unvorbereitet, genauso wie der Regen.

Ich habe keine Ahnung, wie lange ich ziellos durch den Regen laufe, als Alexejs Auto neben mir anhält. Er lässt den Wagen mitten auf der Strasse stehen, springt heraus und nimmt mich wortlos in die Arme. Ich will ihn wegstossen, doch dann bricht etwas in mir entzwei und ich lasse mich einfach fallen.

Ein Hupen lässt uns zusammenfahren. Alexej fasst mich am Arm und bugsiert mich eilig in sein Auto. Während der Fahrt schweigen wir. Erst als wir das Ortsschild unseres Dorfes erreichen, bricht er die Stille.

«Soll ich dich nach Hause fahren?»

«Definitiv nicht.»

«Ist in Ordnung. Dann kommst du mit zu mir. Morgen Nachmittag muss ich zwar zur Arbeit, aber du kannst so lange bei mir bleiben, wie du willst.»

Er hält vor einem Wohnblock an, der mir bekannt vorkommt, obwohl ich so gut wie nie in diesem Teil des Dorfes gewesen bin. Dann fällt es mir wie Schuppen von den Augen: Meine Eltern haben diesen Wohnkomplex vor zwei Jahren bauen lassen.

«Warum hast du mir nie erzählt, dass du hier wohnst?»,

frage ich gereizt.

Er sieht mich stirnrunzelnd an. «Warum? Was soll hier nicht gut sein?»

«Dieser Wohnblock gehört meinen Eltern!»

«Echt? Das wusste ich nicht. Ich habe sie über *IhreperfekteImmobilie AG* gemietet.»

«Das ist eine Firma meiner Eltern», presse ich hervor.

Alexej zuckt nur mit den Schultern.

«Okay, wusste ich nicht. Hatte diesbezüglich nie mit ihnen Kontakt.»

«Diesbezüglich? Hattest du sonst Kontakt zu ihnen?»

Er fixiert eine Stelle auf der Strasse und antwortet nicht.

«Alexej?»

«Ja», grummelt er.

Ich funkle ihn an. «Ja, was?»

«Ja, ich hatte Kontakt.»

«Und das muss ich durch Zufall herausfinden?», schnaube ich empört. «Warum hast du mir das nicht gesagt? Was verbirgst du sonst noch vor mir?»

Wie aus dem Nichts schlägt er mit der Hand aufs Lenkrad und ich zucke zusammen. Für eine Sekunde sehe ich Timon vor mir sitzen.

«Weil es nicht relevant ist, verdammt! Das war wegen der Ermittlungen gegen Timon, Murat und dem anderen Kraut.»

Ich verschränke die Arme vor der Brust. «Und ob das relevant ist! Jetzt lass dir nicht alles aus der Nase ziehen!»

«Ich habe nichts herausgefunden, ok? Deshalb spielt es auch keine Rolle.»

«Wie bist du überhaupt auf meinen Vater gekommen?»

«Ich habe ihn zweimal gesehen, als er zu Timon in die Werkstatt gegangen ist.»

Ich schaue aus dem Fenster. «Ach so.»

«Wie … ach so? Interessiert es dich nicht, was er da gemacht hat?»

«Vielleicht weiss ich das ja schon längst», erwidere ich.

«Natalia!»

«Was denn? Du sagst auch nichts von dir aus, warum sollte ich also aus dem Nähkästchen plaudern?»

Mittlerweile sind wir in der geräumigen Tiefgarage angekommen.

Alexej bremst scharf und sieht mich mit schmalen Augen an.

«Es geht hier um nichts weniger als um dein und mittlerweile auch mein Leben! Also sag, was du weisst, verdammt!»

Ich erstarre. So hat er noch nie mit mir geredet. Meine Augen beginnen zu brennen. Ich springe aus dem Auto, knalle die Tür zu und renne weg. Die Genugtuung, mich weinen zu sehen, will ich ihm nicht geben.

«Warte», höre ich ihn hinter mir und spüre seine Hand, die meinen Arm sanft, aber bestimmt festhält. Wütend will ich mich losreissen, doch sein Griff ist unnachgiebig.

«Lass mich los!»

«Es tut mir leid. Ich habe überreagiert.»

Er sieht reumütig aus und hat seinen Hundeblick aufgesetzt. Doch so schnell lasse ich mich nicht einlullen.

«So, meinst du?», frage ich und lächle ihn gekünstelt an.

«Ich habe dich verletzt», flüstert er und versucht mich in die Arme zu nehmen, doch ich stosse ihn von mir weg.

«So mächtig bist du nicht!», keife ich, während mir Tränen über das Gesicht laufen.

«Es tut mir leid. Ich stehe extrem unter Druck und bin explodiert. Du bist eine wundervolle, intelligente Frau mit einem Löwenherz und ich bin so froh, dich kennengelernt zu haben.»

Meine Wut schmilzt – langsam, aber stetig. Er weiss genau, was er sagen muss.

«Das hat sich eben noch anders angehört.»
Er fährt sich durch die Haare. «Ich kann nicht mehr tun, als mich zu entschuldigen. Und vielleicht kann ich es wenigstens etwas wieder gut machen ...»

Er zieht mich an sich und küsst mich. Mir wird heiss und ich spüre ein Kribbeln im Unterleib. Mit aller Kraft löse ich mich aus der Umarmung und funkle ihn an.

«Da musst du dich aber ordentlich ins Zeug legen.»

«Ich werde dich auf Händen tragen und dir zu Füssen liegen», raunt er mir zu, hebt mich mit spielerischer Leichtigkeit hoch und trägt mich zum Ausgang der Tiefgarage.

«Wie kannst du dir hier eine Wohnung leisten?», frage ich beiläufig. «Hat dir mein Vater eine Vergünstigung gegeben, damit du auf mich aufpasst?»

«Spinnst du?», antwortet er empört. «Ich hatte wirklich keine Ahnung, dass es seine Firma ist, und wenn, wäre es mir auch egal gewesen. Erstens verdiene ich als Abteilungsleiter besser, als du denkst und zweitens wohne ich hier, seit dieser Block gebaut wurde.»

«Du bist schon seit Langem an mir interessiert, oder täusche ich mich?», kontere ich.

«Was willst du damit sagen?», fragt Alexej und lässt mich zu Boden gleiten.

«Naja, ich dachte nur, dass mein Vater vielleicht ...»
«Was?»
«Das er uns zusammenbringen wollte.»
Er lacht laut.

«Ich glaube nicht, dass ich der Traumschwiegersohn deines Vaters bin. Der muss wahrscheinlich erst noch geschnitzt werden. Und für dich war ich bis vor Kurzem auch kein Traummann, sondern nur ein ungebildeter Polizist.»

Erschrocken zucke ich zusammen. «Woher willst du wissen, was ich gedacht habe?»

«Ich kann in dir lesen wie in einem offenen Buch, mein Schatz», antwortet er.

In seiner Stimme liegt ein leicht vorwurfsvoller Ton. Ich sage nichts und betrachte die edle Einrichtung des Foyers, das wir über die Treppe erreichen. Mein Vater hat zwei solcher Wohnkomplexe bauen lassen und die haben es in sich. Fitnesscenter, Innen- und Aussenpool und ein Wellnessbereich stehen den Mietern zur Verfügung.

Ich wage es nicht, Alexej noch einmal darauf anzusprechen, dass selbst sein Verdienst als Abteilungsleiter nicht mit der Miete dieser Oberklassewohnungen zusammenpasst.

«Wir sind da», sagt Alexej. Beim Eintreten in seine Wohnung staune ich noch mehr. Der Boden ist aus Marmor, die Wände sind hell gestrichen und die Beleuchtung ist spektakulär. An der Decke sind zahlreiche kleine Lämpchen eingebaut, die in verschiedenen Farben strahlen. Zusätzlich dazu sind alle Kanten mit LED-Licht-Streifen abgesetzt. Im Wohnzimmer steht eine grosse, schwarze Ledercouch. Passend dazu drei Sessel in weiss, beige und grau und ein grosser, gläserner Untertisch. Davor hängt ein riesiger Flachbildfernseher. Alexej muss entweder clever investiert oder Glück im Spiel gehabt haben oder …

«Alles in Ordnung?»

«Ja, alles gut. Deine Wohnung hat mir kurz die Sprache verschlagen.»

«Freut mich, wenn sie dir gefällt», erwidert er und zwinkert mir zu.

Ich nicke und hole tief Luft, um die Worte auszusprechen, die mir alles andere als leichtfallen: «Ich muss zugeben, dass ich mich in der Vergangenheit sehr arrogant verhalten habe. Eine akademische Bildung ging mir immer über alles. Und es stimmt, dass ich bis vor Kurzem dachte, dass du aus diesem Grund nicht für mich geeignet bist. Ausserdem kamst du mir immer etwas bieder vor. Aber ich habe mich komplett getäuscht. Mit allem. Das erkenne ich jetzt. Langsam glaube ich, dass wir Studenten die Verlierer sind, weil wir lange Zeit nichts verdienen.»

Während meiner kleinen Rede habe ich seinen Blick gemieden, doch nun schaue ich ihn an.

Er mustert mich nachdenklich, dann grinst er und erwidert:

«Dann liegt es jetzt wohl an mir, ob ich dich für geeignet halte.»

Ich lache, doch in Wirklichkeit fühle ich mich vor den Kopf gestossen. Es war für mich immer selbstverständlich, dass er vernarrt in mich ist und mir zu Füssen liegt. Er scheint meine Gedanken zu lesen und legt einen Arm um mich.

«Hey, so habe ich das nicht gemeint. Und ich habe bemerkt, dass du dich verändert hast. Lass uns alles in Ruhe angehen und schauen, was sich dabei ergibt.»

Ich nicke. Einerseits bin ich erleichtert, dass er nicht sofort eine Beziehung will, andererseits hat mir die Vorstellung gefallen, dass er für mich kämpft.

Doch im Moment habe ich andere Probleme. Ich bin immer noch völlig durchnässt und zittere mittlerweile vor Kälte. Meine Kleidung tropft ununterbrochen auf den edlen Fussboden.

Alexej führt mich zum Badezimmer. «Nimm ein heisses Bad, ich koche in der Zeit etwas für dich.»

«Tiefkühlpizza?»

«Sehr witzig.»

Einige Minuten später liege ich im warmen Schaumbad

und dämmere vor mich hin. Alexej hat mir einen Ingwertee mit Zitronensaft und Honig gebracht und kocht nun für uns. Ich frage mich, woher er meinen Lieblingstee kennt. Zufall? Ich atme dem warmen Eukalyptusdampf ein.

Es dauert ewig, bis ich mich dazu durchringen kann, die Badewanne wieder zu verlassen. Ich ziehe die Kleidung an, die er mir hingelegt hat. Sein weisses T-Shirt hängt mir bis zu den Knien und die graue Trainerhose rutscht mir direkt wieder von der Hüfte, sodass ich es bei dem Shirt belasse.

Im Wohnzimmer riecht es unglaublich gut nach asiatischem Essen. Alexej hat den Tisch bereits mit grossen, weissen Tellern, Weingläsern, roten Servietten und zwei Gläsern Prosecco gedeckt.

«Wow, das sieht grossartig aus!», rufe ich, falle ihm in die Arme und küsse ihn. Er erwidert den Kuss, löst sich dann aber von mir.

«Lass uns zuerst essen, damit wir für den Nachtisch Energie haben», sagt er und zwinkert mir zu.

«Wir werden sehen», antworte ich, doch in meinem Unterleib zieht es verräterisch. Er streift mit seiner Hand beiläufig über meinen Rücken und zieht einen Stuhl zurück, auf dem ich Platz nehme. Ich merke erst jetzt, wie hungrig ich bin.

Alexej serviert zur Vorspeise Zitronengrassuppe und dann ein grünes Curry. Beides gehört zu meinen absoluten Lieblingsgerichten. Das ist kein Zufall mehr, denke ich. Vermutlich hat er mich als Freundin eines Tatverdächtigen gründlicher unter die Lupe genommen, als ich es mir vorzustellen vermag. Ich kann nur hoffen, dass er mich nicht wie ein besessener Stalker beobachtet und ausspioniert hat.

Zum Dessert gibt es Schokoladenkuchen mit Vanilleeis. Der Kuchen schmeckt super, allerdings muss ich mich zum Essen zwingen, weil er mich zu sehr an den vergifteten Muffin erinnert. Umso mehr schlage ich dafür beim Eis zu.

Anschliessend lehne ich mich zurück und betrachte den Mann, der mir gegenübersitzt.

«Was grinst du denn so?», fragt er. Für einen Moment sieht er auf eine rührende Weise verunsichert aus.

«Ich grinse doch gar nicht», lache ich. Alexejs Blick wandert von mir zu meinem leeren Weinglas und wieder zu mir zurück.

«Ich habe dir wohl etwas viel Wein eingeschenkt», sagt er mit hochgezogenen Augenbrauen.

«Seit ich so viel wegen der Uni um die Ohren habe, trinke ich nur noch selten.»

«Vorbildlich», erwidert er.

Wir beschliessen, an die frische Luft zu gehen. Vorher nötigt er mich, seine graue Trainingshose anzuziehen. Auf dem Balkon setzen wir uns eng aneinander gekuschelt auf die Balkoncouch. Trotz der grässlichen Hose zittere ich vor Kälte und er bringt mir eine Decke.

Wir sitzen eng aneinandergeschmiegt da, vor uns erstreckt sich der grosse, dunkle Wald, der mir vor einigen Tagen das Leben gerettet hat. Bei dem Gedanken daran schaudere ich und bekomme Gänsehaut. Alexej drückt mich fester an sich.

In diesem Moment bin ich unendlich dankbar, ihn an meiner Seite zu haben.

«Egal, was passiert, bei dir fühle ich mich sicher», hauche ich ihm ins Ohr.

«Ich bin immer für dich da!»

Wir küssen uns. Zunächst sehr behutsam, aber ich

spüre die Hitze, die Alexej ausstrahlt. Er küsst mich fordernder und umfasst mit stählernem Griff meinen Nacken. Mit einem gedämpften Knurren drückt er mich auf den Rücken und legt sich auf mich. Meine rechte Hand krallt sich in seine Haare und mit der anderen streichle ich seine stahlharten Schultermuskeln.

19.
Alexej

Wir beschliessen, an die frische Luft zu gehen. Natalia sieht so unglaublich sexy aus, dass ich fast wahnsinnig werde. Sogar die graue Trainingshose sieht heiss an ihr aus, ich werde nur noch an sie denken können, wenn ich die Hose in Zukunft trage. Und dann das weisse T-Shirt, durch dessen Stoff sich ihre harten Nippel abzeichnen und – der absolute Wahnsinn – ihr Nippelpiercing.

«Hörst du mir überhaupt zu?»

«Ähm, ja klar, um was ging es noch mal?», frage ich verlegen.

«Du bist unglaublich. Ich schütte hier dir mein Herz aus und du bist damit beschäftigt, mich mit den Augen auszuziehen. Dein Ernst?»

«Ja, was soll ich sagen? Tut mir leid?»

«Halt den Mund und lass uns einfach den Moment geniessen.»

Shit, dieser Satz hat mich erledigt, sie ist einfach so unglaublich heiss, wenn sie mich zurechtweist. Sie erinnert mich an meine ehemalige Oberstufenlehrerin.

Natalia kuschelt sich immer mehr in meine Arme. Ich spüre die Wärme ihrer Brüste durch den Stoff des Shirts. Ob sie merkt, wie hart ich gerade bin?

«Was ist das da hinten in der Ecke?»

«Mein Whirlpool», antworte ich und kratze mich am Kopf.

«Wow. Wieso sagst du das nicht früher?»

«Du hast nicht gefragt.»

«Wie auch immer. Ich gehe jetzt auf jeden Fall baden.»

Sie springt auf und rennt los. Achtlos reisst sie die Plane weg und wirft sie zu Boden.

«Geh nicht mit meinen Kleidern in das Chlorwasser, ich mag diese Hose und das T-Shirt», rufe ich.

«Hatte ich nicht vor», antwortet sie und zieht sich aus.

Wow. Ich packe eines der Kissen und lege es auf meine Erektion, die langsam wehtut. Als sie fertig ist, beugt sie sich über den Whirlpool, um den Massageknopf zu drücken. Mein Blick wandert zwischen ihren Brüsten und ihrem fröhlichen Gesichtsausdruck hin und her.

«Willst du nicht reinkommen? Oder wirst du den ganzen Abend auf der Couch sitzen und deinen Fantasien nachhängen?»

Wow, so hätte ich sie nicht eingeschätzt. Unsere Blicke treffen sich. Mein Kopf schreit laut NEIN, aber es ist zu spät. Das ist es schon lange.

Mit ein paar schnellen Schritten bin ich beim Whirlpool. Auf dem Weg werfe ich mein T-Shirt auf den Boden und meine Hose direkt hinterher.

Ich steige ins Wasser und will sie küssen, doch da stoppt sie mich und sagt: «Nicht so schnell, du hast mich auch warten lassen, also musst du jetzt Geduld haben.»

Dann stösst sie mich auf die andere Seite des Whirlpools und klettert selbst wieder hinaus. Wie von einer unsichtbaren Kraft gezogen fixiere ich ihren Körper. Triefend nass geht sie in meine Wohnung und schwenkt dabei ausladend ihre Hüften.

Kurz darauf kommt sie mit kaltem Latte Macchiato in Plastikbechern wieder und reicht mir einen davon.

«Trink!», befiehlt sie. Ob sie einen Nebenjob als Domina hat?

Ohne zu warten, ext sie den Kaffee weg. Ich will so

kurz vor dem Ziel keinen Streit anfangen, also mache ich es ihr nach. Sie nimmt mir den Becher aus der Hand und stellt beide auf den Boden. Als sie wieder steht, ziehe ich sie zu mir ins Wasser.

Sie wehrt sich und öffnet den Mund, doch ich küsse sie und ersticke jede Widerrede direkt im Keim.

Für einen Moment lösen wir uns voneinander und schauen uns tief in die Augen. Mein Blick gleitet auf ihre vollen Lippen und zu ihren göttlichen Sommersprossen. Diese Frau ist einfach perfekt. Ihre Hand fährt an meiner Brust entlang, mit jeder Bewegung ein Stück tiefer.

Meine Finger schliessen sich um ihren Hals und ich küsse sie wieder und wieder.

Schnell wird aus dieser romantischen, süssen Zärtlichkeit ein sehr hitziger Kuss und wir kämpfen beide um die Macht. Ihre Hände fahren über meinen ganzen Körper. Es fällt mir schwer, einen klaren Kopf zu behalten. Meine Hand tastet sich zwischen ihren Beinen entlang und ich fange an, sie in der empfindlichen Mitte zu massieren. Sie stöhnt auf und es fällt ihr immer schwerer, meinen Kuss zu erwidern.

Meine andere Hand hält ihre Hüfte, damit sie nicht nach hinten fällt. Unsere Lippen lösen sich und ich beisse in ihren Nacken, um sie zu zeichnen, damit jeder weiss, dass sie mir gehört. Sie stöhnt mir ins Ohr und ich erhöhe das Tempo meiner massierenden Finger.

Ich spüre, dass sie kurz davor ist zu kommen, also lasse ich meinen Mittelfinger in sie hineingleiten und sie reitet ihn wild.

Sie schreit und beisst mir in die Schulter, während sich ihr Orgasmus ausbreitet. Meine Finger massieren und fikken sie weiter.

«Alexej», stöhnt sie. «Das ist zu viel.»

Ich verlangsame das Tempo. Mit der Zunge erkunde

ich ihren Mund. Sie beisst mir leicht auf die Unterlippe. Es fühlt sich so wunderschön an, ich würde am liebsten die Zeit anhalten.

«Halt dich an mir fest, Baby», flüstere ich, als ich mit ihr aus dem Whirlpool klettere.

Mir ist es egal, wie nass wir sind. Ich trage sie in ein nahegelegenes Gästeschlafzimmer. Natalia saugt an meinem Nacken und ich drehe ihren Kopf zu mir, um sie zu küssen. Ich vertraue dabei auf meine Intuition und hoffe, dass ich nicht gegen den Türrahmen laufe.

Kurz muss ich den Kuss unterbrechen, damit ich die Tür öffnen kann. Ich lege Natalia aufs Bett, hechte hinterher und küsse sie erneut. Sie massierte meine Erektion durch die nasse Boxershorts hindurch. Ich stöhne und verliere nach und nach die Kontrolle. Sie stösst mich von sich und zieht mir die Boxershorts aus. Danach klettert sie auf mich und küsst mich. Mir geht es zu langsam. Als sie mir mit ihrem Blick ihr Okay gibt, zwänge ich meinen Penis in sie hinein. Es fühlte sich himmlisch an.

Wir beide stöhnten laut auf und ich fange an, mich zu bewegen. Immer und immer schneller. Ich kann nicht genug bekommen. Ich merke, dass wir beide nah an einem Orgasmus sind, also massiere ich ihre Klitoris, bis wir beide unseren Orgasmus fühlen. Es ist intensiv wie noch nie. Mein Körper knallt auf ihren und dreissig Sekunden später sehe ich immer noch Sterne. Einige Minuten liegen wir schwer atmend da, bevor ich sie in den Arm nehme und sie fest an mich gedrängt einschläft.

Am nächsten Morgen kuschle ich mich an Natalia, die wie ein Stein schläft und versuche, ebenfalls weiterzuschlafen. Nach einer halben Stunde gebe ich auf, die Macht der Gewohnheit ist zu stark.

Ich stehe auf und gehe unter die Dusche, die ich auf die

kälteste Temperatur einstelle. Nachdem ich fertig bin, ziehe ich eine schwarze Trainingshose von Nike an und ein weisses Sportshirt. Auf Zehenspitzen schleiche ich zum Gästezimmer, in dem Natalia schläft. Wie ein Kätzchen liegt sie zusammengerollt da. In dem grossen Bett wirkt sie so klein und verloren. Leise gehe ich zur Tür, schnappe mir meine Turnschuhe, die Windjacke und hänge mir den Schlüsselbund um den Hals. Während ich meine Joggingrunde durch den Wald drehe, kreisen meine Gedanken unablässig um Natalia. Jahrelang habe ich mich sehnsüchtig nach ihr verzehrt, sie fast schon angebetet. Der Sex war verdammt gut. Aber all die Probleme, die sie mit sich bringt, bereiten mir zunehmend Kopfschmerzen. Ich bin es gewohnt, für alles eine Lösung zu finden. Doch dieser Fall ist zu verstrickt.

Verdammt, jetzt sehe ich sie schon wie einen Fall von der Arbeit. Sie ist eine attraktive Frau. Aber die gibt es wie Sand am Meer, ohne gewalttätigen Ex-Freund und einer mörderischen Bande im Schlepptau.

Aber ich will sie beschützen. Etwas verbindet uns, etwas Besonderes, das über den Sex hinaus geht.

Und was, wenn durch diese Sache auch meine Vergangenheit auffliegt? Andi hat seinen Anteil damals verschleudert, während ich weltweit investiert und grossen Profit daraus gezogen habe.

Obwohl Natalia im Moment so ein Beef mit ihren Eltern hat, gehört sie zur Oberklasse. Wenn sie meine Familie kennenlernt, bekommt sie einen Kulturschock. Bestimmt wird sie ein Problem damit haben. Sie ist es gewohnt, alles zu bekommen, was sie will, ich dagegen komme aus einer anderen Welt.

Ehe ich mich versehe, habe ich meine Joggingrunde beendet, besorge Croissants und Brötchen und renne die Treppe zu meiner Wohnung hoch.

Atemlos stehe ich vor der Arbeitsplatte in meiner Küche. Ich müsste nun eigentlich Frühstück für uns machen. Doch in meinen Armen und Beinen kribbelt es so dermassen, dass ich Natalia einen Zettel schreibe, direkt wieder hinunterrenne und eine weitere Runde durch den Wald renne.

20.
Natalia

Als ich wach werde, fühle ich mich zum ersten Mal seit Langem richtig entspannt. Alexejs Betthälfte ist leer. Ich schlafe wieder ein und träume von einer Berglandschaft, von Seen und dem Meer. Dann spüre ich etwas Feuchtes auf meiner Stirn, schrecke hoch und finde mich in den muskulösen Armen von Alexej wieder.

«Aufstehen. Ich habe Brötchen besorgt.»

Ich ziehe ihn an mich und flüstere: «Wie wäre es, wenn du mir noch etwas anderes besorgst?»

Lachend befreit er sich aus meinen Armen und für einen Moment bin ich ernsthaft beleidigt.

Seufzend stehe ich auf und ziehe mir ein T-Shirt von Alexej an, das herrlich nach ihm riecht.

Nach dem Frühstück gehe ich auf die Terrasse und geniesse die frische Morgenluft. Als ich mit geschlossenen Augen am Geländer stehe, umarmt mich Alexej von hinten und küsst meinen Nacken. Wir geniessen die Ruhe und den wunderschönen Ausblick.

Ich merke, wie mir immer heisser wird. Alexej scheint es genauso zu gehen, denn er zieht mich fester an sich und ich spüre etwas Hartes in meinem Rücken. Seine Hände fahren an meinem Körper entlang. Mein Atem wird schwerer und Alexej dreht mich herum und küsst mich.

Ich schliesse die Augen und geniesse den Moment. Unser Kuss wird leidenschaftlicher. Ich stöhne in den Kuss hinein und Alexejs Atem beschleunigt sich, als er seine Hände unter mein Shirt schiebt. Dann krallt er seine Finger um meine Hüften, als ob er darum kämpft, nicht die Kontrolle zu verlieren.

Eine Hand fährt hoch zu meinem Hals und drückt leicht zu. Dann dreht er mich plötzlich wieder um und stösst mich gegen das Glasgeländer. Als Alexej mir das T-Shirt über den Kopf ziehen will, protestiere ich: «Lass uns lieber ins Schlafzimmer gehen.»

«Wir sind weit oben, hier sieht uns niemand.»

«Ok ...», flüstere ich. Der Weg ins Schlafzimmer erscheint mir mit einem Mal sowieso viel zu weit zu sein.

Wir ziehen unsere Shirts aus und er streift sich die Shorts ab.

Er fährt mit seiner Hand zwischen meine Beine und massiert meine Klitoris. Für einen Moment lässt er von mir ab und ich höre ein leises Knistern. Als er sich das Kondom übergezogen hat, packt er mich an den Hüften, drückt mich gegen das Geländer und stösst von hinten zu.

Als wir beide nahe am Höhepunkt sind, zieht er sich schwer atmend zurück und massiert mich mit der Hand weiter. Dann stösst er mich wieder gegen das Geländer, sodass ich gegen das Milchglas gedrückt werde und fängt wieder an, mich von hinten zu nehmen. Er beisst mir in den Nacken. Dann packt er meine Haare und zieht meinen Kopf nach hinten, um mich leidenschaftlich zu küssen. Auch wenn ich Alexejs Sanftheit liebe, steh ich auf diese Seite von ihm – seine dunkle Seite.

Nach unserem Höhepunkt verharren wir für einen Moment in dieser Position. Alexej dreht mich zu sich um und küsst mich. Ich sinke auf die Knie, sehe zu ihm hoch und flüstere: «Du musst dich nicht zurückhalten, hörst du?»

Ich streife das Kondom ab und umschliesse seinen Penis mit dem Mund.

Daraufhin vergräbt er seine Hände in meinen Haaren und bewegt sich vor und zurück. Es macht mich an, ihn zu beobachten, wie er erneut die Kontrolle verliert. Ich ignoriere meine schmerzenden Knie. Er kommt in meinem Mund.

Ich blicke zu ihm hoch und sehe, wie er in seine geballte Faust beisst, um nicht zu schreien. Danach legt er sich zu mir auf den Boden und küsst meine Klitoris. Mein Körper zittert wie verrückt.

Als er merkt, dass ich fast am Höhepunkt angekommen bin, nimmt er seinen Zeige- und Mittelfinger und fickt mich damit. Eine Minute später komme ich zum zweiten Mal.

Er lächelt mich an und hebt mich hoch. Ich schlinge meine Beine um seine Hüften.

Im Schlafzimmer legt er mich aufs Bett und lässt sich neben mich fallen. Ich küsse seinen Nacken und arbeite mich über seine Brust und seinen Bauch bis zu seinem Penis vor. Ich sorge dafür, dass er wieder hart wird, was zum Glück nur einige Sekunden dauert.

Alexej zieht schnell ein Kondom über. Dann zieht er mich hoch und küsst mich auf den Mund. Wir beide lächeln in den Kuss hinein. Seine Hände gleiten zu meinem Hintern und massieren meine Pobacken. Er bringt sich in Position und ist mit einem Stoss in mir.

Ich fahre ihm durch die Haare, kratze und beisse ihn.

Er stöhnt laut auf und sucht meinen Blick. Ich küsse ihn wieder auf den Mund und wir stöhnen lauter und lauter. Ich habe das Gefühl, dass etwas in mir explodiert.

Wir kommen beide gleichzeitig und halten uns danach gegenseitig fest, bis wir einschlafen.

Als ich aufwache, ist Alexej verschwunden. Ich lege eine Hand auf die noch warme Bettseite.

Die Tür knarrt, als sie sich öffnet.

«Guten Morgen Prinzessin auf der Erbse», begrüsst er

mich.

Kurz darauf sitzen wir nahe beieinander und geniessen den Moment. Ich lege den Kopf an seine starke Brust und atme den vertrauten Geruch ein. Schweren Herzens löse ich mich schliesslich von ihm. Man soll gehen, wenn es am schönsten ist.

«Danke dir für die schöne Nacht», sage ich.

«Du kannst noch bleiben. Sehr gerne sogar», erwidert er.

Schweren Herzens erhebe ich mich.

«Nein, ich muss jetzt los und mich zuhause der Realität stellen.»

«Ich fahre dich», sagt er und steht ebenfalls auf.

Normalerweise hätte ich abgelehnt, um ihm nicht zur Last zu fallen und auf dem Weg meine Gedanken zu sortieren. Unter diesen Umständen erscheint es mir aber nicht sehr klug.

«Danke», antworte ich leise.

Wir fahren mit dem Lift in die Tiefgarage.

«Schau mal dort drüben», sagt Alexej. Ich folge seinem Blick und sehe an der gegenüberliegenden Ampel einen schneeweissen Range Rover stehen. Darin sitzt kein Geringerer als Timon.

«Verdammt», flüstere ich. «Er hat bestimmt schon alle Beweise an dem Wagen beseitigt.»

«Wenn sich die richtigen Experten das Auto vornehmen, finde sie Spuren. Wenn es dieses Auto war ... aber wir können es jetzt sowieso nicht mehr zur Anzeige bringen, da dann die Frage aufkommt, warum wir uns nicht sofort gemeldet haben», sagt Alexej.

Vor unserem Haus angekommen küssen wir uns noch mal innig. Dann steige ich aus, öffne das Tor und schwebe förmlich durch den Garten. In diesem Moment fühle ich mich entspannt, geliebt und mit Alexej verbunden, trotz aller Gefahren und dem Chaos um uns herum.

Im Haus gehe ich die Treppe hoch, greife nach der Türklinke meines Zimmers und … ein Schrei entweicht mir und ich erstarre vor Schreck.

Auf dem Boden liegt eine tote Ratte mit einem Messer im Bauch. Ihre Organe hängen aus dem aufgeschlitzten Körper heraus und ein metallischer Geruch schlägt mir entgegen. Ich habe schon viele Tiere seziert, doch bei diesem Anblick rebelliert mein Magen und ich sinke kraftlos auf die Knie.

Mir wird heiss und kalt.

Das ist eine Warnung. Meine Peiniger waren hier im Haus. Ich beuge mich vor und übergebe mich.

Mein Herz schlägt so fest und laut, dass ich das Gefühl habe, es springt mir aus der Brust. Ich überlege, mich im Zimmer einzuschliessen, aber ich halte es hier keine Sekunde länger aus. Also gehe ich leise durch die Tür und schaue mich um. Nichts zu hören, niemand zu sehen. Ich schleiche weiter Richtung Badezimmer. Die letzten Meter sprinte ich, knalle die Tür hinter mir zu und schliesse ab. Erleichtert lehne ich mich gegen das Holz und schliesse die Augen.

In diesem Moment höre ich ein Knistern und reisse die Augen auf. Der zugezogene Badevorhang bewegt sich.

Ich atme tief durch und taste eine gefühlte Ewigkeit in meiner Handtasche herum, die ich immer noch krampfhaft festhalte, bis ich mein Schweizer Taschenmesser finde.

Kampflos sterbe ich nicht, ich werde es ihnen so schwer wie möglich machen.

Mit erhobenem Messer gehe ich langsam zur Wanne und ziehe den Vorhang ruckartig zur Seite. Meine Rechte saust hinab, doch da ist nichts.

Scheisse, jetzt habe ich wertvolle Zeit vergeudet. Eilig

ziehe ich mein Handy hervor, rufe die Polizei an und sage, dass jemand bei uns eingebrochen hat und ich nicht weiss, ob der Täter noch im Haus ist. Ich kann diese Situation nicht mehr allein bewältigen und ich muss meine Familie schützen. Ich warte im Badezimmer, bis ich die Stimme meines Vaters höre. Leise öffne ich die Tür und eile die Treppe in den Eingangsbereich hinab, wo vier Polizisten stehen, unter ihnen Alexej.

«Kommen Sie in die erste Etage», rufe ich. Die Polizisten eilen hoch und meine Eltern hinterher.

«Natalia, was ist passiert?», fragt meine Mutter. Ich zeige auf meine Zimmertür. Doch sobald die Tür aufgeht, weiss ich, dass etwas nicht stimmt. Es riecht nach frischem Putzmittel und Desinfektion.

Ungeduldig dränge ich mich an den Polizisten vorbei. Was ich sehe, macht mich unglaublich wütend und verzweifelt. Der Boden ist blitzblank poliert.

«Aber ... das kann nicht sein, da war eben noch ...»
«Frau Kowalczyk, woran machen Sie fest, dass hier eingebrochen wurde? Haben Sie jemanden gesehen?»

Die Blicke der Polizisten schwanken zwischen Genervtheit und Belustigung. Nur Alexej sieht ernsthaft besorgt aus.

«Ich ... da war eben noch eine tote Ratte, in der ein Messer steckte.»

Ein junger, blonder Polizist zieht die Brauen hoch.
«Und wo ist die Ratte jetzt?»

«Ich ... ich verstehe das nicht, eben war sie noch da!»

Alexej runzelt die Stirn. Die anderen beiden sehen sich an und verdrehen die Augen.

«Dann haben wir hier wohl nichts mehr zu tun», sagt der Blonde.

Alexej sieht ihn scharf an.

«Haben wir sehr wohl. Ratte hin oder her, wir werden

nach Spuren suchen. An die Arbeit!»

«Chef, ich glaube, das ist nicht nötig. Da ist nichts.»

«Glauben können Sie in der Kirche. Was hier zählt, sind Fakten.»

Alexej übernimmt das Ruder und teilt die Männer ein, die leise vor sich hin murren. Einer stöhnt: «Das ist doch völlig unnötig.»

Alexej erwidert: «Hiermit verwarne ich Sie offiziell, Herr Müller. Als öffentliche Instanz haben wir einen Auftrag, der es beinhaltet, allen Hinweisen nachzugehen und jeden Bürger anständig zu behandeln. Wenn Ihnen Ihr Job nicht passt, steht es Ihnen frei zu gehen!»

Der Mann zieht den Kopf ein und murmelt eine halbherzige Entschuldigung.

Meine Eltern, Oma und ich müssen im Wohnzimmer warten, während die Polizisten arbeiten. Kopfschüttelnd sieht mich mein Vater an und meine Mutter beobachtet mich mit gerunzelter Stirn.

«Was sollte das? Du hättest uns rufen können oder unsere private Security. Du hast doch die Nummer, oder nicht? Das mit der Polizei wird sich rumsprechen …», motzt mein Vater.

«Hast du wirklich eine aufgeschlitzte Ratte gesehen?»

Meine Mutter sieht mich besorgt an.

Für einen Moment zweifle ich an mir selbst. Spinne ich? Habe ich mir alles nur …?

«Lasst Natalia in Ruhe!», schaltet sich meine Grossmutter unerwartet ein.

Erstaunt sehen wir sie an. Mein Herz schmerzt. Sie setzt sich für mich ein und ich bringe sie in solch eine Gefahr.

«Das einzig Gute daran, dass ich dich in die Welt gesetzt habe, ist die Existenz meiner Enkeltochter!» Vernichtend schaut sie meinen Vater an, der zusammenzuckt und verdächtig feuchte Augen bekommt. In diesem Moment tut er mir leid.

«Oma hat es nicht so gemeint.», beginne ich, doch sie unterbricht mich rüde:

«Was habe ich nicht so gemeint?»

In diesem Moment kommt einer der Polizisten, um uns zu befragen. Ich folge ihm ins Arbeitszimmer meines Vaters. Er sieht attraktiv aus mit seinen blauen Augen und den dunklen Haaren.

Wir setzen uns am Konferenztisch aus Massivholz einander gegenüber. Aufmerksam sieht er mich an.

«Was ist denn genau passiert?»

Nervös knete ich unter dem Tisch meine Hände.

«Ich … es war so …», stammle ich.

«Haben Sie jemanden im Haus gesehen?»

«Nein.»

«Wie sind Sie dann zu der Annahme gekommen, dass hier jemand eingebrochen hat?»

«Ich … in meinem Zimmer lag eine tote Ratte, die aufgeschlitzt war.»

«Was haben Sie dann gemacht?»

«Ich schloss mich im Badezimmer ein und rief die Polizei.»

«Und da sind Sie geblieben, bis die Polizei gekommen ist?»

«Ja.»

«Wie erklären Sie sich das Verschwinden der Ratte?»

«Jemand wird sie entfernt haben.»

«Wer?»

Ich zupfe an meinen Haaren. «Weiss nicht.»

Er zieht die linke Braue hoch.

«Ich… wir sollten das Ganze abbrechen, das führt zu nichts», sage ich.

Sein Blick durchbohrt mich förmlich. «Vor wem haben

Sie Angst?»

«Vor niemandem!» Ich betrachte konzentriert die Farbverläufe der Tischplatte, die mir zuvor nie aufgefallen sind.

«Hier wurde Ihnen zufolge eingebrochen und eine tote Ratte deponiert, die auf mysteriöse Art wieder verschwunden ist. Und Sie wollen mir sagen, Sie haben keine Ahnung, wer dahintersteckt?»

«Ja.»

«Sie lügen.»

Ich zucke zusammen.

«Steht das Ganze im Zusammenhang mit dem Vorfall vom vorletzten Samstagabend?»

Mein Herz setzt zuerst einen Schlag aus und beginnt dann in doppelter Geschwindigkeit gegen meine Brust zu hämmern.

«Ich ... ich breche das Gespräch an dieser Stelle ab.» Ich strecke den Rücken durch, ziehe die Schultern nach hinten und erwidere seinen Blick.

«Werden Sie erpresst?»

Er fixiert mich wie ein Raubtier kurz vor dem Sprung.

«N ... nein», stammle ich.

Sein Blick wird milder.

«Bei uns auf der Dienststelle wird viel über Sie geredet.»

«Echt? Was denn?», frage ich mit aufgerissenen Augen.

«Das sage ich Ihnen, wenn Sie mir die Wahrheit sagen.»

«Also gut, ich werde bedroht.»

«Von wem und warum?»

«Es geht um Geld. Mehr kann ich nicht sagen. Was wird über mich geredet?»

«Von wem werden Sie bedroht?»

«Ich kann es echt nicht sagen.»

«Also gut», seufzt er. «Sie wissen, wer bei uns in der

Führungsetage arbeitet?»

«Sie meinen nicht Alexej, oder?», frage ich verwirrt.

«Nein, weiter oben.»

Ich überlege angestrengt, dann rufe ich aus: «Madeleine!»

Ich hatte völlig vergessen, dass Ginas Cousine bei der Polizei arbeitet. Zum Glück hatte ich nur selten etwas mit ihr zu tun. Auf mich wirkte sie sehr arrogant und zickig, doch mit Gina hat sie sich immer prächtig verstanden.

«Scheisse, wir konnten uns noch nie leiden», sage ich leise.

Der junge Polizist meidet meinen Blick. «Ich denke, wir sind hier fertig.»

«Was genau erzählt sie über mich?»

Er starrt einen Moment auf die Tischplatte. «Diese Unterhaltung hat niemals stattgefunden, ist das klar? Ich bin auf meinen Job angewiesen.»

«Verstanden.»

«Sie erzählt, dass Sie verrückt sind.»

«Nichts Neues», wende ich nüchtern ein.

«Das neuste Gerücht ist, dass Sie eifersüchtig und voller unerwiderter Liebe zu Timon sind.»

Empört schnappe ich nach Luft, halte mich aber zurück, um seinen ohnehin stockenden Redefluss nicht zu unterbrechen.

«Madeleine hat uns vor Hilferufen von Ihnen gewarnt, uns gleichzeitig aber angewiesen, uns möglichst professionell zu verhalten, vor allem wenn Ihre Eltern dabei sind. Wir sollten die Ermittlungen aber nicht zu ernst nehmen, da sie uns von wichtigen Fällen abhalten. Alexej, der Einsatzleiter, wird wohl wieder mit ihr aneinandergeraten, weil er diesen Fall zu ernst nimmt.»

«Scheisse, wie kann so etwas in einem demokratischen

Land wie der Schweiz nur passieren?», frage ich verzweifelt.

«Hören Sie ... Ich weiss, dass Sie in einer schwierigen Lage stecken. Ich empfehle Ihnen dringend, die Polizei eines anderen Standorts einzuschalten. Ich bin überzeugt, dass Sie nur so aus dieser Misere wieder rauskommen werden.»

«Danke für den Ratschlag.»

«Gerne.»

Wir kehren ins Wohnzimmer zurück. Die anderen Polizisten sind mittlerweile fertig mit der Untersuchung und verabschieden sich. Alexej würdigt mich keines Blickes, was mir einen Stich versetzt. Aber er muss professionell bleiben, vor allem in dieser heiklen Situation.

Obwohl es erst früher Abend ist, bin ich müde von den Ereignissen des Tages. Ich bleibe in meinem Zimmer und rede mit niemandem.

Alexej meldet sich nicht. Wahrscheinlich versucht er, dem Chaos Herr zu werden, welches ich durch meinen Anruf verursacht habe. Ich gehe früh ins Bett, nehme Goethe und Einstein mit zu mir, ziehe mir die Decke über den Kopf und weine mich in den Schlaf.

Übermüdet und völlig gerädert quäle ich mich am nächsten Tag aus dem Bett.

In der Nacht wurde ich bei dem kleinsten Geräusch wach. Das Bild der aufgeschlitzten Ratte hat mich nicht losgelassen. Ich bin zwar mit dem Sezieren von Tier und Mensch vertraut, aber nicht mit einer solch grauenhaften Inszenierung, die ein Symbol meines Schicksals darstellen soll.

Ich blicke auf mein Handy und sehe eine Nachricht von Alexej.

Wir müssen reden, wann hast du Zeit?

Sehr sachlich, ohne Emoji. Mir wird flau im Magen.

Möglicherweise will er nur mit mir über den gestrigen Einsatz sprechen.

Oder bedeuten diese Worte etwas ganz anderes? Warum fällt den Männern das immer nach dem Sex ein? In der kurzen gemeinsamen Zeit ist er für mich unglaublich wichtig geworden. Mich erschreckt diese Erkenntnis, weil er dadurch eine gewisse Macht über mich hat.

In zwei Stunden, schreibe ich ebenso kühl zurück.
Ich hole dich ab, antwortet er.

Zwei Stunden später steige ich in sein Auto und er fährt los, ohne mich eines Blickes zu würdigen. Apathisch schaue ich aus dem Fenster und wünsche mir, dass diese Fahrt nie endet. Hier bin ich wenigstens mit ihm zusammen und in Sicherheit vor meinen Feinden. Viel zu schnell hält er an und stellt den Motor aus. Er ist zu der Bank am Waldrand gefahren, wo wir uns das erste Mal geküsst haben.

Wo es begann, soll es wohl auch enden.

Wir steigen aus und Alexej fragt mich, ob wir ein bisschen spazieren gehen wollen, aber ich schüttele den Kopf. Meine Beine fühlen sich wie Gummi an. Wie ein nasser Sack lasse ich mich auf die Bank plumpsen. Ich sehe ihn von der Seite an und bemerke, wie übermüdet er aussieht.

«Natalia, denk bitte nicht, dass ich dich nur ins Bett bekommen wollte», beginnt er.

Ich lache spöttisch und sage: «Lass das Geplänkel und sag geradeheraus, was Sache ist.»

«Na, schön. Mir wird das alles gerade etwas viel. Ich habe kaum geschlafen und habe seit gestern einen Riesenstress bei der Arbeit!»

«Ich habe dich nie darum gebeten, dass du wegen mir auf Schlaf verzichtest», gifte ich ihn an. «Und ich weiss, dass Madi euch Stress macht. Da dir dein Job so wichtig ist, musst du eben vor dieser Bitch buckeln!»

Er sieht mich kalt an, jegliche Spuren von Emotionen fehlen.

«Es tut mir leid, Natalia. Es ist vorbei.»

Dieser nüchterne Satz tut unglaublich weh, ich kann die Tränen kaum noch zurückhalten.

«Ich habe erkannt, dass meine Gefühle für dich rein sexuell waren. Tut mir leid, ich wollte dich nie verletzen.»

Mit offenem Mund sehe ich ihn an. Zum zweiten Mal in so kurzer Zeit hat er es geschafft, einen Pfeil mitten in mein Herz zu schiessen. Ich verfluche mich dafür, dass mir die Tränen kommen.

«Du dreckiges, notgeiles Arschloch!», schreie ich.

Keine Regung in seinem Gesicht. Ich sehe keinen Hauch von der Zuneigung und Liebe mehr, die ich sonst darin gesehen habe.

Ich versuche, Haltung zu bewahren, aber es geht nicht, ich kann das Weinen nicht mehr unterdrücken. Tiefe Schluchzer bahnen sich ihren Weg aus den Tiefen meiner Seele an die Oberfläche. Mit letzter Kraft stehe ich auf.

«Warte, ich bringe dich nach Hause …»

«Nein! Ich brauche deine Hilfe nicht!», erwidere ich und lasse ihn stehen.

Weinend laufe ich durch das Dorf. Was ist das auf einmal für ein Sinneswandel? Was habe ich ihm getan? Oder hat er alles nur vorgetäuscht, um mir heimzuzahlen, dass ich ihn so lange ignoriert habe? *Oder es ist deine gerechte Strafe*, flüstert die böse Stimme.

Die Leute, denen ich begegne, sehen mich auf eine merkwürdige Art an. Eine mir unbekannte Frau fragt mich, ob sie mir helfen kann, doch ich schüttle nur den Kopf. Mir kann niemand helfen.

Heulend komme ich nach Hause. Als ich an der offenen Wohnzimmertür vorbeigehe, sehe ich meine Eltern dort sitzen. Meine Mutter hat rot geweinte Augen und sieht mich überrascht an.

«Du weisst es schon?»

Oh mein Gott! Oma ...

«Was ist passiert?», frage ich ängstlich.

«Einstein ist tot.»

«Nein!», schreie ich.

Meine Mutter springt auf und kommt zu mir. Sie nimmt mich in den Arm und ich wehre mich nicht. Ich habe keine Kraft mehr, mich gegen irgendetwas oder irgendwen zu wehren. Mein Herz fühlt sich an wie ein einziger grosser Scherbenhaufen.

«Wie?», frage ich, als ich die Fassung zurückgewinne.

«Vermutlich vergiftet. Er hatte Schaum vor dem Mund», antwortet meine Mutter zögernd.

Mein armer, treuer Hund. Mein kleiner Einstein, der die letzten Tage immer Wache vor meinem Bett gehalten hat. So ein Ende hat er nicht verdient.

«Vielleicht war ich gestern etwas vorschnell, Natalia», sagt mein Vater mit dumpfer Stimme. Auch wenn er oft so getan hatte, als wäre er von Einstein genervt, weiss ich, wie sehr er ihn geliebt hat. Wenn er sich unbeobachtet fühlte, versuchte er ihm irgendwelche Tricks beizubringen.

«Ich glaube mittlerweile auch, dass uns jemand ins Visier genommen hat», fährt er fort. «Ich werde eine neue Alarmanlage, mehr Bewegungsmelder und Kameras installieren lassen.»

Ich nehme seine Worte nur am Rande wahr, zu sehr schmerzt mich Einsteins Tod.

«Es wird empfohlen, den Tür Code mindestens einmal im Jahr zu ändern, der Jetzige wurde aber noch nie geändert», sage ich leise.

Meine Eltern nicken. Ich wanke in mein Zimmer, werfe mich aufs Bett und lasse meinen Gefühlen freien Lauf. Ich weine, schreie und schlage wütend auf mein Kissen ein.

Dabei fliegen Tierhaare in die Höhe – alles, was mir von Einstein geblieben ist. Goethe sitzt wie erstarrt auf meinem Schrank.

Ich muss auf ihn aufpassen, schiesst es mir durch den Kopf. Ihm darf nicht auch noch etwas passieren.

Heisse Wut pulsiert durch meine Adern. Sie sind zu weit gegangen. Morgen nehme ich mein Schicksal selbst in die Hand!

Wegen der verbesserten Sicherheitsmassnahmen schlafe ich etwas besser, obwohl ich emotional an einem absoluten Tiefpunkt angekommen bin. Als Krönung flattert der Brief des Gerichts rein, der meine Entmündigung bestätigt. Immerhin muss ich Dr. Zwirn nicht als Psychiater behalten. Ich habe allerdings die Pflicht, eine Sitzung pro Woche bei einem vom Gericht bestellten Psychiater zu besuchen. Immerhin steht nichts von Medikamenten.

Ich raffe mich auf und mache mich fertig, um das Haus zu verlassen. Da ich noch nicht so richtig weiss, wie ich meinen Befreiungsschlag angehen soll, beschliesse ich zunächst einen Termin bei Thao-Li zu vereinbaren.

Meine Kosmetikerin sagt ihren Kunden die Zukunft voraus und hat immer einen guten Ratschlag parat.

Angestrengt überlege ich, was sie mir beim letzten Besuch gesagt hat, als die Erkenntnis so plötzlich kommt, dass ich erschrocken zusammenzucke. Sie meinte, dass ich von meinen Zielen abgehalten werden würde, weil mir Menschen aus meinem Umfeld Böses wollten und mich in grosse Gefahr bringen würden. Damals habe ich laut gelacht.

Vielleicht war ihre Weissagung Zufall, aber wenn nicht? Vielleicht kann sie mir irgendwie helfen. Ich greife nach meinem Handy und frage per SMS einen Termin bei ihr an. Als ich ihre prompte Antwort lese, trifft mich fast der

Schlag:

Liebe Natalia, diesmal geht es nicht um eine Schönheitsbehandlung, richtig? Du befindest dich in grosser Gefahr. Bleib zu Hause, nur da bist du sicher. Liebe Grüsse, Thao-Li

Thao-Li, bitte! Ich brauche deine Hilfe. Sag mir, wann ich kommen kann.

Nach fünf Minuten, die sich wie eine Ewigkeit anfühlen, kommt die Antwort: *Also gut. 14:00. Pass auf dem Weg zu mir gut auf dich auf.*

Was kostet die Sitzung?

Heute nichts. Ich weiss, du bezahlst, sobald du wieder Geld hast.
Woher weiss sie das nur schon wieder?

Als es Zeit wird, aufzubrechen, werde ich nervös.

Ich atme tief durch. Mir wird nichts passieren, sage ich mir immer wieder. In meinem Auto bin ich in Sicherheit.

Ich gehe vom Haus direkt in die Garage. Dort stehen sechs Autos, ein roter Ferrari, ein schwarzer Porsche Gt3, ein dunkelblauer Porsche Panamera, ein beiger Bentley, und mein dunkelblauer Mercedes C63. Und ... mein Herz schlägt schneller, mein AC Shelby Cobra Superperformance III von 1965.

Am liebsten würde ich heute den Ferrari nehmen, aber dann müsste ich meinen Vater fragen. Also steige ich in meinen Mercedes ein. Ich öffne das Garagentor und starte den Motor. Mehrere Zeichen leuchten rot auf und abwechselnd erscheinen die Hinweise: Motorfehler, Batterie schwach, Bremsen überprüfen lassen.

Seufzend steige ich aus und sehe mich unschlüssig um. Nein, meine Eltern will ich nicht fragen. Also nehme ich meine Cobra. Zögernd gehe ich zu meinem schwarzen Oldie. Ich liebe das Auto. Mein Bruder hat es mir geschenkt und sogar ein bisschen mit mir fahren geübt, bis er es gesundheitlich nicht mehr konnte. Mit zittrigen Beinen steige ich ein. Ich bin das Auto schon seit über einem Jahr nicht mehr gefahren. Das schwarze, schlichte Interieur beruhigt mich. Das Highlight ist das grosse, hölzerne Lenkrad. Ich starte den Motor und würge ihn direkt ab.

Ich schüttle den Kopf über mich, starte erneut und lasse den Gang dieses Mal vorsichtiger kommen.

Langsam fahre ich auf die Strasse und schaue mich hektisch um.

Meine Nervosität legt sich und ich beginne, die Fahrt zu geniessen. Der kalte Wind belebt mich und tut mir gut, sogar die Sonne zeigt sich und scheint mir sanft ins Gesicht. Ich gebe Gas und freue mich über den brummenden Motor.

Als ich das Tempodreissigschild vor mir sehe, drücke ich auf die Bremse, doch mein Auto reagiert nicht. Ich bremse noch einmal, doch die Cobra fährt im gleichen Tempo weiter.

21.

Ich sehe Kinder auf der Quartierstrasse toben. Mir bricht der kalte Schweiss aus und ich hupe wie wild. Erschrocken springen die Kleinen aus dem Weg. Ihre Eltern ziehen sie von der Strasse und gestikulieren wütend, ein Mann zeigt mir den Vogel, ein anderer fotografiert mich. Aber ich habe ein grösseres Problem, denn ich muss mein Auto unter Kontrolle bringen, ohne jemanden zu verletzen oder gar umzubringen.

Wie erstarrt sitze ich verkrampft da, mein Körper schmerzt. Fieberhaft denke ich nach, was man in einer solchen Situation macht, aber mir fällt nichts ein, mein Kopf ist völlig leer. Die Strasse ist leicht abschüssig, weshalb mein Auto immer mehr Fahrt aufnimmt.

Hektisch versuche ich den Schlüssel zu drehen und rauszuziehen, doch es geht nicht.

Scheisse! Ich schalte hoch und werde schmerzhaft in den Gurt gedrückt, während das Auto ausschert. Überfordert kurble ich am Steuer rum und schalte schnell wieder runter. Ich muss den ersten Gang einlegen! Panisch reisse ich an dem Kupplungshebel und ein Ruck drückt mich nach vorne und lässt den Motor laut aufheulen. Der Wagen rollt immer schneller den Berg hinab. Ich habe den Leerlauf drin – verdammte Gangschaltung!

Rechts von mir sehe ich eine hohe Mauer. Es ist verrückt, aber vermutlich die einzige Chance, mein Auto zu bremsen. Ich versuche, in den zweiten Gang zu schalten und wenigstens das funktioniert. Der Motor heult erneut auf und ein Stoss erschüttert das Auto, als es abbremst. Ich schramme an der Mauer entlang, was mich meinen Seitenspiegel kostet. Ein Geräusch von Metall auf Stein, schrecklich und schmerzhaft in den Zähnen, aber es funktioniert. Das Auto wird langsamer. Kurz bevor es zum Stehen kommt, endet die Mauer. Ich greife zur Handbremse, doch ich traue mich nicht, sie zu ziehen.

Plötzlich hört die Strasse auf und ich rolle auf die Hauptstrasse zu, ordne mich ein und hoffe, dass niemand vor mir abbremst. Ich biege rechts ab und sehe hinter mir einen Lastwagen auf mich zukommen, der kurz darauf hupt.

Panisch gebe ich Gas. Mein Auto nimmt heulend Fahrt auf und schert erneut aus. In letzter Sekunde bringe ich es wieder in die Spur.

Mittlerweile bin ich auf einer abschüssigen Landstrasse und fahre 150 Stundenkilometer. Viel zu schnell. Vorsichtig schalte ich wieder runter und der Wagen wird langsamer. Vor mir fährt ein pinker Smart, zu dem der Abstand immer kleiner wird. Aber ich kann nicht überholen, weil mir ein Lastwagen entgegenkommt und es rechts neben mir steil bergab geht. Ich hupe und blinke wie verrückt mit meinem Fernlicht. Verzweifelt sehe ich, dass beim Smart die Bremslichter aufleuchten. Aus dem Fenster reckt der Fahrer seine Hand und zeigt mir den Mittelfinger. Ich klebe ihm an der Stossstange.

Endlich scheint der Fahrer verstanden zu haben, denn er beschleunigt.

Mein Auto wird stetig langsamer, nun stehen 75 km/h auf dem Tacho. Ein lautes Hupen ertönt und ich sehe im Rückspiegel wieder den Lastwagen. Scheisse, wenn ich nicht sterbe, weil ich irgendwo reinfahre, dann weil mich ein Vierzigtonner überrollt!

Vor mir sehe ich Lichtsignale und mir bricht der kalte Schweiss aus. Ich drücke den Knopf der Warnblinkanlage.

Mir der rechten Hand umklammere ich das Steuer, mit der linken gestikuliere ich dem Lastwagen hinter mit verzweifelt, er soll Abstand halten. Trotz des Gefälles wird der Wagen immer langsamer.

Doch die Kreuzung mit der roten Ampel rückt immer näher.

Panisch trete ich aufs Gaspedal und weiche einem Auto aus, das von links kommt.

Mein Wagen gerät ins Schleudern. Mit zitternden Armen lenke ich dagegen. Als ich wieder halbwegs Kontrolle über den Wagen habe, sehe ich ein grünes Auto auf mich zu fahren. Wieder drücke ich das Gas durch, doch anstatt nach vorne zu preschen, dreht sich mein Auto. Ich versuche es wieder gerade zu bekommen, doch ich weiss nicht mehr, wo rechts und links, wo oben und unten ist. Dann folgt ein Knall und um mich herum herrscht nur noch Schwärze.

«Natalia, kannst du mich hören?»

Ich versuche zu antworten, kann aber nicht. Und ich will auch nicht, ich will bei Alexej bleiben, hier am Strand.

«Natalia!»

Die Cote d' Azur löst sich nach und nach auf. Ich spüre die kratzige Decke auf mir, die viel zu warm und schwer ist. Langsam öffne ich die Augen, werde aber stark geblendet und schliesse sie wieder.

«Sie hat die Augen geöffnet», ruft meine Mutter aufgeregt.

«Hat sie nicht», antwortet mein Vater.

«Natalia, antworte bitte, wenn du kannst!», ertönt wieder die fremde Stimme.

«Hm», brumme ich.

Wieder öffne ich die Augen und versuche sie mit der rechten Hand abzuschirmen. Bei dieser Bewegung schiesst ein gleissender Schmerz durch meinen Arm.

Ich spüre einen leichten Widerstand und höre etwas reissen. Eine Hand drückt meinen Arm runter.

«Sie hat sich den Tropf rausgerissen», sagt die Stimme.

«Es ist zu hell», krächze ich.

Das Licht wird gelöscht und ich höre, wie ein Vorhang zugezogen wird. Vorsichtig blinzle ich und öffne die Augen. Zuerst sehe ich alles nur verschwommen, doch das Bild vor meinen Augen klärt sich schnell.

Meine Eltern beugen sich besorgt über mich. Neben ihnen steht ein bärtiger Mann in einem weissen Kittel, der immer noch meine Hand festhält, was ich mit einem bösen Blick quittiere.

«Wenn Blicke töten könnten …», sagt er amüsiert.

«Lassen Sie ihre Hand los, das mag sie nicht», sagt meine Mutter.

Der Mann lässt mich los.

«Die Infusionsnadel muss neu gelegt werden.»

«Was ist passiert?», frage ich matt. «Und wo bin ich?»

«Du hattest einen Unfall», sagt meine Mutter und streicht mir über die verschwitzte Stirn.

«Was?», beginne ich mühsam, doch dann kommen langsam ein paar Erinnerungsfetzen zurück. «Ich bin Auto gefahren und dann … dann konnte ich nicht mehr bremsen!»

«Sehr wohl konntest du bremsen. Und driften!», antwortet mein Vater. «Mädchen, hast du völlig den Verstand verloren?»

«Nicht jetzt», erwidert meine Mutter wütend. «Sie darf sich nicht aufregen!»

«Das war meine einzige Rettung», sage ich mit Tränen in den Augen. «Das Auto hat nicht mehr gebremst, also habe ich runtergeschaltet. Das hat aber nicht gut funktioniert, in den ersten Gang konnte ich nicht schalten, darum musste ich den anderen Autos ausweichen und habe die Kontrolle verloren.» Die letzten Worte presse ich keuchend hervor und bin danach völlig atemlos.

«Blödsinn», wirft mein Vater ein. «Du hast es vermutlich nicht bemerkt, aber der Wagen wurde vor zwei Monaten fast komplett restauriert, das war teuer, aber nur das Beste für dich! Und ...»

«Noch ein Wort von dir und du gehst raus!», sagt meine Mutter. Ihre Augen sprühen Funken, was sehr selten der Fall ist. Mein Vater schweigt.

«Reg dich nicht auf Natalia, es ist alles gut», sagt meine Mutter.

Stumme Tränen laufen mir die Wangen hinab.

«Ihr glaubt mir schon wieder nicht!»

«Wir reden darüber, wenn es dir besser geht», antwortet meine Mutter, was mich nur noch verzweifelter werden lässt.

«Wo ist das Auto?», frage ich.

«Mein Assistent konnte es einem Autohändler für Ersatzteile verkaufen», seufzt mein Vater.

«Aber die Bremsen waren defekt, wirklich», beteuere ich. Mein Vater setzt zu einer Antwort an, doch in diesem Moment klingelt sein Handy. Er nimmt den Anruf an, was mich ärgert. Sein Gesicht wird ernst und er eilt aus dem Zimmer. *Vermutlich geschäftliche Probleme*, denke ich genervt.

Doch bereits wenige Sekunden später kehrt er mit aschfahlem Gesicht zurück und winkt meine Mutter zu sich. Sie schliessen die Tür hinter sich. Ich versuche, mich aufzusetzen, doch mir wird schwindlig. Kurz darauf kehren meine Eltern mit betretenen Gesichtern zurück ans Bett.

«Was ist los?»

«Die Bremsen deines Wagens ...», sagt mein Vater

leise. «Sie haben tatsächlich nicht funktioniert. Die Leitungen waren durchtrennt.»

Ich seufze erleichtert auf. Endlich existiert ein Beweis, der für mich spricht. Vielleicht sollte ich jetzt einfach alles beichten, dann wäre die Gefahr vorüber.

«Es tut uns leid, dass wir dir nicht geglaubt haben», flüstert meine Mutter mit tränenerstickter Stimme. «Wir sind so unendlich froh, dass dir nichts Schlimmeres passiert ist.»

Der bärtige Mann kommt mit einem Tablett rein. Der Geruch von Zwiebeln steigt mir in die Nase und mir wird schlecht.

«Nein danke, ich esse zu Hause», sage ich, als er das Tablett vor mir abstellt.

«Bis dahin bist du aber verhungert», antwortet er trocken.

«Was soll das heissen?»

«Dass du noch eine Weile bei uns bleibst.»

«Auf keinen Fall!», protestiere ich.

«Bringen Sie mir das Formular, mit dem ich mich auf eigenes Risiko entlassen kann», verlange ich.

«Davon rate ich Ihnen dringend ab! Sie haben eine Gehirnerschütterung und brauchen Bettruhe.»

«Bringen Sie mir das Formular!»

«Natalia, damit sind wir aber nicht einverstanden», schaltet sich mein Vater ein. «Und, du weisst, dass wir das nach dem aktuellen Stand der Dinge auch durchsetzen können.»

Ich sehe meiner Mutter in die Augen.

«Wenn du willst, dass ich dir irgendwann einmal verzeihe, dann besorgst du mir dieses verdammte Formular!»

«Aber Natalia, hier bist du doch viel besser versorgt …», setzt meine Mutter an und will mir über die Wange streichen.

Ich schlage ihre Hand weg.

«Hast du mir nicht zugehört?»

«Natalia, wie redest du denn mit uns?», braust mein Vater auf.

Ich ignoriere ihn und fixiere weiterhin meine Mutter.

«Es gibt kein Aber. Du kannst dich für mich oder gegen mich entscheiden. Es ist deine Entscheidung.»

Sie nickt mit Tränen in den Augen und wendet sich an den Pfleger. «Bereiten Sie die Entlassungspapiere vor und besorgen Sie das Formular.»

«Miriam! Bist du verrückt geworden?», faucht mein Vater und fährt nun ebenfalls zu dem Pfleger herum. «Sie werden nichts dergleichen tun!»

«Halt den Mund», sagt meine Mutter. «Halt einmal in deinem Leben den Mund und lass mich das hier regeln.»

Zu meiner Überraschung verstummt mein Vater tatsächlich, als ob etwas in der Stimme meiner Mutter eine letzte Verwarnung gewesen wäre.

Der Pfleger sieht meine Eltern mit aufgerissenen Augen an und eilt aus dem Zimmer.

Kurz darauf kehrt er mit einem streng aussehenden Arzt zurück, der mir und meinen Eltern ins Gewissen redet. Doch meine Mutter setzt tatsächlich durch, dass ich das Krankenhaus sofort verlassen kann.

Als der Arzt kopfschüttelnd mein Krankenzimmer verlässt, um die Papiere zu holen, versuche ich noch einmal, mich aufzusetzen, doch ich schaffe es nicht.

Meine Eltern holen einen Rollstuhl und mein Vater hebt mich wortlos hinein. Ich schliesse die Augen, während sich alles im Raum dreht. Dann erbreche ich mich auf meine Beine, doch das ist mir egal.

Ich will nur noch in mein sicheres Zuhause, alles andere ist unwichtig. Gebückt sitze ich da, den Kopf in die Arme gestützt, die Ellenbogen auf meinen Beinen. An meiner

Haut das nasse, warme Erbrochene.

Mein Vater schiebt mich aus dem Zimmer, während meine Mutter losläuft, um ein paar Tücher zu besorgen.

«Oh mein Gott, Natalia, was ist passiert?», höre ich Alexejs entsetzte Stimme.

Meine Mutter beginnt damit, mich mit einem Tuch abzutupfen, während sich die Stimmen von meinem Vater und Alexej entfernen. Ich verstehe nicht, worum es geht, aber es hört sich an, als ob sie streiten.

Kurz darauf spüre ich frische Luft auf meiner Haut und nehme nur am Rande wahr, wie mein Vater mich ins Auto hebt. Die Fahrt ist eine Qual, bei jeder Bodenwelle schiesst mir ein glühender Schmerz durch den Kopf.

Zu Hause angekommen, trägt mein Vater mich ins Bett. Meine Mutter hilft mir beim Umziehen und dann falle ich in einen unruhigen Schlaf. Ich träume, wie Timon mich durch den Wald verfolgt. Ich laufe so schnell ich kann, doch ich rutsche aus und höre sein boshaftes Lachen über mir. Sein Gesicht ist eine verzerrte, hasserfüllte Fratze. «Jetzt bist du dran, du elende Schlampe!»

Schweissgebadet wache ich auf. Mein Kopf ist am Explodieren.

Draussen donnert es. Ein Blitz erhellt mein Zimmer. In dieser Sekunde sehe ich durch das Fenster Ginas Gesicht. Ihre blonden Haare sind schlohweiss und ihre Augen funkeln mich an. Ich will schreien, bringe aber nur ein schwaches Stöhnen heraus. Ich drehe mich, falle aus dem Bett und ignoriere den Schmerz des Aufpralls. Ich krieche zur Tür, komme aber nicht weit, da mich meine Kräfte verlassen. Nun liege ich in Unterhose und T-Shirt am Boden und zittere wie Espenlaub vor Angst und Kälte.

Alles in meinem Kopf dreht sich wie in einem Karussell, sodass ich nicht mehr weiss, wo ich bin und nicht mehr zu meinem Bett zurückfinde. Goethe stupst mich an, reibt sein Köpfchen an meiner Wange und legt sich vorsichtig auf mich drauf. Es ist nicht viel Wärme, die der kleine Katzenkörper ausstrahlt, aber dennoch hat sie eine beruhigende Wirkung.

Als es draussen hell wird, lassen der Schwindel und die Angst nach. Ich krieche zum Bett zurück, schaffe es aber nicht, mich hochzustemmen und ziehe mir die Decke herunter, um auf dem Boden zu schlafen.

So finden mich meine Eltern einige Stunden später. Mein Vater schimpft, ich hätte im Spital bleiben sollen, während er mich ins Bett zurückhebt.

Die meiste Zeit schlafe ich, nur ab und zu werde ich wach, wenn meine Mutter mir etwas zu essen bringt, was ich unter grösster Anstrengung hinunterwürge. Doch ich habe den Vorsatz, schnell wieder zu Kräften kommen.

Nach einigen Tagen geht es mir etwas besser und ich frage nach meinem Handy. Meine Mutter bringt es mir. Erstaunlicherweise hat es den Unfall ohne einen Kratzer überstanden, allerdings ist der Akku leer. Ich schliesse das Ladekabel an und warte ungeduldig, bis ich es einschalten kann. Als es endlich hochfährt, starre ich auf die Statusmeldung, die mir zweihundert ungelesene Nachrichten und siebzig verpasste Anrufe anzeigt.

Mit gemischten Gefühlen öffne ich WhatsApp. Einige meiner Freunde und Bekannten von der Uni haben sich gemeldet, was in mir die Hoffnung erwachen lässt, dass man mich in meinem alten Leben, das so weit weg von mir ist, noch nicht vergessen hat.

Die meisten scheinen über meinen Unfall Bescheid zu wissen. Ich muss nicht lange nach dem Grund dafür suchen, da mir eine Kommilitonin einige Links zu den regionalen Nachrichten mitgeschickt hat.

Eine Schlagzeile lautet: *Entmündigte Medizinstudentin driftet ungebremst in Kreuzung.* Eine andere: *Crash in der Kreuzung – Kontrollverlust oder geplanter Suizid?*

Super, jetzt weiss die ganze Welt davon.

Andere Zeitungen schlagen eine völlig andere Richtung ein: *Junge Heldin riskiert ihr Leben, um andere zu retten!*

Und eine andere: *Die Bremsen haben versagt – versuchter Mordanschlag?*

Ich starre auf die Worte, die vor meinen Augen verschwimmen, weil mir die Tränen kommen. Das Interesse der Allgemeinheit an meinem Fall ist erwacht. Vielleicht ist das meine Chance, dass man mir endlich Glauben schenkt? Aber will ich das? Kann ich das riskieren trotz der aktuellen Gefahr? Auf jeden Fall müssen sich meine Feinde nun noch mehr in achtnehmen.

Mir kribbelt es in den Fingern. Zu gerne würde ich bei der Zeitung anzurufen, doch ich halte mich zurück. Ich muss erst darüber nachdenken und herausfinden, was sich sonst noch so während meines Dornröschenschlafes getan hat.

Dann sehe ich einige Nachrichten von Alexej.

Natalia, es tut mir leid, dass ich so ein Arschloch war. Ich habe mich wie der letzte Idiot verhalten. Glaub mir, es gab dafür einen guten Grund, ich erkläre dir alles später. Du bist mir unendlich wichtig. Ich hoffe, es geht dir gut. Ich komme mehrmals täglich, doch deine Eltern weisen mich ab. Lass uns bitte reden, ich will für dich da sein.

Da kann er lange warten, auch wenn seine Worte unweigerlich Sehnsucht nach ihm in mir wecken.

Doch als ich die nächste Nachricht sehe, wird mir flau im Magen. Wieso habe ich Timons Nummer eigentlich nie blockiert?

Seine Botschaft zieht mir den Boden unter den Füssen weg.

Ich liebe dich, Natalia! Unsere Liebe ist untrennbar, aber nicht unsterblich. Pass auf, was du tust!

Meine kurze Euphorie, die ich bei der Vorstellung empfand, wie bisher in Zürich zu leben, erlischt schlagartig.

In letzter Sekunde schaffe ich es, mich über den Bettrand zu beugen und mich auf meinen Bettvorleger zu erbrechen. Nachdem das Zittern nachgelassen hat, versuche ich einen klaren Gedanken zu fassen. Ich komme zu dem Schluss, dass ich meinen Stolz überwinden muss, denn der Einzige, der mir helfen kann, ist und bleibt Alexej. Ich rufe ihn an und er nimmt direkt ab. Ich will ihm gerade von diesen zwei Nachrichten erzählen, als er mich unterbricht und sagt, er wäre in zehn Minuten bei mir.

Mit aller Kraft, die ich aufbringen kann, wische ich das Erbrochene weg und räume auf. Dabei komme ich mir vor wie eine Schnecke. Jedes Körperteil schmerzt. Ich schleppe mich ins Bad und nehme zum ersten Mal nach meinem Unfall eine Dusche, für die ich eine Ewigkeit brauche, da ich meine rechte Hand nur eingeschränkt benutzen kann.

Nachdem ich das Wasser abgestellt habe, sehe ich, dass in meinem Bad nur noch ein mittelgrosses Frotteetuch hängt. Als ich nur notdürftig bedeckt in mein Zimmer zurückgehe, höre ich von unten die hitzigen Stimmen meiner Eltern und die von Alexej.

Hektisch ziehe ich mich an und gehe nach unten. Mit ausgebreiteten Armen kommt er auf mich zu, doch ich weiche vor ihm zurück. Er hält inne und sieht mich schuldbewusst an. «Können wir reden?» Die gleichen Worte wie vor ein paar Tagen.

«Sonst hätte ich dich wohl kaum angerufen.»

Ich sehe, wie mein Vater den Mund öffnet, um etwas zu sagen, aber ich werfe ihm einen vielsagenden Blick zu.

Alexej folgt mir in mein Zimmer und sieht sich um.

«Komm mit raus in den Garten.»

«Nein!», antworte ich bestimmt. Wir sehen uns in die Augen. Keiner schaut weg. Ich muss mich setzen, weil meine Beine nachgeben.

Er seufzt. «Ich bitte dich. Komm mit in den Garten.»

«Geht doch», gifte ich. «Geh schon vor, ich komme gleich nach.»

«Alles klar, Chefin.»

Einige Minuten später gehe ich die Treppe hinunter und auf die Terrasse zu. Alexej kommt mir aus dem Garten entgegen. «Hast du irgendwas dabei?»

«Was meinst du?»

«Lass alles hier bitte», sagt er leise.

«Okay …» Ich zeige ihm demonstrativ meine leeren Hände. Doch als ich vorausgehen will, hält er mich fest, greift in meine hintere Hosentasche und zieht mein Handy heraus.

«Was zum Teufel …»

«Pst, leise», sagt er, legt mein Handy auf den Couchtisch und zieht mich nach draussen.

«Was soll das, spinnst du?», fahre ich ihn an.

«Was ist hier los?», höre ich auf einmal die Stimme meines Vaters. Mit langen Schritten kommt er auf uns zu.

«Natalia, ist hier alles in Ordnung?»

«Ja klar. Alles in Ordnung.»

«Wieso bist du überhaupt hier unten? Du gehörst ins Bett!»

«Mir geht es schon viel besser», lüge ich.

Mein Vater mustert Alexej.

«Was wollen Sie wirklich hier?»

«Nach Ihrer Tochter sehen. Und sie zum Unfallhergang befragen.»

«So, so. Dann sind Sie also beruflich hier.»

Alexej antwortet darauf nichts, sondern liefert sich mit meinem Vater ein Blickduell.

Mein Vater geht auf ihn zu, sodass sich ihre Nasen fast berühren.

«Ich warne dich, Junge. Wenn du meiner Tochter auch nur ein Haar krümmst, kannst du dich warm anziehen. Wir vertrauen niemandem mehr. Ich behalte dich im Auge!»

Alexej hält seinem Blick stand und erwidert: «Auch wenn Sie mir nicht glauben, es gibt da ein paar andere Leute, die Sie im Blick behalten sollten.»

«Sagen Sie mir nicht, was ich zu tun habe, verstanden?»

Mein Vater wirft mir einen warnenden Blick zu und verlässt das Wohnzimmer.

«Was sollte das denn?», zische ich, als sich mein Vater ausserhalb unserer Hörweite befindet.

«Komm mit raus, ich erkläre dir alles», flüstert er mir zu.

Ich greife automatisch nach meinem Telefon, das auf dem Couchtisch liegt, aber Alexej hält meinen Arm fest.

«Ohne Handy.»

«Ist ja gut», antworte ich und folge ihm hinaus.

Draussen bleibe ich mit verschränkten Armen vor ihm stehen.

«Also?»

Er wirft einen Blick ins Wohnzimmer, sieht sich um und fährt sich mit der Hand durch die Haare.

«Sie wussten, wann wir nach Zürich und zu welchen Notaren wir wollten», sagt er schliesslich. «Ich habe mir tagelang den Kopf darüber zerbrochen, bis ich darauf gekommen bin. Sie müssen dein Handy gehackt haben.»

Bei diesen Worten wird mir schwindlig und ich taste nach der Mauer hinter mit. Sofort ist er bei mir und stützt mich. Ich setze mich auf die nasse, kalte Erde. Vor meinem inneren Auge spielen sich die Ereignisse der letzten Tage ab. Der Gift Muffin, unser Kuss, der Notar in Zürich.

«Timon hat mir geschrieben. Er droht mir aber nur zwischen den Zeilen. Nichts, was man gegen ihn verwenden könnte», flüstere ich.

Alexej nickt nur, sein Gesichtsausdruck ist grimmig. «Wir können ihnen nichts nachweisen und ich kann dich nicht ewig vor ihnen beschützen.»

Ich sage nichts, sondern schliesse erschöpft die Augen.

«Vielleicht sollte ich dich entführen?»

«Klar, und wohin?» Ich schenke ihm ein hilfloses Lächeln, das er jedoch nicht erwidert.

«In den Süden, am besten nach Nordafrika, dort wird es schwer, uns zu finden.»

«Und mein Medizinstudium?», frage ich.

«Das läuft im Moment wahrscheinlich auch nicht so besonders gut, oder?», erwidert er trocken. «Natalia, wir müssen in erster Linie dein Überleben sichern. Alles andere ist nebensächlich.»

Ich nicke, doch im Hals spüre ich einen dicken Kloss. Er legt tröstend den Arm um mich, doch ich schiebe ihn weg. Dafür bin ich noch nicht bereit.

«Es tut mir sehr leid, dass ich dich so verletzt habe», sagt er.

«Ich werde alles tun, damit du mir verzeihst und wieder glücklich wirst.»

Ich runzle die Stirn.

«Warum sollte ich dir glauben, nachdem du mich eiskalt abserviert hast?»

«Weil ich dich liebe.»

«Das klang vor einer Woche noch ganz anders.»

«Das hatte auch einen guten Grund.»

Ich setze mich auf.

«Ach wirklich? Dann leg los, ich bin ganz Ohr!»

Eine Ader an seiner Stirn beginnt zu pochen und sein Hals spannt sich an.

«Sie haben gedroht meiner Familie etwas antun, wenn ich dich noch einmal treffe.»

Ich schlage mir die Hand vor den Mund.

«Wo ist deine Familie?»

«Inzwischen an einem sicheren Ort.»

«Zum Glück.»

Einstein taucht vor meinem inneren Auge auf. Für ein Familienmitglied von mir war es zu spät. Eine Träne läuft über meine Wange.

Alexej zieht mich in seine Arme und diesmal lasse ich es zu.

«Es wird Zeit, dass dieser Wahnsinn ein Ende findet.»

Er streicht mir über den Rücken, während ich vor meinem geistigen Auge Einstein über die Wiese rennen sehe.

«Ich brauche Zeit.»

«Genau die haben wir nicht.»

«Wieso nicht? In meinem goldenen Käfig bin ich doch in Sicherheit.»

«Nein, bist du nicht.»

Ich löse meinen Blick von Einsteins Geist, der gerade verbotenerweise ein Loch auf dem geliebten Rollrasen meines Vaters buddelt und sehe Alexej heute das erste Mal in die Augen. «Warum nicht? Die Sicherheitsleute sind rund um die Uhr hier …»

«Von denen mindestens zwei nicht sauber sind!», fährt er dazwischen.

«Wie kommst du darauf? Die sind von einer seriösen Firma!»

Er schnaubt. «Daran habe ich meine Zweifel.»

In meinem Kopf beginnt es zu hämmern.

«Es braut sich etwas zusammen, Natalia», fährt Alexej fort. «Für uns beide. Wenn sie sogar schon meine Familie bedrohen … Ich muss von hier weg. Ich würde dich gerne mitnehmen, um dich zu beschützen. Bedenke, dass du trotz allem ins Gefängnis kommen kannst. Auch wenn das Gefängnis angeblich der sicherste Ort auf der Welt sein soll, du bist da nicht sicher. Da sind bereits einige aus Murats Bande inhaftiert. Darunter auch Frauen. Und das Wachpersonal ist zum Teil käuflich.»

Ein kalter Schauder überkommt mich. Ich habe diesen Gedanken immer verdrängt. Doch ich muss einen kühlen Kopf bewahren, darf jetzt nicht überstürzt handeln und mich vor allem nicht von Alexej manipulieren lassen. Aus welchem Grund sollte er auf einmal fliehen müssen?

«Natalia, du musst dich entscheiden», höre ich ihn von Weitem sagen.

Ich richte mich auf und sehe ihm in die Augen.

«Zuerst will ich die Wahrheit wissen!»

Jegliche Farbe weicht aus seinem Gesicht.

«Was … was meinst du?», fragt er.

«Warum musst du von hier abhauen?»

«Weil es hier zu gefährlich für mich wird.»

«Verkauf mich nicht für dumm. Du lässt dich nicht so einfach einschüchtern.»

Er grinst schief. In dem Moment fällt mir auf, dass ihm ein Zahn fehlt.

«Was ist passiert?»

«Bin hingefallen.»

«Lüg mich nicht an!»

«Mit Hilfe.»

«Von wem und warum?»

«Mensch, du nimmst mich ja auseinander. Als Bulle hat man eben viele Feinde.»

«Ich will einfach wissen, was los ist.»

Sanft legt er die Hand an mein Gesicht und küsst mich. Vergeblich versuche ich, mich gegen meine Gefühle zu wehren.

«Komm mit mir, Natalia. Du bist die Frau meines Lebens.»

Mit glühenden Augen sieht er mich an.

Jeglicher Widerstand in mir schmilzt dahin. Was habe ich hier zu verlieren? Ich kann nicht weiterstudieren, meine Eltern sind gegen mich, mein Bruder ist tot, mein Hund ist tot und meine Freundinnen wollen mich ermorden.

Die Worte «Ich komme mir dir», verlassen schneller meine Lippen, als ich sie zu Ende denken kann.

Er lächelt und wir küssen uns. Unser Kuss wird inniger, fordernder. Er stöhnt und gräbt seine Hand in meine Haare, doch dann schiebt er mich sanft, aber bestimmt von sich weg.

«Dafür haben wir noch genug Zeit. Wir müssen zuerst unsere Haut retten, bevor wir hier weitermachen.»

Das tut weh. Er hat mich nicht zum ersten Mal abgewiesen, so was ist mir sonst noch nie passiert. Ich bin es gewohnt zu bekommen was ich will – immer.

«Du kommst heute Nacht zu mir und wir fahren los», sagt er.

«Ich fühle mich noch zu schwach für eine Reise», sage ich kleinlaut.

«Mach dir keine Sorgen, du schläfst und ich fahre.»

«Ich habe nicht viel Geld. Nur diese Goldkette und den Diamantenring, der mir viel bedeutet.»

«Mach dir keine Gedanken, ich habe genug Geld.»

«Ich will aber nicht von dir abhängig sein.»

«Es ist ja nur für den Anfang. Wir werden eine Lösung finden», wendet er ein.

Sein Blick dringt tief in mein Herz ein.

«Sieh es als Wiedergutmachung. Ich habe mich schon zweimal danebenbenommen.»

Er greift nach meiner Hand und streichelt sanft über meinen Handrücken.

«Also willst du dir die Wiedergutmachung kaufen?» Ich ziehe die Brauen hoch. Das kommt mir bekannt vor.

«Natalia, mache es mir doch nicht so verdammt schwer! Ich liebe dich und will dein Leben schützen. Wenn du mein Geld nicht annehmen willst, müssen wir uns ein Leben in der Wildnis aufbauen. Ist dir das lieber?»

«Woher hast du so viel Geld?»

«Das spielt keine Rolle. Was ist mit deiner Grossmutter, kann sie dir nicht aushelfen?»

«Auf keinen Fall», wende ich entschieden ein. Erstaunlich, dass er nicht weiss, dass sie eine schwere Demenz hat und ihr Vermögen von meinen Eltern verwaltet wird. Er hat mich und mein Umfeld wohl doch nicht allzu genau durchleuchtet.

«Du siehst aus, als hättest du eine gute Idee», sagt Alexej und reisst mich aus meinen Gedanken.

«Gut ist relativ. Mein Vater hat Edelmetalle im Safe. Das würde auf jeden Fall für eine komfortable Flucht und einen Neuanfang reichen. Aber wo verkauft man so was?»

«Das ist kein Problem. Ich übernehme das für dich. Schaffst du es, bis heute Abend, um halb acht startklar zu sein?»

«Das geht auf einmal so schnell», sage ich.

«Es muss schnell gehen», sagt er und küsst mich.

Ich hole dich in ein paar Stunden ab. Lass dir nichts anmerken und benutze dein Handy nicht. Sicher ist sicher.»

«Aber, wie soll ich ...»

«Ich besorge dir ein neues Handy. Schreib dir die wichtigsten Nummern auf.»

«Was soll ich mit meinem Telefon tun, es wegwerfen?», frage ich.

«Auf keinen Fall!», sagt Alexej entsetzt. Ich atme erleichtert auf, das wäre mir doch sehr schwergefallen. «Darauf sind wichtige Beweismittel. Du nimmst es mit. Andi wird die Nachrichten deiner Eltern beantworten, um dir ein Alibi zu verschaffen und es danach Rowen geben, der die Beweise sichert und den Hacker ermittelt. Wenn er und sein Team alle Beweise vernichtet haben und alle Übeltäter hinter Gittern sitzen, können wir hoffentlich zurückkehren.»

«Das wäre so wunderbar, dann könnte ich mein Leben wieder weiterleben», seufze ich. «Verhalte dich unauffällig, schreibe irgendwem eine belanglose Nachricht, damit sich Gina und Timon in Sicherheit wähnen.»

«Okay.»

«Und lass bloss keinen Abschiedsbrief da.»

«Was, spinnst du? Ich muss mich doch irgendwie verabschieden!», widerspreche ich empört.

«Es geht nicht anders, Süsse. Aber es ist nur ein Abschied auf Zeit, in Ordnung?»

Ich lasse mich in seine Arme fallen und verberge mein Gesicht an seiner muskulösen Brust.

Nachdem er gegangen ist, schleppe ich mich in mein Zimmer und sehe mich traurig um. Am liebsten würde ich mich in meinem Bett verkriechen und die Welt um mich herum vergessen.

22.
Alexej

Während ich zum Auto gehe, behalte ich meine Umgebung scharf im Auge. Mit einem leisen Klicken entriegelt sich die Tür. Ich lasse mich auf den Sitz fallen und starte den Motor. Das aggressive Brüllen klingt berauschend in meinen Ohren und verleiht mir ein Gefühl von Stärke. Die werde ich brauchen auf unserer Flucht.

Was Natalia in den letzten Wochen durchgemacht hat, habe ich erst nach unserem Streit so richtig kapiert. Sie hat es verdient, dass ich mein jetziges Leben für sie aufgebe – ein Leben, dass aus viel Arbeit, viel Sport und wenig Freizeit besteht. Doch wenn ich ehrlich zu mir selbst bin, ist es nicht nur ihr Schicksal, das mich zur Flucht antreibt – es sind auch die Gespenster der Vergangenheit, die mich unvermutet eingeholt haben. Zuerst hätte ich das vielleicht noch unter der Hand regeln können, ohne mein Leben als Polizist aufgeben zu müssen. Doch jetzt habe ich keine andere Wahl mehr.

Natalia ist etwas Besonderes, sie ist anders als alle anderen Frauen, die ich kenne. Sie meistert jede Hürde mit hoch erhobenem Kopf und einem Lächeln, gibt niemals die Hoffnung auf. Und was für einen Stolz sie ausstrahlt … Einerseits respektiere ich sie dafür, andererseits treibt sie mich damit in den Wahnsinn, weil vieles einfacher wäre, wenn sie Hilfe zulassen würde. Doch Natalia hat zwei Gesichter, das habe ich nun gelernt – das schüchterne Mädchen und die selbstbewusste Frau, die weiss, was sie will und es sich nimmt. Ich weiss nie, welche Seite bei ihr gerade die Oberhand hat, wenn sie vor mir steht und mir in die Augen blickt.

Unwillkürlich kommt mir unsere erste gemeinsame Nacht in den Sinn. Hitze schiesst durch meinen Körper und meine Hose beginnt sich im Schritt zu wölben.

Ich parke vor der Raiffeisenbank, atme einige Male tief ein und aus, bis sich meine Erektion wieder gelegt hat, steige aus und betrete die Bank.

«Hallo schöne Frau», sage ich zu der Blondine am Schalter, die sofort rot anläuft.

«Guten Tag, was kann ich für Sie tun?»

Ich schiebe ihr meinen Ausweis und die Bankkarte rüber und sage, als wäre es das Alltäglichste überhaupt: «Ich möchte 300 000 Franken abheben.»

Sie zieht die Luft durch die Zähen ein und fixiert mich mit ihren grossen, blauen Augen.

Ihr Versuch, mich unauffällig zu mustern, gelingt ihr nur mässig. Dann reicht sie mir ein Formular über den Schaltertisch. Als sie mir kurz darauf die prall gefüllten Kuverts überreicht, berühren sich unsere Hände.

Die Hitze nimmt mich erneut in ihren Besitz und mein Glied versteift sich. Ihre Haut ist weich und sie hat dicke, volle Lippen. Doch die Zeit der schnellen Nummern ist endgültig vorbei. Ich habe mich für Natalia entschieden. Das bedeutet Abstinenz von anderen Frauen und im schlimmsten Fall den Tod.

«Schönen Tag noch.» Ich verabschiede mich von der blonden Schönheit.

Ich habe noch nicht einmal die Bank verlassen, da höre ich sie hinter mir herrufen: «Warten Sie!»

Ihre Absätze klackern über den Boden. Am liebsten würde ich sie ignorieren, doch das lassen meine guten Manieren nicht zu. Also bleibe ich stehen und drehe mich zu ihr um. Atemlos steht sie vor mir und lächelt mich verlegen an.

«Das haben Sie vergessen.»

Sie drückt mir einen Zettel in die Hand und eilt zurück an ihren Arbeitsplatz.

Noch während ich hinaus gehe, schaue ich auf den Zettel, auf dem – wie nicht anders erwartet – eine Telefonnummer steht. Ich knülle ihn zusammen und werfe ihn in die Mülltonne.

Ich fahre zwei Ortschaften weiter zu einer AMAG Filiale. Andi wartet bereits ungeduldig, während ich mein Auto parke und aussteige.

«Hey, Andi! Was kannst du mir im Tausch für meinen Wagen bieten?», frage ich ohne Umschweife.

Er grinst und sagt: «Ganz der Alte, kommst immer direkt zur Sache.»

Ich zeige ihm feixend den Mittelfinger. Ein älterer, distinguierter Herr, der die neusten und teuersten Modelle anschaut, wirft uns einen missbilligenden Blick zu.

«Kurz und schmerzlos, mein Freund: So einen Wagen wie diesen kann ich dir nicht bieten», sagt Andi und macht ein ernstes Gesicht. Ich nicke und betrachte wehmütig meinen R 8. So viel Geld und Liebe habe ich in dieses Auto investiert und nun muss ich ihn hergeben. Dazu noch weit unter Wert.

«Sicher, dass du das tun willst?», fragt Andi.

«Todsicher.»

«Du willst also wirklich alles aufgeben und lebenslang auf der Flucht sein? Wegen einer Frau?»

«Sie ist es wert», antworte ich knapp und etwas leiser: «Ich hoffe es jedenfalls.»

Ich kann gut verstehen, dass Andi misstrauisch ist und mich von meinem Plan abhalten will, ich an seiner Stelle würde dasselbe tun.

«Also …», druckst Andi herum.

«Was ist?», frage ich ungeduldig.

«Meinst du nicht, dass diese Natalie übertreibt? Sie ist ja quasi stadtbekannt für ihre psychischen Probleme.

«Erstens: Sie heisst Natalia. Zweitens: Sie ist psychisch absolut gesund, abgesehen von den Nebenwirkungen des andauernden Psychoterrors. Ich habe einige Dinge selbst miterlebt und kann bezeugen, dass sie die Wahrheit sagt. Und drittens: Warum sollte sie das tun? Sie war vorher wunschlos glücklich!»

Andi grinst wieder. «Und viertens: Vorher hat sie dich nicht beachtet und jetzt bist du ihre grosse Liebe. Man könnte fast meinen, du hast das alles inszeniert.»

Es gibt genau einen Menschen, der mir einen Satz wie diesen auf den Kopf zu sagen darf, ohne sich einen Faustschlag einzufangen, und der steht gerade vor mir.

«Du weisst genau, dass ich so etwas niemals tun würde», weise ich ihn scharf zurecht.

«War doch nur ein blöder Spass, Bruder.»

Ich nicke und mustere ihn. Andi ist mein ältester Freund. Vor einigen Jahren haben wir unser Leben umgekrempelt und sind anständig geworden. Trotzdem haben die menschlichen Abgründe ihre Spuren bei uns beiden hinterlassen.

«Kommen wir wieder zum Geschäft», sagt Andi. «Ich habe deinen Audi bereits schätzen lassen. Mit allen Daten und Angaben. Von einem Experten!», versichert er mir. «Wir können dir 35 000 Franken bieten.»

Mir verschlägt es kurz die Sprache.

«Wollt ihr mich verarschen?»

Andi zuckt hilflos mit den Schultern. «Tut mir echt leid, aber auf diese Entscheidung habe ich keinen Einfluss.»

Ich nicke verbissen. War klar, dass ich bei einem Notverkauf wenig bekomme. Warum habe ich nur nicht vorausgedacht und das Auto vorher abgestossen?

«Dafür habe ich eine Überraschung, die dich ein wenig entschädigen wird», sagt Andi und winkt mich zu sich. Schicksalsergeben trete ich neben ihn.

«Trommelwirbel und … tada! Das ist dein neues Auto!» Er zeigt auf einen funkelnden weissen Audi S6.

«Jahrgang 2011, unfallfrei, erst 60000 Kilometer runter, drei Liter Hubraum. Und jetzt kommt der Wahnsinn: 349 PS und 700 Newton Drehmoment!»

«Wow!», staune ich.

«Als Diesel perfekt geeignet für lange Strecken und wenn du es gemütlich nimmst, sparsam im Verbrauch.»

Ich nicke anerkennend, damit kann selbst mein geliebter R 8 nicht mithalten. «Wo ist der Haken?»

«Es gibt keinen», antwortet er strahlend.

«Wie viel kostet er?»

«35 000 Franken!»

«Für so ein Auto? Das kann nicht sein.»

«Und ob. Ich habe es mit einem grosszügigen Mitarbeiterrabatt für mich gekauft und auf dich angemeldet, auf deinen Namen und einer neuen Nummer.»

«Alter, du bist echt der Beste», sage ich gerührt.

«Ich weiss.»

Wir haben gerade die letzten Formalitäten erledigt, als mein Handy klingelt. Es ist eine fremde Nummer.

«Ja?», sage ich.

«Alexej, kannst du schnell kommen, bitte?»

«Bin schon unterwegs», antworte ich und lege auf.

23.
Natalia

Mir ist elend zumute. Ich weine lange im Bett. Irgendwann kommt meine Katze, was einen erneuten Heulanfall bei mir auslöst, da ich sie bald verlassen muss und nicht weiss, wann und ob ich sie jemals wiedersehen werde. Als ich mich wieder beruhigt habe, gehe ich leise zum Badezimmer.

Unten wird die Haustür aufgerissen.

«Du bist unmöglich!», schreit meine Mutter, während sie die Stufen zu meinem Zimmer hochrennt.

«Warte Miriam, ich komme mit!», ruft mein Vater.

Einige Sekunden später wird meine Tür aufgerissen und meine Mutter steht mit verweintem Gesicht vor mir.

«Natalia, ich ... wir müssen reden.»

«Worüber?»

Sie fasst mich am Arm.

«Komm in dein Zimmer, da erklären wir dir alles.»

«Ich habe nicht viel Zeit, ich gehe gleich zu Alexej ...»

«Natalia, du bist erst vor vier Tagen mit einem verstauchten Arm und einer Gehirnerschütterung aus dem Spital rausgekommen, du kannst jetzt unmöglich zu Alexej gehen», sagt meine Mutter, noch bevor sie die Tür geschlossen hat.

«Doch, kann ich», sagte ich betont beiläufig. «Mir geht es wieder gut. Ausserdem habe ich hier die letzten Nächte kaum ein Auge zugetan, bei Alexej schlafe ich super. Ich brauche jetzt viel Schlaf.»

«Wie der Schlaf aussieht, kann ich mir vorstellen»,

schimpft mein Vater. «Also hör auf mit dem Unsinn, – warum solltest du hier nicht gut schlafen können?»

«Weil mich hier alles an Einstein erinnert», fauche ich ihn an. «Ich weiss, dass so einem kalten Klotz wie dir nur die Arbeit wichtig ist, aber Einstein war mein einziger treuer Gefährte. Und nun ist er tot, weil ihr nicht auf ihn aufgepasst habt!»

Meinem Vater weicht jegliche Farbe aus dem Gesicht.

«Das ist nicht fair», flüstert meine Mutter. «Dein Vater hat Einstein in seinen Armen gehalten, als er starb. Wir haben dieses Tier auch geliebt.»

«Und wo warst du die ganze Zeit, wenn er dein Gefährte war?», brüllt mein Vater. Er hat Tränen in den Augen. «Du hast dir ein schönes Leben in Zürich gemacht, während wir uns um ihn gekümmert haben. Du hast nie nach ihm gefragt. Und in seiner Todesnacht warst du bei diesem Kerl!»

Nun schiessen auch mir die Tränen in die Augen.

Mein Vater sieht mich kalt an.

«Du schläfst heute hier. Und morgen fährst du in den Urlaub ... und erholst dich da.»

«Was für ein Urlaub?», frage ich entgeistert.

«Dein Vater hält es für das Beste, wenn du ein paar Wochen in ein Kurhaus fährst.»

«Nein, ich fahre nirgendwo hin!», fauche ich.

«Oh doch. Das wirst du. Ich werde dich morgen früh höchst persönlich in den Flieger setzen und von unserem Sicherheitspersonal begleiten lassen.»

Das Sicherheitspersonal, schiesst es mir durch den Kopf. Alexej sagte, dass mit einigen von denen etwas nicht stimmt.

«Sieh es doch ein, hier bist du nicht sicher», sagt meine Mutter. «Es wird dir guttun, auszuspannen und alternative Heilmethoden zu nutzen. Oder du sagst uns die ganze

Wahrheit. Es tut mir leid, dass ich dir nicht geglaubt habe.»

Ihr Blick schweift durch den Raum und bleibt zu lange an meiner abschliessbaren Schublade hängen.

«Und nach all dem, was passiert ist, weiss ich, dass da etwas im Argen liegt. Wollten Gina und Laurene dich umbringen? Haben sie mit alldem zu tun?»

«Nein», beteuere ich.

«Wer dann?», schaltet sich mein Vater ein, der mit verschränkten Armen am Türrahmen lehnt.

«Ich weiss nicht, ich glaube, das war alles nur Zufall.»

Meine Mutter seufzt.

«Das war es nicht und das weisst du genauso gut wie ich. Geht es um diesen gefälschten Praktikumsbericht?».

«Nein.»

Sie sieht auf ihre Rolex Rainbow, das einzig Bunte an ihrem Outfit.

«Die Zeit rennt, weisst du? Beweise können vernichtet werden, und mit jeder Sekunde, in der du schweigst, wirkst du unglaubwürdiger.»

Ich öffne den Mund und schliesse ihn wieder.

«Ich … da ist nichts.»

«Überdenke, ob dein Geheimnis, was auch immer es ist, wirklich so schlimm ist, dass es all das hier wert ist.»

Meine Mutter sieht mich lange an, dann verlassen sie beide das Zimmer. Ich warte einige Minuten, renne dann hinunter in den Flur und rufe Alexej von unserem Festnetztelefon an.

Zum Glück nimmt er sofort ab.

«Alexej, kannst du schnell kommen, bitte?», hauche ich.

«Bin schon unterwegs», antwortet er.

Trotz Schmerzen eile ich in rekordmässigem Tempo in mein Zimmer und beginne hektisch, meine Sachen zu packen. Ich öffne die Sporttasche und packe mein Handy ein, nachdem ich mich vergewissert habe, dass es wirklich ausgeschaltet ist.

Unten höre ich das Telefon klingeln. So schnell ich kann, gehe ich runter und nehme ab.

«Natalia, endlich. Ich werde nicht reingelassen», meldet sich Alexej.

«Ich komme.»

«Warte …», wendet er ein, doch ich lege auf
und eile hinaus in den Vorgarten.

«Stopp!», ruft eine fremde Stimme. Ein Berg von einem Mann stellt sich mir in den Weg. «Wohin des Weges, junge Dame?», fragt er.

«Ich lasse nur meinen Freund rein», sage ich und frage mich für einen Moment, ob er zu den zwielichtigen Typen gehört, von denen Alexej gesprochen hat. Ich will an ihm vorbeigehen, doch er stellt sich mir in den Weg.

«Wir haben den Auftrag, nur Personen auf ausdrückliche Anweisung von Herrn oder Frau Kowalczyk hineinzulassen.»

«Das bin ich, ich bin Frau Kowalczyk.»

Er grinst.

«Netter Versuch. Damit ist natürlich ihre Mutter gemeint.»

«Das dürft ihr nicht machen, das ist Freiheitsberaubung!», fahre ich ihn an.

In diesem Moment sehe ich ein Auto die Auffahrt hochfahren. Andreas. Mein Herz schlägt schneller und mir wird schwindlig. Er hält vor uns an und steigt aus.

«Natalia», ruft er und lächelt mich an.

«Hallo.»

Der Security Typ entfernt sich.

«Wie geht es dir, Natalia?»

«Nicht gut, meine Eltern halten mich hier gefangen.»

Er wird blass und weicht meinem anklagenden Blick aus.

«Das tut mir sehr leid. Sie machen das bestimmt nur zu deinem Besten. Wenn ich irgendwas für dich tun kann …»

«Das kannst du tatsächlich!»

«Was denn?», fragt er mit einem erleichterten Gesichtsausdruck, der aber nicht lange anhält.

«Du kannst mich in deinem Auto rausschmuggeln.»

Er rauft sich die Haare. «Meine Güte Natalia, das kann ich nicht machen, ich bin der Rechtsanwalt deiner Eltern!»

«Alles klar, du denkst wieder nur an dich, wie immer.»

Ich drehe mich um, doch er hält mich am Arm zurück.

«So war das nicht gemeint! Aber wenn du draussen bist, was machst du dann? Du bist in Gefahr, wie ich gehört habe …»

«Ich gehe mit Alexej ins Ausland. Wir fangen neu an.»

Er runzelt die Stirn.

Ein lautes Röhren lässt uns zusammenzucken. Ein blauer Lotus fährt die Auffahrt hoch.

«Natalia, ich rate dir dringend davon ab …»

«Hilfst du mir jetzt oder nicht?»

«Also gut», seufzt Andreas.

«Ich stelle den Wagen in die Garage und schliesse ihn nicht ab. Du musst vor Ende der Besprechung drin sein.»

«Danke!», spontan falle ich ihm um den Hals. Dass er für mich so ein Risiko eingeht, bringt ihm einige verlorene Sympathiepunkte zurück.

Der Lotus hält neben uns und ein Anzugträger steigt aus.

Andreas und er begrüssen sich, während ich ins Haus zurückgehe. Ich nehme das kabellose Telefon und sehe fünfzehn verpasste Anrufe von Alexej.

In meinem Zimmer rufe ich ihn zurück.

«Endlich. Sie lassen dich nicht raus, stimmts?», fragt er.

«Ja.»

«Scheisse! Ich hole dich da raus, das verspreche ich dir!»

«Brauchst du nicht. Ich habe das geregelt. In ein bis

zwei Stunden komme ich hier raus.»

«Wie?»

«Im Auto von dem Rechtsanwalt unserer Eltern. Er fährt einen dunkelblauen BMW M8.»

«Okay. Ich warte etwas abseits und folge dem Wagen.»

«Gut. Bis dann.»

«Bis dann. Ich liebe dich.»

«Ich dich auch.»

Ich nehme meine gepackte Sporttasche und schleiche aus meinem Zimmer und die Treppe hinunter. Unten angekommen gehe ich Richtung Garage.

«Natalia!» Hektisch drehe ich mich um.

Meine Grossmutter steht hinter mir.

«Kind, fährst du in die Ferien?», fragt sie laut.

«Sch …, sei leise!», zische ich.

Beleidigt sieht sie mich an und sagt: «Na dann, tschüss!»

Mein Herz schmerzt, als sie sich umdreht und geht. Am liebsten würde ich hinterhergehen und sie in den Arm nehmen, doch ich kann es nicht riskieren, in letzter Sekunde aufgehalten zu werden.

Ich schleiche weiter und komme dem Büro, in dem die Besprechung stattfindet, immer näher. Die Männerstimmen werden lauter.

In diesem Moment läuft mir Goethe miauend vor die Füsse und bringt mich fast zu Fall.

Er streift um meine Beine. Ich kraule ihn und eile weiter, doch er folgt mir so laut schnurrend, sodass ich fürchte, mein Vater und seine Geschäftsfreunde könnten uns hören.

Kurz vor der Verbindungstür zur Garage bleibe ich stehen, hebe meinen Kater hoch und küsse ihn aufs Köpfchen. Dann lasse ich ihn schweren Herzens runter und öffne die Tür, doch Goethe zwängt sich vor mir durch. Scheisse.

Er kriecht direkt unter das Auto meiner Mutter. Ich gehe in die Hocke.

«Komm, Mietz – Mietz», locke ich. Er kommt schnurrend zu mir. Ich nehme ihn auf den Arm und vergrabe mein Gesicht in seinem weichen Fell, während die Tränen nur so strömen. Wie in Zeitlupe gehe ich zurück zur Tür, um ihn dort abzusetzen. Doch plötzlich faucht er und kratzt mich, sodass ich ihn loslassen muss. Er springt davon, während ich Stimmen höre. Die Besprechung ist vorbei!

«Goethe», zische ich.

Schwere Schritte kommen näher. Ich renne trotz meiner Schmerzen zu Andreas Auto, springe auf die Rückbank und schliesse die Tür gerade rechtzeitig, bevor dieser von meinem Vater begleitet die Garage betritt. Zum Glück sind sie hinteren Scheiben getönt. Trotzdem ducke ich mich mit rasendem Herzen in den Fussraum. Hoffentlich wird Goethe nicht überfahren.

Kurz darauf steigt Andreas ein.

«Tschüss, Peter», ruft er meinem Vater zu, der das Tor für ihn öffnet.

Langsam lässt er seinen Wagen an den Security-Leuten vorbeirollen.

«Bleib unten», murmelt er.

«Okay.»

Das Tor vor uns öffnet sich und er fährt auf die Strasse und beschleunigt.

Ich atme auf.

«Wohin soll ich dich bringen?», fragt Andreas.

Ich setze mich auf und schaue zurück. Alexej folgt uns.

«Lass mich einfach nach der nächsten Kurve raus.»

«Okay. Bist du dir sicher, dass das der richtige Weg ist? Du kannst immer noch – »

«Ja, bin ich.»

Er setzt den Blinker und fährt rechts ran. «Pass gut auf dich auf …»

«Danke, du auch», antworte ich und steige aus.

Ich laufe zu Alexejs Auto. Nach einem schnellen Kuss fahren wir zu seiner Wohnung.

Als wir parken, bedeutet er mir mit einer Geste, mein Handy im Auto zu lassen. Seine Sachen stehen bereits gepackt im Flur.

«Nehmen wir mein Handy etwa mit?», frage ich, während er seine Taschen schultert.

«Natürlich nicht», sagt Alexej. «Wir geben es Andi und er wird es Rowen bringen. Für uns hat er zwei neue Prepaidhandys.»

Wir fahren ins benachbarte Dorf zu einem Autohändler. Andi scheint bereits auf uns gewartet zu haben, denn er öffnet uns direkt die Tür. Wortlos überreicht ihm Alexej einen Umschlag und wir bekommen unsere Prepaidhandys.

«Wo ist dein Handy?», fragt er mich.

«Sorry, ich habe es im Auto vergessen.»

«Kein Problem. Ich hole es schnell.»

Als wir allein sind, mustert Andi mich eingehend.

«Du weisst schon, was Alexej alles für dich aufgibt, oder?»

Ich erwidere seinen Blick. «Es war sein Vorschlag.»

«Ich hoffe, du nutzt ihn nicht aus. Ich hoffe es für dich. Sonst lernst du vielleicht mein altes Ich kennen. Wollte es nur mal gesagt haben …»

Bevor ich etwas erwidern kann, steht Alexej wieder neben uns und drückt Andi das Telefon in die Hand. Er sieht uns prüfend an. «Alles in Ordnung bei euch?»

«Natürlich!», lüge ich und funkle Andi an. «Alles in bester Ordnung.»

«Ich habe gerade Timons weissen Range Rover gesehen. Er beobachtet dieses Gebäude», sagt Alexej.

Ich schnappe nach Luft. «Er ist uns gefolgt?»

Andi grinst mich an. «Mach dir keine Sorgen, Kleine. Alexej und ich wissen, was zu tun ist.»

Er geht in ein anderes Zimmer und kommt mit einer grossen, braunhaarigen Puppe zurück.

«Das ist nicht euer Ernst, oder?» Ungläubig schweift mein Blick von Andi zu Alexej.

«Unser voller Ernst», sagt Alexej und zieht mich zum Ausgang.

Wir fahren mit dem Lift in die Tiefgarage und die Männer verabschieden sich mit einem lockeren Handschlag, doch ich sehe, dass ihnen der Abschied sichtlich schwerfällt.

Andi wirft mir einen letzten eindringlichen Blick zu und winkt mit eingefrorener Miene.

Wir steigen in einen weissen Audi S6 ein und mir laufen wieder Tränen über die Wangen.

«Was ist los, Süsse?»

Doch ich kann nicht antworten. Eine Mischung aus Verzweiflung, Schmerzen und Gewissensbissen gegenüber meiner Familie ersticken jedes Wort in meiner Kehle.

Meine Familie.

Alexej gibt mir die Zeit, bis ich meine Stimme wiederfinde.

«Ich habe mich nicht von meiner Grossmutter verabschiedet», flüstere ich leise.

Sanft wischt er mir die Tränen von der Wange.

Andi klopft gegen die Scheibe.

«Leute, ich fahre gleich mit eurem Auto und meiner hübschen Begleiterin vor. Macht euch startklar!»

Alexej sieht ihm besorgt nach. Auch wenn ich Andi nicht mag, empfinde ich tiefe Hochachtung vor seinem

Mut und Dankbarkeit für das, was er für uns macht.

Alexej startet den Motor und fährt Andi mit grossem Abstand hinterher.

«Duck dich», raunt mir Alexej zu. «Timon darf dich nicht sehen.»

Ich quetsche mich so gut es geht in den Beifahrerfussraum und beisse die Zähne zusammen, da mir in dieser Haltung jeder Knochen wehtut.

«Siehst du ihn?», frage ich.

«Moment», sagt Alexej. Ich blicke hoch zur Autoscheibe und sehe den Nachthimmel über uns. Wir haben die Tiefgarage verlassen.

«Alexej?»

«Andi fährt gerade an ihm vorbei und … es funktioniert! Timon fährt ihm nach.»

Mir fällt einen Stein vom Herzen. Mühsam klettere ich auf meinen Sitz.

Alexej ergreift kurz meine Hand.

«Die erste Hürde ist geschafft.»

Wir fahren durch die Nacht.

Ich rutsche auf meinem Sitz hin und her und sehe aus dem Fenster. Bei jedem weissen Geländewagen, den ich entdecke, zucke ich zusammen.

«Entspann dich. Ich passe schon auf», sagt Alexej nach einer Weile.

«Ich versuche es ja», antworte ich leicht gereizt.

«Erzähl mir von deinem Studium und deinen Plänen danach», sagt er.

Er will mich auf andere Gedanken bringen und ich bin ihm dankbar dafür.

«Viel gibt es nicht zu erzählen. Ich studiere seit zweieinhalb Jahren Medizin und arbeite nebenbei im Labor. Ich will später in die Forschung gehen. Ich habe meinem

Bruder kurz vor seinem Tod versprochen, dass ich mehr über seine Krankheit herausfinden und an der Entwicklung einer Heilmethode arbeiten werde. Vielleicht finde ich sogar ein natürliches Heilmittel.»

Ich spüre, wie die Leidenschaft mich wie ein glühendes Feuer erfasst. Doch diese Flammen haben mich schon oft verbrannt und ihre Spuren an mir hinterlassen.

«Du hast grosse Pläne, um den Menschen zu helfen», sagt Alexej. Er wirft mir einen anerkennenden Seitenblick zu.

«Passt da später auch noch eine Familie rein?»

«Darüber habe ich nie nachgedacht. Es gab immer nur die Medizin und die Forschung für mich. Ich glaube, ich würde meine Arbeit für eine Familie nicht aufgeben wollen. Mein Mann kann sich um die Kinder kümmern.»

Er schnaubt. «Viel Spass bei der Suche.»

Grossartig, damit hätten wir gleich zu Beginn unserer Flucht unsere Zukunftspläne geklärt. Oder wir bekommen einfach keine Kinder. Ein leiser Zweifel, der sich seit ein paar Tagen in mir eingenistet hat, meldet sich. Will ich das wirklich? Mein Leben dieser Sache verschreiben und dafür auf ein Familienleben verzichten? Doch ich habe es meinem Bruder versprochen und allein dieses Versprechen hat mich davor bewahrt, vor Trauer wahnsinnig zu werden. Und vor Schuldgefühlen.

«Woran denkst du?», fragt Alexej.

«Dass es heutzutage normal ist, dass Frauen Karriere machen und Männer zu Hause bleiben.»

«Ich wusste nicht, dass eine kleine Feministin in dir steckt», antwortet er grinsend.

«Ich würde mich nicht gleich als Feministin bezeichnen, nur weil ich denke, dass das Grundrecht für alle gleich sein sollte.»

«Die Grundrechte sollen auf jeden Fall für alle gleich

sein. Aber ich finde, Frauen und Männer haben verschiedene Rollen innerhalb einer Familie.»

Dieses Mal schnaube ich empört und überlege kurz, ob ich auch mit ihm geflohen wäre, wenn ich von seiner chauvinistischen Einstellung gewusst hätte. Andererseits: Was hätte ich für eine Wahl gehabt?

«Falls wir zurückkehren: Wie willst du dein Studium weiter finanzieren?»

Ich seufze. «Keine Ahnung. Zuerst muss ich herausfinden, wann ich das Studium überhaupt weiterführen kann. Meine Leidenschaft lässt mich auch schnell ausbrennen. Und meine Mutter hat mir erzählt, wie sie ihre Approbation verloren hat. Ich möchte nicht in die Situation kommen und zwischen meinen Werten, meiner Approbation oder gar dem Tod eines Patienten entscheiden.»

Alexej will gerade etwas erwidern, als etwas gegen unseren Wagen knallt und wir in unseren Sitzgurten nach vorne geschleudert werden.

«Sie haben uns gefunden!», kreische ich. «Gib Gas!»

«Natalia, beruhige dich. Bist du ok?», antwortet Alexej und lässt den Wagen auf dem Seitenstreifen ausrollen. Ein alter Golf folgt uns mit blinkendem Warnlicht.

«Ja, und du?», frage ich zurück.

Er nickt nur und steigt aus. Ich atme kurz durch und folge ihm dann. Alexej diskutiert mit einem südländischen Mann mittleren Alters. Als ich dessen Golf sehe, bin ich darüber entsetzt, wie deformiert die Motorhaube ist, wohingegen der Audi nur eine kleine Beule hat.

«Ist schon gut, wir haben es eilig und es ist ja nur eine kleine Beule», höre ich Alexej sagen.

«Wirklich?», fragt der andere ungläubig und betrachtet unseren Wagen. Der abgemagerte Mann trägt alte, zerrissene Kleider und sein Gesicht ist voller Sorgenfalten.

Alexej verabschiedet sich von dem Mann, der sich ein

paar Mal bei ihm bedankt.

«Komm Süsse, steig ein, wir müssen schnell weiter.»

«Was ist denn los?», frage ich nervös, als er sich auf der Autobahn wieder in den fahrenden Verkehr einordnet.

«Ich habe eine Nachricht von einem Kollegen bekommen. Nach uns wird gefahndet, weil ich nicht zur Arbeit erschienen bin und deine Eltern dich suchen lassen.»

Eine tiefe Sorgenfalte zieht sich über seine Stirn.

«Deswegen wird doch nicht gleich nach uns gefahndet», sage ich kopfschüttelnd.

«Andi wollte doch von meinem Handy aus an meine Eltern schreiben.»

«Er hat sich noch nicht gemeldet. Irgendetwas stimmt da nicht.»

«Wie weit ist es noch bis zur Grenze?»

«Ungefähr anderthalb Stunden», antwortet Alexej knapp und hält den Blick starr auf die Fahrbahn gerichtet.

Der Stau vor dem Gotthard raubt uns beinahe den letzten Nerv. Nachdem wir endlich den Tunnel hinter uns gelassen haben, fährt Alexej so schnell, dass unser Gepäck hin und her geschleudert wird, wenn er die anderen Autos überholt.

Mein Herz schlägt schneller, als ich die Grenze vor uns sehe. Auf den ersten Blick wirkt Alexej cool, doch er umklammert das Lenkrad so fest, dass seine Knöchel weiss hervortreten.

«Mach dir keine Sorgen. Selbst wenn sie an der Grenze informiert wurden und nach uns Ausschau halten, suchen sie den R8 mit der alten Nummer», sagt er. Erleichtert atme ich auf.

Der Fahrer im Auto vor uns wird angehalten.

«Vielleicht ist das gut für uns. Wenn sie nur stichprobenartige Kontrollen vornehmen und sonst nach niemandem fahnden, könnten wir Glück haben», murmelt Alexej.

Doch seine Hoffnung erfüllt sich nicht – der Grenzbeamte winkt uns kurz darauf zu sich.

Alexej kurbelt die Scheibe hinunter.

«Guten Abend», sagt er betont lässig.

«Guten Abend. Wohin sind Sie unterwegs?»

«Nach Rimini», antwortet Alexej, wie aus der Pistole geschossen.

«Im Winter? Ist das nicht etwas kalt zum Baden?», fragt der Grenzwächter.

Mir bricht der Schweiss aus, doch Alexej antwortet cool: «Es gibt dort auch andere Beschäftigungen, als im kalten Wasser zu schwimmen. Wenn Sie verstehen, was ich meine.»

Der Grenzmann wirft mir einen kurzen Blick zu und grinst anzüglich. Ich spiele dieses unverschämte Spiel mit und lächle ihn dümmlich an.

Doch da habe ich mich getäuscht. Der Grenzpolizist scheint ein Rimini – Fan zu sein. Ungefragt berichtet er von seinen Besuchen in der Stadt und den Geheimtipps in der Restaurantszene. Die immer grössere Warteschlange hinter uns scheint er nicht zu bemerken.

Uns bleibt nichts anderes übrig, als ihm zuzuhören, brav zu nicken und an den passenden Stellen zu lachen. Alexej macht ein paar erfolglose Versuche, das Gespräch zum Abschluss zu bringen. Irgendwann kommt ein anderer Grenzpolizist auf uns zu.

«Brauchst du Hilfe bei den beiden?», fragt er seinen Kollegen. Mein Puls ist sofort wieder auf hundertachtzig.

«Nein, wir haben uns nur ein bisschen unterhalten», antwortet der Rimini-Fan und schaut seinem Kollegen missmutig entgegen.

«Ein bisschen unterhalten? Junge, mach einfach deinen Job. Hast du den Autokorso da hinten gesehen? Sollen wir die ganze Arbeit allein machen, während du hier ein Pläuschchen hältst, oder was?»

«Nenn mich nicht Junge und lass mich meine Arbeit auf meine Art machen, verstanden?»

«Bestimmt nicht auf unsere Kosten … JUNGE!»

Die beiden starren sich böse an, bis der Störenfried sagt:

«Gerade wurde eine Fahndung nach einem jungen Pärchen herausgegeben. Natalia Kowalczyk und Alexej Kolesnikow.

Hast du die Ausweise von den beiden da kontrolliert?»

«Was glaubst du denn? Natürlich habe ich das!», faucht Mr. Rimini seinen Kollegen an. «Bei denen ist alles in Ordnung!»

Sein Mundwinkel zuckt verräterisch, sonst verzieht er keine Miene.

«Ich finde dennoch, dass wir die beiden genauer unter die Lupe nehmen sollten.»

«Schön, dass du das findest. Sie sind aber in meinem Zuständigkeitsbereich und fahren deshalb jetzt weiter. Arrivederci und schönen Urlaub!»

Wir brauchen ein paar Sekunden, um seine Worte zu begreifen. Hastig startet Alexej den Motor. Im Rückspiegel sehen wir die beiden wild gestikulieren.

Während Alexej sich darauf konzentriert, so schnell wie möglich zu fahren, ohne gegen eine Geschwindigkeitsbeschränkung zu verstossen, behalte ich den Rückspiegel im Auge. Auf meinem Handy habe ich mittlerweile einen Artikel mit Fotos von uns gefunden. Sobald einer der beiden Grenzpolizisten die sieht, ist es nur eine Frage der Zeit, bis sie Alarm schlagen.

«Werden wir es schaffen?», flüstere ich.

«Selbstverständlich!», antwortet Alexej knapp.

Ich versuche eine bequeme Sitzposition zu finden, in der die Schmerzen in meinen Gliedmassen einigermassen erträglich sind. Ein Blick auf meine Rolex verrät mir, dass es 22:00 Uhr ist.

«Ich versuche etwas zu schlafen.»

«Wir sind aber gleich da», entgegnet Alexej.

«Ich dachte, wir fahren die Nacht durch und schlafen im Auto.»

«Ich lasse dich nach deinem Unfall und den Strapazen nicht im Auto schlafen. Du musst dich ausruhen. Ausserdem bist du doch meine kleine Prinzessin auf der Erbse.» Er grinst.

Obwohl mir nicht danach ist, muss ich lachen.

«Aber wir können doch in kein Hotel gehen, oder?»

«Richtig. Und deshalb schlafen wir bei Paola, einer alten Freundin von mir. Morgen früh fahren wir weiter.»

«Woher kennst du sie?», frage ich betont beiläufig.

«Das erzähle ich dir in einer ruhigen Minute, in Ordnung?»

Mein Magen verkrampft sich. Warum kann man diese nervige Eifersucht nicht einfach ausstellen wie ein zu lautes Radio, verdammt noch mal.

«In Ordnung. Ich freue mich jetzt schon drauf», sage ich, vielleicht eine Spur zu zickig.

«Wunderbar!», erwidert Alexej, und ich sehe, wie er erfolglos versucht, sich ein Grinsen zu verkneifen.

Eine halbe Stunde später halten wir vor einem weissen Haus.

«Steig schon mal aus, ich parke weiter vorne auf der Strasse», weist er mich an. «Sicher ist sicher.»

Ich steige aus und sehe seinem Wagen nach, als sich die

Haustür öffnet und eine atemberaubende Schönheit hinaustritt.

«Ciao, ragazze», ruft die Schönheit, kommt mit schnellen Schritten und wehenden Haaren auf mich zu und zieht mich in ihre Arme.

«Ich bin Paola, Schätzchen. Piacere di conoscerti!»

«Buona sera», antworte ich und tätschle ihr unbeholfen den Rücken.

Ich habe mit so einigem gerechnet, aber nicht mit so einer Granate von Frau. Ihre lockigen, dunklen Haare reichen ihr bis über die wespenförmige Taille und ihre Oberweite sieht aus, als ob sie mit Melonen ausgestopft wäre.

Sie löst sich von mir, packt meine Arme und schiebt mich von sich weg, sodass sie mir in die Augen sehen kann.

«Ich habe leider schlechte Neuigkeiten für euch», sagt sie ohne Umschweife.

Mir wird kalt. Sind uns Timon, Gina und Laurene auf der Spur?

«Was?», frage ich atemlos.

«Lass uns warten, bis Alex da ist. Ich kann es nicht zweimal erzählen.»

Sie wischt sich eine Träne aus dem Augenwinkel.

Aus dem Schatten des Hauses löst sich Alexejs Gestalt.

«Alex», ruft sie, stürzt auf ihn zu und fällt ihm um den Hals.

Zu meiner Erleichterung löst er sich schnell von ihr und legt den Arm um mich.

«Kommt rein», sagt sie und wirft mir einen leicht säuerlichen Blick zu. Wir betreten einen offenen Raum und ziehen unsere Schuhe vor einer kleinen Garderobe aus.

Dahinter stehen zwei Couches aus hellgrauem Samt und ein dazu passender Sessel. Um die Wohnlandschaft wurden mehrere grosse weisse Vasen mit Palmen und Zitronenbäumchen drapiert.

«Setzt euch. Ein Glas Wein?»

«Nein, danke», lehne ich ab.

Sie setzt sich uns gegenüber auf die andere Couch und mustert Alexej unentwegt. Wütend funkle ich sie an.

«Alex, es tut mir von Herzen leid.» Sie fährt sich nervös durch das lange Haar.

«Was tut dir leid?», fragt er tonlos.

«Du weisst es noch nicht? Das mit Andi?»

Alexej steht ruckartig auf. «Was ist passiert?»

Paola sieht Alexej mit schmerzerfülltem Blick an und für einen Moment empfinde ich so etwas wie Sympathie für sie.

«Er … er hatte einen Unfall.»

Alexej beugt sich vor und fixiert Paola.

«Was sagst du da? Was ist passiert?»

Paola presst die Lippen aufeinander und sagt schliesslich:

«Viel weiss ich auch nicht. Nur, dass er in einer abgelegenen Gegend überfahren wurde. Ein Pärchen, das mit einem Wohnwagen unterwegs war, hat ihn gefunden.»

«Wie geht es ihm?», flüstert Alexej.

«Er … er hat jetzt keine Schmerzen mehr», haucht sie.

«Gut!» Alexej starrt mit glasigen Augen hinaus in die Nacht.

«Schatz!» Ich streichle ihm über den Arm. «Paola wollte damit sagen, dass …»

«Nein, das kann nicht sein», sagt er mit ausdruckslosem Blick.

Die taffe Italienerin weint. Andis Tod scheint sie tatsächlich mitzunehmen.

Ich umarme Alexej und halte ihn fest, während er sein Gesicht in meinen Haaren vergräbt. Tränen sickern in meine Halsbeuge.

Nach einer Ewigkeit der Stille steht Alexej auf.

«Paola, wir müssen dringend schlafen. Sind wir im gleichen Zimmer wie immer?»

Ihr Blick durchbohrt mich wie ein Messer.

«Nein, das Zimmer wird renoviert. Ihr bekommt dafür mein schönstes Gästezimmer unter dem Dach.»

Alexej zieht die Brauen hoch. «Dann schlafen wir hier auf dem Sofa. Wir müssen schnell abhauen können, falls jemand kommt.»

Paola verdreht die Augen. «Bei mir seid ihr sicher. Oben habt ihr ein weiches Himmelbett und ausserdem erwarte ich noch Besuch, wenn ihr wisst, was ich meine.»

«Besuch?», fragt er für meinen Geschmack eine Spur zu scharf.

«Wir sind nicht mehr zusammen, ich darf machen, was ich will, genauso wie du.»

Sie grinst ihn an und wirft mir nur einen kurzen Blick zu. Beschämt sehe ich zu Boden, da ich mich neben ihr so schäbig fühle.

Alexej reibt sich die Augen. «Lass das, wir sind doch Freunde. So wie ich dir aus der Scheisse geholfen habe, hilfst du jetzt mir.»

Mein Herz zieht sich zusammen. Er versucht für mich einen kühlen Kopf zu bewahren, obwohl er gerade seinen besten Freund verloren hat.

«Genauso ist es», sagt Paola versöhnlich.

«Weiss dein Besuch von uns?», fragt er müde.

«Ja. Aber er weiss nicht, wer ihr seid. Er kommt nur für ein oder zwei Stündchen und geht wieder.»

«Das gefällt mir nicht.»

«Mach dir keine Sorgen. Ich garantiere für eure Sicherheit. Das hast du bei mir gut», sagt sie.

Ich runzle die Stirn. Sobald es Alexej besser geht, muss

er mir den Hintergrund dieser Bekanntschaft näher erklären.

«Also gut», sagt er und nickt mir zu.

Wir folgen ihr die Treppe hinauf in ein Zimmer unter dem Dach.

«Tada!», ruft sie und dreht sich im Kreis.

«Euer Palast.»

Das Zimmer ist sehr geschmackvoll eingerichtet. In der Mitte steht ein riesiges Himmelbett mit einem weissen Baldachin.

«Du kennst dich ja noch hier aus», sagt sie und zwinkert ihm zu.

«Du kannst ihr selbst das Bad zeigen.»

Alexej nickt knapp.

«Ich bin übrigens offen für alles und mein Besuch ebenfalls», fügt sie hinzu. «Ihr wisst, wo ihr mich findet.»

Mit diesen Worten stolziert sie hinaus, während ich ihr fassungslos nachblicke.

«Sorry.» Alexej sieht mich betreten an. «Aber du brauchst ein vernünftiges Bett und sie ist die Einzige, der ich im Augenblick noch vertraue. Ausser Rowen und ...»

Sein Blick wird glasig.

«Schon gut, wir reden ein anderes Mal darüber. Aber ich glaube, es ist besser, wenn wir von hier verschwinden.»

«Wir können aber nirgendwo anders hin.»

«Ich habe hier ein komisches Gefühl.»

«Ein komisches Gefühl? Frag mich mal! Andi ist tot. Und wir wissen beide, dass das kein Unfall war. Wenn ich Timon zu fassen bekomme, dann wird er sich wünschen, niemals geboren zu sein. Und du kommst mit deiner Eifersucht um die Ecke! Werd endlich erwachsen, Natalia!»

Eine Welle der Wut erfasst mich und ich öffne den

Mund, um ihn zurechtzuweisen, als ich die Tränen in seinen Augen sehe.

Rasch dreht er sich weg und geht zu dem Bodenfenster neben dem Bett.

Hilflos stehe ich da und starre auf seinen Rücken. Wenn er recht hat, ist Andi wegen uns gestorben. Für mich. Ich bin schuld an allem. Weil ich mich mit Timon eingelassen habe und den falschen Menschen vertraut habe. Ich frage mich, ob Alexej mir das jemals verzeihen kann. Nun weine auch ich, trete hinter ihn und lege behutsam eine Hand auf seine Schulter.

«Alex ...» Nein, so nennt ihn Paola. So weit sind wir noch nicht. Reiss dich zusammen, Natalia. Es geht nicht immer nur um dich!

«Alexej, es tut mir leid. Paola ist mir nicht besonders sympathisch, das gebe ich zu. Aber es ist etwas anderes. Ich fühle mich hier oben wie in einer Falle.»

Er dreht sich zu mir um und zieht mich in seine Arme.

«Mir tut es auch leid. Ich hätte das nicht sagen dürfen. Aber Andi ... er war – »

«Ich weiss», unterbreche ich ihn und drücke ihn so fest ich kann.

«Ich werde immer auf dich aufpassen!», flüstert er mir ins Ohr.

Lange stehen wir so da. Er zieht mich noch fester an sich und mir kommen wieder die Tränen.

«Natalia?»

«Lass mich bitte einfach kurz weinen.» Ich fühle mich geborgen und sicher.

‹Tut mir leid», sagt er auf einmal und klingt verlegen.

Ich weiss zuerst nicht, was er meint, doch dann spüre ich seine Erektion. Nach kurzem Zögern fange ich an, seinen Hals zu küssen.

Er räuspert sich. „Natalia, wir müssen das jetzt nicht

des wegen mir tun, nur weil ich …»

«Ich will aber», flüstere ich.

Ich habe zwar noch Schmerzen, aber ich halte diese extreme Anspannung nicht mehr aus. Ich muss etwas tun, ich will etwas spüren, was mich von allem ablenkt.

Er scheint dasselbe zu denken. Sanft und leidenschaftlich zugleich küsst er mich. Ich schmelze in den Kuss hinein. Wie sehr habe ich das vermisst. Meine Hände gleiten über seinen Nacken, hinauf zu seinen Haaren. Er streicht mir sanft über den Rücken. Wahrscheinlich hat er Angst, mir wehzutun. Er setzt sich aufs Bett und ich schwinge mich auf seinen Schoss. Unsere Küsse werden wilder. Er dreht mich sanft um, sodass ich auf dem Rücken liege und er über mir ist. Er fängt an, an meinem Hals zu saugen und ich stöhne. Dann höre ich ein Echo meines Stöhnens und öffne irritiert die Augen.

Es folgen ein dumpfer Schrei und ein Schlag aus dem unteren Stockwerk. Alarmiert sehen wir uns an.

«OH JA, HÄRTER LUIGI, JAA! GENAU SOO! DU FÜHLST DICH SO GUT AN! AHHH … LUIGI, ICH KOMMME!»

Ich muss grinsen und kann es mir nicht verkneifen zu sagen:

«Deine Ex muss wohl eine echte Bombe im Bett sein, was?»

Er schaut mich böse an, doch ich kann nicht aufhören zu lachen.

«Ich muss jetzt schlafen, gute Nacht!», sagt er und macht Anstalten, sich umzudrehen.

«Hey, entschuldige. Ich wollte die Stimmung nicht kaputt machen.» Ich ziehe seinen Kopf zu mir und küsse ihn wieder auf die Lippen.

Nach kurzem Sträuben gibt er nach. Er lässt seine Lippen zu meinen Brüsten wandern. Zuerst küsst er sie durch den Stoff meines BHs, dann zieht er ihn ruckartig runter, sodass meine nackten Brüste nach oben gequetscht werden. Er saugt an meinen harten Nippeln, während ich seine Erektion durch den Stoff seiner Boxershorts hindurch massiere. Er stöhnt auf und wir schauen uns lange in die Augen. Ein tiefes Gefühl der Ruhe erfasst mich.

Ich greife in Alexejs Hose und streife mit meiner Hand über die Spitze seines Penis. Dann drehe ich ihn auf den Rücken und ziehe ihn aus. Ich nehme seinen Penis in den Mund und lasse meine Zunge um die Spitze kreisen. Alexej stöhnt auf und krallt die Finger in meine Haare. Ich zucke zusammen und er lässt sofort locker.

Ich entspanne mich wieder und nehme so viel wie möglich von seinem Penis in den Mund. Meine Haare fallen mir immer wieder ins Gesicht und auf seinen Bauch. Er greift nach ihnen und hält sie hoch, damit wir uns intensiv in die Augen schauen können.

In diesem Moment kommt er zum Höhepunkt. Ich spüre sein Sperma in meinem Mund und schlucke. Alexej zieht mich zu sich hoch und küsst mich leidenschaftlich, während seine Hand in mein Höschen gleitet.

Zuerst massiert er nur meine Klitoris, doch dann stösst er einen Finger in mich hinein. Ich kralle mich an seinem Rücken fest und unterdrücke einen Lustschrei. Er nimmt einen zweiten Finger dazu und bewegt seine Hand schneller und schneller. Ich stöhne. Ich bin völlig überfordert mit der Sensation, die sich unterhalb meiner Gürtellinie ankündigt. Ich spüre, dass ich bald komme und will den Höhepunkt auf seinen Fingern auskosten. Doch er zieht seine Finger aus mir heraus, dreht mich auf den Rücken und reisst meinen durchnässten Tanga zur Seite. Dann küsst er meine Scheide. Kurz schaut er zwischen meinen Beinen zu mir hoch, als ob er um eine Erlaubnis bitten würde. Ich nicke und er beginnt zu lecken, was meinen Vorsatz, leise zu sein, vollends zerstört. Er stösst wieder zwei Finger in mich, hart und schnell. In dieser Sekunde fühle ich mich, als ob ich fliegen würde und vergesse für kurze Zeit unsere Sorgen und Ängste. Ich fühle mich frei, leicht und entspannt.

Er fickt mich immer schneller und schneller mit den Fingern. Als er dann noch einen dritten hinzunimmt, komme ich stöhnend zu einem Orgasmus, der mich zu zerreissen scheint. Alexej hört nicht auf, wird aber immer langsamer. Dann zieht er seine Finger aus mir heraus und steckt sie sich in den Mund. Ich reite immer noch auf der Welle eines unglaublich intensiven und langen Orgasmus, der sich so wundervoll anfühlt und mich die tiefe Verbindung zu Alexej spüren lässt.

Erschöpft, aber glücklich schlinge ich meine Arme um seinen Nacken und er hält mich fest an sich gedrückt. So harren wir aus und sind kurz davor einzuschlafen, als uns ein Klopfen an der Tür hochschrecken lässt.

«La polizia apre immediatamente la porta», hallt eine Stimme durch das Haus.

Wir zucken zusammen und schauen uns an.

«Was machen wir jetzt?»

«Ruhe bewahren. Nimm nur das Wichtigste mit und zieh dir schnell etwas über.»

Ich ziehe mir rasch meine Klamotten an und schlüpfe in meine Turnschuhe. Ich schnappe mir gerade noch meine Handtasche, als mich Alexej auch schon am Arm packt und auf den Balkon zerrt.

Draussen ist alles hell erleuchtet, deshalb erkenne ich gut, wie weit es runtergeht. Mir wird schwindlig und ich habe das Gefühl, gleich ohnmächtig zu werden.

«Nein, das kann ich nicht!»

«Du bist so weit gegangen und jetzt wirst du nicht aufgeben!»

«Nein!», schreie ich panisch, fast schon hysterisch.

Das Klopfen an der Türe geht in ein Poltern über.

«Willst du scheitern, weil du zu feige warst, es zu versuchen?», provoziert Alexej mich.

Mir kommen die Tränen und mit erstickter Stimme sage ich: «Ich habe Höhenangst, ich kann nicht, ich kann einfach nicht!»

«Natalia, hör mir zu …» Sanft nimmt er mein Gesicht in die Hände. «Wenn du jetzt aufgibst, ist dein Schicksal besiegelt, dann bist du schon tot. Wenn du es versuchst, dann hast du eine Chance, zu überleben!»

Ich schliesse die Augen und spüre, wie das Adrenalin durch meinen Körper schiesst.

«Okay …»

Alexej steigt auf das Geländer, hält sich an der Stange fest, die unseren Balkon mit dem Garten verbindet und klettert auf die Aussenseite. Dann hangelt er sich hinab und rutscht an der Stange hinab in den Garten.

«Komm schnell, Natalia!», ruft er. In dem Moment höre ich ein Bersten. Die Tür gibt nach und jemand stürmt ins Zimmer.

Ich zittere am ganzen Körper und schwinge mich über das Geländer, als ein Polizist auf den Balkon gerannt kommt.

«Stopp!», befiehlt er und zielt mit seiner Pistole auf mich.

Ich erstarre.

«Er wird nicht schiessen, komm runter!», ruft Alexej. Der Polizist macht einen Satz auf mich zu und ich lasse mich fallen, halte dabei aber die Stange fest. Ein unglaublicher Schmerz durchfährt meine Hände, sodass ich die Stange loslasse. Ich schreie, während ich falle. Doch dann werde ich von starken Händen gepackt.

«Super gemacht, komm weiter», sagt Alexej und stützt mich, bis ich auf den Boden des Gartens Halt finde.

Er rennt ums Haus herum und zieht mich in einer Geschwindigkeit hinter sich her, mit der ich kaum mithalten kann. Auf einmal lässt er meine Hand los und ehe ich begreife, was geschieht, schnellt seine Faust nach vorne. Während der Polizist bewusstlos zu Boden sinkt, knockt Alexej dessen Kollegen aus, der ihm vermutlich Deckung geben sollte.

Alexej nimmt meine Hand und wir rennen die Strasse entlang, wo ich unser Auto sehe, das am Strassenrand steht.

«Stopp, Police!», hören wir laute Rufe. Wir springen ins Auto und Alexej lässt den Motor an. Wir preschen die Auffahrt hoch und auf die Strasse.

Alexej drückt das Gaspedal durch und ich werde in den Sitz gedrückt. Ich höre die Sirenen des Polizeiautos hinter uns.

Schwitzend klammere ich mich an der Armlehne fest. Alexej jagt mit über 200 Stundenkilometer über die Hauptstrasse, bremst scharf, beschleunigt wieder. Auf einmal sehe ich eine breite Kreuzung auf uns zu kommen, auf der ich zum Glück kein Auto sehe. Aus irgendeinem Grund weiss ich, was er vorhat.

«Nein, Alexej», flehe ich. «Bitte tu das nicht!»

«Vertrau mir», sagt er nur, den Blick starr auf die Strasse gerichtet. Ich schliesse die Augen und längst verdrängte Bilder steigen aus meinem Inneren auf. *Jetzt bekommst du deine gerechte Strafe*, sagt der junge Mann und sieht mich vorwurfsvoll an. Eine scharfe Bremsung schleudert mich nach vorne und der Sicherheitsgurt drückt mir schmerzhaft in die Haut. Ich halte die Augen weiterhin geschlossen und bete zum ersten Mal seit vielen Jahren.

Die Reifen quietschen und ich werde nach rechts geschmettert, sodass ich mir den Kopf an der Autotür anschlage. Dann höre ich den Motor aufheulen und werde wieder in den Sitz gedrückt. Vorsichtig öffne ich die Augen und sehe, dass wir die gleiche Strecke zurückrasen. Wir haben dieses riskante Wendemanöver tatsächlich unbeschadet überstanden. Es sind keine Sirenen mehr zu hören. Erleichtert atme ich auf. Als wir um die nächste Kurve der Landstrasse biegen, sehen wir das Blaulicht.

«Sie haben uns gefunden. Es ist aus», flüstere ich.

Alexej sagt nichts, sondern reisst das Steuer herum und biegt links ab.

«Spinnst du?» schreie ich. «Du wirst uns umbringen und vielleicht noch andere ...»

«Scheisse!», keucht er, während er die Autobahnausfahrt entlangfährt. «Ich wollte das nicht!»

24.

Ich schreie, als uns ein Auto entgegenkommt, doch Alexej weicht geschickt aus und fährt ein Stück über die Wiese am Rand der Ausfahrt. Vielleicht bleiben wir stekken, denke ich hoffnungsvoll. Doch wir bleiben nicht stekken und Alexej fährt tatsächlich auf die Autobahn.

Noch nie in meinem Leben hatte ich solche Angst. Ich zittere und schwitze. Am liebsten würde ich ihm die übelsten Beschimpfungen an den Kopf werfen, doch er braucht jetzt Hundertprozent seiner Konzentration, um uns hier lebend rauszubringen.

Zunächst haben wir Glück, da uns nur wenige Autos entgegenkommen und Alexej einfach die Spur wechseln kann. Doch dann kommen uns auf den zwei Fahrstreifen Autos entgegen, die nur in leicht versetztem Abstand zueinander fahren.

Alexej wechselt auf den linken Fahrstreifen. Das erste Auto bremst scharf.

«Verdammt, gib Gas!», brüllt Alexej. Ich sehe die Scheinwerfer auf uns zurasen. Als der erste Wagen endlich an uns vorbeigefahren ist, zieht Alexej blitzschnell nach rechts rüber. Der Fahrer des zweiten Wagens hatte leider die gleiche Idee. Ich schreie entsetzt auf.

In letzter Sekunde zieht Alexej den Wagen wieder auf die linke Spur.

Ich schnappe nach Luft. Mein Herz rast immer noch und ich befinde mich in der grössten Gefühlsachterbahn, in der ich je war – von wütend, traurig, euphorisch, gleichgültig – es ist alles dabei.

Vor uns liegt die nächste Auffahrt, die wir als Ausfahrt nutzen werden. Ich schliesse die Augen und bete wieder leise vor mich hin.

«Alles in Ordnung?», fragt Alexej und biegt in die Einfahrt ab. Ich lache hysterisch auf, weil diese Frage für mich dermassen absurd klingt.

«Konzentriere dich bitte einfach nur auf die Strasse», keuche ich.

Als Alexej einem uns entgegenrasenden Auto ausweicht, wird der Wunsch wahr, den ich einige Minuten zuvor hatte. Bei seinem Ausweichmanöver auf die feuchte Wiese wird unser Auto abgebremst und sinkt ein.

«Verdammte Scheisse!», flucht er.

«Los, setz dich hinters Steuer und tu, was ich dir sage!», befiehlt er.

Wütend funkle ich ihn an. «Ich bin nicht deine Sklavin!»

«Falscher Zeitpunkt, Natalia!»

«Ja, sorry!», fauche ich zurück und rutsche auf den Fahrersitz.

«Gib langsam Gas», befiehlt er.

Ich mache, was er sagt, doch das Auto bewegt sich keinen Millimeter.

«Scheisse!», flucht er wieder. Noch nie habe ich ihn so aufgeregt erlebt. Er öffnet die Beifahrertür und schnappt sich die Fussmatte.

Ich verstehe, was er vorhat, ziehe die Fussmatte unter mir hervor und reiche sie ihm wortlos.

Für ein paar Sekunden verschwindet Alexej hinter der Motorhaube. «Gib noch mal Gas!», höre ich ihn rufen.

Ich drücke vorsichtig auf das Gaspedal. Das Auto ruckelt und setzt sich in Bewegung.

Langsam fahre ich zurück auf die Auffahrt. Alexej springt ins fahrende Auto. Mein Herz schlägt wie wild.

Kurz bevor wir die rettende Hauptstrasse erreichen, kommt uns ein weiteres Auto entgegen.

«Nach rechts!», höre ich Alexejs Stimme wie aus weiter Ferne. Doch ich bin wie paralysiert, vor Angst überwältigt. Auf einmal ist das Auto kurz vor uns und ich spüre, wie das Lenkrad unter meinen Händen nach rechts gerissen wird. Dann verschwimmt die Sicht vor meinen Augen.

Alexej schaltet den Motor aus, sodass wir zum Stehen kommen, springt hinaus und reisst die Fahrertür auf. Blitzschnell hievt er mich hinüber, lässt den Motor an und übernimmt das Steuer.

Ich brauche eine Weile, bis ich mich wieder gefangen habe. Doch dann bricht es aus mir heraus:

«Bist du völlig wahnsinnig geworden? Wir wären beinahe gestorben und hätten unschuldige Menschen mit in den Tod gerissen! Verdammt noch mal, wie mich diese Alleingänge nerven. Du entscheidest einfach als Geisterfahrer über die Autobahn zu rasen? Ich kann es echt nicht fassen.»

Alexej schweigt und schaut scheinbar konzentriert auf die Strasse. Schliesslich sieht er mich an. «Das war eine Reflexreaktion, ich hätte das mit klarem Verstand niemals gemacht. Doch einmal falsch abgebogen gab es kein Zurück mehr. Es tut mir leid, ich bin wohl kein guter Bodyguard. Aber ich mache das alles nur für dich. Weil ich dich mehr liebe als alles andere auf der Welt.»

»Das ist ja toll, aber wir werden nicht mehr viel voneinander haben, wenn wir tot sind.»

«Wir sind aber nicht tot. Es ist alles gut gegangen!»

«Das konntest du vorher aber nicht wissen!»

«Man weiss vieles nicht vorher.»

Ich verschränke die Arme vor der Brust und starre aus dem Fenster. «Da hast du allerdings recht.»

«Gern geschehen.»

Ich fahre zu ihm herum. «Was? Soll ich mich für diese Horrorfahrt etwa bei dir bedanken?»

«Ich habe uns da rausgeholt.»

«Fragt sich nur, was uns das jetzt bringt.»

Eine Weile schweigen wir.

«Ich habe echt mein Leben an mir vorbeiziehen sehen», flüstere ich. «Jedes Mal wieder, wenn Scheinwerfer auf uns zukamen. Die Wahrsagerin hatte mit allem recht …»

Alexejs lacht auf. «Du warst bei einer Wahrsagerin? Das hätte ich dir niemals zugetraut! Da musste ich dich erst an die Schwelle des Todes bringen, um dich richtig kennenzulernen.»

«Ich meine das ernst», fauche ich. «Sie hat mir vieles vorhergesagt, das dann eingetreten ist. Sie wusste sogar, dass ich in Gefahr schwebe und bankrott bin. Woher hätte sie das wissen sollen?»

«Keine Ahnung. Dorfklatsch?», sagt er trocken.

«Ach, du verstehst das nicht.»

«Ist gut. Lassen wir das.»

«Wohin fahren wir?», frage ich seufzend.

«In den Wald.»

«Wieso das?», frage ich entgeistert.

«Keine Angst, ich bin kein Serienkiller.»

«Ha, ha, sehr witzig.»

Er biegt nun tatsächlich in einen Waldweg ein.

«Kannst du mir jetzt endlich sagen, was wir hier machen?»

«Wir werden hier schlafen», sagt er. Seine Stimme klingt rau und müde.

Er klappt unsere Sitze zurück.

Ich seufze, aber ich weiss, dass er recht hat. Wir sind beide zu müde, um weiterzufahren und die Polizei wird überall nach uns fahnden.

Zum Glück hat er noch eine Decke im hinteren Fussraum gefunden. Wir lassen die Sitzlehnen runter und versuchen es uns so gut es geht, in den Sitzen bequem zu machen. Mir tut immer noch alles weh, aber mittlerweile habe ich mich an die Schmerzen gewöhnt. Wir wenden uns einander zu und schlafen händchenhaltend ein.

Ich drifte in eine kalte Finsternis ab, aus der sich eine Gestalt schält und auf mich zukommt. Mein Herz schlägt schneller, noch bevor ich sein Gesicht erkenne, weiss ich, wer es ist. Er sieht mich vorwurfsvoll an. Seine verwuschelten braunen Haare lassen ihn eher wie einen Jungen als einen Mann aussehen.

«Es tut mir leid», krächze ich. Der junge Mann sagt nichts, sondern fixiert mich mit starrem Blick und schüttelt den Kopf.

«Bitte glaub mir! Es tut mir leid. Was kann ich tun, damit du mir verzeihst?»

«Natalia!»

Ich öffne die Augen und sehe Alexejs besorgtes Gesicht über mir.

«Du hast im Schlaf geschrien», flüstert er und gibt mir einen sanften Kuss.

Verwirrt sehe ich ihn an, weiss im ersten Moment nicht, wo ich bin. Es ist so eng und unbequem. Als ich aus dem Fenster schaue, fällt es mir wieder ein. Wir sind im Wald, weil wir uns nirgends mehr blicken lassen können. Mir ist es ein Rätsel, wie uns die weitere Flucht gelingen soll. Wir brauchen Wasser und etwas zu essen. Der Gedanke an eine Dusche und ein Bett bleibt ein frommer Wunsch. Erstaunlicherweise macht es mir nicht so viel aus, ich will einfach nur Italien verlassen, ohne wilde Verfolgungsjagden.

Neben mir streckt sich Alexej und fragt: «Abgesehen von deinem Albtraum – hat die Prinzessin auf der Erbse gut geschlafen?»

«Ich gebe dir gleich Prinzessin ...»

Wir küssen uns lange. Es fühlt sich so gut an. Er zieht mich ein Stück über die Mittelkonsole und ich lege meinen Kopf an seine Brust. Ich fühle mich so geborgen, dass ich mir wünsche, wir könnten einfach für immer so liegen bleiben.

Doch wir müssen uns überlegen, wie wir nun weiter vorgehen.

«Wir brauchen frische Kleidung und etwas zu essen. Und einen anderen Wagen. Nach diesem hier wird mit Sicherheit schon gefahndet.»

«Meinst du wirklich?»

«Schatz, wir haben uns der Polizei entzogen, ich habe zwei Polizisten geschlagen und tausend Verkehrsregeln gebrochen!»

Ich stöhne auf. Im Gegensatz zu Timon, Gina und Laurene wähne ich uns immer noch auf der Seite der Guten und muss mich erst daran gewöhnen, dass ich es bin, nach der gesucht wird.

«Also gut. Welche Stadt ist in der Nähe?»

«Florenz», antwortet Alexej wie aus der Pistole geschossen.

«Deinen Orientierungssinn möchte ich haben.»

Alexej lächelt mich an und startet den Motor. Er sieht immer wieder nervös in den Rückspiegel und als wir Florenz erreichen, fährt er in das Parkhaus eines kleinen Einkaufszentrums.

«Du wartest hier, während ich Wechselkleidung und etwas zu essen besorge. Dann suchen wir uns ein anderes Auto.»

Flüchtig küsst er mich auf die Wange. Nervös schaue ich ihm nach und hoffe, dass er mit seinem verdreckten T-

Shirt und der zerrissenen Hose nicht zu viel Aufmerksamkeit auf sich lenkt. Vielleicht hätte ich lieber gehen sollen.

Er kommt schnell mit einer grossen Tüte und zwei Kaffeebechern wieder. Wir ziehen uns hastig im Auto um, während wir uns die noch warmen Cornetti in den Mund stopfen und dazu den heissen Kaffee trinken.

«Woher bekommen wir einen anderen Wagen?», frage ich mit vollem Mund, während ich in die etwas zu grosse Hose schlüpfe. Über meine Kleidergrössen müssen wir zu einem späteren Zeitpunkt noch einmal reden.

Alexej setzt sich ein Cap auf und zieht es sich tief ins Gesicht. «Wir versuchen als Erstes, einen Mietwagen zu bekommen.»

«Dazu brauchen wir aber einen Ausweis. Bestenfalls mit einem Namen, nach dem nicht gefahndet wird, oder?»

«Ich weiss. Aber wir müssen es zumindest versuchen. Ansonsten verlassen wir das Land mit dem Zug oder Bus. Oder per Anhalter.»

«Das gefällt mir alles nicht …»

«Wir werden es schon schaffen. Komm jetzt.»

Ich schnappe mir meine Handtasche und steige aus. Wir verlassen das Parkhaus und eilen durch Florenz, vorbei an der Palazzo Pitti und auf eine Brücke zu, die sich über den Arno spannt. Die Häuser, an denen wir vorbeilaufen, sind farbenfroh gestrichen und zwischen ihnen schlängeln sich enge Gassen auf mehrere grosse Piazze zu. Unter anderen Umständen – in einem anderen Leben – wäre ich gerne ein paar Tage hiergeblieben.

«Uno momento.»

Wir drehen uns um und mein Herz bleibt beinahe stehen. Hinter uns stehen zwei Polizisten.

«Si», antwortet Alexej cool. Ich schaue hinter mich und sehe die anderen Polizisten aus verschiedenen Richtungen auf uns zukommen.

Zitternd greife ich nach Alexejs Hand.

«Ich danke dir für alles, das werde ich dir nie vergessen», flüstere ich ihm zu. «Du warst der Einzige, der mir immer geglaubt und zu mir gestanden hat.»

«Es tut mir so leid, mein Schatz. Ich hätte gerne noch mehr für dich getan», antwortet er und küsst mich. Dann wird er jäh von mir weggezerrt und ich höre das Klicken von Handschellen hinter seinem Rücken.

«Natalia!», ruft er mir noch zu. «Ich liebe dich. Vergiss das nicht!»

Ein kräftiger Polizist reisst ihn mit sich, während ihn ein anderer im Nacken packt und runterdrückt. Dieser Anblick bricht mir das Herz.

«Hören Sie auf damit!», schreie ich und versuche, mich zu befreien, doch eine Polizistin hält mich unerbittlich fest. Alexej wird zu einem Polizeiauto gebracht, das ganz in der Nähe steht. Sie schubsen ihn auf die Rückbank, sodass er sich den Kopf am Türrahmen anschlägt. Tränen laufen mir über die Wangen. Ich fühle mich schuldig. Ohne mich würde er um diese Zeit zu seiner Schicht fahren und vielleicht unterwegs bei Andi auf einen Kaffee anhalten.

Ich werde zu einem anderen Auto geführt, einem eleganten BMW, vermutlich ein Zivilauto. Im Gegensatz zu Alexej werde ich sehr gut behandelt, obwohl ich mich alles andere als kooperativ verhalte. Ein Teil von mir möchte, dass mich die Polizei genauso schlecht behandelt wie Alexej, damit ich mit ihm leiden kann und mich nicht mehr so schuldig fühle. Also beschimpfe ich die Polizistin und trete ihr demonstrativ auf den Fuss. Doch sie reagiert nicht darauf und lächelt mich nur an.

Auf dem Polizeipräsidium muss ich ewig lange warten. Ich frage nicht und keiner sagt mir, worauf eigentlich.

Schliesslich werden meine Eltern ins Zimmer geführt. Meine Mutter weint vor Freude und erdrückt mich schier in ihrer Umarmung. Mein Vater hingegen sieht mich böse an und sagt: «Wegen deinen Dummheiten haben wir einen Millionendeal verpasst.»

«Halt den Mund!», fährt meine Mutter dazwischen und sieht ihn mit ihrem Killerblick an.

«Ich habe euch nicht darum gebeten, euren tollen Deal platzen zu lassen», erwidere ich kalt.

«Ihr hättet uns einfach gehen lassen sollen!»

Meine Eltern wechseln einen Blick.

«Du bist unser einziges Kind. Das konnten wir nicht», sagt meine Mutter verzweifelt.

«Und was habt ihr jetzt vor?», frage ich schicksalsergeben.

«Wir fahren zum Flughafen, zu unserem Privatjet», sagt mein Vater.

«Ich komme nicht mit.»

«Schön, dann wirst du heute noch in eine geschlossene Abteilung eingewiesen.» Mein Vater meint das scheinbar ernst.

Mir klappt die Kinnlade runter. Fassungslos sehe ich von ihm zu meiner Mutter.

Zu meinem Entsetzen nickt sie bedrückt.

Ich presse die Lippen zusammen und kann nur mit aller Kraft die Tränen zurückhalten. Ich kann meinen Eltern nicht sagen, dass Alexej diese wahnsinnige Flucht nur für mich auf sich genommen hat. Ich muss versuchen, ihn möglichst rauszuhalten. Mir bleibt nichts anderes übrig, als vor meinen Eltern zu kuschen.

«Muss ich nicht erst eine Aussage machen, oder so?», frage ich gefasst.

«Das haben unsere Anwälte geregelt. Komm jetzt endlich! Irgendjemand muss deine teuren Eskapaden ja bezahlen», zischt mein Vater gereizt.

«Aber Alexej …»

«Vergiss ihn. Er ist kein guter Umgang für dich!»

Wütend will ich etwas erwidern, doch ich reisse mich zusammen. Im Augenblick ist meinem Vater alles zuzutrauen.

Schicksalsergeben folge ich meinen Eltern. In einem Rolls Royce werden wir zum Flughafen gefahren. Von dort aus geht es mit dem Privatjet weiter.

Panisch kralle ich meine Hände in die Sitzlehnen.

Unser Steward kommt direkt mit dem obligatorischen Champagner auf mich zu.

«Nein danke …»

Er macht grosse Augen.

«Wollen Sie etwas anderes? Wir haben auch Whiskey …»

«Nein danke!», antworte ich bestimmt, obwohl ich mich wie ein Häufchen Elend fühle.

«Sagen Sie Bescheid, wenn Sie etwas wünschen», sagt er und geht.

«Was, du schiesst dich nicht ab, so wie sonst?», spottet mein Vater.

Ich ignoriere ihn und ziehe die Fensterblende zu.

Den Flug über blicke ich starr geradeaus und versuche, mein Zittern zu unterdrücken. Als das Flugzeug zu ruckeln beginnt, schliesse ich krampfhaft die Augen. Ein Bild taucht vor meinem geistigen Auge auf. Ich sehe mich als Kind herumtollen und mit Gina und Laurene fangen spielen.

Wollten sie mich damals schon tot sehen? Dann Timon und unsere Streitereien, die so oft eskalieren sind. Wie er mich zutiefst erniedrigt hat, manchmal sogar handgreiflich geworden ist. Zwei Jahre waren wir zusammen. Warum?

Warum bin ich nicht gegangen? Ich habe mir immer eingeredet, dass der unglaublich gute Sex mich für alles entschädigen würde. Ich schüttle den Kopf über mich selbst und durchlebe weitere Erinnerungen an diese Zeit.

Ich hatte Angst. Ich hatte viele Feinde, die mir nichts gegönnt haben und nur darauf warteten, dass bei mir etwas schiefläuft. Aber es war nicht nur das. Es war ...

Der Jet wird durchgeschüttelt und sackt in ein Luftloch ab. Mein Herz setzt aus.

Mein Versprechen an meinen Bruder ... ich stehe an seinem Krankenbett ... dann der junge Mann, der kurz darauf auf mich zukommt, anklagend sieht er mich an: «Jetzt sehen wir uns wieder», sagt er und greift nach mir.

Ich schreie auf.

«Natalia!»

Jemand schüttelt mich sanft.

Ich öffne die Augen. «Stürzen wir ab?», hauche ich.

Meine Mutter lächelt. «Nein, mein Schatz. Wir sind wohlbehalten gelandet.»

25.

Am Flughafen in Zürich angekommen, werden wir von Dani abgeholt, dem Chauffeur und Bodyguard meiner Familie. Neben ihm steht Andreas.

«Natalia, zum Glück geht es dir gut!», ruft er und umarmt mich. Dann sieht er mich an und kratzt sich verlegen am Kinn. Ich sehe ihm an, dass er Angst hat, dass ich ihn verrate. Für einen Moment geniesse ich das Gefühl, zur Abwechslung auch mal Macht über jemanden zu haben. Ich könnte ... Nein! Ich bin ein besserer Mensch und nutze das nicht aus.

Dani umarmt mich väterlich. Ihn kenne ich, seit ich denken kann.

«Was machst du denn nur für Sachen?», fragt er und sieht mich kopfschüttelnd an.

Ich zucke mit den Schultern und sage nichts.

«Die Jugend von heute, Dani! Aber für Natalia opferst du doch bestimmt gerne deinen einzigen freien Tag, nicht wahr?», sagt mein Vater und sieht mich mit hochgezogenen Brauen an.

«Die Jugend hat mehr von uns Alten übernommen, als uns lieb ist. Natürlich wollen wir uns das oft nicht eingestehen.»

Dani zwinkert mir zu.

Mein Vater öffnet den Mund, schliesst ihn aber wieder, macht auf dem Absatz kehrt und eilt mit Andreas an seiner Seite voraus.

Ich sehe Dani ungläubig an. «Hast du im Lotto gewonnen?», frage ich.

Er lacht. «Nein, wie kommst du darauf?».

Wir folgen den anderen mit grossem Abstand.

«Weil du jetzt vermutlich deinen Job los bist. Ich werde ein gutes Wort für dich einlegen, aber werde wohl auf taube Ohren stossen.»

«Du vergisst, dass ich ein gleichberechtigtes Mitspracherecht habe», macht sich meine Mutter neben mir bemerkbar. «Ich würde nie zulassen, dass Peter unserem besten Angestellten kündigt.»

«Das ist echt nett von euch, aber ich arbeite sowieso nur noch bis zum Ende des Monats. Dann wandere ich mit meiner Frau nach Bali aus.»

«Nach Bali? Du?»

Bis jetzt wirkte unser Chauffeur auf mich wie ein Urschweizer, für den bereits das Tessin exotisch ist.

«Ja, ich. Tatsächlich.» Er grinst mich breit an.

Viel zu schnell sind wir bei der Limousine angekommen.

Meine Eltern unterhalten sich während der Fahrt mit Andreas über anstehende Geschäfte, während ich schweigend aus dem Fenster schaue. Ich muss die Eindrücke der letzten vierundzwanzig Stunden verarbeiten. Zu Hause angekommen schnappe ich mir meine schwere Handtasche und gehe direkt ins Haus, ohne nach rechts oder links zu schauen.

Meine Grossmutter steht im Korridor und schaut mich unsicher lächelnd an. Ich stürme auf sie zu und umarme sie lange. «Es tut mir so leid, dass ich mich nicht mehr verabschiedet habe. Es ging alles so schnell und …»

«Wieso denn verabschiedet? Gehst du weg?», unterbricht sie mich verwirrt.

«Nein, ich bleibe hier», versichere ich ihr unter Tränen.

Sie sieht mich besorgt an. «Warum weinst du?»

«Ich freue mich so dich zu sehen.»

Sie lächelt.

Nach einer ausgiebigen Dusche gehe ich hinunter ins Wohnzimmer und frage meine Eltern: «Kann ich ein Auto ausleihen?»

«Auf keinen Fall, du gehst nirgendwo hin!», sagt meine Mutter entsetzt.

«Bin ich jetzt hier gefangen, oder was?», frage ich wütend.

«Natürlich nicht! Aber du bist hier in Sicherheit! Wenn du endlich sagen würdest, wer dich bedroht, könnte die Polizei diejenigen festnehmen und du könntest dein Leben weiterleben!»

Ich presse die Lippen zusammen.

«Ich werde nicht bedroht», lüge ich.

«Und warum bist du dann abgehauen?»

«Ist das eine ernste Frage? Ihr wolltet mich in eine Klinik bringen …»

Betreten sieht sie mich an.

«Wir hatten deswegen einen riesigen Streit. Aber wir haben letztendlich keine andere Lösung gesehen. Tut mir leid.»

Ich seufze tief und überlege verzweifelt, wie ich nun zu Rowen komme. Ich muss unbedingt mit ihm reden, um zu erfahren, wie es Alexej geht.

«Dann mache es wieder gut, indem du mich gehen lässt», sage ich.

Sie funkelt mich an. «Einen Teufel werde ich tun! Damit du wieder verunglückst oder sonst was passiert?»

Frustriert lasse ich sie stehen und hole ein stationäres Telefon aus dem Büro.

Zurück in meinem Zimmer google ich am Laptop nach Rowens Nummer und rufe ihn an.

«Ja?», meldet er sich.

«Ich bin es, Nat ...»

«Was willst du?», fragt er unfreundlich.

«Bitte, wir müssen kurz über Alexej reden.»

«Sorry, ich habe echt anderes zu tun, als dir deine Schuldgefühle wegzuquatschen.»

«Bitte, ich muss wissen, wie es ihm geht.»

«Hättest du einen Arsch in der Hose, wüsstest du es. Dann wärst du jetzt nämlich bei ihm. Schönen Abend noch in deiner Luxusbude, Püppchen.»

Kurz bevor er auflegt, sage ich schnell:

«Alexej würde nicht wollen, dass du so mit mir redest.»

Auf der anderen Seite der Leitung höre ich ein abfälliges Seufzen. «Also gut, was willst du wissen?»

«Wie geht es ihm?»

«Wie schon? Schlecht natürlich.»

Mein Herz zieht sich schmerzhaft zusammen.

«Wo ist er?»

«In Italien im Gefängnis», antwortet Rowen.

«Kann ich irgendwas tun?»

«Eine Aussage zu seinen Gunsten wäre vorteilhaft gewesen. Da du gekniffen hast und pleite bist, kannst du nichts für ihn tun.»

«Könnte ich ihm denn mit Geld helfen?», frage ich. Sobald ich die Frage gestellt habe, merke ich, wie idiotisch sie sich anhört.

Rowen lacht. «Natürlich. Er bräuchte Top-Anwälte, so wie du sie hast», antwortet er. «Und nein, ich habe kein Geld, sonst hätte ich längst etwas unternommen. Ich habe es leider finanziell nie so weit gebracht wie Alexej oder Andi und an Alexejs Geld komme ich nicht ran.»

Nach einer kurzen Pause setzt er nach: «Und Andi kann ihm auch nicht mehr helfen.»

Damit jagt er einen Giftpfeil mitten in mein Herz. Ich mochte Andi nicht, was es aber fast noch schlimmer macht.

«Wie viel braucht er?», frage ich, während seine letzten Worte in mir nachhallen. Rowen weiss also, warum Alexej so viel Geld hat. Allerdings wird er der Letzte sein, der es mir verrät.

«Einige Tausender vielleicht, ich habe keine Ahnung.»

«Geld habe ich zwar nicht, aber mit einem Spitzenanwalt kann ich eventuell dienen.»

«Ich bin gespannt, Natalia. Wir werden sehen, ob du auch so viel opfern wirst wie Alexej für dich.»

Bevor ich antworten kann, hat er aufgelegt.

Ich google die Adresse von Andreas Kanzlei und wähle seine Nummer.

«Peter?», meldet er sich.

«Nein, hier ist Natalia. Ich brauche deine Hilfe.»

«Meine Hilfe? Ich fürchte ...»

«Du fürchtest zu Recht, wenn du mir nicht hilfst», sage ich kühl.

Er seufzt. «Was soll ich tun?»

«Hol Alexej aus dem Gefängnis.»

«Aber das kann ich nicht ...»

«Du kannst! Sonst lernst du mich kennen.»

«Ich werde sehen, was ich tun kann», sagt Andreas leise.

Ich höre ihm seine Verzweiflung an und bevor er mir noch leidtut, lege ich auf.

Ich stelle mich vor meinen riesigen Spiegelschrank und betrachte mein Spiegelbild. Ich habe das Gefühl, ein anderer Mensch sieht mir entgegen. Ich bin vom Lämmchen zur Löwin geworden. Endlich nehme ich mein Schicksal und auch das von Alexej in die eigene Hand, was ein verdammt gutes Gefühl ist.

«Natalia?», meine Mutter klopft an die Tür. «Laurene ist draussen und will mit dir reden.»

Ein eiskalter Schauer läuft mir über den Rücken, als ich den Namen meiner ehemaligen Freundin höre.

«Ich aber nicht mit ihr», rufe ich.

In diesem Moment klingelt mein Telefon. Hoffentlich Andreas, denke ich und nehme ab.

«Ja?», sage ich.

«Natalia», keucht Laurene. «Bitte lass mich rein, wir müssen unbedingt reden.»

«Ich wüsste nicht worüber.»

«Natalia, du musst mich anhören, es ist lebenswichtig!»

Lebenswichtig? So dumm ist sie ja wohl nicht, dass sie zu mir nach Hause kommt, um mich umzubringen, oder?

«Okay», sage ich einer plötzlichen Eingebung folgend. «Ich sage den Security-Leuten Bescheid, dass sie dich auf unser Grundstück lassen sollen. Warte vor der Haustür.»

Mein Herz beginnt zu rasen, da in meinem Kopf eine Idee entsteht, die diesem Horror bald ein Ende bereiten könnte.

Ich nehme mein Prepaidhandy hervor, schalte es ein, aktiviere die Diktierfunktion und stecke es in meine hintere Hosentasche. Dann rufe ich unten an und gebe Bescheid, dass Laurene aufs Grundstück kommen darf. Sie kommt auf mich zugestürmt, als ich die Eingangstür öffne.

«Halt bloss Abstand!», fahre ich sie an.

Sie tritt eilig zurück. Wir gehen hoch in mein Zimmer, wobei ich sie vorgehen lasse. Ich schliesse die Türe hinter uns und gebe ihr zu verstehen, dass sie sich aufs Bett setzen soll, während ich mich neben die Tür auf den Bürostuhl setze.

Ich mustere sie unauffällig. Obwohl sie klein und pummelig ist, hat sie kräftige Hände von der harten Arbeit. Ich hätte kaum eine Chance gegen sie, wenn sie es darauf anlegt.

«Warum hast du bei diesem Mordkomplott gegen mich mitgemacht?», platzt es aus mir heraus.

«Natalia, niemand will dich umbringen», sagt sie mit weit aufgerissenen Augen.

Ich sehe sie kopfschüttelnd und mit einem verbitterten Lächeln an. «Verstehe. Was willst du dann hier?»

«Mit dir reden, und zwar ohne Zuhörer.»

«Das machen wir doch gerade», sage ich.

«Und was ist mit deinem Handy?»

«Was soll damit sein?» Ich ziehe meine Brauen hoch, doch mein Herz beginnt zu flattern.

«Ich bin nicht so blöd, wie du denkst», sagt sie nur und klingt auf einmal müde.

Nachdenklich starre ich sie an.

«Was ist, Natalia, willst du es nun hören?», fragt sie.

«Dann lass dein Handy hier und komm mit ins Bad.»

Scheisse, das läuft nicht nach meinen Vorstellungen.

«Wieso ausgerechnet ins Bad?»

«Von mir aus auch in ein anderes Zimmer.»

«In Ordnung, komm mit», sage ich.

Mit Argusaugen beobachtet sie, wie ich das Handy auf meine Kommode lege und folgt mir ins Gästezimmer auf der anderen Seite des Flurs. Sie setzt sich wieder aufs Bett, während ich auf dem Sessel Platz nehme. Ich schiele immer wieder zur Tür.

«Keine Angst, ich tu dir nichts», sagt sie.

«Ach ja? Das sah vor Kurzem noch ganz anders aus!»

Sie senkt den Kopf. Dann sieht sie mich an wie ein verletzter Welpe: «Es tut mir so leid, wirklich. Du bist mir so wichtig…»

Ich schnaube laut. «Und deshalb wolltest du mich umbringen?», frage ich ironisch.

«Ich wollte das alles nicht, das musst du mir glauben. Gina und Timon haben …»

«Mir ist schon klar, dass die beiden die treibende Kraft hinter allem sind. Aber du hast dich freiwillig dazu entschieden, mitzumachen!»

Sie nickt und Tränen laufen ihr über die Wangen.

«Ich habe mich so einsam und verlassen gefühlt. Du hast mich ignoriert, die Einzige, die da war, war Gina und später auch Timon. Ich wollte sie nicht auch noch verlieren. Ich schäme mich dafür, aber für kurze Zeit sah ich darin einen Ausweg, mich endlich von meinen Eltern unabhängig zu machen.»

Ihre Worte treffen direkt in mein Herz. Doch ich muss mich zusammenreissen, darf keine Schwäche zeigen.

«Ich habe dich nie ignoriert. Und selbst wenn, ist das kein Grund, jemanden umzubringen. War das alles?»

«N … Nein, also auch, a … aber du hast mir monatelang nicht geantwortet», stammelt sie.

«Du hast mir nie geschrieben, wie soll ich da antworten? Gedanken lesen kann ich nicht.»

Sie zieht ihr Handy aus der Hosentasche, tippt etwas ein und drückt es mir in die Hand. Verwirrt sehe ich auf unseren Chatverlauf und mehrere sehr verzweifelt klingende WhatsApp-Nachrichten von ihr.

«Diese Nachrichten sind nie bei mir angekommen.»

«Du hättest mich in deinen Kontakten blockieren müssen, damit die Nachrichten nicht ankommen. Hast du mich etwa blockiert?»

«Natürlich nicht!»

«Wirklich nicht?»

«Laurene, ich verstehe das nicht. Ich hätte es dir gesagt, wenn ich keinen Kontakt mehr gewollt hätte.»

«Hatte Gina dein Handy in der Hand?»

Wir sehen uns an. Mich überrascht nichts mehr, Laurene dagegen scheint erschüttert zu sein.

«Es tut mir so leid, Natalia. Ich hätte es wissen sollen, dass du nicht so bist. Und ich hätte nie so weit gehen dürfen. Ich hoffe, du kannst mir irgendwann verzeihen.»

Beinahe hätte ich ihr ins Gesicht gespuckt.

«Wirst du gegen sie aussagen?», frage ich beherrscht.

Lauren wird bleich. «Ich kann das nicht. Und wenn du aussagst, landest du im Gefängnis.»

Ich zucke betont gleichgültig mit den Schultern. Soll sie ruhig ein wenig ins Schwitzen kommen.

«Vielleicht mache ich es trotzdem. Bist du dann auf meiner Seite?»

«Machst du ja doch nicht. Schon wegen deines Studiums nicht. Ausserdem weisst du genau so gut wie ich, dass das Gefängnis keineswegs der sicherste Ort der Welt ist und sie uns dort büssen lassen würden.» Sie nestelt an ihren Haaren.

«Ich ... ich kann nicht, ich habe Angst vor ihnen.»

«Geh jetzt bitte. Ich möchte allein sein.»

«Da ist noch etwas», sagt sie und sieht zu Boden.

«Ich, ähm, also Timon und ich ...»

Sie streicht sich eine fettige Haarsträhne hinters Ohr.

«Ja?», frage ich, aber noch bevor sie den Mund aufmacht, kenne ich die Antwort.

«Ich bin in ihn verliebt», platzt es aus ihr heraus.

«Ach, ja? Warum hast du nie etwas gesagt?», frage ich kühl.

«Wegen dir natürlich.»

Sie schaut angestrengt auf ihre Beine und zupft an einem Faden rum.

«Wolltest du mich deswegen umbringen?»

«Nein ... nein, niemals wegen dem! Es kam alles zusammen. Meine Familie quälte mich und du hast mich wochenlang ignoriert. Von der Polizei und dem Sozialamt bekam ich keine Hilfe. Und auf einmal zeigte Timon Interesse an mir. Aber er sagte, wir hätten nur eine Zukunft mit genügend Geld.»

«Nur mit genügend Geld», schnaube ich empört. «Als ob der kein Geld hat, oder was?»

«Er ist hoch verschuldet.»

«Hoch verschuldet? Das ich nicht lache! Der verdient mit seinen krummen Geschäften eine Menge Geld. Mehr als ich jemals hatte!»

«Aber so hat er es mir gesagt», nuschelt sie, ohne den Blick zu heben.

«Und, du hast ihm natürlich geglaubt!»

«Ich weiss nicht mehr, was ich glauben kann. Aber eines weiss ich ganz bestimmt: Er will dich zurückhaben», flüstert sie und verzieht bei diesen Worten das Gesicht, als hätte sie Schmerzen, während mir ein eiskalter Schauer über den Rücken läuft.

«Es tut mir leid, dass ich so lange heimlich in ihn verliebt war und dann etwas mit ihm hatte», fährt sie fort.

«Dir sollte vieles leidtun, aber das nicht», sage ich müde.

«Gegen Gefühle kann man nichts, und mir ist es egal, mit wem der zusammen ist.»

«Da ist noch etwas, dass du wissen solltest. Du schwebst in höchster Gefahr!»

Ich lache laut auf.

«Das weiss ich schon seit unserem harmonischen Frauenabend.»

«Du weisst nicht alles», flüstert Laurene. Sie braucht einen Moment, um weiterzureden: «Gina und Timon haben sich zerstritten. Timon will wieder eine Beziehung mit dir und alles zurechtbiegen, aber Gina …» Laurene sieht mich verunsichert an, schaut dann konzentriert auf den Boden und zupft wieder an ihrer Hose.

«Sie ist absolut unberechenbar geworden und will dich mehr denn je möglichst qualvoll töten. Sie hat sich mit Murat und seinen Leuten zusammengetan. Ihnen reicht dein Geld nicht mehr. Sie wollen dich entweder entführen und Lösegeld erpressen oder dich dazu bringen, dass du deine Eltern bestiehlst.»

«Und warum erzählst du mir das alles?», frage ich, nachdem ich ihre Worte verdaut habe. Nun wirkt sie wie ein scheues Reh und schaut überallhin, nur nicht zu mir, während sie nervös mit ihren Haaren spielt.

«Weil du …, weil du meine einzige Freundin bist. Ich weiss, ich habe einen Fehler gemacht, aber ich hoffe, du kannst mir irgendwann verzeihen.»

Niemals! Ich nicke dennoch nachdenklich. Mein Herz schlägt schneller, vielleicht ist das meine Chance. «Nun, wenn du mich als lebende Freundin behalten willst, dann brauche ich deine Hilfe.»

Ein Funken Hoffnung blitzt in ihren Augen auf, als sie leise fragt: «Was kann ich tun?»

«Du musst später bei der Polizei gegen alle aussagen.»

«Warum später?»

Ihr Blick durchbohrt mich förmlich.

«Weil wir mit den Anwälten zuerst eine gute Strategie ausarbeiten müssen», lüge ich.

«Auf keinen Fall, dann komme auch ich ins Gefängnis und Gina wird mir etwas anzutun!»

«Das werde ich nicht zulassen. Ich werde zu deinen Gunsten aussagen und meine Eltern werden dir die besten

Anwälte finanzieren. Wenn alles überstanden ist, werde ich dir helfen, von deiner Familie wegzukommen.»

«Das ist schon mal schiefgegangen.» Laurene knetet die Hände und wischt sich über die Augen. «Ich … ich weiss nicht …»

«Hör mal Laurene, wenn Gina mich umbringt, bist du ganz allein und bleibst auf ewig bei deiner Familie. Wenn Gina dir den Mord nicht sogar in die Schuhe schiebt oder dich tötet, um keine Zeugen zu haben.»

Laurene beginnt zu zittern und Tränen laufen ihr über die Wangen. Doch dann schüttelt sie den Kopf, steht auf und geht zur Tür.

«Tut mir leid, ich kann nicht», flüstert sie und huscht hinaus. Frustriert sehe ich ihr nach. Ich war so kurz davor, der Lösung für mein Dilemma einen Schritt näherzukommen. Doch ich habe weder ihr Geständnis aufgenommen, noch sagt sie gegen Gina und Timon aus.

Als ich sie durch den Garten huschen sehe, begleitet von der Security, schreie ich laut auf.

Nachdem ich mich beruhigt habe, gehe ich hinunter. Unten auf der Treppe sehe ich eine einzelne Rose und einen Brief, der an mich adressiert ist. Vermutlich Werbung, denke ich und reisse ihn auf. Als ich die Karte mit der grossen, roten Rose aus dem Umschlag ziehe und die Nachricht lese, muss ich mehrmals schlucken.

Natalia, mein Sonnenschein. Mir tut das alles so leid. Ich werde um dich kämpfen und dich beschützen, damit du weiterhin so blühst, wie diese Rose. Für immer. In Liebe, Timon.

Timon denkt ernsthaft, er könnte den Anschlag auf mich jemals wieder gutmachen. Ich fasse es nicht.

Zurück in meinem Zimmer fahre ich den Laptop hoch und verfasse den Einspruch gegen meine Entmündigung, drucke ihn aus und mache mich auf den Weg zu meinem Vater.

26.

Dani kommt gerade aus dem Büro meines Vaters.

«Na, junge Frau? Brauchst du einen Chauffeur?», fragt er wissend.

«Ja.»

«Wohin gehts?»

«Zur Post.»

«Moment!» Mein Vater stellt sich vor die Tür.

«Was ist denn jetzt?»

«Du verlässt das Haus nur über meine Leiche!»

«Ich bin Bodyguard, Peter, bei mir ist sie in Sicherheit», setzt sich Dani für mich ein.

«Natalia bleibt hier, bis geklärt ist, wer es auf sie abgesehen hat und diese Person oder Personen hinter Gittern sind!»

«Ich muss aber einen wichtigen Brief …»

Mein Vater greift nach dem Brief, doch ich weiche in letzter Sekunde aus. Doch Dani reisst ihn mir aus der Hand.

«Gib ihn her!», brülle ich.

«Ich bringe ihn für dich zur Post», beschwichtigt Dani mich.

«Sicher?», nervös sehe ich ihn an.

«Hundertprozentig.»

«Dani, das wagst du nicht, sonst …», faucht mein Vater.

«Sonst was? Kündigst du mir fristlos? Nur zu, dann bin ich früher in Bali!» Mit diesen Worten zwinkert Dani mir zu und geht.

Mein Vater schaut ihm mit offenem Mund nach, rauscht dann in sein Büro und knallt die Tür hinter sich zu.

Einige Tage später und nach drei Kapiteln Biochemie schalte ich mein Prepaidhandy an. Eine Nachricht von einem unbekannten Absender. Kein Text, nur eine Telefonnummer.

Ich springe auf, kritzle die Nummer auf einen Zettel, renne ins Gästezimmer und wähle vom Festnetz aus, die angegebene Nummer.

«Natalia, endlich!»

«Alexej», rufe ich überglücklich ins Telefon. «Geht es dir gut?»

«So gut es einem nach einer Woche im italienischen Gefängnis gehen kann.»

«Es tut mir so leid …»

«Das muss es nicht. Können wir uns sehen? Ich kann in zehn Minuten bei dir sein.»

Mein Herz hüpft vor Freude. «Ich komme zum Tor. Bis gleich.»

«Wohin gehst du?», fragt mein Vater misstrauisch, als ich an ihm vorbeilaufe. Warum muss ich ihm immer im ungünstigsten Moment begegnen?

«Alexej kommt her und …»

Mein Vater springt vor die Tür und versperrt mir den Weg.

«Ich trage die Verantwortung für dich. Ich lasse nicht zu, dass ihr wieder verschwindet und du dieses Mal wirklich stirbst, weil er wie ein Wahnsinniger fährt!»

«Dann lass ihn wenigstens zu mir», sage ich.

«Nein!», mein Vater sieht mich durchdringend an.

«Doch!» Ich halte seinem Blick stand.

«Dieser Kerl hat Dreck am Stecken, und zwar ordentlich. Weisst du, wer seine Eltern sind?», fragt er und zieht die Brauen hoch.

«Ja! Ich weiss alles!», fauche ich.

«Dann ist ja alles klar. Alexej bleibt draussen und du drinnen!» Mit diesen Worten macht er auf dem Absatz kehrt.

Ich nehme das kabellose Telefon und tippe die Nummer ein.

«Natalia?»

«Alexej! Mein Vater …»

«Ich kann es mir denken! Halt die Füsse still, mir fällt schon was ein.» Er legt auf.

Ich gehe wieder in mein Zimmer und schaue aus dem Fenster. Ich sehe einen roten Audi wegfahren. Trotz der vertrackten Situation muss ich grinsen. Wie kann man nur so vernarrt in diese Marke sein?

Kurz darauf sehe ich ihn die Strasse hochlaufen. Zu Fuss. Trotz der Security-Uniform erkenne ich ihn sofort.

Hektisch wähle ich seine Nummer.

«Hallo Süsse», meldet er sich.

«Was hast du vor?»

«Ich trete meine Schicht an. Sieh zu, dass mich niemand von deinen Leuten sieht und öffne mir die Tür.»

«Aber …»

«Bis gleich», sagt er und legt auf.

Ich schlage die Hände über dem Kopf zusammen. Auch ich will ihn unbedingt sehen, aber es steht zu viel auf dem Spiel. Er ist schliesslich gerade erst aus dem Gefängnis entlassen worden.

Unten sehe ich einige Autos kommen. Schichtwechsel der Security und Alexej mittendrin. Im Eingangsbereich angekommen trifft mich fast der Schlag. Mein Vater sitzt an der Garderobe und putzt seine Schuhe. Seit wann macht er das selbst?

Ich stürme in die Einliegerwohnung meiner Grossmutter, wo sie wie so oft am Putzen ist.

«Du musst mir helfen», keuche ich.

Erstaunt sieht sie mich an. Ihre Augen sind so klar wie schon lange nicht mehr.

«Du musst Papa ablenken.»

«Warum?»

Ich seufze. Bevor ich zu einer Erklärung ansetzen kann, brüllt sie: «Peter!»

Sie zwinkert mir zu und zieht den Vorhang der Abstellkammer beiseite.

«Schnell, versteck dich.»

Keine Sekunde zu früh schlüpfe ich hinter den weinroten Stoff, als mein Vater auch schon in die Wohnung stürmt.

«Ist etwas passiert?»

«Der Fernseher im Schlafzimmer zeigt immer nur dasselbe Programm, egal, welchen Knopf ich drücke.»

Ich höre meinen Vater seufzen. «Wahrscheinlich braucht deine Fernbedienung neue Batterien. Lass uns mal nachsehen.»

Die beiden entfernen sich. Ich linse hinter dem Vorhang hervor und sehe meine Grossmutter, die meinem Vater in ihr Schlafzimmer folgt und mir verschmitzt zulächelt.

Mit Tränen in den Augen schleiche ich mich hinaus, renne zur Eingangstür und stehe einem grinsenden Alexej in schwarzer Security Kleidung gegenüber.

«Geh wieder, das ist viel zu …»

Er packt mich und gib mir einen leidenschaftlichen Kuss.

Schnell löse ich mich von ihm und ziehe ihn ins Haus.

Wir schleichen in mein Zimmer, dessen Tür ich sofort abschliesse.

Wir fallen uns in die Arme und ich vergrabe mein Gesicht an seiner Brust. Meine Knie geben nach und ich fühle mich auf einmal sehr kraftlos und müde.

«Es tut mir so leid, dass du festgenommen worden bist», flüstere ich.

«Ich wollte zu deinen Gunsten aussagen, aber meine Eltern haben es nicht zugelassen.»

«Hör auf damit, du kannst nichts dafür. Ich bin selbst für meine Taten verantwortlich», antwortet er.

Wir setzen uns auf mein Bett und halten uns lange fest.

«Wir müssen darüber reden, wie es nun weitergeht», sagt er nach einer Weile und greift nach meiner Hand.

«Wie konntest du dich hier einschleusen?», frage ich.

«Mit genug Geld kann man alles kaufen.»

Mit wird schlecht. *Du weisst nicht, wer er ist*, höre ich meinen Vater sagen.

«Laurene war hier.»

«Wie bitte? Hast du sie etwa reingelassen?», fragt er entgeistert.

«Ja.»

«Spinnst du? Ich mache alles, um dein Leben zu retten und du bringst dich so leichtsinnig in Gefahr?»

«Es wäre viel gefährlicher gewesen, sie nicht anzuhören!», erwidere ich.

«Willst du nun wissen, was sie erzählt hat oder nicht?»

Er seufzt. «Sag schon.»

«Ich wollte unser Gespräch aufnehmen, aber sie hat mich durchschaut. Als sie sicher war, dass wir allein sind, hat sie ihre Beteiligung an dem Mordanschlag indirekt zugegeben. Gina und Timon haben sie dazu gebracht. Sie hat sich von mir ihm Stich gelassen gefühlt. Gina muss vorher ihren Kontakt in meinem Handy blockiert haben. Und Timon hat ihr die grosse Liebe vorgespielt!»

Alexej sieht mich ungläubig an. «Timon und Laurene? Nicht dein Ernst!»

«Doch, allerdings. Sie war schon lange in ihn verliebt. Gina und Timon haben sich zerstritten. Gina hat sich mit Murat und seinen komischen Anhängseln zusammengetan, während Timon einen auf Liebenden macht und mich retten will.»

«Der hat Nerven», knurrt Alexej und knetet seine Finger.

«Er schickt mir ständig Briefe, in denen er seine Liebe zu mir beteuert.»

Alexej atmet tief ein und aus und ich sehe, wie sein Kiefer mahlt.

«Das ist noch nicht alles», fahre ich fort. «Gina will mich entführen lassen und meine Eltern erpressen.»

Fassungslos sieht er mich an, dann nimmt er mich in den Arm und drückt mich an sich. Ich schliesse die Augen und atme seinen mittlerweile vertrauten Geruch ein.

«Das lasse ich niemals zu, hörst du? Ich werde dich beschützen», verspricht er.

Er schiebt mich ein Stück von sich weg und sieht mich an.

«Ich bin beeindruckt, dass es dir fast gelungen wäre, Laurenes Geständnis aufzunehmen.»

Ich zucke mit den Schultern. «Tja. Knapp daneben ist auch vorbei.»

Er küsst mich zärtlich und streichelt mir den Rücken.

«Wir finden einen anderen Weg. Ich habe mit Rowen gesprochen. Ich soll dich von ihm grüssen und ausrichten, dass er dich wohl unterschätzt hat. Weisst du, was er damit gemeint hat?»

«Nein, keine Ahnung», sage ich und sehe ihn unschuldig an.

«Hat er noch etwas gesagt?»

«Es war nicht einfach, aber bald sind sie so weit, dann haben sie alle Beweise vernichtet, die man gegen dich verwenden könnte.»

«Endlich eine gute Nachricht!»

«Das stimmt. Aber bald gilt es, den anderen alles zu beweisen.»

«Was ist mit dem Brief? Und dem Muffin?»

«In dem Brief erpressen sie dich mit deiner Vergangenheit. Den sollten wir nicht verwenden. Und selbst wenn in dem Muffin noch Gift zu finden ist, wette ich mit dir, dass diese Spur zu Laurene führen wird. Gina und Timon sind nicht dumm. Wir brauchen eine Aussage.»

«Du klingst, als ob du bereits einen Plan hast.»

Alexej seufzt. «Ja, aber er gefällt mir nicht besonders.»

Während er redet, wiederhole ich in Gedanken immer wieder mein neues Mantra: Ich bin kein Lamm mehr, ich werde kämpfen wie eine Löwin. Und Gina und Timon werden die Quittung für alles bekommen, was sie mir angetan haben. Mir und all den anderen Menschen.

Als Alexej mir seinen Plan erklärt hat, sieht er mich fragend an.

«Wann?», frage ich nur.

«Rowen muss zuerst auf Nummer sichergehen, dass alle Spuren beseitigt sind. Ich fahre gleich zu ihm.»

Wir küssen uns leidenschaftlich zum Abschied.

Ich schleiche voraus und winke Alexej zu mir, als ich im Eingangsbereich ankomme und niemanden sehe.

Im Flur steht die Tür zum Arbeitszimmer meines Vaters einen Spalt offen und ich höre, wie sein sonst so emsiges Tippen verstummt.

Ich lege meinen Zeigefinger auf den Mund und Alexej zwinkert mir zu.

«Es wird alles gut», flüstert er und gibt mir einen Kuss auf die Stirn, bevor er das Haus verlässt.

Als ich wieder in meinem Zimmer bin, starre ich lange aus dem Fenster. Alexejs Plan ist riskant.

Ich nehme mein Prepaid-Handy und schreibe eine Nachricht.

Der Köder ist ausgeworfen.

27.

Am nächsten Tag höre ich lange nichts von Alexej. Erst am späten Abend meldet er sich per SMS.
Öffne die Tür in fünf Minuten.
Mein Vater ist auf Geschäftsreise und meine Mutter arbeitet, hoffentlich kommt Alexej ohne Probleme rein.
Ich gehe noch kurz ins Bad und eile dann zum Eingang. Doch meine Grossmutter war schneller und hat bereits die Tür geöffnet.
«Wir kaufen nichts», schreit sie Alexej an, als ob er taub wäre und nicht sie.
«Ich will Ihnen wirklich nichts verkaufen, werte Dame. Ich möchte Ihre Enkeltochter besuchen.»
Die sanfte Art, mit der er auf sie einredet, berührt mich.
«Welche Enkeltochter?», fragt meine Grossmutter.
Alexej schaut sie verdutzt an. «Wie? Haben Sie mehrere?»
«Da bin ich mir auch gerade nicht so sicher, junger Mann», erwidert meine Grossmutter und kratzt sich am Kopf.
Ich erlöse ihn aus der Situation, indem ich mich vorsichtig an meiner Grossmutter vorbeischiebe.
«Er meint mich, Oma. Natalia. Erinnerst du dich?»
Sie strahlt über das ganze Gesicht. «Aber sicher.»
Alexej grinst mich erleichtert an.
«Sag Timon doch endlich, er soll reinkommen», setzt meine Grossmutter nach und macht die Tür frei.

Alexejs Lächeln erstirbt und ich sehe meiner Grossmutter traurig hinterher, während sie den Flur entlang humpelt. Ich gebe Alexej mit einem Kopfnicken zu verstehen, dass er nach oben in mein Zimmer gehen soll und bringe Oma in ihr Zimmer.

«Entschuldige bitte», sage ich einige Minuten später, als ich neben ihm auf dem Bett sitze. «Ihre Demenz schreitet immer schneller voran.»

Er gibt mir einen Kuss. «Solange es ihr damit gut geht und sie so fröhlich ist, solltest du es so nehmen, wie es kommt.»

«Danke. Lieb von dir. Gibt es etwas Neues?»

«Rowen hat grünes Licht gegeben. Aber begeistert ist er nicht von unserem Plan.»

«Sag bloss, er macht sich Sorgen um mich?», frage ich spitz.

Alexej sieht mich mit gerunzelter Stirn an.

«Sag mal, was ist zwischen euch passiert, während ich im Gefängnis war?»

«Was soll schon passiert sein? Glaubst du, ich habe ihn besucht und mit ihm eine heisse Nacht verbracht?»

«Nicht witzig.»

Ich schaue ihn nachdenklich an und frage mich, was aus dem freiheitsliebenden, beziehungsscheuen Draufgänger geworden ist. Ob ich ihn so verändert habe? Wird uns das irgendwann zum Verhängnis? Im Grunde weiss ich nichts über ihn. Zumindest weniger als mein Vater.

«Ich bin dir dankbar, dass du mich beschützt und für alles, was du für mich getan hast», sage ich leise. «Aber bevor wir unseren Plan umsetzen, möchte ich gerne die Wahrheit über dich wissen.»

«Wovon redest du?»

«Andi und du … euch verband mehr als eine normale Freundschaft, richtig?»

Ein Schatten legt sich über Alexejs Gesicht. «Natalia, bitte nicht. Nicht heute Abend.»

«Wann dann?»

«Wenn wir das alles hier überstanden haben. Falls unser Plan morgen schief geht, möchtest du doch nicht unseren vielleicht letzten Abend mit alten Kamellen aus der Vergangenheit verplempern, oder?»

«Aber ich – »

«Nein», sagt er entschieden, für meinen Geschmack einen Ton zu scharf und zieht mich in seine Arme. Er lässt seine Lippen über meinen Hals fahren und ich bekomme eine Gänsehaut. Ich wende ihm mein Gesicht zu und küsse ihn leidenschaftlich. Seine Hände fahren zu meinem unteren Rücken hinab. Er zieht mich an sich und ich setze mich auf ihn. Er packt meine Arme und drückt sie hinter meinem Rücken zusammen. Dann dreht er mich auf den Rücken und führt meine Hände über den Kopf.

Seine Lippen lösen sich von meinen. Er greift in seinen Rucksack und holt eine Kiste hervor, die ich noch nie zuvor gesehen habe. Ich will mich aufsetzen, aber er schubst mich zurück auf die Matratze.

»Warte, es ist eine Überraschung.«

Er holt eine Augenbinde hervor und sieht mich fragend an. Ich nicke lächelnd und lasse sie mir umbinden. Ich spüre, wie er meinen ganzen Körper langsam abtastet und dann nach und nach jedes Kleidungsstück entfernt, bis ich nur noch in meiner schwarzen Unterwäsche vor ihm liege. Ich spüre seine Hände für einen kurzen Moment nicht mehr auf mir und höre ein Klicken. Ich fahre erschrocken hoch, doch Alexej drückt mich zurück aufs Bett.

«Vertrau mir», flüstert er mir ins Ohr. Mir läuft ein Schauer über den Rücken. Das Gefühl, ihm ausgeliefert zu sein, hat etwas Beängstigendes und Erregendes zugleich.

Etwas Kaltes legt sich um meine Handgelenke und ich

höre wieder das Klicken. Dann werde ich an meinen gefesselten Händen emporgezogen; er muss sie mit einem Seil an den Bettpfosten befestigt haben.

«Zu eng?», flüstert er, aber ich schüttle nur den Kopf, woraufhin er mir einen Kuss auf die Lippen drückt. Er steckt mir zwei Finger in den Mund, sodass ich fast würgen muss und hinterlässt vom Mund bis zu meiner Klitoris eine nasse Linie, als er den Weg mit den Fingern abtastet.

Sanft massiert er mich durch den Stoff meiner Unterhose hindurch und ich bewege ungeduldig die Beine.

Ich seufze und höre ihn leise lachen. Ich spüre, wie er mir ein Kissen unter die Hüften schiebt. Seine Hände gleiten an meinen Beinen hinunter bis zu meinen Füssen. Er bindet mir etwas um den linken Wadenbeinknöchel, es fühlt sich an wie ein weiches Seil. Ich frage mich, ob er vor diesem Treffen im Sexshop war. Oder hatte er diese Sachen einfach zu Hause liegen? Hat er das schon einmal mit einer anderen getan? Bestimmt hat er das und … Ich zucke zusammen, als er mir das Seil auch um den rechten Wadenknochen bindet. Er ist sehr geübt mit den Seilen, denn es schmerzt kein bisschen.

Er verlagert sein Gewicht in meine Richtung und streicht mir durchs Haar.

«Hör zu, Süsse, wenn dir das zu viel wird, sag einfach nur *ROT* und ich höre sofort auf, in Ordnung?»

«In Ordnung», flüstere ich.

In der nächsten Sekunde zerreisst er meinen BH und meine Unterhose. Bevor ich protestieren kann, steckt er mir wieder zwei Finger in den Mund und ich sauge daran. Gleichzeitig saugt er an meinen Brustwarzen und ich stöhne in seine Hand hinein. Wieder fährt er mit seinen speichelnassen Fingern bis zu meiner Klitoris und massiert sie. Ich komme aus dem Stöhnen nicht mehr heraus und spüre seinen Mund plötzlich an der Vagina. Er küsst, saugt und leckt, bevor er völlig unerwartet erneut zwei Finger in mich hineinstösst und mich so auf Wolke sieben katapultiert. Ich sehe Sterne und mein gesamter Körper ist voller Adrenalin. Dann hört er plötzlich auf und ich stöhne: «Nicht aufhören …»

«Geduld, Süsse.»

Seufzend lausche ich und höre, wie Alexej seine Gürtelschnalle öffnet. Erwartungsvoll rekele ich mich vor ihm wie eine rollige Katze. Dann spüre ich seine Lippen auf meinen, bevor er mich sanft in den Hals beisst. Auf beiden Seiten neben mir sinkt die Matratze ein und ich spüre, wie er sich über mein Gesicht kniet.

Sein Penis berührt jetzt meine Lippen und ich öffne sie. Er stösst mir sein Glied in den Mund. Dann fängt er an, sich zu bewegen, wobei er immer schneller wird. Ich höre sein Stöhnen, doch bevor er kommt, zieht er seinen Penis aus meinem Mund. Ich fühle mich dreckig und sauber zugleich, wie eine Hure, aber auch wie eine Königin. Ich zittere, als er meine Klitoris streichelt. Ich höre das Knistern von Plastik und wie er kurz die Luft anhält, als er sich das Kondom überzieht. Dann fährt er mit seinem Penis an meiner Scheidenöffnung entlang und taucht dann endlich in mich ein. Wir stöhnen beide erleichtert auf.

Alexej fickt mich, als wäre ich seine persönliche Hure, mit so viel Aggression und Liebe zugleich. Wir küssen uns dabei und stöhnen uns gegenseitig in den Mund. Als ich so weit bin, massiert er meine Klitoris durch seine schnellen Bewegungen so stark, dass ich direkt zum Höhepunkt komme und er mich durch meinen ganzen Orgasmus hindurch fickt. Er selbst hält noch länger durch und zieht sich plötzlich aus mir zurück. Dann höre ich ein Summen, und ich spüre, dass er etwas Vibrierendes an meine harten Nippel hält und dann damit nach unten gleitet. Er drückt den

Vibrator gegen meine feuchte Klitoris und saugt und knabbert an meinen Nippeln, was mich zum nächsten Höhepunkt bringt.

«Jetzt bist du dran», keuche ich erschöpft. Das Summen verstummt und die Seile an meinen Füssen lockern sich. Die Handschellen öffnen sich, doch als ich meine Augenbinde entfernen will, packt er meine Hände und dreht mich auf den Bauch. Er hält mir die Hände hinter dem Rücken fest und fickt mich von hinten, bis Sternchen vor meinen Augen explodieren. Alexejs Finger legen sich um meinen Hals. Zuerst drückt er nur leicht zu, doch als er merkt, dass es mir gefällt, schliesst er seine Hand fester um meine Kehle. Ich versuche meinen nächsten Orgasmus hinauszuzögern und spanne jeden Muskel an.

«Natalia, du machst mich wahnsinnig», flüstert Alexej mir ins Ohr und Sekunden später komme ich zum dritten Mal, diesmal gemeinsam mit ihm. Alexej nimmt mir die Augenbinde ab und ich falle in seine Arme. Er steht auf, zieht mich hoch und trägt mich ins Badezimmer in die Dusche. Nachdem er sein Kondom entsorgt hat, stehen wir lange unter den warmen Strahlen der Regenwalddusche, seifen uns gegenseitig ein, küssen uns, halten uns fest und lachen, als Alexej aus Versehen das Wasser auf eiskalt dreht. Wir vergessen alles um uns herum und denken nicht an das, was uns bevorsteht. Schliesslich trocknen wir uns ab, gehen ins Bett und schlafen Arm in Arm ein.

Am nächsten Tag fühle ich wie mich wie gerädert. Doch etwas Gutes hat meine Müdigkeit. Ich denke nicht zu viel darüber nach, was an diesem Abend alles schief gehen könnte.

Bei einem Kaffee geht Alexej den Plan noch einmal mit mir durch, greift wieder in den Rucksack, zwinkert mir neckisch zu. Er zieht einen kleinen Beutel heraus.

«Bereit?», fragt er, nachdem er mir alles erklärt hat. Ich schüttle den Kopf. Er nimmt mich in den Arm und hält mich lange fest.

«Hey», sagt er leise. «Du hast so viel durchgestanden, das schaffst du auch noch. Was wirst du tun, wenn dieser Albtraum vorbei ist?», fragt er.

«Von hier wegziehen, irgendwo arbeiten, in Ruhe und in Freiheit leben», sage ich, wie aus der Pistole geschossen.

«Denk an diesen Vorsatz, wenn es so weit ist, in Ordnung?»

«In Ordnung.»

Er lässt mich allein. Jetzt bin ich auf mich gestellt.

Ich frage meine Eltern erst gar nicht nach einem Wagen, da ich die Antwort darauf schon kenne. Ich verabschiede mich von meiner Grossmutter – länger und inniger als sonst – und schleiche mich in die Garage. Nervös steige ich in den Porsche meines Vaters.

Als ich die Ausfahrt entlangfahre, lassen mich die Sicherheitskräfte ohne Weiteres passieren. Mein Vater hat sie zum Glück nicht auf die kriminellen Anwandlungen seiner Tochter vorbereitet. Ich habe extra eine Bluse von meiner Mutter angezogen und trage ihre Gucci Brille, sodass sie mich vielleicht mit ihr verwechseln. Hoffentlich baue ich jetzt keinen Unfall.

Wenige Minuten später erreiche ich unser Gartenhaus und stelle den Wagen ab. Ich sehe mich um, aber die Gegend scheint menschenleer zu sein. Es dämmert bereits.

Ich straffe die Schultern, drehe mich um und sehe ihn auf mich zukommen. Timon.

Er bewegt sich langsam und vorsichtig auf mich zu, als sei ich ein Reh, dass er nicht durch eine zu schnelle Bewegung verschrecken will.

Mein Magen verkrampft sich und ich schwitze trotz der

kalten Abendluft. Gleichzeitig werde ich von einer dunklen Welle des Hasses überrollt. Doch jetzt gilt es, diese Wut zu zügeln, um diesem Albtraum endlich ein Ende zu bereiten.

«Natalia, wie schön dich zu sehen», sagt er und sieht mich unsicher an.

«Hallo Timon», antworte ich verhalten. Er will mich umarmen, doch ich weiche einen Schritt zurück.

«Ich bin noch nicht so weit», sage ich.

Er nickt hastig. «Natürlich. Ich habe viel Mist gebaut. Das braucht Zeit, bis du mir wieder vertrauen kannst. Lass uns ins Gartenhaus gehen und reden.»

Es kostet mich Überwindung, doch ich folge ihm.

Im Gartenhaus gehe ich ihm aus dem Weg, als er die Tür hinter mir schliesst und achte darauf, ihn keine Sekunde aus den Augen zu lassen.

Er setzt sich auf den Stuhl vor dem Kamin.

Zögernd nehme ich auf dem zweiten Stuhl Platz, der etwas weiter von der Tür weg steht.

«Hey, entspann dich», sagt er.

Ich unterdrücke ein hysterisches Lachen.

«Sorry, aber das fällt mir schwer.»

Er nickt und sieht mich mit diesem Welpen Blick an, der mein Herz früher zum Schmelzen brachte. Jetzt finde ich ihn nur widerlich und armselig, lasse mir aber nichts von meinem Ekel anmerken.

«Es tut mir alles so unglaublich leid, aber ich schwöre dir: Ich werde alles wieder gutmachen. Ich liebe dich!»

«Ach ja, und warum wolltest du mich dann umbringen?»

Er springt auf und packt meinen Arm. «Warum musst du immer alles kaputtmachen? Kannst du das nicht vergessen und einen Neuanfang mit mir wagen?»

Seine Augen funkeln mich an, genauso wie in der

Nacht, als er mich beinahe mit der Eisenstange erschlagen hätte.

«Ich liebe dich über alles! Es tut mir leid, dass ich so viel Mist gebaut habe. Gib mir die Chance, es dir zu beweisen! Lass uns verschwinden, in den Süden. Nur wir zwei.»

Mittlerweile glühen seine Augen vor Wahnsinn. Er zittert und ich weiss, dass er kurz davor ist, zu explodieren.

«Beruhige dich», flüstere ich und muss mich überwinden, weiterzusprechen.

«Timon, ich möchte es gerne noch mal mit dir versuchen. Ich brauche aber eine Erklärung, um – »

«Halt den Mund, du Schlampe», schreit er. «Wo ist das Aufnahmegerät?»

Er mustert mich wie ein lauerndes Raubtier. Mein Herz beginnt zu rasen.

«Ich weiss nicht, wovon du redest», sage ich mit zittriger Stimme.

«Lügnerin!», schreit er und drückt mich gegen die Wand.

«Timon, bitte …», flehe ich.

«Ich habe dich durchschaut», knurrt er. «Dabei liebe ich dich wirklich.»

Ich werfe einen verzweifelten Blick zur Tür.

«Du liebst diesen schmierigen Polizisten, stimmts?»

Ich spüre seinen heissen Atem an meinem Ohr.

«Nein … nein, wirklich nicht!»

«Lüg nicht, ich weiss es! Ich weiss alles!», brüllt er und zieht eine Pistole aus dem Hosenbund. «Doch er wird dich nicht lebend bekommen, genauso wenig wie ich.»

In diesem Moment fliegt die Tür auf und Alexej und Rowen stürmen mit gezückten Waffen die Gartenhütte.

«Weg von ihr!», brüllt Alexej und legt seine Waffe auf Timon an.

Timon grinst und drückt mir die Pistole an den Kopf.

«Schiess nur», sagt er ruhig. «Aber Natalia ist die Erste, die sterben wird.»

Ich fange Alexejs Blick auf. *Schiess*, denke ich. Doch er schüttelt kaum merklich den Kopf. Rowen steht hinter ihm und hat ebenfalls eine Pistole auf Timon angelegt, der mich wie ein Schutzschild vor sich hält.

Für einen Moment ist es totenstill, selbst die Vögel scheinen verstummt zu sein.

Ich schliesse die Augen und denke an meinen grossen Wunsch und Alexejs Worte. In Freiheit leben. Mich gegen meine Unterdrücker wehren. Vom Lamm zur Löwin.

Ich nehme meine ganze Kraft zusammen, explodiere förmlich in Timons Armen und versuche ihn wegzuschubsen. Brüllend schlägt er meinen Kopf gegen die Wand. Mir wird schwarz vor Augen. Halb bewusstlos hänge ich in Timons Armen und höre, wie Rowen auf ihn einredet.

«Timon, wir lassen dich gehen und geben dir Zeit, zu fliehen, wenn du sie am Leben lässt.»

«Bullshit!», schreit Timon. «Ihr wartet doch nur darauf, mich im Knast verrotten zu lassen!»

«Wenn du sie jetzt loslässt, dann erfährt niemand von dieser Szene», erwidert Rowen.

Timon lockert den Griff. In diesem Moment stürmt Alexej auf ihn zu.

Ich kreische auf, als Timon die Pistole auf Alexej richtet und einen Schuss abgibt. Alexej schreit schmerzerfüllt auf.

«NEIN...»

Timon packt mich und wirft mich mit dem Gesicht voran in eine Ecke. Im letzten Moment fange ich den Sturz mit dem Armen ab. Doch bevor ich mich umdrehen kann, trifft mich etwas hart im Rücken und ein glühender Schmerz schiesst durch meinen Körper. Dann wird es schwarz um mich herum.

28.

«Natalia, kannst du uns hören?», fragt meine Mutter.

Ich öffne die Augen und sehe zuerst verschwommen die Gesichter meiner Eltern, die sich über mir schweben. Der Raum kommt mir vertraut vor, aber ich kann ihn nicht zuordnen.

«Was ist passiert?», krächze ich.

«Später, mein Schatz», sagt meine Mutter. Ihre Stimme ist zittrig, so habe ich sie noch nie gehört. Etwas stimmt nicht. Ich sehe meinen Vater an, der Tränen in den Augen hat und sich hastig wegdreht.

Und auf einmal weiss ich, was los ist.

«Mama!», schluchze ich auf. «Ich spüre meine Beine nicht!»

Sie will meine Hand nehmen, aber ich ziehe sie weg.

«Es tut mir so leid, mein Schatz ...»

Eine Welle abgrundtiefer Verzweiflung schlägt über mir zusammen, als die Erinnerungen auf mich einstürzen.

Das Gartenhaus. Timon. Der Kampf. Der Tritt. Der Schmerz. Und ...

«Alexej! Wo ist er?»

Mein Vater fährt zu mir herum. Sein wutverzerrtes Gesicht ist nass vor Tränen.

«Du wirst diesen Kerl nie wieder sehen! Hörst du? Nie wieder!»

Trotz seiner Worte bin ich für einen Moment erleichtert. Alexej lebt. «Bitte ... ich muss ihn sehen.»

Doch meine Mutter schüttelt nur weinend den Kopf.

«Er ist schuld an allem. Ohne ihn würdest du nicht hier liegen und ...»

«Nein», unterbreche ich sie. «Ohne ihn wäre ich längst tot! Er war der Einzige, der mir geholfen hat!»

Ich sehe, wie meine Mutter zusammenzuckt, als hätte ich ihr eine Ohrfeige verpasst. Ich frage sie nach Gina, Timon und Laurene.

«Alle im Gefängnis, wo sie hingehören», antwortet sie und sieht mich schuldbewusst an.

Wenigstens etwas!

«Ich ... ich will allein sein», sage ich schwach.

Meine Eltern reden noch eine Weile auf mich ein, doch ich sehe durch sie hindurch und antworte nicht, bis sie es aufgeben und endlich gehen.

Dann vergrabe ich mein Gesicht in den Händen und weine stundenlang. Irgendwann kommen keine Tränen mehr und ich liege einfach nur da und starre die Decke an.

Drei Tage lang bleibe ich apathisch liegen und verweigere Essen und Trinken, bis die Ärzte mir eine Infusion anhängen und mir mit Zwangsernährung drohen. Zwischendurch höre ich laute Stimmen auf dem Flur und erkenne die von Alexej und meinem Vater, die sich anschreien, bis die Krankenschwestern für Ruhe sorgen.

Als die Krankenschwester am nächsten Tag nach mir sieht, verlange ich, den behandelnden Arzt zu sehen.

«Ich will die genaue Diagnose wissen», sage ich ohne Umschweife, als er einige Stunden später ins Zimmer kommt.

Der Arzt nickt und sagt nach einer kurzen Pause:

«Der Tritt hat eine Fraktur der Wirbelkörper bewirkt. Die dislozierten Fragmente haben das Rückenmark verletzt. Dadurch wurde eine spinale Kompression ausgelöst. Wir haben bei der Operation versucht, zu retten, was zu retten war, aber ...»

«Wie ist die Prognose?», unterbreche ich ihn.

Nervös kratzt er sich am Kinn. «Die Wahrscheinlichkeit liegt bei etwa fünf Prozent, dass Sie jemals wieder laufen können.»

«Immerhin. Das ist doch etwas, auf dem man aufbauen kann», antworte ich und zwinge mich zu einem Lächeln.

«Eine positive Einstellung erhöht die Chance, dass Sie es schaffen. Bleiben Sie stark», sagt er leise.

«Könnten Sie noch etwas für mich tun?»

«Gerne. Um was geht es?»

«Ich muss dringend mit jemandem sprechen, der aber ausserhalb der Besuchszeiten zu mir kommen müsste ...»

Der Arzt nickt wissend. «Ich kümmere mich darum.»

Spät am Abend öffnet sich die Tür und Alexej kommt herein. Mein Herz beginnt vor Freude schneller zu schlagen und gleichzeitig fühle ich einen grossen Schmerz.

«Natalia!»

Alexej eilt auf mich zu und übersät mein Gesicht mit Küssen. Ich schiebe ihn sanft von mir weg.

«Entschuldige, habe ich dir wehgetan?»

«Nein, das ist es nicht.»

«Du brauchst Zeit, um das alles zu verarbeiten. Ich bin für dich da. Dein Vater hat mich nicht zu dir gelassen. Er gibt mir die Schuld an allem und ...»

Er stockt und ich sehe, dass seine Augen feucht von Tränen werden.

«Und er hat recht. Ich hätte dich niemals in Gefahr bringen dürfen. Bitte verzeih mir!»

Jetzt kann er nicht mehr verbergen, dass er weint.

«Du trägst keine Schuld daran. Du warst immer der

Einzige, der zu mir gehalten und versucht hat, mir zu helfen. Und dafür danke ich dir. Ich werde dir mein Leben lang dafür dankbar sein.»

«Natalia, warum klingt das wie eine Abschiedsrede?», fragt er misstrauisch und wischt sich über die Augen.

Scheiße, das wird jetzt verdammt schwer.

«Es tut mir leid, aber ab diesem Punkt muss ich meinen Weg allein gehen», sage ich mit zitternder Stimme. Mein Herz brennt und fühlt sich an, als würde es in Stücke gerissen werden.

«Warum?», fragt er fassungslos. «Ich dachte, du liebst mich?»

«Und darum lasse ich dich gehen.»

«Das ergibt doch überhaupt keinen Sinn!»

«Oh, doch. Du bist ein aktiver und sportlicher Mann, der sein Leben noch vor sich hat. Da wäre ich für dich nur ein Klotz am Bein.»

«Das stimmt doch überhaupt nicht ...»

«Lass mich ausreden. Ich will nicht, dass du mit mir zusammenbleibst, weil du dich dazu verpflichtet fühlst. Mitleid ist keine gute Basis für eine Beziehung.»

«Natalia», sagt er verzweifelt. «Ich liebe dich verdammt noch mal. Kapier das doch endlich. Du bist die Frau meines Lebens und alles andere interessiert mich nicht!»

Er nimmt meine Hand und haucht einen Kuss darauf, sodass alles in mir kribbelt. Bis auf meine Beine. Nun kann ich die Tränen nicht mehr zurückhalten.

«Du hättest dich bestimmt nicht für mich entschieden, wenn du mich als Rollstuhlfahrerin kennengelernt hättest», schluchze ich.

«Hältst du mich wirklich für so oberflächlich?», fragt er traurig.

«Bitte geh und mach es nicht noch schwerer.» Ich drehe meinen Kopf von ihm weg.

«In Ordnung, ich gehe. Aber ich werde wiederkommen.»

29.

Die Wochen vergehen. Ich versuche mich vollkommen auf die Therapie zu konzentrieren und den Trennungsschmerz beiseitezuschieben. Doch es gelingt mir nur selten.

Alexej hat mich tagelang mit Briefen und Blumen bombardiert, aber nachdem ich alles sofort postwendend zurückgesendet habe, hat er schliesslich aufgegeben. Ich habe seit Tagen nichts mehr von ihm gehört. Nach einer besonders harten Physiostunde liege ich in meinem Bett und schaue aus dem Fenster. Draussen scheint die Sonne in ihrer vollen Pracht.

«Scheisswetter», murmle ich.

Ein Klopfen an der Tür lässt mich zusammenzucken. Eine Mischung aus Hoffnung und Angst lässt mein Herz schneller schlagen. Vielleicht …

Die Tür öffnet sich und Rowen stapft ungefragt in mein Zimmer und hinterlässt eine Schlammspur auf dem hellen Linoleumboden. «Hallo Natalia»

«Rowen! Mit dir habe ich nicht gerechnet.»

«Kann ich mir vorstellen.»

Er sieht sich um. «Hübsches Zimmer. So liegt es sich hier also, wenn man privatversichert ist.»

«Was willst du?», frage ich seufzend. «Mich fertig machen, weil meine Eltern mir die beste Behandlung bezahlen?»

«Nein, natürlich nicht. Tut mir leid. Wie geht es dir?»

«Oberhalb der Gürtellinie bestens.»

Er nickt. «Tut mir leid, was dir passiert ist.»

«Danke. Und danke für deine Hilfe, … du weisst schon …»

«Gern geschehen. Aber ich bin nicht hier, um mich von dir beweihräuchern zu lassen.»

Eine eiserne Faust umschliesst mein Herz.

«Alexej? Ist ihm was passiert?»

«Nein.»

Ich atme auf.

«Noch nicht», setzt Rowen nach.

«Was soll das bedeuten?», frage ich alarmiert.

«Wenn er weiter so unkonzentriert durch die Gegend fährt, wird es nicht mehr lange dauern, bis er seinen Wagen gegen den nächsten Baum setzt und in deinem Nachbarzimmer landet. Wer weiss – vielleicht ist das sogar sein Plan. Im Augenblick ist ihm alles zuzutrauen. Er schläft nicht und ist kaum noch ansprechbar. Und seine Körperhygiene war offen gestanden, auch schon mal besser.»

«So schlimm?», krächze ich.

«Hör zu, Natalia. Es ist kein Geheimnis, dass ich kein Fan von dir und eurer Beziehung war. Aber ich hätte nach Alexejs Frauengeschichten – und sorry, wenn ich das sage, aber davon gab es viele – niemals gedacht, dass er sich mit Haut und Haaren einer einzigen Auserwählten verschreibt. Und das bist nun mal leider du!»

«Vielen Dank», sage ich trocken.

«Ich habe grossen Respekt vor deiner Entscheidung, ihn gegen seinen Willen freizulassen, aber es war – mal wieder – nicht dein bester Entschluss.»

Als ich merke, wie mir die Tränen kommen, wende ich rasch den Kopf ab. Ich möchte nicht, dass Rowen mich weinen sieht.

«Ich mache halt immer alles falsch.»

«Ich mache halt immer alles falsch – Buhuhu», äfft

Rowen mich nach.

Wütend sehe ich ihn an.

«Ja, was denn? Du kannst entweder hier rumjammern oder etwas unternehmen. Und du sollest es schnell tun. Alexej hat alles für dich getan. Er hat sein Leben für dich riskiert, unzählige Male! Er hat sich strafbar gemacht. Er hat seinen besten Freund verloren. Er hat seinen Job verloren und ist angeschossen worden. Und als alles überstanden ist, ziehst du so eine Ego-Tour durch.»

«Das ist keine Ego-Tour», fauche ich ihn an. «Ich mache das zu seinem Besten.»

«Vielleicht lässt du ihn selbst entscheiden, was das Beste für ihn ist», erwidert Rowen, zieht sein Handy hervor und wählt eine Nummer.

«Aber wehe, wenn ich nicht euer Trauzeuge werde, dann kannst du dich warm anziehen, verstanden?», knurrt er und hält mir grimmig das Telefon entgegen.

30.

Vier Wochen später werde ich entlassen. Nach unzähligen Physio- und Ergotherapie Stunden komme ich selbstständig zurecht. Ich habe meinen Eltern den Entlassungstermin verschwiegen, um eine Konfrontation im Krankenhaus zu vermeiden.

Die Tür öffnet sich und Alexej kommt ins Zimmer. «Na, bereit?», fragt er.

«Oh ja», antworte ich. Er setzt sich neben mich aufs Bett und wir küssen uns. Dann will er mich in den Rollstuhl heben, doch ich schlage ihm auf die Finger.

«Wie war die Abmachung?», frage ich.

«Helfen verboten», antwortet er grinsend. «Entschuldige, da muss ich noch an mir arbeiten.»

Langsam ziehe ich den Rollstuhl neben das Bett, ziehe die Bremsen an und hebe mich mit den Armen rüber. Ich rolle vor ihm nach draussen und zu seinem Auto.

Das Einsteigen schaffe ich dann doch noch nicht allein und muss mir von ihm helfen lassen. Ich bin den Tränen nahe.

«Gib dir Zeit», sagt er tröstend.

Wir fahren zum Haus meiner Eltern.

Alexej öffnet mir das Gartentor, bleibt aber bei seinem Wagen, während ich zur Haustür fahre und klingele. Ich fühle mich wie eine Besucherin und nicht wie die Tochter des Hauses.

Mein Vater öffnet die Tür und sieht mich entgeistert an.

«Seit wann bist du, … warum hast du nicht …»

Dann fällt sein Blick auf Alexej, der hinter dem Tor wartet.

«Verdammt noch mal, ich habe doch gesagt, dass du ihn nicht wiedersehen sollst!»

«Das ist zum Glück nun wieder meine Entscheidung, nachdem die Entmündigung aufgehoben wurde», erwidere ich. Meine Mutter kommt den Flur entlanggelaufen.

«Natalia!»

«Sie ist mit diesem Verbrecher hergekommen», ruft mein Vater ihr entgegen.

«Ich hole nur meine Sachen», sage ich ruhig.

«Was soll das heissen? Willst du etwa mit zu ihm?»

«Zu dem Mann, der an mich geglaubt hat und immer für mich da war? Ja, das habe ich vor.»

«Wohl viel mehr der Mann, der dich in den Rollstuhl gebracht hat», faucht mein Vater.

«Timon hat mich in den Rollstuhl gebracht. Darf ich?»

Meine Eltern machen mir Platz und ich sehe den neu installierten Treppenlift hinter ihnen und den Rollstuhl, der in der ersten Etage für mich bereitsteht. Für einen Moment bekomme ich ein schlechtes Gewissen.

«Ich brauche nicht viel. Darf ich damit hoch in mein Zimmer fahren?»

«Dafür ist er da, Liebes», sagt meine Mutter leise.

Ich hieve mich auf den Lift und drücke den Schalter der Fernbedienung. Oben angekommen brauche ich einen Moment, bis ich mich in den zweiten Rollstuhl schwingen kann. Meine Mutter will mir helfen, aber ich hebe abwehrend die Hände.

«Und wovon willst du leben?», wettert mein Vater, der uns gefolgt ist und von meinem Kampf mit dem Rollstuhl überhaupt nichts mitbekommt. «Willst du Alexej auf der Tasche liegen?»

«Das habe ich nicht vor», sage ich ruhig und rolle in mein Zimmer.

«Aber du findest doch keinen Job ohne Ausbildung und im Roll …»

«Sei endlich still», fährt meine Mutter ihren Mann an.

«Sie kann in einer unserer Firmen arbeiten. Auf dem Papier bist du ohnehin unsere Angestellte.»

«Nein, danke, ich kündige demnächst formell», erwidere ich.

Ich packe einige Sachen in einer Sporttasche zusammen und begebe mich auf den beschwerlichen Weg zurück in die Eingangshalle.

«In der Garage steht ein umgebautes Auto. Dein Traumauto», sagt mein Vater. «Und so dankst du es uns?»

«Ich habe euch nicht darum gebeten. Und ich werde mich nicht mehr von eurer Gnade abhängig machen.»

«Du kommst zurück», prophezeit mein Vater mit düsterer Miene. «Ich gebe dir maximal vier Wochen!»

«Die Wette gilt», sage ich nur und rolle zur Eingangstür. Dann wende ich mich an meine Mutter. «Grüss Oma von mir. Vielleicht können wir uns zum Spazieren treffen.»

Meine Mutter nickt nur. Ich sehe die Tränen in ihren Augen, aber auch so etwas wie Stolz aus ihnen hervorfunkeln.

Ich verlasse mein Elternhaus und blicke nicht mehr zurück.

Zwanzig Minuten später hält Alexej vor einem einstöckigen Haus an. Es sieht sehr modern aus.

«Wo sind wir?», frage ich verwirrt.

«Vor unserem neuen Zuhause», antwortet er lächelnd.

«Schluss mit diesen Spielchen. Woher hast du so viel Geld?»

Er grinst.

«Ich habe das Startkapital von meiner Familie. Das lasse ich nebenbei für uns arbeiten. Passives Einkommen nennt man das.»

«Du hast das Geld also von deinen Eltern?»

«Einen Teil. Ich erziele im Börsenhandel gute Gewinne. Zusätzlich habe ich ein Dropshipping Geschäft. Und ich besitze einige Immobilien, die vermietet sind.»

Ich nicke und bin beeindruckt und eingeschüchtert zugleich.

«Ab jetzt sind wir ein Team, Natalia», sagt er. «Ich werde dir dabei helfen, dir dein eigenes Vermögen zu erarbeiten und es zu vermehren. Du brauchst deine Eltern nicht mehr.»

Wir küssen uns und ich fühle mich erfüllt von der Vorfreude auf einen neuen Lebensabschnitt. Auf ein Leben in Freiheit.

31.

Einige Wochen später liege ich im Garten in der Hängematte und geniesse die warmen Sonnenstrahlen. Zufrieden schaue ich mich um. Die letzten zwei Monate waren zugleich die schönsten und schlimmsten in meinem Leben. Es stimmt, dass das Grauen einen oft einholt, wenn man glaubt, dass es vorbei ist.

Der Prozess steht uns noch bevor, indem wir aussagen müssen und bei dem ich mich darauf verlassen muss, dass Rowen alle Beweise gegen mich vernichtet hat. Ich bin erstaunt, dass mich bis jetzt noch niemand von der Polizei befragt hat, ausser über das Geschehen in der Hütte und den verhängnisvollen Abend, an dem mich Timon zum Krüppel getreten hat.

Doch das ist nicht das Einzige, mit dem ich hadere. Ich kann den Sommer über mein Studium nicht fortsetzen, da ich die Rückmeldefrist verpasst habe. Dafür habe ich einen Teilzeitjob in einem Callcenter gefunden. Die angebliche Anstellung bei meinen Eltern haben sie fristlos gekündigt.

Das Verhältnis zu ihnen ist weiterhin schwierig, ich spreche nur noch mit meiner Mutter, die es mir hin und wieder ermöglicht, meine Grossmutter zu sehen. Doch Alexej macht diesen familiären Bruch, der sich schon lange abgezeichnet hat, mehr als wett.

Wir ergänzen uns perfekt.

«Hallo Natalia.» Ich zucke zusammen. Vor mir steht ein Freund von Timon und Murat, dessen Namen ich vergessen habe. Mein Herz beginnt zu rasen. Nervös schiele ich zum Haus. Alexej ist nicht zu sehen.

«Ich tue dir nichts. Ich bin nur hier, um dich zu warnen. Sorg dafür, dass Murat, Timon und Gina entlassen werden. Sitzen sie in achtundvierzig Stunden immer noch, machen wir dich fertig.»

«Hände hoch und keine Bewegung!», brüllt Alexej plötzlich.

Er springt zwischen den Kerl und mich und zielt mit seiner Pistole auf ihn.

«Wow, chill mal, Alter!», sagt der Typ und hebt grinsend die Hände hoch.

«Alles in Ordnung, Natalia?»

«Ja, alles gut», antworte ich.

«Ich rufe Rowen – der kann sich um den Kerl kümmern.»

Mit der freien Hand zückt er sein Telefon.

«Ich gehe freiwillig. Wollte nur einen freundlichen Gruss überbringen.»

Alexej fixiert den Typen. «Junge, ich weiss wer du bist und wo du wohnst. Hau ab und lass dich nie wieder in unserer Nähe blicken, sonst garantiere ich für gar nichts!»

«Verstanden.»

Der Fremde versucht lässig zu wirken, hat es nun aber ziemlich eilig zu verschwinden.

Alexej setzt sich auf den Stuhl neben mich. «Was wollte er?»

Meine Lippen beginnen zu zittern. «Er sagte, wenn die drei nicht innerhalb von achtundvierzig Stunden freikommen, dann machen sie mich fertig.»

Alexejs Kiefer mahlt. «Wir müssen ihn wegen Nötigung anzeigen.»

«Bitte, das nicht auch noch.»

Ich verberge das Gesicht in den Händen und er streicht mir tröstend über den Kopf.

«Alles wird gut. Du bleibst bei deiner Version, die wir

eingeübt haben, dann kann nichts schiefgehen. Rowen hat ausgezeichnete Arbeit geleistet. Du bist in einer sehr guten Position. Die anderen wirken hingegen unglaubwürdig, da sie straffällig geworden sind und so lange geschwiegen haben. Sie reden erst, wenn sie sehen, dass sie nichts mehr zu verlieren haben, weil sie dann doppelt dran sind. Mach dir keine Sorgen.»

«Ich mache mir aber Sorgen. Da stand gerade ein fremder Typ vor mir. In unserem Garten! Und ich liege hier gelähmt und hilflos!» Ich zittere immer noch am ganzen Körper.

Alexej hebt mich sanft aus der Hängematte und setzt mich in den Rollstuhl.

«Das wird nie mehr vorkommen. Da ist ein Fehler passiert, aber ich werde umgehend dafür sorgen, dass der Personenschutz ausgebaut – »

«Personenschutz? Was meinst du damit?», frage ich und runzle die Stirn.

«Mein Engel, wir haben Personenschutz, seitdem wir hier wohnen. Es tut mir leid, dass ich dir nichts gesagt habe, ich wollte dir einen normalen Alltag ermöglichen, frei von Sorgen. Aber die Gefahr ist noch nicht gebannt. Timon ist tief in Mafiageschäfte verstrickt, viel tiefer, als ich dachte. Auch wenn er und Murat im Knast sitzen … sie haben viele Helfer.»

Wütend blitze ich Alexej an. «Ich fühle mich seit Wochen verfolgt. Ich hatte Angst, dass genau so ein Typ hinter mir her ist. Und im nächsten Moment denke ich, ich bin einfach nur paranoid!»

«Es tut mir leid!» Er greift nach mir, doch ich schlage seine Hand weg.

«Und wo war der tolle Personenschutz eben?»

Alexej runzelt die Stirn und seine Augen funkeln. «Das ist eine gute Frage. Ich werde dem nachgehen, darauf kannst du dich verlassen. Alles wieder ok?»

Schweigend betrachte ich den Garten, der für mich in den letzten Wochen eine Oase der Erholung war und ein Symbol meiner neugewonnen Freiheit. Wenn das alles nur eine Illusion war, was erwartet mich dann noch?

In diesem Moment merke ich, wie mir die Galle hochkommt. Gerade noch rechtzeitig beuge ich mich zur Seite und kotze mir die Seele aus dem Leib.

32.

Nervös befahre ich die Praxis meines langjährigen Hausarztes Dr. Keller. Bei mir sind Alexej und ein Mann von Personenschutz.

Die Empfangsdame lächelt uns an. «Frau Kowalczyk?»

«Richtig.»

«Nehmen Sie bitte Platz im Wartezimmer, Sie sind gleich dran.»

«Platz genommen habe ich schon, aber ich rolle ins Wartezimmer, um zu warten.»

Sie erbleicht. «Ich, ähm, tut mir leid ...»

«Schon gut.»

«Ich ... ich muss kurz was erledigen, Schatz. Ich hole dich hier gleich wieder ab, ja?» Alexej nestelt fahrig an seinem Smartphone herum.

«Jetzt? Warum hast du das nicht früher gesagt? Du wolltest doch mitkommen?»

«Tut mir leid, ist plötzlich was dazwischengekommen. Ich bin gleich zurück.»

«Sag mir wohin ...»

Er wirft mir einen Luftkuss zu und ist schon weg.

Als ich das Behandlungszimmer verlasse, bin ich völlig baff und muss die Nachricht, die mir Dr. Keller überbracht hat, erst einmal verdauen. Früher wäre ich in so einem Fall stundenlang umhergestreift. Doch unter den gegebenen Umständen geht das leider nicht.

In diesem Moment kommt Alexej in die Praxis. Er gibt mir einen flüchtigen Wangenkuss. Mir steigt ein blumiges Frauenparfüm in die Nase.

«Warum und mit wem zur Hölle warst du weg?» Ich funkle ihn an.

«Lass uns später reden.»

Er dreht sich um und ich rolle ihm hinterher.

«Alexej!», brülle ich, sobald wir die Praxis verlassen haben. «Sag mir sofort, wen du getroffen hast!» Meine Augen brennen.

Er wirbelt zu mir herum und runzelt die Stirn. «Es gibt keine andere, falls du das denkst. Ich liebe nur dich!»

«Und warum riechst du nach Frauenparfüm?»

«Lass uns nach Hause gehen, da erkläre ich dir alles.»

Die Männer des Personenschutzes schauen verlegen in der Gegend herum und die einzige Frau unter ihnen sieht mich mitleidig an.

«Okay ...», sage ich widerwillig. Sie müssen nicht noch mehr von unserer schmutzigen Wäsche mitbekommen. Ausserdem sind viele Reporter scharf auf meine Story, wenn das jemand der Presse meldet, erscheinen die nächsten Fakenews.

Er hilft mir, ins Auto einzusteigen und setzt sich hinters Steuer. Die Leute vom Personenschutz steigen in ihre Autos, wovon jeweils eins vor unserem und eins dahinter geparkt hat.

«Und? Hat der Doc herausgefunden, was dir fehlt?», fragt Alexej, während er den Motor startet und hinter dem grauen BMW des Personenschutzes herfährt.

«Ja», sage ich und denke angestrengt nach, was ich Alexej erzählen soll. «Ich muss nur meine geringen Heilungschancen akzeptieren. Eigentlich hatte ich eine längere Reise geplant, um über alles nachzudenken. Aber das könnte problematisch werden, denn ...»

Nervös trommle ich mit den Fingern auf dem Armaturenbrett herum. Wann wird es endlich grün?

Alexej runzelt die Stirn. «Was ist los? Du bist doch nicht etwa ... Scheisse!»

In dieser Sekunde knallt es, Scherben splittern und ich versinke in Dunkelheit.

Ende

«Am Ende wird alles gut. Ist es noch nicht gut, ist es noch nicht das Ende.» (Oscar Wilde)

Das Ende ist es noch nicht, denn die Fortsetzung folgt, – wir können nicht versprechen, wann, geben aber unser Bestes dafür, dass sie schnellstmöglich erscheint.

Wir freuen uns auf die weitere Reise, gemeinsam mit dir.

Nachwort

Liebe Leserin, lieber Leser,

wir freuen uns, dass du unser Buch gelesen hast. Wir sind dankbar für jegliche Anmerkungen von dir, von Lob bis zur konstruktiven Kritik. Schreib uns gerne bei Instagram (redblue.ch) oder auf unserer Homepage (redblueswiss.ch). Auch über eine Rezension freuen wir uns.

Wie bereits im Vorwort erwähnt, ist das unser erstes Buch und eine grosse Challenge für uns. Wir haben sehr viel Zeit und Liebe investiert.

Ein besonderes Anliegen ist es uns, dir mit diesem Buch Mut zu machen. Unsere Protagonistin Natalia, der auf ihrem Weg viele Steine in den Weg gelegt werden, sollte an den Ereignissen wachsen und sich zu einer willensstarken Frau entwickeln, die sich immer wieder aufrafft und den Mut und Glauben nicht verliert, dass alles wieder gut werden wird. Vom Lamm zur Löwin. Damit wollen wir auch dich dazu ermutigen, mit einer möglichst positiven Einstellung durchs Leben zu gehen und nie die Hoffnung zu verlieren, egal was passiert. Für jedes Problem gibt es eine Lösung, auch wenn sie gerade nicht in Sichtweite ist. Was auch passiert, halte an deinen Zielen und Träumen fest und arbeite an deren Verwirklichung.

Achte auf deine körperliche und psychische Gesundheit, sodass du nie an einen solchen Punkt gerätst wie Natalia und mache dich nicht von anderen Menschen abhängig, die es nicht gut mit dir meinen.

Alles beginnt mit deinen Gedanken und beeinflusst

dich und dein Umfeld. Versuche, negative Gedanken mit positiven zu überschreiben und gehe mit einem Lächeln durch die Welt. Dann wird die Welt zurücklächeln.

Finde den Mut, dir deine Träume zu erfüllen. Mach dir bewusst, was du vom Leben willst. Ist dieses Studium das richtige, bringt es dich an das gewünschte Ziel? Willst du dein Leben lang in dieser Firma bleiben oder träumst du schon lange von etwas anderem?

Unser Leben ist ein grosses Geschenk, also mach das Beste draus und geh auch mal Risiken ein.

In unserer Geschichte haben wir einige Gesellschaftsprobleme thematisiert, wie zum Beispiel den Umgang mit psychischen Erkrankungen. Kennst du jemand, der eine hat oder hatte? Hattest du vielleicht selbst mal eine? Hast du es vielleicht mal gehört oder erlebt, dass man, wenn man bereits mal ein psychisches Problem hatte, später nicht mehr oder kaum noch ernst genommen wird?

Wir finden, dass das leider viel zu oft passiert. Schreib uns deine Meinung gerne in die Kommentare auf unseren Social-Media-Kanälen.

Zu guter Letzt möchte ich noch auf das Thema Macht eingehen, da es ein zentrales Thema in diesem Buch einnimmt. Natalias Eltern, Natalias Ex-Freund, ihre Freundinnen und Feinde – alle versuchen sie zu beherrschen.

Oft bemerken wir zu spät, dass jemand Macht über uns ausübt, und befinden uns dann bereits in einem Abhängigkeitsverhältnis.

Es sollte niemals so weit kommen, dass jemand durch andere fremdgesteuert wird. Umso wichtiger ist es, dass jeder Hilferuf ernst genommen wird.

Danksagung Nicole

Ich bedanke mich herzlich bei meiner Schwester Laura.

Du hast gemeinsam mit mir eine grosse persönliche Entwicklung – fast schon eine Metamorphose – durchgemacht. Ich weiss nicht, wie ich die Zeit der vielen Höhen und Tiefen ohne dich überstanden hätte.

Geteiltes Leid ist halbes Leid – geteilte Freude mindestens doppelte Freude! Du hast mich von Anfang an, als die Geschichte nur teilweise auf Papier und zum grössten Teil in meinem Kopf existierte, bei der Umsetzung unterstützt, hast mir zugehört und mir den Rat gegeben, sie bei Wattpad zu veröffentlichen, was sich als die richtige Entscheidung herausgestellt hat.

Du hast mir Mut gemacht und mir geholfen, an meiner Vision festzuhalten, auch wenn alle sie kleingeredet haben. Du hast mich immer wieder aufgebaut, ermutigt und motiviert, weiterzumachen, um mein Ziel zu erreichen, das mittlerweile zu unserem geworden ist. Du hast zu mir gehalten, auch wenn wir manchmal wie zwei kleine Kämpferinnen gegen eine Front aus Pessimisten standen, die uns unseren Traum ausreden wollten.

Danke, dass du miteingestiegen bist. Du hast die Szenen, die mir schwerfielen, wunderschön geschrieben und das Buch durch deine vielen Ideen sehr bereichert. Ich freue mich, dass wir zueinandergefunden haben und unser Hass zur Liebe wurde. Ich freue mich auf jeden Moment mit dir und auf unsere gemeinsame Zukunft.

Gemeinsame Danksagung

Unser Dank gilt auch unseren Eltern. Wir waren anspruchsvolle Kinder und schwierige Teenager. Auch als Erwachsene gingen wir nie den geradlinigen Weg und hatten immer wieder Schwierigkeiten. Ihr habt uns immer unterstützt, auch wenn ihr unsere Entscheidungen oft nicht nachvollziehen konntet und teilweise immer noch nicht könnt. Aber ihr steht stets hinter uns und das bedeutet uns unendlich viel.

Liebe Oma,
auch du konntest den Weg, den wir eingeschlagen haben, lange nicht nachvollziehen. Danke, dass du trotzdem zu uns stehst.

Liebe Doris, lieber Adrian,
ihr hattet als erstes Interesse an Nicoles Buchentwurf und habt die ersten Seiten gelesen, was eine grosse Bestärkung war.

Danke an Nicoles Namensvetterin Nicole, – die Frau unseres Götti. Du hast uns vom Brauch der Rauhnächte erzählt, der uns motiviert hat, unser Ziel zu erreichen. Du hast uns darin bestärkt, dass jedes Ziel erreichbar ist.

Danke an unsere Freundinnen! Und danke an alle Wattpad Leser. Ihr habt uns Mut gemacht, uns bestärkt und neue, wundervolle Ideen eingebracht, ohne die das Buch heute nicht das wäre, was es geworden ist. Die Geschichte ist als unbearbeitete Erstfassung vollständig auf Wattpad zu lesen.

Wir sind sehr dankbar für unser wundervolles Buchblogteam auf Instagram. Danke für eure grosse Unterstützung, es macht viel Spass mit euch.

Liebe Lia, wir können dir nicht genug danken. Nachdem alle Testleser kurzfristig abgesprungen sind, bist du dazugekommen und hast im Turbotempo alles sorgfältig durchgelesen.

Ein riesiges Danke geht an Thomas Graf, unseren Coach und Mentor, der uns seit Ende 2021 in vielen Lebensbereichen unterstützt, ebenso an die Zalera-Community mit all ihren wundervollen Menschen.

Tausend Dank an Acelya Soylu für das wunderschöne Cover und den Buchsatz unseres Buches und an Jasmin Mrugowski und Bettina Scharp für das Lektorat und Korrektorat. Danke für euren grossen Einsatz!

Danke an alle Freunde und Bekannte, die uns in irgendeiner Form unterstützt haben.

Über uns

Nicole Clausen

Mein Name ist Nicole, ich bin Mitte zwanzig und lebe in der Schweiz im Kanton Aargau.

Seit ich denken kann, liebe ich das Lesen und das Schreiben. Es ist wunderbar, andere Welten zu erschaffen und zu betreten. Eine Zeit lang habe ich diese Leidenschaft vernachlässigt. Doch seit ich aktiv an meiner Persönlichkeitsentwicklung arbeite, habe ich den Mut und die Motivation gefunden, meinen grössten Traum zu verwirklichen – ein Buch zu schreiben.

Das Pseudonym Nicoleblue war die Idee meiner Schwester. Anfangs habe ich mir nichts dabei gedacht, doch es hat sich von Beginn an richtig angefühlt. Blau ist die Farbe der Harmonie, Ruhe und Ausgeglichenheit. Diese

Aspekte haben in meinem Leben einen hohen Stellenwert. Wenn du mehr über mich wissen möchtest, kannst du die Farbe Blau recherchieren oder mir eine Nachricht schreiben.

Ich bin auch auf Instagram und Tiktok zu finden: nicoleblue.ch

Laura Clausen

Mein Name ist LauraRed, ich bin fast achtzehn und lebe ebenfalls in der Schweiz, im Kanton Aargau.

In der Schule war Schreiben nie eine Leidenschaft von mir, ich war zwar gut, aber es hat mir keinen Spass gemacht. Als ich Nicole anbot, ein paar Seiten für ihr Buch zu schreiben, habe ich es im ersten Moment bereut und eigentlich gar keinen Bock darauf gehabt. Doch dann habe ich mich vor meinen Laptop gesetzt und angefangen zu schreiben. Ich konnte nicht mehr aufhören, weil ich so viele Ideen hatte.

So habe ich eine grosse Leidenschaft entdeckt, von der ich nichts geahnt habe.

Rot ist die Farbe der Wut, der Leidenschaft, der Liebe und Freude. Dies sind alles Teile meiner Persönlichkeit, ausserdem ist mein Sonnensternzeichen Widder. Widder ist ein Feuersternzeichen und deswegen finde ich, dass die Farbe Rot sehr gut zu mir passt

Ich bin auch auf Instagram und Tiktok zu finden: laurared.ch

Mehr Informationen über uns und unser Buchprojekt findest du bei Instagram und Tiktok redblue.ch und auf unserer Website www.redblueswiss.ch.